제국의 호구를 구원하기 위하여

✳ 류주연 장편소설 ✳

Ⅱ

제국의 호구를 구원하기 위하여 II

초판 1쇄 인쇄일 | 2023년 10월 10일
초판 1쇄 발행일 | 2023년 10월 23일

지은이 | 류주연
펴낸이 | 조승진
펴낸곳 | 데이즈엔터

출판등록 | 제2023-000050호
주소 | 서울특별시 강서구 양천로 570 NH서울축산농협 NH서울타워 19층 (등촌동)
전화 | (070)8826 - 4508
팩스 | (02)337 - 0668
E - mail | bear6370@hanmail.net

정가 | 13,000원

ISBN 979-11-93420-65-2 (04810)
     979-11-93420-63-8 (set)

제국의 호구를
구원하기 위하여

✴ 류주연 장편소설 ✴

II

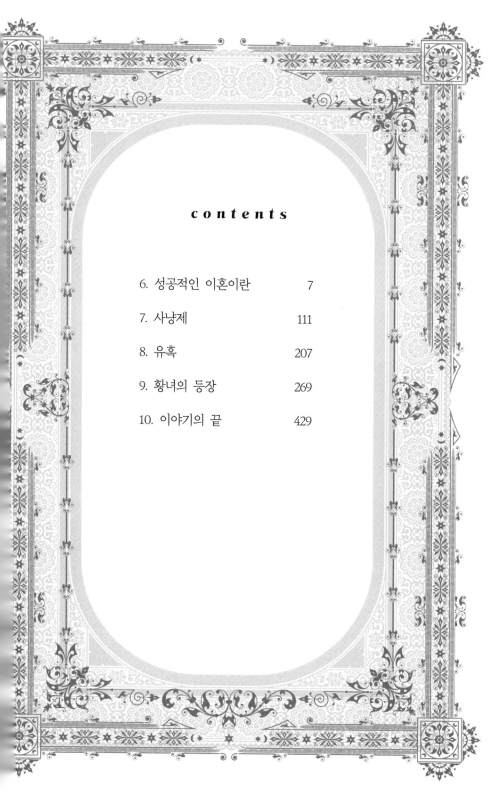

contents

6. 성공적인 이혼이란   7

7. 사냥제   111

8. 유혹   207

9. 황녀의 등장   269

10. 이야기의 끝   429

6. 성공적인 이혼이란

"하아……."

로잘린이 머리를 감싸 쥐고 신음했다.

"아, 아가씨, 또 머리가 아프세요?"

"안나, 내 마력석. 마력석 어딨어?"

걱정스레 달려온 하녀를 쳐다보지도 않은 채 그녀가 물었다.

안나라 불린 하녀는 난처한 듯 얼굴을 찌푸리며 고개를 저었다.

"지난번에 제가 수도까지 가서 사다 드린 게 전부예요."

"그건 저번 달이잖아!"

로잘린이 신경질적으로 테이블 위에 있던 잔을 집어 던졌다. 한눈에 보아도 고급스러워 보이는 흰 사기 잔은 벽으로 날아가 수십 조각으로 깨져 버렸다.

"내탕금은?"

"저번 달에 당겨 받아서 전부 써 버렸어요. 마력석이 워낙 비싸잖아요."

"어머니는? 어머니를 찾아가서 더 달라고 하면?"

"이유를 물으실 텐데……."

"멍청이!"

로잘린은 테이블을 세게 내려쳤고, 안나는 면목이 없다는 듯 고개를 떨구었다.

"머리 아파 죽겠는데, 아픈 걸 가라앉히려면 마력석이 필요한데, 그럼 어떻게 해야 하는 건데?"

"하지만 의사가 아가씨는 그저 몸이 약한 거라고 얘기한걸요. 마력석으로 하는 치료는 별 의미가 없다고도 했고……."

"의사가 뭘 안다고!"

"아가씨, 그러지 말고 다시 팔라스 님께 부탁해 보면 어떨까요?"

로잘린의 얼굴이 더욱 흐려지자, 안나는 괜한 말을 했다는 표정으로 한숨을 쉬었다.

"……싫어."

그녀는 억지로 머리를 들고 고개를 저었다.

"그냥 싫어."

안나의 말처럼, 오페르니아 가문 안에서 아무 질문도 하지 않고 그녀를 도울 만한 사람은 팔라스뿐이었다.

하지만 로잘린은 그에게 도움을 청하는 것이 죽기보다 싫었다.

'이건 거래야, 알겠지? 너에게 아주 유리한 거래란다.'

'…….'

'당연한 걸 해야 하는 것뿐이다. 앞으로 클로에의 앞에서 나를 뭐라고 불러야 하지?'

'……아버지.'

'다시, 더 다정하게 부르렴. 턱을 들고 미소를 지으면서 말이야. 누가 봐도 다정한 부녀처럼 보이도록.'

'······.'

'기억해라. 클로에나 공작 부인이 너와 내 사이가 어색하다고 의심하면, 난 네 어머니를 설득해서 마력석에 손을 못 대게 할 거야.'

달콤한 목소리로 하는 말이 협박이라는 사실을 모를 리 없었다.

'내게는 쉬운 일이란다.'

그는 싱긋 웃으며 그녀에게 속삭였다.

'클로에는, 너보다 나를 훨씬 더 사랑하니까.'

"이건 어때요?"

안나가 조심스럽게 다시 입을 열었다.

"의술로 치료가 안 되는 희귀한 증상이라면······. 어쩌면 유전일 수도 있잖아요? 그것도 아주 드문."

"유전?"

"어려운 일이겠지만 혹시 클로에 님께 생부의 행방을 물어보시면······."

"안 돼!"

로잘린이 날카롭게 소리쳤다.

안나가 어깨를 움찔 떨었다.

"아, 아가씨, 고정하세요. 저는 그저······."

"다신, 다신 그런 얘기 꺼내지 마."

로잘린이 창백해진 얼굴로 말했다.

입 밖으로 꺼내 본 적 없는 생부의 이름이 그녀의 머릿속을 울렸다.

클로에의 옷장에서 오래된 편지를 발견한 후 짐작했고, 자라면서 확신한 아버지의 이름.

그녀는 그를 찾을 생각이 없었다.

앞으로도 영원히.

"그냥····· 내 물건을 가져다 팔아."

안나가 고개를 끄덕이자 로잘린은 양손에 얼굴을 묻고 입 속으로 욕설을 지껄였다.

"망할 알폰스. 망할⋯⋯."

그녀는 이 사태에 다다르게 한 두 사람의 이름을 번갈아 중얼거렸다.

"망할 리아넬라 셸레스. 죽어 버렸으면⋯⋯. 그것만 아니었으면 난 전시장에서⋯⋯."

"불쌍한 알폰스 집사님을 무시하면서, 전시장의 마력석을 마음대로 집어 갔을 거라고요?"

로잘린의 것도, 안나의 것도 아닌 목소리가 들려왔다.

"미안해요, 아가씨. 안내하는 하녀가 잠깐 자리를 비워서⋯⋯. 노크했는데 못 들으신 것 같아요. 물건 깨지는 소리가 들리던데 그것 때문인가?"

로잘린이 천천히 고개를 들자, 자신보다 두어 살 많은, 익숙한 소녀의 모습이 눈에 들어왔다.

황실 사람이라도 된 것처럼 밝은 금발, 얄밉게 반짝거리는 녹색 눈동자, 로잘린과 대조되는 명랑한 표정과 말투.

"리아넬라 집사."

"아가씨를 뵙습니다."

"난 네가 보고 싶지 않은데."

로잘린이 이마를 찌푸리며 말했다.

"오늘은 루시안이랑 같이 안 온 모양이지? 혼자서도 나 정도는 쉽게 욕보일 수 있다고 생각한 모양이야."

"그럴 리가요. 저는 아가씨를 욕보일 생각이 조금도 없답니다."

리아넬라는 공손하게 양손을 모으고 말했다. 그 어른스러운 모습이 로잘린을 더욱 짜증 나게 만들었다.

"잠깐 아가씨와 단둘이 얘기해도 될까요?"

"네, 집사님."

안나는 마침 잘됐다는 듯, 로잘린의 허락도 구하지 않고 슥 사라져 버렸다.

"하고 싶은 말이 뭐야? 또 내탕금을 삭감하러 왔어?"

"그런 업무였다면 바인즈 집사님과 둘이서 처리했을 거예요. 아가씨의 동의가 필요하지 않으니까요."

"이……!"

"오늘은 보여 드릴 게 있어서 왔어요."

리아넬라는 들고 있던 작은 주머니를 열어 그 안에 있던 물건을 꺼냈다.

"팔찌……?"

"더 자세히 보세요."

로잘린이 눈을 가늘게 떴다.

리아넬라의 손에 들린 것은 두 개의 팔찌였다. 하나는 루비와 비슷한 손톱만 한 보석이 박힌 채 순금으로 된 줄이 달린 것이었고, 또 하나는 투명하게 빛나는 보석이 연결되어 팔찌 전체를 감고 있는 것이었다.

보석을 잘 알지는 못하는 로잘린이었지만, 한눈에 보아도 실력 있는 장인이 만든 고가품이었다.

"이런 건 필요 없어. 네가 주는 거라면 더더욱."

"한 번 만져 보고 대답하실래요?"

리아넬라는 로잘린의 대답을 기다리지 않고 휙 그녀의 손을 낚아채 팔찌에 갖다 댔다.

"무슨 짓이야! 감히 내 몸에 손을……?"

당장 뺨이라도 후려칠 듯 리아넬라를 노려보던 그녀가 말을 뚝 멈추었다.

두 개의 팔찌가 동시에 미약하게 진동했기 때문이었다. 로잘린의 눈동자가 천천히 커졌다.

"마력석……?"

"잘 아시네요."

리아넬라가 팔찌를 다시 휙 잡아채며 대답했다.

"하지만 지금까지 봐 온 것과는 조금 다를 거예요."

그녀는 팔찌에 박힌 보석을 하나하나 짚으며 설명했다.

"붉은 것은 증폭석. 말 그대로 가진 마력을 증폭시키죠. 기사들이 많이 탐내는 물건이랍니다. 루시안 도련님이 가진 가이아네스의 눈동자와도 비슷하다고 볼 수 있어요."

"……."

로잘린이 움찔하고 몸을 뒤로 뺐다.

"그런 거……. 필요 없어."

"이건 투명 마력석이에요. 증폭석에 비해 자유로운 사용이 가능하죠, 시전자에 따라서는 마력의 방향을 바꿀 수도 있고, 아니면."

리아넬라는 로잘린을 힐끗 보더니 말을 이었다.

"넘치는 마력을 조절하는 것도 가능하죠."

로잘린의 커진 동공이 투명 마력석 팔찌에 집중되었다.

한 손으로는 여전히 이마를 짚은 그녀의 눈에 조금의 희망이 비쳤다.

"다만, 이건 그중에서도 조금 특별해요."

"특별?"

"완벽에 가까운 투명도를 가진 원석을 열두 개의 같은 크기로 잘랐으니까요."

"……."

"투명도가 높을수록 마력의 양은 풍부하고, 동일한 성질의 것이 여러 개 붙어 있으면 서로의 마력을 계속해서 흡수하고 재분배한다죠. 그 말은……."

리아넬라는 한 손에 팔찌를 들고 다른 손 엄지로 마력석을 쓸며 말을 이었다.

"전쟁 무기 같은 걸로 쓰지 않는 이상, 팔찌의 마력은 고갈되지 않는다는 거예요."

"……!"

로잘린의 입술이 조금씩 떨리기 시작했다.

얼굴은 창백해지고 다시 붉어지기를 반복했다.

어디서 난 건지 몰라도 빌려달라고 하고 싶었으나, 자존심 때문에 차마 말을 꺼내지 못하는 듯했다.

"가지고 싶다면 드리겠어요."

리아넬라는 툭 하고 두 개의 팔찌를 로잘린의 화장대에 올려놓았다.

"……준다고? 이걸?"

로잘린의 입이 벌어졌다.

값을 산정할 수도 없을 정도의 희귀품을, 겨우 집사 따위가 오페르니아의 아가씨인 그녀에게 선물한다니.

심지어 리아넬라는 사치의 대명사였던 오페르니아 가문에 절제라는 미덕을 가져온 사람이었다.

"훔쳐 온 게 아니니 걱정 마세요."

"……."

"하지만 조건이 있어요."

리아넬라는 한 걸음 다가서며 로잘린을 내려다보았다.

"……원하는 게 뭔데?"

"아가씨께서, 두 개의 팔찌를 모두 착용하는 거요."

로잘린은 더더욱 이해할 수 없다는 표정으로 리아넬라를 바라보았다.

"특정한 마력을 가진 사람이 투명 마력석 팔찌를 착용하면, 그 사람은 가진 마력을 조절할 수 있게 되겠죠. 노련한 기사들이 오러를 통제하는 것처럼요."

"……."

"증폭석이 있다면, 힘을 사용할 수 있는 범위는 넓어져요. 필요에 따라 힘을 죽일 수도 있고……."

리아넬라는 차분하게 설명했다.

"아니면 폭발적으로 사용할 수도 있겠죠."

두 사람의 눈이 마주쳤고, 로잘린의 눈동자가 잘게 떨렸다.

"너……. 설마."

"맞아요, 아가씨. 저는 알고 있답니다."

리아넬라가 빙긋 웃으며 말했다.

"아가씨가 왜 마력석을 필요로 하는지, 어떤 힘을 누르려고 하는지."

"닥쳐!"

로잘린이 빽 소리쳤다.

"네까짓 게 감히……."

"힘이 통제를 벗어나면 두통이 수반된다는 것도, 그래서 아가씨의 성격이 예민하다는 것도, 그리고……."

그녀는 잠시 뜸을 들였다가 말을 이었다.

"언젠가 그 힘이 오페르니아 가문의 울타리 바깥으로 알려지면 어떤 파장이 있을지도요."

로잘린은 고개를 푹 숙이고 고개를 흔들었다.

"닥치란 말이야……."

"그러니 아가씨에게는 팔찌가 필요해요."

리아넬라는 화장대에 놓인 두 개의 장신구를 바라보며 말했다.

"힘을 자유자재로 사용할 수 있어야 하니까."

"난 증폭석은 필요하지 않아."

로잘린이 대답했다.

"원하지도 않아."

"다시 생각하세요. 저는 그 말을 하러 온 거예요."

리아넬라는 작게 한숨을 쉬었다.

여전히 얄밉지만, 그녀의 말투는 어딘가 부드러워져 있었다.

그럼에도 로잘린은 눈매를 날카롭게 하고 리아넬라를 노려보았다.

"그런 쓸데없는 저주 같은 거 원한 적 없어. 그러니……."

"저주가 아니에요, 아가씨."

리아넬라가 조용히 정정해 주었다.

"좋든 싫든, 아가씨가 가진 건 신의 선물이에요."

"……."

"안전하게 사용할 수 있어요. 그러니……."

그녀는 손을 뻗어, 루시안에게 흔히 하듯 로잘린의 머리를 한 번 쓰다듬었다.

"잘 생각해 보세요. 증폭된 그 힘을 사용한다면, 어떤 일들을 할 수 있을지."

"이것도 드세요, 어머니."

클로에가 공손하게 웃으며 공작 부인에게 말했다.

"오랜만에 어머니와 오찬을 하니 너무 좋아요."

"나도 그렇구나, 얘야. 부부간에 식사하는 것도 좋지만 종종 놀러 오거라."

공작 부인이 인자하게 웃었다.

"어머니께서 즐거우시다면, 저야 뭐든 못 하겠어요."

"즐겁지, 암, 즐겁고말고."

공작 부인은 몇 번이나 고개를 끄덕였다.

"재정이 날로 탄탄해지는 것이 이렇게 즐거운 일인 줄 몰랐구나."

그녀의 눈이 반짝하고 빛났다.

'또 시작이네.'

나는 작게 한숨을 쉬었다.

오페르니아 공작가가 '제국의 호구'라는 멸칭을 벗어나고, 나와 키르시안이 황실 행사에서 우승하고, 루시안까지 여러 방면으로 두각을 드러내면서, 공작 부인은 눈에 띄게 기운이 넘쳤다.

그중에서도 공작 부인을 가장 즐겁게 하는 것은 오페르니아 가문의 재정이 불어났다는 소식이었다.

'은근히 돈을 좋아하는 사람이었어.'

사업적 수완이 없는 데다 마음이 너무 물러서 가문의 재산을 말아먹은 전적은 있었으나, 그녀는 한번 꽂히면 돈에 민감해질 수 있는 사람이었다.

"아까 그 소식을 다시 말해 보게, 바인즈 집사."

나와 같은 생각을 하고 있었는지, 바인즈 집사는 깊은숨을 들이마시고 목을 가다듬었다.

"작년에 리아넬라의 말에 따라 매입한 북부의 영지에서 은이 발견되었습니다. 토지의 값은 구매한 가격보다 약 다섯 배 정도 상승했습니다."

공작 부인의 입이 흐물흐물하게 변했다.

"그리고 또?"

"시험 삼아 루시안 도련님에게 운영을 맡기셨던 수도에서의 갑옷 제작 사업이, 규모가 불어나서 지금 있는 직원으로는 감당이 안 된다고 합니다."

"그리고 또?"

"저나 리아넬라가 담당한 의류, 관광, 보석 유통 등도 모두 원활합니다. 영지민의 농업도 잘 돌아가고 있습니다."

"그래, 그래. 계속하게."

공작 부인은 더 말해 보라는 듯 신나게 고개를 끄덕였다. 그럴수록 클로에의 얼굴은 조금씩 어두워졌다.

"마지막으로……."

바인즈 집사가 다시 한번 헛기침을 했다. 마지막 소식은 너무나도 큰 일이라서인지, 그의 얼굴도 공작 부인 못지않게 흥분으로 덮여 있었다.

"루시안 도련님 소유의 앙테론 숲에서 발견된 마력석이, 이미 5대 상 단을 통해 대륙 전역으로 유통되었습니다."

공작 부인이 바로 그거라는 듯 테이블을 탁, 하고 내려쳤다.

"황실에서 마력석 유통량을 조율하고자 사람을 보냈고, 갈데아 왕국에 서 은밀히 사람을 보내 수출량을 늘려 달라고 요청했다고 합니다."

"내 손자에게 말이지!"

그녀는 신이 나 죽겠다는 듯 소리쳤다.

"제국은 물론이고, 갈데아 왕국이며 대륙 타 지역에서도 우리 루시안 을 주목하고 있겠구나."

"예. 이미 철광을 지배하는 이프네아 후작이며, 군사력으로 유명한 세 이든 공작과 비견되고 있다고 합니다."

"이런 영광이 오페르니아에 다시 찾아올 줄은 몰랐구나."

그녀는 감격한 목소리로 말했다. 그러고는 고개를 떨구고 앉아 있는 클로에를 향해 말했다.

"기쁘지 않느냐, 클로에?"

"무, 물론 기쁩니다, 어머니."

그녀가 화들짝 놀라 고개를 들며 대답했다.

"그저, 저는 조금 부끄러워서……."

"무엇이?"

"조카보다 못한 고모가 되었구나 싶은 마음에요. 제 와이너리는……."

그녀는 말끝을 흐렸다.

말도 안 되는 부를 쌓아 올리고 있는 오페르니아에서, 유일하게 적자가 나고 있는 사업이 와인이었다. 그 책임자는 클로에였고.

여러 다른 사업을 말아먹은 전적이 있었기에, 그녀가 의기소침해진 것은 사실 당연했다.

사실 오늘 두 모녀가 오찬을 함께하는 것도 와인 사업 때문이었다.

공작 부인이 와인 사업의 경영권을 빼앗으려 한다는 소문이 진짜라고 믿어 버린 클로에가, 읍소할 기회를 얻고자 나를 통해 자리를 청한 것이었다.

"하, 하지만 어머니, 그래도 저는 삼 년 전과는 달라요. 많이 노력하고 있고……."

"안다. 작년에 유독 네게 악재가 많았었지."

공작 부인이 의외로 선선히 고개를 끄덕이며 대답했다.

"오래 신뢰했던 직원에게 사기를 당했고, 막 새로 준비하던 제품과 똑같은 것을 경쟁사에서 만들었고, 한 번은 제조장에 불이 나기도 했었지."

클로에가 입술을 꾹 깨물었다.

"너무 자책하지 말거라."

공작 부인이 부드럽게 말했다.

"……예?"

클로에는 놀란 표정으로 그녀를 바라보았다.

"네 보고서를 보니 알겠더구나. 너도 나름대로 노력하고 있다는 것도, 웬만큼 치밀하게 대비해도 방지하기 어려운 일이었다는 것도 말이야."

"……."

"가스팔이 없고, 레너드가 제 역할을 못 하는 지금, 네가 가문의 살림에 완전히 손을 놓게 할 생각은 없단다."

클로에의 눈에 눈물이 글썽거렸다.

"공작 부인의 말씀이 사실입니다, 클로에 님."

바인즈 집사가 친절하게 덧붙였다.

"악재를 감안하면, 사실 클로에 님의 매출은 나쁘지 않았기도 하고요. 무엇보다 이번에 출시한 제품은 무척 훌륭하더군요. 가격도, 모양도, 맛도 좋습니다."

"저, 정말 그렇게 생각해?"

"물론입니다. 앞으로 더 노력하시면 탄탄해질 가능성이 있습니다."

"하아, 정말 다행이야. 감사해요, 어머니."

클로에가 한층 밝아진 얼굴로 가슴을 쓸어내렸다.

"앞으로 저는 정말 열심히……."

"공작 부인!"

그녀가 뭔가 더 말하려던 순간, 하인 하나가 오찬실로 다급하게 뛰어들었다.

"무슨 일이냐? 방해하지 말라고 말하지 않았느냐?"

바인즈 집사가 날카롭게 소리쳤다.

"죄송합니다. 그게, 클로에 님도 여기 계신다고 들어서……."

"나를 찾은 거야?"

클로에가 영문을 모르겠다는 얼굴로 하인을 바라보았다.

"이번에 클로에 님의 이름으로 출시하신 와인이……."

"내 와인이 왜?"

"유통된 와인을 마신 영지민들이 하나같이 복통을 호소한다고 합니다!"

클로에의 얼굴이 창백해졌다. 공작 부인의 표정도 크게 다르지 않았다.

"그, 그게 무슨 말이야? 와인에 문제가 있을 리 없어! 몇 번이나 시음했고 제조 과정도 나와 팔라스가 직접 감독했단 말이야!"

"환자가 많지는 않지만, 그 이유가 와인인 것은 분명하다고 합니다. 시중의 약이 잘 듣지 않는다고……."

클로에는 의자를 박차고 일어나 오찬실 밖으로 달려 나갔다. 바인즈 집사도 어쩔 줄 모르겠다는 얼굴로 공작 부인을 데리고 바깥으로 나갔다.

"……."

혼자 남겨진 나는 눈을 지그시 감았다가 떴다.

"돈줄을 죄니 마지막으로 한탕하고 탈출하겠다, 이거지."

이 일의 배후는 안 봐도 뻔했다.

팔라스 악타온.

그는 내가 생각했던 것보다도 더 빨리 움직여 버린 것이다.

쉽게 해결될 일이 아니었다.

그가 와인에 넣은 독은 치료제가 없었으니까.

그 독을 먹은 자는 한 달가량 배를 찌르는 고통을 견뎌야 했다.

처음에는 불편하게 쿡쿡 쑤시는 정도로 시작했다가, 시간이 갈수록 칼에 찔린 듯 아프게 된다.

그렇게 버티고 견디면, 운이 좋은 일부의 경우는 독의 효력이 떨어지고 몸이 회복되었다.

운 나쁜 일부는 사망했고.

물론 와인 사업은 버틸 수가 없었다.

만들어 놓은 제품을 폐기해야 하는 건 물론이고, 땅에 떨어진 평판을 되살리기는 너무나 어려운 일이었으니까.

게다가 인명 피해가 있는 사건이라면, 아무리 귀족 가문이라도 소송을 당할 위험까지 있었다.

영지민의 목숨을 해쳤다는 이유로 소송을 당하는 영주라니, 그만한 불명예가 없었다.

나는 허공을 향해 천천히 고개를 들었다.

해결책은 하나였다.

로잘린 오페르니아.

물론, 그녀가 세상에 나가기로 결심했을 때의 이야기였다.

* * *

"어떻게 이럴 수가 있어!"

클로에가 책상을 탕! 하고 내려쳤다.

정신없이 서류를 뒤적이는 그녀의 옆에서, 팔라스가 한숨을 내쉬었다.

"부인, 제발 진정하고……."

"진정할 수가 있겠어? 원료를 하나하나 다시 살펴봐도 그런 반응이 나올 이유가 없어!"

"몇몇 사람들에게만 있는 현상일지도 모릅니다."

"벌써 발견된 환자가 수십 명이야. 앞으로 계속 늘어날 거라고."

그녀는 책상 위에 쌓인 서류들을 흔들며 말했다.

"하아……. 일단 상황을 정리하는 것부터……."

"부인, 이런 것은 일단 놓으시오."

깃펜을 들고 공작 부인에게 올릴 보고서를 쓰려는 클로에의 손을, 팔라스가 다정하게 붙잡았다.

"다 잊고 제 품에 잠시 기대세요. 그럼 기분이 나아질 겁니다."

그는 클로에의 얼굴을 돌려 자신을 보게 하며 말했다. 눈물을 터뜨린 클로에를 꼭 안으며, 그는 비릿하게 미소 지었다.

"삼 일이 지났는데, 아직도 나아지지 않았습니까?"

"나아지기는커녕 더 악화됐어."

클로에가 두 손에 얼굴을 묻으며 팔라스에게 대꾸했다.

"환자들의 수가 백 명이 넘어. 영지 바깥으로 팔리던 물량을 회수하는 걸 리아넬라가 도와줘서 그나마 다행이지만……."

"……피해가 영지 안에만 머물렀군요."

팔라스의 미간이 미세하게 찌푸려졌다.

"와인이 문제가 아니라, 가문의 명예가 땅으로 추락하고 있어. 다 나 때문에……."

"부인."

팔라스가 그녀를 다정히 감싸며 말했다.

"저를 믿습니까?"

"……당연하잖아."

서류에서 눈을 떼고 남편을 올려다보는 클로에의 눈 속에는 깊은 애정이 들어 있었다. 그 사실을 아는 팔라스는 속으로 히죽 웃었다.

"그럼 제가 해결하겠습니다."

"어, 어떻게?"

놀란 그녀의 얼굴에서 눈물을 훔치며 팔라스가 속삭였다.

"지난번에 말했던, 와인 사업 매수에 관심이 있다던 상단과 다시 얘기해 보겠습니다."

"……이 시기에 매각을 한다고? 제정신이라면 여기에 투자를 할 리가 없잖아."

"제가 어떻게든 되게 하겠습니다."

팔라스는 간곡하게 말했다.

"다만……. 값을 많이 내려야 할 것 같군요."

그는 작게 한숨을 쉬더니 가라앉은 목소리로 덧붙였다.

"지난번에 불렀던 값과 비교하면 십 분의 일 정도는 받을 수 있을 겁니다."

"말도 안 돼!"

클로에가 외쳤다.

"시설은 그렇다 치고, 과수원이 있는 토지만 해도 그보다는……."

"부인, 부인께 언제 돈이 문제 되었습니까?"

"그건……."

"하루하루 저와 행복하게 사는 것이 중요하지 않습니까? 우아한 부인께는 그것이 어울립니다."

그가 쉿 하고 클로에를 달래며 속삭였다.

"팔아 버리면, 이 모든 문제를 한 번에 해결할 수 있습니다. 십분의 일도 적지 않은 돈이죠."

그는 집요하게 클로에와 눈을 맞추었다. 얼굴을 감싸고, 눈을 맞추고 간절하게 호소하는 그를, 클로에는 거절해 본 적이 없었다.

"그것으로 붉은 다이아몬드가 박힌 티아라를 사 오도록 하지요. 여느 황후가 부럽지 않을 정도로 위엄 있을 겁니다."

"……."

클로에는 아무런 대답도 하지 못하고 그의 가슴에 다시 얼굴을 묻었다. 거의 다 되었다.

가스팔은 자신의 계획이 성공했음을 직감했다.

영지 바깥까지 오페르니아 가문의 명예를 추락시키려던 계획은 조금 틀어졌지만, 클로에의 멘탈이 무너졌으니 다 된 밥이나 마찬가지였다.

그는 속으로 큭큭거리며 레나와 알아보려던 신혼집을, 그리고 그다음에 펼쳐질 새 인생을 떠올렸다.

공작 부인이 자금줄을 쥘 때부터 생각했고, 클로에가 의외로 와인 사업에 재능이 있다는 사실을 깨달으면서 구체화 된 계획이었다.

'가명으로 헐값에 싹 매수한 다음, 이혼이 끝나면 내 이름으로 굴려야지.'

주인이 바뀌었다. 악랄한 오페르니아 가문과 팔라스의 연이 끝났다는 소문을 대대적으로 낸 다음, 자연스럽게 와인 브랜드의 이름도 바꾼다.

클로에의 양조장은 수많은 좋은 조건들을 갖추고 있었다.

질 좋은 포도가 나는 과수원, 적당한 날씨, 최신식 시설, 적당한 유통 업체와 잘 다져진 관계까지.

이번 일로 업체에 대한 신뢰가 하락한들, 적당히 오페르니아 가문에 책임을 뒤집어씌우면 회복할 수 있었다.

게다가 그가 인수한 이후로는 클로에에게 일어났던 악재들은 일어나지 않을 것이었다.

그 범인은 모두 팔라스였으니까.

"이제 다 끝났습니다."

그가 중얼거렸다.

반쯤은 클로에에게, 그리고 반쯤은 자신에게 하는 말이었다.

* * *

레나 헤덴은 오페르니아 영지에서 가장 화려한 디저트 가게에 발코니에 앉아 거리를 내려다보고 있었다.

한껏 치장한 채 연인을 기다리는 그녀의 입가에 미소가 맴돌았다.

레나는 이번 연인이 마음에 쏙 들었다.

잘생긴 얼굴이며, 돈을 잘 쓰는 호탕함이며, 귀족다운 매너.

물론 가장 중요한 것은, 그가 곧 이혼하고 온전히 레나의 남자가 될 거라는 사실이었다.

심지어 그는 전처의 재산을 바리바리 싸 들고 올 예정이었다.

두 사람이 평생 놀고먹어도 아무 문제가 없을 정도로.

문제가 없다 뿐인가, 수도의 저택을 사고 사교계에 입문할 수도 있을 터였다.

"후후, 이제 나도 귀족처럼 사는 거겠지?"

가만히 있어도 웃음이 나왔다.

유명한 귀족 가문의 딸인 데다 상당한 미인이라고 소문난 여자의 남자를 빼앗았다는 사실이 그녀를 무척이나 들뜨게 만들었다.

"손님, 그분이 오셨습니다. 안쪽에서 기다리고 계십니다."

단골 밀회 장소인 만큼, 그녀에게는 이미 익숙한 점원이 안쪽에서 레나를 불렀다. 그녀는 한껏 미소를 지으며 점원의 안내에 따라 안쪽 방으로 들어갔다.

"팔라스?"

그녀는 방으로 들어서며 연인의 이름을 불렀다.

"왜 방이 이렇게 어두운 거……. 꺄악!"

어둠 속에서 한 쌍의 팔이 튀어나와 그녀를 휙 낚아챘다. 순식간에 레나는 작은 의자에 강제로 앉게 됐고, 그와 동시에 어두컴컴한 방의 불이 확 켜졌다.

"뭐, 뭐야?"

부신 눈을 애써 떠 보자, 눈앞에 네 개의 실루엣이 보였다.

"레나 헤덴."

그중 가장 앞에 있던 한 명이 명랑한 목소리로 입을 열었다.

"눈 똑똑하게 뜨고 봐. 난 시간 낭비 하는 거 싫어해."

보기 드문 화려한 금발에 마찬가지로 화려한 외모를 가진 열일곱 살 정도의 소녀가 감히 그녀에게 명령을 하고 있었다.

"뭐……. 당신 누구야?"

레나가 인상을 찌푸리며 소리쳤다.

"내가 누굴 기다리고 있는지 알아? 감히 나를 이렇게 대해?"

일단 신경질부터 내고 눈을 가늘게 뜨자 나머지 세 사람의 모습도 눈에 들어오기 시작했다.

소녀와 비슷한 또래로 보이는 짙푸른 색 머리칼을 가진 소년.

몇 살 더 어려 보이는, 신기할 정도로 단단한 체격에 검을 차고 있는 소녀.

마지막으로, 사람이라는 것을 믿기 어려울 만큼 아름다운 외모를 가진 흑발 청안의 미소년.

성년이 채 안 됐음이 분명한 외모임에도, 레나는 순간적으로 얼굴을 붉혔다.

"당신이 누군지 당연히 알지. 뒷조사를 얼마나 열심히 했는데."

금발의 소녀가 당연한 거 아니냐는 듯 내뱉었다.

"뭐, 뒷조사? 아주 겁을 상실했구나?"

레나는 의자를 박차고 일어나 뛰쳐나가려 했다.

"아멜리아."

그러나 금발 소녀의 말이 떨어지기 무섭게, 단단한 체격의 소녀가 레나의 어깨를 잡아서 다시 의자에 눌러 앉혔다.

"아흐흐흑……?"

그녀는 어리둥절한 표정으로 신음을 내뱉었다. 어린아이의 힘이라고는 믿기 어려울 정도로 어깨가 얼얼했다.

"아멜리아는 오페르니아 가문 소속의 최연소 기사거든. 검을 빼게 만들고 싶지는 않으니 좀 협력해 주실까?"

"오, 오페르니아?"

레나의 얼굴이 창백하게 질렸다.

오페르니아라면, 팔라스의 부인이 있는 가문 아닌가.

혹시 클로에가 보낸 사람인가 하는 마음에 식은땀이 흘렀다.

"맞아. 나는 리아넬라, 이쪽은 알로, 그리고 저기 저분은 루시안 도련님."

"……리아넬라와 루시안."

레나가 조용히 두 사람의 이름을 읊조렸다.

'제국의 호구'라 불리던 가문을 바로 세워 놓은 데다 황실과 친분이 있다는 어린 집사.

오페르니아 공작가의 직계이자, 개인 재산으로도 제국 최고의 부자 중 하나라는 어린 귀족.

오페르니아 영지에서는 모르는 사람이 없을 정도로 유명한 이름들이었다.

"이름을 얘기해 준 건, 우리가 누군지 알아도 당신이 할 수 있는 일은 없기 때문이야."

"……팔라스는 어딨지?"

"글쎄. 여긴 없지. 만나자는 전갈은 내가 보냈으니까."

리아넬라는 어깨를 으쓱하며 대답했다.

"그, 그럼 어린아이 몇 명이 장난을 쳤다는 건가?"

레나가 억지로 용기를 쥐어 짜내 물었다.

사정이 어찌 됐든, 보아하니 클로에가 그들과 함께 있는 것 같지는 않았다.

"나랑 장난해, 지금?"

위엄 있는 가문의 유명한 이름들이라고는 하나, 막상 앳된 얼굴들을 보니 이렇게 잡혀 있기는 억울했다.

"상점 주인을 속이고 숨어들어 온 모양인데, 여기 점원은 내 편이야."

레나가 이죽거리며 말했다.

"게다가 소리를 질러서 손님들이 듣기라도 하면, 그래서 오페르니아의 도련님이 불쌍한 영지민을 괴롭혔다고 소문이라도 나면, 그 감당을 쉽게 할 수 있어?"

"아, 눈치가 없구나."

리아넬라는 피식 웃으며 대꾸했다.

"다른 손님들은 아까 내보냈어. 그리고 점원은 당신 편이 아니야."

그녀는 레나가 잘못 들을 것을 염려하듯, 한 자 한 자 또렷하게 말했다.

"여기, 내가 샀거든."

"사, 사다니? 네 까짓 게 이 상점을? 여긴……."

"오페르니아 영지에서도 제일 번화가에 있는 거대하고 유명한 디저트 집이라고? 알아."

내가 간단하게 대답했다.

"그래서 산 거야. 그리고 루시안 도련님이 사다 준 디저트도 맛있었고."

물론, 이곳이 두 불륜 남녀의 회동 장소라는 사실도 알고 있었지만.

"그러게, 불륜 장소는 더 조심해서 골랐어야지."

지난 삼 년 동안, 나는 적지 않은 자산을 축적해 놓았다. 집사로서 받은 급여에 가문을 위해 중요한 판단을 내릴 때마다 공작 부인이 턱턱 쥐여 준 상여금.

나는 기회가 될 때마다 그것들을 조금씩 투자했다.

주로 오페르니아 가문이 하는 사업에 부속되는 다른 사업에.

신성수 건으로 받은 수도의 저택이 천정부지로 값이 오른 건 물론이었다.

이런 상점 하나 갖는 것은 대수로운 일이 아니었다.

나는 벙찐 얼굴의 레나에게 천천히 다가가 그녀의 양쪽 손을 잡고 이리저리 살폈다.

"뭐, 뭐 하는 짓이야?"

레나가 다시 한번 의자에서 일어나기 위해 다리에 힘을 주었다.

나는 한숨을 쉬고 옆에 놓였던 화병을 들고 다시 그녀에게 가까이 갔다.

"뭐야! 무식하게 그걸로 날 때리려고……."

주룩-

나는 대답 대신 화병 속에 있던 물을 그녀의 머리 위로 부었다.

"꺅! 차갑잖아!"

비명과 함께 레나가 몸을 부르르 떨었다.

"미안한데, 난 유부남과 바람피운 여자랑 이야기를 길게 하고 싶은 생각은 없어.”

“…….”

“개인적으로 불륜하던 사람한테 당한 게 있어서 더 싫기도 하고.”

나는 전생에 나를 차로 치어 죽였던 남자를 떠올렸다.

팔라스도, 레나도 결국은 같은 과인 거겠지.

“그러니까 여기 묶여 있기 싫으면 얌전히 입을 다물어 줘.”

레나는 여전히 할 말이 많은 표정이었지만, 상황을 아예 파악하지 못한 건 아닌지 일단은 입을 다물었다.

나는 다시 그녀의 손가락을 점검했다.

“사파이어와 핑크 다이아몬드가 함께 박힌 이 반지, 팔라스에게 받았구나?”

“그, 그걸 어떻게…….”

“클로에 님 거니까.”

나는 무심하게 대답하고는 다시 레나의 턱을 들고 목을 살폈다.

“이 백금 줄의 루비 목걸이도 마찬가지고.”

“…….”

나는 다시 허리를 펴고 레나의 뒤통수를 잡아 앞으로 눌렀다.

“꺄악!”

“머리 장식에 박힌 에메랄드는 클로에 님이 팔라스의 생일에 선물한 원석으로 만든 것 같고……. 나머지도 다 팔라스의 선물이겠지?”

루시안이 하, 하고 한숨을 쉬었다.

명색이 고모부라는 인간이 이렇게 치졸할 거라고는 생각하지 못한 모양이었다.

“다른 증거는?”

“무, 무슨 소리야?”

레나가 덜덜 떨면서도 버럭 소리쳤다.

"불륜 증거는 다 내놓으라고. 지금 안 가지고 있으면 어디 있는지 말하고."

"그, 그런 걸 말할 것 같아? 두고 봐, 팔라스에게 다 얘기할 거야! 겨우 집사 따위가 나를 이렇게……."

"피곤하게 하네."

나는 이번에는 테이블에 놓여 있던 유리잔을 들어 그 안에 든 것을 레나의 얼굴에 뿌렸다.

"웁! 푸흡!"

안에 든 게 물은 아니었는지, 그녀는 얼굴을 한껏 찌푸리며 그 액체를 뱉어 냈다.

"이, 이래도 소용없어! 난 아무것도 말 안 해!"

하얘진 얼굴에 액체가 뚝뚝 흘렀지만, 그녀는 꽤 강경해 보였다. 좋은 말로는 안 되니, 작전을 바꿔야 한다는 의미였다.

"그럼, 다른 사람한테 보내 줄까?"

"무슨 소리야?"

나는 잠시 그녀의 얼굴을 바라보다가 다시 입을 열었다.

"레나 헤덴, 본명은 엘라나 밴슨."

레나의 입이 떡 벌어졌다. 꽥꽥거리던 목소리도 조용해졌다.

"니체 백작가의 백작 부인 밑에서 일하던 하녀였다며."

"그걸 어떻게……."

"뒷조사를 잘하는 친구가 하나 있어서. 그 애가 그러던데."

"……."

"니체 백작과도 바람피우다 걸려서 백작 부인에게 쫓겨났다고."

나는 카밀이 말해 준 정보를 그녀에게 그대로 읊어 주었다.

"쫓겨나면서, 부인의 패물을 훔쳤다, 근위대를 피하기 위해 가명을 지어냈다."

레나는 아무런 대답도 하지 못하고 부들부들 떨었다.

"어때? 근위대를 불러서 이 얘기를 다 해 줄까?"

"……."

"아니면 더할까? 지금 걸치고 있는 목걸이, 손가락에 낀 반지, 이런 것들을 오페르니아 가문에서 훔쳤다고 말이야."

나는 그녀의 손을 꽉 쥐며 말했다. 레나가 마른침을 삼키는 것이 보였다.

"나, 난 오페르니아 가문에서 훔친 것이 없어."

"팔라스가 훔쳤겠지. 어쩌면 당신 부탁으로. 증거는 당신 손에, 당신 머리칼에, 목에 주렁주렁 걸려 있고 말이야."

"니체 백작가가 거절한다면, 재판 관할은 다시 오페르니아로 넘어오겠지. 그렇게 되면……."

나는 루시안을 돌아보며 말을 이었다.

"너를 잡아서 심문하는 건 루시안 도련님의 기사단이 담당할 거다."

"고문을 하지 않는다고 장담은 못 하겠군."

루시안이 짧게 덧붙였다.

낮게 가라앉은 목소리에서 살기를 느꼈는지, 그와 눈을 마주친 레나가 진저리를 치며 시선을 돌렸다.

"그나마 나은 선택지를 지금 주려는 거야. 나도 당신 재판 같은 것에 신경 쓰는 게 귀찮아서."

나는 레나의 턱을 잡아서 다시 나를 보도록 들어 올렸다. 겁에 질릴 대로 질린 얼굴을 보니, 아마 그녀의 멘탈은 거의 다 무너진 것 같았다.

"그리고 당신도 알고 있을 거야."

나는 웃으며 쐐기를 박아 주었다.

"팔라스는, 그때가 되면 당신을 지켜 주지 않을 거라는 걸."

"……!"

레나가 입술을 꽉 깨물었다.

몇 분 동안 말없이 온몸을 덜덜 떨던 그녀는, 결국 천천히 입을 열었다.

"마, 마, 말할게요."

"그래? 뭐가 있긴 있나 봐?"

"당연히 있어요!"

그녀가 눈물을 주룩 흘리며 털어놓았다.

"내가 사는 집 침대 밑에…… 거기 모든 게 다 있다고요."

나와 알로가 동시에 씩 웃었다.

나나 루시안이 뭐라고 하기도 전에, 그는 슉 하고 그 자리에서 사라졌다.

이미 뒷조사로 알고 있는, 레나의 집으로 쳐들어가기 위해서.

* * *

"하아……."

로잘린은 깊은 한숨을 내쉬었다.

한쪽 팔에는 투명 마력석으로 만든 팔찌가 반짝이고 있었다.

그녀는 한층 맑아진 머리로 화장대 위를 바라보았다.

붉은 증폭석에 금줄이 달린 팔찌는, 리아넬라가 놓아두고 간 그대로 자리에 있었다.

"젠장. 쓸데없는 얘기를 해서……."

그녀는 리아넬라를 떠올리며 욕설을 지껄였다.

"그냥 와서 투명 마력석만 두고 갈 것이지, 건방지게 제가 뭐라고……."

"제가 뭐라고 아가씨의 비밀을 다 알고 있냐고요? 아니면 증폭석을 드려서 문제인가요?"

귓가에 리아넬라의 목소리가 들려왔다. 로잘린은 얼굴을 찌푸리며 휙 하고 고개를 치켜들었다.

리아넬라, 그리고 몇 걸음 뒤에 루시안의 얼굴이 보였다.

"너 뭐야! 왜 자꾸 허락 없이 들어오는 거야!"

"안나가 몇 번이나 말했는데 다른 생각을 하시느라 못 들으신걸요."

그녀의 말을 증명이라도 하듯, 안나가 두 사람 사이에 서서 어색한 몸짓으로 서성이고 있었다.

"꺼져 버려."

"태도는 그대로군요."

리아넬라는 안나를 내보내고 로잘린의 방 한쪽에 있던 의자에 걸터앉았다.

"솔직하게 말할게요, 아가씨."

그녀가 말했다.

"상황이 조금 다급해져서 온 거예요."

"……무슨 얘기가 하고 싶은 거야?"

"와인 사업에 대해 들으셨나요?"

로잘린은 입술을 꾹 깨물고 대답하지 않았다. 리아넬라는 충분한 대답을 들었다는 듯 고개를 끄덕였다.

"들으셨군요."

"……"

"고민도 하셨고."

"……"

"로잘린 아가씨, 아가씨는 알고 계시죠?"

"뭘?"

"영지민 수백 명이 알 수 없는 독으로 치료도 못 받는 지금, 클로에 님을 도와 이 사태를 마무리할 수 있는 사람은 아가씨뿐이라는 거요.”

리아넬라가 로잘린을 똑바로 바라보며 말했다.

“아가씨는, ‘되돌리는 힘’을 가진 제국 최고의 치유사이자.”

“······!”

“파벨 공작의 힘을 계승한 사람이니까요.”

로잘린의 동공이 거칠게 떨렸고, 나는 그녀가 모든 사실을 알고 있었음을 확신했다.

“너······ 대체 어떻게 안 거야?”

그녀가 따졌다. 목소리가 조금씩 떨리고 있었다.

“걱정 마세요. 루시안 도련님 말고 다른 사람에게는 말할 생각이 없으니까.”

나는 부드럽게 웃으며 말해 주었다.

“적어도, 아가씨가 스스로 안전하다고 느낄 때까지는요.”

그녀의 눈에 서린 공포심을 보면서, 나는 로잘린의 판단력이 생각보다 좋다는 점을 깨달았다. 실제로 그녀가 가진 능력은 꽤 위험했으니까.

“아가씨야말로 생부의 정체를 어떻게 알게 되신 거예요?”

나는 문이 잘 닫혀 있는지 다시 한번 확인한 후 목소리를 낮추고 물었다.

“······어머니가 보내지 못하고 보관 중인 편지를 봤으니까.”

“······.”

“거기에, 남자의 이름과 내 진짜 생년월일이 적혀 있었으니까.”

한참 동안 조용하던 로잘린은, 이제 더 숨기는 게 의미가 없다는 듯 멍한 표정으로 대답했다.

“어머니를 탓할 생각은 없어. 상대방의 정체를 몰랐으니까.”

그랬구나.

클로에가 어떻게 파벨 공작과 엮였던 건지는 원작에서도 자세히 나오지 않았다.

"어머니는 그때 어렸고, 영지에만 있었고, 중앙 귀족들의 얼굴을 몰랐으니까. 이미 부인과 자식들이 있는 남자라는 사실을 알았더라면 아무리 어머니여도……."

"알아요. 클로에 님은 유부남을 만나는 취미는 없으니까요. 나이도 어렸을 거고."

"어머니께 묻지는 못했지만 찾아보니 그런 기록은 있더라. 내가 생길 무렵, 오페르니아 가문에서 좋은 값에 인수하려고 준비했던 선박을 파벨 공작가에서 가져갔다고."

"……."

"어머니는 입단속을 못 한 거고, 그 남자는 그럴 걸 알고 있었겠지, 뭐."

반박할 말은 떠오르지 않았다.

파벨 공작은 철저하게 계산적인 남자였다. 갓 성년이 된 소녀를 이용해 이익을 취할 기회가 눈앞에 있다면 어떻게든 이용하는 것이 당연한 사람.

"물론 나야 어머니가 그 무렵에 다른 몇 명의 남자를 만났는지 모르니까 확신하지 못했지. 그러다가……."

"능력을 깨달으셨군요."

로잘린이 한층 더 창백해진 얼굴로 고개를 끄덕였다.

"열 살 때 뭔가 이상하다는 걸 느꼈어. 그러고 나서 내 몸에 몇 번 실험해 봤더니……."

"생부와 연락해 볼 생각은 하지 않으셨군요."

"그 가문에?"

로잘린이 차갑게 조소했다.

"잠깐 그 생각도 했었지. 그런데 그 무렵에……."

그녀는 입술을 덜덜 떨다가 겨우 말을 이었다.

"파벨 공작의 세 아들이, 작위 승계 경쟁을 위해 이미 제 혈육을 해쳤다는 소문이 돌더라."

나는 조용히 고개를 끄덕였다.

증거는 없었지만, 수년 전 늦둥이로 태어난 남녀 쌍둥이가 제 형제들의 손에 죽었다는 소문은 꽤나 유명했다. 그들이 서로의 목숨을 노린다는 소문, 그리고 파벨 공작이 이를 막을 생각이 없다는 소문도.

"파벨 가문에는 나 말고도 사생아가 많아. 넌 소문에 밝으니 다 알고 있겠지."

로잘린이 쓸쓸하게 웃으며 말을 이었다.

"대부분은 죽었어. 다른 이유도 있겠지만, 그 능력을 가문 안에 가둬 놓으려면 그게 가장 확실한 방법일 테니까."

"……."

"어머니도 그걸 아니까 내 생년월일을 일부러 바꿔 버린 거고."

나도, 루시안도 아무런 대답을 하지 않았다.

출생의 비밀을 깨달아 버린 로잘린이 마력석을 가지고 제 능력을 억제하려 한 것, 실수로라도 다른 이의 상처를 치유하지 않기 위해 안간힘을 쓴 것, 모두 살기 위한 발버둥이었다.

그 싸움은 지금까지도 계속되고 있었다.

"다른 사람들을 치유해 주는 데는 관심 없어."

로잘린이 나와 루시안을 보며 말했다.

"와인을 먹고 죽어 버리든, 아니면 다른 병에 걸리든, 내 탓이 아니란 말이야."

"맞는 말씀이에요. 아가씨의 탓이 아니죠."

나는 선선히 고개를 끄덕여 주었다.

"저도 아가씨의 입장에서만 생각하려고 해요. 그래서 더더욱 이 말씀을 드리려고 한답니다."

"……."

"아가씨의 능력을 영원히 숨길 방법은 없어요."

원작에서 로잘린은 이 능력 때문에 죽었다. 구체적으로 설명하자면, 그녀는 오랫동안 두문불출하며 자신에게 유전된 파벨 가문의 능력을 숨겼다.

'되돌리는 능력'이 알려진 것은 오페르니아 가문이 망해 갈 무렵, 그러니까 팔라스가 클로에의 뒤통수를 거하게 치고 이혼을 요구할 무렵이었다.

질척거리며 매달리는 그녀와 다투던 팔라스는 클로에를 밀쳤고, 클로에는 크게 다치고 만다.

급히 치료가 필요한 어머니를 위해 로잘린은 어쩔 수 없이 억눌러 왔던 능력을 사용하게 되고, 능숙하게 힘을 조절하지 못한 탓에 주변에 그 일은 은밀하게 처리되지 못했다.

파벨 공작가가 발칵 뒤집힌 것은 물론이었다.

'그 많은 캐릭터들 중에서도 로잘린이 제일 불쌍했지.'

마지막에 그녀는 파벨 공작가로 납치당하고 만다.

감동적인 부녀의 상봉은 아니고, 공작의 세 아들들이 그녀의 능력을 마력석에 담아 보겠다며 이런저런 실험을 한다.

파벨 공작은 그냥 방관했고.

그렇게 실험체로서 고통을 당하던 그녀는 결국 버티지 못하고 죽게 된다.

로잘린이 미간을 있는 힘껏 찌푸렸다.

"네가 그걸 어떻게 안다고……."

"아까 파벨 공작에게 사생아가 여럿 있다고 그랬죠. 그럼 건국 이래, 파벨 가문에서는 몇 명의 사생아가 있었을 것 같아요?"

"……."

"가문 바깥으로 능력이 새어 버릴 위기는 전에도 있었을 거예요. 그럼 왜 지금의 파벨 공작이 그 계승자로 있을까요?"

로잘린의 얼굴이 다시 한번 공포로 물들었다.

"파벨 공작가에서는 한 번의 예외도 없이, 능력을 승계한 사생아를 찾아내서 가문으로 데려갔거나 암살했다는 의미겠죠."

"……."

"'되돌리는 능력'을 평생 감추면서 사는 데 성공한 사람은 없다는 의미예요. 언젠가 그 능력은 세상 밖으로 새어 나오게 되어 있으니까. 가까운 누군가가 아플 때, 아니면 대륙이 전쟁을 겪을 때, 도저히 치료해 주지 않고는 견디지 못하는 상황이 와요."

"……."

"그러니 지금, 계획하고 선택하는 게 가능할 때 결정을 하라고 말씀드리는 거예요."

나는 로잘린의 반대편에 놓인 의자에 앉아 그녀에게 말했다.

"제가, 아가씨를 위해 대처 방안을 생각해 줄 수 있을 때요."

로잘린이 제 입술 안쪽을 잘근잘근 씹었다.

"참고로 저는 다른 사람을 치유하는 데 관심 없다는 아가씨의 말을 믿지 않아요."

"뭐?"

"말했듯이 소중한 사람에게 필요하다면, 결국은 그 힘을 쓰게 될 거라고 생각하거든요."

원작에서 그랬으니까.

항상 무심하려 애썼던 로잘린은 팔라스와 다투다가 크게 다친 제 어머니, 클로에를 보고 결국 능력을 사용한다.

사고나 우연으로 능력이 튀어나온 게 아니라, 그녀 자신이 결정한 일이었다.

그렇게 스스로의 능력으로 누군가를 치유하는 경험을 하고 무언가를 느낀 그녀는, 다리를 다친 사용인에게도 도움을 준다.

그러한 일이 반복되었다.

파벨 공작가에서 그녀에 대한 소문을 들을 때까지.

"네가 나에 대해 뭘 아는데."

로잘린이 이를 악물고 쏘아붙였다.

"난 이런 힘을 달라고 한 적 없어. 제 사생아가 죽도록 방관하는 거지 같은 남자의 핏줄과 능력 따위……."

그녀는 자신이 끔찍하다는 듯 몇 마디 욕설을 지껄였다.

"돈에는 잘못이 없다는 말을 혹시 들어 보셨나요?"

로잘린은 그게 무슨 소리냐는 듯한 표정으로 나를 향해 눈을 깜빡였다.

"더러운 이유로 받았든, 마음에 안 드는 친척에게 상속받았든, 돈은 그 냥 돈이라는 뜻이에요. 저는 키르시안 공자나 로잘린 아가씨의 능력도 똑같다고 생각해요. 강한 힘은 그저 강한 힘이죠. 어디서 받았든."

"……."

"그러니 다시 부탁하는 거예요. 아가씨의 힘을 사용해 주세요."

나는 그녀의 손을 천천히 잡으며 다시 한번 말했다.

"클로에 님을 지키기 위해서. 아가씨 자신을 지키기 위해서."

"……."

"그리고, 팔라스와 클로에 님의 이혼을 빠르게 성사시키기 위해서."

"뭐라고?"

로잘린의 눈동자가 충격으로 커졌다.

"이혼이라니? 어머니가?"

"팔라스는 이미 이혼을 계획하고 있어요. 증거도 있고요."

나는 레나를 만난 이야기를 짧게 설명했다. 로잘린은 조금 전과 다르 게 집중된 표정으로 내 이야기를 들었다.

"······그걸 내가 도울 수 있다고?"

이야기를 끝까지 들은 로잘린이 멍한 얼굴로 물었다.

"어머니의 마음은 절대······."

"그러니 두 가지 방면에서 아가씨의 도움이 필요하죠."

나는 빙긋 웃으며 손가락을 하나씩 펼쳤다.

"하나, 와인 사업을 정상으로 되돌려 헐값에 매각하지 못하게 한다."

"······."

"둘, 클로에 님을 치료해서······."

"치료······?"

로잘린이 의아한 얼굴로 내 말이 끝나기를 기다렸다.

"클로에 님이 팔라스를 더 이상 사랑하지 않도록 한다."

긴 침묵이 방을 맴돌았다. 이윽고 로잘린은 긴 한숨을 쉬며 고개를 끄덕였다.

"그랬구나. 사실 당연한 거였는데."

그녀가 헛웃음을 지으며 말했다.

"항상 신기했어. 옷에도, 구두에도, 음식과 온갖 유행에도 빨리 질리는 어머니가 왜 그 사람에게는 질리지 않는 건지."

"······."

"오래전이라 기억은 잘 안 나지만, 그 남자를 만나기 전까지 어머니는 비슷비슷한 남자들을 매일 갈아치웠다고도 들었는데 말이야."

로잘린이 눈을 들어 나와 루시안을 올려다보았다.

"정말 지켜 줄 수 있어?"

그녀가 말했다.

"내 능력이 파벨 공작가에 알려졌을 때, 나를 지켜 줄 수 있어? 어머니도?"

"······지켜 줄게."

내가 잠시 말을 고르는 사이, 루시안이 먼저 로잘린에게 대답했다.

"……네가?"

"그래. 약속할 수 있어."

그는 천천히 나와 로잘린 앞까지 다가왔다.

"네가 리아넬라의 청을 받아들인다면, 가문을 돕는다면, 가문은 너를 지키겠다고 말이야."

"네가 무슨 수로? 어떤 자격으로?"

로잘린은 여전히 의심스럽다는 표정으로 그에게 물었다.

"가주로서."

루시안이 나직하게 대답했다.

로잘린이 헉, 하며 숨을 들이마셨다.

"네 출생에 대해 들었으니, 나도 남들에게 하지 않은 이야기를 해 주는 거야. 난 가주가 될 거야."

루시안이 무심한 얼굴로 덧붙였다.

"너, 레너드 외숙과 어머니가 있는데……. 그리고 노르만이……."

"응. 다 제치고 내가 후계자가 되려고 해."

동그래진 로잘린의 눈을 보며 루시안이 어깨를 으쓱했다.

"그러니 나와 연대하자, 로잘린."

"……."

"나는 다른 형제가 없고, 노르만은 없느니만 못하고, 남은 사촌은 너뿐이니까."

건조한 목소리였지만 이를 듣는 로잘린의 눈가가 미세하게 젖고 있었다.

"지금 리아넬라의 계획을 따라 주면, 나는 평생 너를 지켜 줄 거야. 혈육으로서, 사촌으로서, 그리고 가주로서."

툭.

작은 물방울 하나가 로잘린의 뺨을 타고 흘렀다.

말하지 않아도 나는 이해할 수 있었다.

'지켜 주겠다'는 약속이, 공포에 질린 외로운 소녀에게 얼마나 소중할지.

이는 생부도, 양부도, 심지어는 어머니도 해 준 적 없는 말이었다.

'내가 전생에서 누구에게든 듣고 싶었던 말이기도 하고.'

루시안은 악수를 청하듯 로잘린에게 손을 뻗었다.

"……좋아."

아주 천천히, 로잘린이 제 오른손을 들어 루시안의 것을 잡았다.

사촌 간의 첫 연대였다.

* * *

"여기, 그리고 여기에 날인하면 됩니다."

팔라스가 친절하게 서류의 날인란을 짚어 주었다.

클로에는 깊게 한숨을 내쉬고는 다시 한번 계약서를 읽었다.

"이 방법밖에 없는 거겠지?"

"물론입니다."

"이 상단은 어떤 곳이라고 했지? 전에는 들어 본 적이 없었는데."

"페피토 집사가 알아서 전부 점검을 했다고 합니다. 그리고 누가 운영하든 무슨 상관이 있겠습니까, 대금을 이미 가지고 있다는데요."

"하지만……."

클로에는 확신이 서지 않는 듯 계속해서 머뭇거렸다.

"부인, 이미 얘기하지 않았습니까. 이건 다시 오지 않을 기회입니다."

팔라스가 안타까운 표정으로 말했다.

"도장을 찍고 나면, 그 짜증 나는 피해자들에 대해서도, 와인의 생산 방법이며 사용인들의 관리에 대해서도 다시는 신경 쓰지 않아도 됩니다."

"가문의 평판을 지키려면, 다른 방법이 없는 거겠지."

그녀는 눈을 지그시 감으며 생각에 잠겼다.

피해가 영지 내부에만 발생했다고 해도, 와인을 마신 자들의 상태는 나날이 심각해지고 있었다. 다수가 저택 앞으로 찾아왔고, 그 가족들은 시위를 하기도 했다.

소문은 이미 수도까지 퍼졌고, 가문의 평판은 하루가 다르게 밑바닥으로 치닫고 있었다.

"그래, 알겠어."

그녀는 무거운 손길로 가문의 문장이 새겨진 도장을 들어 계약서로 가져갔다. 그녀를 지켜보던 팔라스의 눈이 번뜩이는 순간이었다.

쾅-

"클로에 님!"

사용인 하나가 집무실 문을 박차고 들이닥쳤다.

"무슨 일이야! 내가 방해하지 말라고 하지 않았나!"

팔라스가 불쾌한 표정으로 사용인을 향해 씩씩거렸다. 클로에는 서류에서 손을 떼고 고개를 들었다.

"죄, 죄송합니다! 다만 이 일은 아셔야 할 것 같아서……."

"천천히 설명해 봐."

당장이라도 나가라고 윽박지를 것 같은 남편을 제지하며, 그녀가 지시했다.

사용인은 팔라스의 노여움 어린 시선을 견디며 쭈뼛쭈뼛 두 사람 앞으로 다가왔다.

"그게, 와인 사업에 대한 이야기입니다."

"또? 몰랐던 환자가 더 생겼대? 팔려 나간 와인은 다 회수한 거 아니었어?"

"그게 아닙니다."

사용인은 몇 번 숨을 고르더니 그녀에게 설명했다.

"환자들이, 환자들이 완쾌했다고 합니다!"

"뭐라고?"

클로에와 팔라스가 동시에 자리에서 일어났다.

"똑똑히 말해 봐라. 어떻게 된 거야?"

"리아넬라 집사님이, 저택 바깥까지 몰려온 자들을 집 안으로 들이라고 하셨습니다. 그러고 나서 로잘린 아가씨, 루시안 도련님이 함께 새로운 와인을 한 병씩 나누어 주셨는데……."

"새로운 와인?"

"예, 사고가 터진 이후 생산되어 창고에 보관되어 있던 와인인 것 같습니다."

"그, 그래서?"

"몇몇 사람들은 말리려고 했는데 도련님과 아가씨가 계셔서……."

"그래서?"

"두 분과 리아넬라 집사님은 새 와인 안에 치료제가 있다고 사람들을 설득했다고 합니다. 안전함을 보여 주기 위해 직접 마시기도 했고요."

팔라스의 눈이 혼란스럽게 흔들렸다.

"어차피 다른 치료제가 없다고 생각해서인지, 환자들은 긴가민가하면서도 그 자리에서 와인을 마셨다고 합니다. 그리고……."

사용인의 얼굴이 환하게 빛났다.

"마법처럼, 모두의 증상이 나았다고 합니다!"

"저, 정말인가?"

클로에가 눈을 크게 뜨고 묻자 사용인이 다시 고개를 끄덕였다.

"정말로 세 분이 치료제를 구한 모양입니다. 지금 그 소문을 듣고 다른 환자들도 저택으로 몰려오고 있습니다!"

"신이여, 감사합니다!"

클로에가 두 손에 얼굴을 묻고 흐느꼈다.

"그럼, 그럼 가문의 명예는⋯⋯."

"지금 바인즈 집사님이 성명서를 냈다고 합니다. 와인으로서 일어난 사고를 와인으로 치료하겠다고요. 모든 환자들이 오페르니아 저택을 방문해서 치료를 받으라고요."

"아아⋯⋯."

클로에는 힘이 탁 빠진 듯 소파에 주저앉았다.

"다행이다, 다행이야."

그녀가 연신 흐느끼며 말했다.

"부, 부인. 이 계약서는⋯⋯."

팔라스가 당황한 표정으로 다시 계약서와 도장을 그녀에게 내밀었으나, 그녀는 손을 내저을 뿐이었다.

"난 사실 팔고 싶지 않았어. 이 가문에서 내 이름으로 뭔가 하나는 하고 싶었단 말이야."

"부인⋯⋯."

"정말 많이 노력했거든. 내심 하늘이 한 번의 기회만 더 준다면 정말 잘해 보려고 했는데."

"이미 약속한 일입니다⋯⋯."

팔라스가 억울한 목소리로 항변했으나 클로에는 계약서를 받아서 아예 사용인에게 넘겨 버렸다.

"파쇄해 줘. 리아넬라가 그러더라, 남용되기 쉬운 서류는 바로 폐기해야 한다고."

"하지만!"

"예, 클로에 님."

사용인은 팔라스의 클로에만을 향해 씩씩하게 대답하더니 계약서를 쭉 찢으며 방에서 달려 나갔다.

팔라스의 얼굴을 순간 일그러졌다.

"부인, 어찌 제게 이러십니까."

클로에는 그제야 그가 제대로 보인 듯, 눈을 들어 팔라스를 보았다.

평소 군은 얼굴을 잘 보이지 않는 남편의 모습에 놀란 듯, 그녀의 눈동자가 커져 있었다.

"응?"

"제 이름을 걸고 매각을 약속했단 말입니다! 이렇게 계약이 파기되면 제 체면은……."

"하지만 팔라스, 방금 그 소식으로 사업의 가치가 올라 버렸잖아?"

클로에는 눈물이 다 닦이지도 않은 젖은 눈을 깜빡이며 그를 바라보았다.

"와인 사업을 재정비시키면서 리아넬라가 그랬는걸. '오페르니아의 모든 것은 가치가 있고, 그것을 헐값에 넘기는 건 가문을 무시하는 일이다'라고 말이야."

"그, 그건 그렇지만……."

당연한 설명에, 팔라스는 한참 동안이나 대답을 찾지 못하고 더듬거렸다.

마음 한구석에서 리아넬라에 대한 화가 치밀어 올랐다.

가만 생각해 보니, 공작 부인이나 바인즈 집사보다도 그를 방해하는 것은 그놈의 4등 집사였다.

"팔라스, 뭘 하든 나를 지지해 준다고 했었지? 그렇지?"

클로에는 여전히 신뢰가 가득 담긴 눈동자로 팔라스를 바라보았다.

"당연한 말씀입니다. 저는 다만……."

"나와 함께 축배를 들어 줘."

클로에가 달콤하게 속삭였다.

팔라스를 향하는 눈에는 여전히 사랑과 호의가 가득했다.

"……알겠습니다, 부인."

팔라스는 울컥 차오르는 짜증을 삼키며 클로에를 향해 말했다.

"무엇이든 그대의 뜻대로 하지요."

꽉 움켜쥔 그의 주먹이 떨리고 있었으나, 클로에는 이를 보지 못했다.

* * *

"하아……."

로잘린이 자신의 침대 위로 폭 쓰러졌다.

"피곤해 죽겠어. 손가락 하나도 까딱 못 하겠어."

"고생이 많으셨어요, 아가씨."

나는 진심을 담아 말하며 로잘린의 머리칼을 쓰다듬었다.

"……나 네 동생 아니거든."

"하지만 누가 머리 쓰다듬어 주는 거 좋아하시잖아요?"

"아니야! 그게 아니라……. 하아……."

말과는 다르게, 내 손이 머리에 다시 닿는 순간 그녀의 눈이 반쯤 감겼다.

아직 어리다니까.

루시안과 동갑인데, 고립된 채 산 기간이 길어서 그런지 로잘린은 행동이 훨씬 아이 같았다.

'하긴, 루시안도 머리 쓰다듬어 주는 건 좋아하지.'

사촌이라 그런지, 두 사람은 의외로 닮은 구석이 있었다.

새로운 사람 앞에서 낯을 가리는 성격도 그렇고, 인형처럼 예쁜 외모도 그렇고.

"이제 다 한 거 맞지?"

"맞을 거예요. 팔려 나간 와인보다 찾아온 환자 수가 더 많았으니까."

실제로 로잘린은 몇 주 동안 아예 쉬지를 못했다.

와인 안에 치료제가 있다는 건 거짓말이었다. 와인을 건네는 로잘린이 환자의 손을 잡으면서 치료가 됐던 것이다.

당장 로잘린이 성녀라는 소문을 낼 생각은 없었기에, 루시안이 떠올린 방안이었다.

"실제로 다른 곳이 아픈 환자들도 섞여 있었던 것 같아. 소문이 워낙 빨랐으니까."

루시안이 덧붙였다.

오페르니아가 새로 나누어 준 와인을 마신 사람들은, 앞서 마신 독이 치유됐을 뿐만 아니라 없던 기력까지 새로 생겨 버렸다.

로잘린의 힘이 그만큼 강했던 것이다.

덕분에 다른 병이 있는 자들도 은근슬쩍 저택으로 섞여 들어왔고, 로잘린은 어쩔 수 없이 몇 명의 추가 환자를 받아야 했다.

"고생했다."

"네 칭찬 필요 없거든."

루시안이 툭 내뱉자 로잘린이 한쪽 눈을 뜨고 그를 향해 혀를 내밀었다.

"덕분에 클로에 님의 와인 사업은 더 유명해졌어요."

나는 며칠 사이 바인즈 집사가 전해 준 소식을 떠올리며 말했다.

오페르니아의 평판은 사건이 생기기 전보다 오히려 좋아졌다.

원인은 여러 가지였다.

독이 든 와인을 마신 사람들도 겨우 며칠의 복통을 겪었을 뿐 중태에 빠진 이는 없었다는 점.

오페르니아 가문에서는 적극적으로 잘못을 인정하고 환자들을 데려와 치료를 해 주었다는 점.

거기에 클로에의 지시로 두둑한 배상금까지 얹어 주었다는 점.

새로운 와인에 치료 효과가 있을 뿐 아니라 맛까지 좋다는 소문.

다시 굴러가기 시작한 와인 사업은 전과 비교도 안 되는 매출을 내고 있었다.

공작 부인이 조찬 자리에서 클로에를 칭찬했고, 클로에는 감격해 눈물을 터뜨리기까지 했었으니, 이 상황은 더없이 완벽하게 종료된 셈이었다.

"피곤한 거 말고, 다른 증상은 없으세요?"

"음, 두통은 전보다 나아졌고……."

로잘린은 배 위에 양손을 올린 채 대답했다.

"몸 안에 흐르는 마력이 느껴져. 팔찌로 조절이 되긴 하지만, 가끔 의도한 것 이상으로 쏟아져나오는 느낌이야."

"사춘기라 그렇다고 해요. 어린 오러 사용자들에게도 비슷한 현상이 나타난다네요."

내가 로잘린에게 설명해 주었다.

"팔찌로 조절하다가, 성인이 되면 빼도 될 거예요."

앙테론 숲을 연구하면서, 나와 루시안은 제국의 내로라하는 마력 연구 전문가들에게 자문을 구했었다.

투명 마력석으로 하는 마력의 조절은, 나이가 들면 점차 필요 없어지는 경우가 많다고.

한편 증폭석은 오랫동안 차고 있으면 그 마력이 주인에게 흡수되어, 결국 팔찌가 없어도 비슷한 정도로 힘을 사용할 수 있게 된다고.

"뭐, 모양도 예쁘니까 괜찮아."

로잘린이 왼팔을 살짝 들며 대답했다.

"……앞으로는 어떻게 되는 걸까?"

"소문이 나는 게 두려우세요?"

로잘린이 머뭇거리다 고개를 끄덕였다.

"와인 때문이라고는 했지만, 혹시라도 파벨 공작가에서 의심을 하면……."

"걱정 마세요, 아가씨."

내가 빙긋 웃으며 말했다.

"걱, 걱정 안 해. 이제 알 테면 알라지, 뭐."

로잘린이 흥, 하고 코웃음을 쳤다.

"언젠가는 피할 수 없는 일이니까……."

"맞아요. 하지만 지금은 아니랍니다."

나는 팔짱을 끼고 잠시 생각에 잠겼다.

오페르니아는 여느 때보다 탄탄했다.

재정으로 보나, 군사력으로 보나.

그럼에도 불구하고 파벨 공작가에서 작정하면 로잘린 하나를 암살하지 못한 것은 아니었다.

제국에서 암투에 가장 익숙한 가문은 파벨이었으니까.

"뭐, 파벨 공작가에 소식을 전할 때가 되긴 됐죠."

나는 천천히 자리에서 일어나며 말했다.

"……그 애를 만나는 거야?"

구석의 의자에 앉아 있던 루시안이 물었다.

"맞아요, 도련님. 마침 오늘 방문하기로 했거든요."

"누가?"

흥미 없는 척 대화를 듣던 로잘린이 물었다.

"제 친구요."

"친구?"

"일단 저한테는 친구예요. 그리고……."

나는 방문을 열기 직전 몸을 돌려 말을 이었다.

"제 생각에는, 그쪽에게도 저는 꽤 소중한 것 같아요."

"그게 누군데?"

"아스트리드 엘로딘, 엘로딘 영애랍니다."

말을 마친 나는 아스트리드가 기다리고 있을 접견실로 발을 옮겼다.

* * *

"오랜만이에요, 리라."

"아리."

아스트리드는 나를 가볍게 포옹하고는 항상 앉는 자리에 털썩 앉았다.

"두 달 만에 겨우 보는 것 같아요. 수도에 오면 연락하라니까……."

"지난번에는 황궁에만 들렀답니다."

아쉬워하는 그녀에게 내가 변명하듯 말했다.

"엘로딘 자작가는 아무래도……."

"자작가로 오라는 건 아니에요. 아버지가 리라에게 무슨 짓을 할 줄 알고."

아스트리드가 말도 안 되는 소리라는 듯 손을 내저었다.

"바깥에서 보자는 거랍니다. 리라에게 하고 싶은 얘기가 많으니까요."

"다행이네요, 저는 아리의 이야기를 듣는 걸 좋아하거든요."

지난 삼 년간 아스트리드에게는 몇 가지 변화가 생겼다.

확연히 아름다워진 외모 때문인지, 자작의 엄격한 교양 수업 때문인지, 그녀는 수많은 남성의 관심을 받는 여인으로 자라 있었다.

'청초하게 피어난 사교계의 백합'이라고 불린다던가.

데뷔탕트를 치른 후부터 구애며 초대가 끊이지 않았고, 그녀가 어떤 이와 약혼할지 모두가 눈을 부릅뜨고 지켜보고 있었다.

마찬가지로 사교계의 꽃이라 불리는 미엘라 르웰린을 늘 조금씩 앞섰기에, 억울한 미엘라가 앓아누웠다는 소문까지 있었다.

"정말이죠? 그럼 오늘은 건국 신화 얘기를 해도 될까요? 최근에 좋아하는 학자가 새로 책을 발표했거든요."

물론 겉모습과 입지가 달라졌다는 의미였다. 알맹이는 여전히 '역사 광인' 그 자체였다.

"물론이에요."

나는 방긋 웃으며 그녀에게 차를 따라 주었다.

"다만, 먼저 조금 더 중요한 이야기를 할까요?"

찻잔을 잡던 아스트리드의 손이 멈칫, 하고 떨렸다.

"아리는, 파벨 공작가에 소식을 전해야 하니까요."

조용히 차를 마시는 아스트리드의 표정이 진지해졌다. 나는 약간의 시간을 주고 다시 입을 열었다.

"삼 년 전에 제가 뭐라고 했는지 기억하나요?"

그녀는 가만히 고개를 끄덕였다.

삼 년 전, 황제궁의 복도에서 마주친 그녀와 나는 정식으로 친구가 되었고, 나는 그녀가 파벨 공작가에 어떤 소식을 전해도 원망하지 않겠노라고 약속했다.

그 후, 우리는 여러 차례 만나면서도 파벨 공작가에 대해서는 이야기하지 않았다.

그녀는 가문에서 요구하는 대로 오페르니아의 상황을 파벨 공작에게 전달했을 것이고, 나는 나대로 예민한 소식은 아스트리드에게 노출하지 않도록 신경 썼다.

어려운 일은 아니었다.

이놈의 가문에는 아직도 의심스러운 놈들이 많아서, 어지간한 정보는 나와 바인즈 집사 사이에만 공유하고 있었으니까.

우리는 아슬아슬한 균형을 유지했고, 덕분에 모두가 멀쩡했다.

아스트리드는 파벨 공작과 제 아버지가 주문한 업무를 수행해 낸 셈이니 무난한 생활을 이어 갈 수 있었다.

오페르니아는 가문의 가장 중요한 비밀을 누구에게도 알려 주지 않았으니 크게 위험해지지 않았다.

아직까지는.

"언젠가 저와의 관계가 가문보다 소중해진다면 그때는……."

"……그래서 첩자 노릇을 하고 싶지 않아진다면, 그때는 얘기해 달라고 했었죠."

아스트리드는 그때의 일을 한시도 잊지 않았다는 듯, 또박또박 내 말을 받았다.

"맞아요, 영애. 그렇게 계속 기다리겠다고 했었죠."

나는 빙긋 웃으며 말을 이었다.

"오늘 그 얘기를 다시 꺼낸 데는 두 가지 이유가 있어요."

"……."

"첫 번째는, 영애가 지금쯤은 마음을 정했을지도 모르겠다는 생각이 들어서. 그리고 두 번째는."

나는 찻잔을 보던 눈을 들어 아스트리드를 똑바로 바라보았다.

"오페르니아에 일이 조금 생겼는데, 영애의 선택에 따라서 제 전략이 달라질 것 같아서."

"……."

"그래서 대답을 듣고 싶어요."

"……."

"영애는 파벨 공작가의 수하인가요, 아니면 나의 친구인가요?"

아스트리드는 찻잔을 만지작거리며 내 말을 끝까지 들었다. 나는 조금은 초조한 마음으로 그녀의 대답을 기다렸다.

'삼 년은 부족했을까……?'

사교계의 중심에 섰다고는 해도, 그녀는 아직 미성년이었다.

가문의 압박에 저항하기 어려울 나이.

그래서 시간을 주고 나와의 신뢰를 쌓고자 했지만, 그런 노력이 실제로 아스트리드에게 어떻게 작용했는지 나는 확신하기 어려웠다.

탁.

아스트리드는 찻잔을 내려놓더니 천천히 입을 열었다.

"그거 알아요, 리라?"

"네?"

"데뷔탕트 이후로, 아버지는 한 번도 저를 때린 적이 없어요."

"……."

"못 때린 거라고 봐야겠죠. 리라가 황제 폐하께 청탁을 넣어 준 덕분에, 제 에스코트는 무려 황태자 전하셨으니까요."

나는 대답 대신 고개를 끄덕였다.

당시 엘로딘 자작은 아스트리드에게 부쩍 관심을 갖던 파벨 공작의 장남을 그녀의 파트너로 점찍어 두었었다.

나이는 열 살이나 많은 데다 손버릇이며 말버릇이 나쁘기로 유명한 남자였기에 아스트리드는 불안해했고, 나는 다른 남자를 끌어들임으로써 문제를 해결했다.

파벨 공작가의 장남을 누를 수 있는 유일한 권위자, 제국의 황태자 아르테스 르벨리안.

데뷔탕트 당일 그녀에게 손을 내미는 아르테스를 보고, 엘로딘 자작은 놀라서 말조차 잇지 못했다.

기대했던 효과 그대로였다.

"그때가 처음이었어요. 아버지의 명령을 완전히 거스르고도 무사했던 것은. 당신 덕분이었죠."

아스트리드는 작게 웃으며 말을 이었다.

"그렇게 엄청난 데뷔를 하고 났더니 그런 일이 몇 번 더 생겼어요. 아버지가 지정한 일을 그대로 하지 않아도, 제게는 종종 더 좋은 선택지가 보이고는 했어요. 연회의 의상, 댄스 파트너, 어울릴 친구, 모든 것이요."

아스트리드의 말은 사실이었다.

사교계에 데뷔한 이후로, 그녀는 누구의 도움도 없이, 자연스럽게 영향력 있는 인사들의 모임에 섞여 들어갔다.

뛰어난 외모, 몇 년 동안 갈고 닦아 정제된 화술, 깊이를 알 수 없는 역사적 지식이며 타고난 맑은 분위기.

그 모든 것이 타인의 호기심을 자극하는 무기가 되었다.

다만 엘로딘 자작은 딸의 발전이며 사교계의 흐름을 따라가지 못했고, 안 하느니만 못한 잔소리 외에는 딸에게 별다른 조언을 하지 못했다.

"그렇게 제 목소리에, 조금은 힘이 생겼어요."

나 또한 알고 있었다.

파벨 공작가와 엘로딘 자작가가 오페르니아에 대해 그랬듯, 나 또한 아스트리드와의 대화로 그 두 가문의 분위기를 짐작해 왔으니까.

자작가의 권력은 미세하게 아스트리드를 향해 기울었다.

사업 파트너들도 아스트리드와 친분이 있는 자들로 조금씩 교체되었다.

"하고 싶은 말은 두 가지예요, 리라."

그녀는 자세를 바르게 하고 내게 말했다.

"첫 번째, 지금 나의 위치에 당신이 끼친 영향이 적지 않다는 사실을 절대로 잊지 않고 있다는 것."

"……."

"티를 내지 않아도 알고 있어요. 사교계에서 가장 빠르게 떠오르는 네 사람 중에, 당신의 손을 거치지 않은 사람은 없다는 걸요."

나는 말없이 그녀의 설명을 들었다.

사교계에서 가장 빠르게 떠오르는 네 사람이 누군지 나는 알고 있었다.

삼 년 전 검술 대회에 우승하며 샛별처럼 등장했던, 스캔들을 몰고 다니는 화려한 미남, 키르시안 세이든.

제국에서 가장 거대한 부를 쥔 오페르니아 가문의 직계이자 희귀 마물의 주인인, 루시안 오페르니아.

삼 년 전 보물찾기 준우승을 시작으로 가문의 지지를 한 몸에 받아 사교계에서 비상한, 미엘라 르웰린.

그리고 지금 내 앞에 앉아 있는 아스트리드 엘로딘.

"세이든 가문의 명성을 빼앗아 올 인재를 키우고, 쓰러져 가던 오페르니아 가문을 바로 세웠죠. 그 모든 것이 당신의 손에서 이루어졌다는 걸 알아요. 나도 바보가 아니니까요."

하늘빛 눈동자가 흔들림 없이 나를 응시했다.

"가끔은 그런 계산을 했어요. 당신의 손을 잡는 것이, 어쩌면 파벨 공작의 손을 잡는 것보다 더 안전한 게 아닐까."

"……영애."

"끝까지 들어 주세요. 두 번째는."

내가 무언가 말하려 했으나 그녀는 고개를 저으며 말을 계속했다.

"두 번째는, 당신의 도움을 받고 성장한 나는, 이제 아버지가 무섭지 않다는 것."

나는 눈을 크게 뜨고 그녀를 바라보았다.

아스트리드는 어깨를 으쓱할 뿐이었다.

"파벨 공작은 조금 다르지만……. 그래도 그 앞에 섰을 때, 어렸을 때처럼 완전히 무력한 기분은 아니라는 거. 그 사람을 거역하는 게 불가능하게 느껴지지만은 않는다는 거."

"그럼……."

"그러니까 리라의 질문에 대답할 수 있어요."

그녀의 입가에 부드러운 미소가 번졌다. 나는 눈을 크게 뜨고 그녀의 말을 들었다.

"나는 리라가 좋아요."

그녀가 또렷하게 말했다.

"좋은 사람이라서, 내가 정말 좋아하는 이야기를 할 수 있는 유일한 상대라서, 그리고……."

아스트리드는 잠시 망설이다가 말을 이었다.

"태어나서 처음으로, 내가 선택한 친구라서."

잠깐의 정적이 흘렀고, 그녀는 다시 한번 작게 웃었다.

"삼 년 전, 황제궁의 복도에서 마주친 리라가 나를 완벽하게 꿰뚫어 봤을 때, 그럼에도 불구하고 나를 있는 그대로 받아들이겠다고 했을 때, 그때부터 답은 정해져 있었어요."

"……."

"가문에 저항할 힘이, 파벨 공작가의 전령으로 살지 않을 용기가, 죽이 되든 밥이 되든 내 판단을 믿고 리라의 손을 잡자는 결심이, 이제야 생겼을 뿐이랍니다."

"휴……."

이야기를 다 들은 나는 참았던 숨을 푹 쉬고 소파에 몸을 기댔다.

어느 정도는 짐작하고 있었다.

삼 년 동안 그녀는 단 한 번도 내가 원치 않는 화제를 억지로 꺼내 정보를 캐내려 한 적이 없었다.

급히 방문할 핑계가 생겨도 언제나 최대한의 시간을 두고 사전에 연락을 해왔다.

예민한 정보가 있다면 숨기라는 듯.

아스트리드는 특유의 꼿꼿한 자세를 유지한 채, 내가 자신의 말을 소화하는 것을 기다려 주었다.

"리라가 원치 않는다면, 저는 앞으로 파벨 공작가에 아무런 소식도 전하지 않겠어요."

그녀가 다시 차를 한 모금 마시며 말했다.

"이런 결정을 해야 할 날을 대비해서, 문제가 생기면 제 손을 잡고 도망가겠다는 남자를 다섯 명쯤 만들어 뒀으니까요."

나는 그녀를 따라 안도의 미소를 지었다.

별것 아닌 듯 이야기하는 아스트리드의 마음속에 얼마나 많은 고민과 불안이 있는지 알 수 있었다.

당장 파벨 공작가에 보내던 편지를 중단하면 어떤 위협이 생길지도.

따라서 내 계획은 조금 달랐다.

"그럴 필요는 없어요, 영애."

"네?"

"당장 파벨 공작가와 연을 끊지 않아도 된다고요. 오히려 소식을 전해 달라고 부탁하고 싶어요."

그녀는 의아한 표정으로 나를 바라보았다.

"소식을…… 전하라고요?"

"제국 전역에 퍼질 소문이에요. 영애를 통해 파벨 공작가에 가장 먼저 전해지는 것도 나쁘지 않겠죠."

내가 설명했다.

"그렇게 되면, 당장 공작가에서 영애를 위협하지도 않을 테고요."

"……."

긴장으로 굳었던 그녀의 얼굴이 미세하게 밝아졌다.

"이렇게 전해 주세요."

나는 탁자 위로 몸을 기울여 아스트리드에게 말했다.

"영지의 환자들이 오페르니아 공작가를 찾아왔더니 앓던 병이 나았다고. 그래서……."

"……."

"'오페르니아에 신이 축복을 내렸다'라는 소문이 돈다고."

"신이 축복을 내렸다……?"

그녀의 눈동자가 작게 흔들렸다.

"영애가 전하지 않아도, 아마 파벨 가문에서는 클로에 님의 와인을 마시고 환자들이 발생했었다는 사실은 알고 있을 거예요."

"……그건 사실이에요. 저도 들은 바가 있으니까요."

"그들은 다른 와인 한 병으로 금세 치료됐어요. 그 소문도 금방 전해지겠죠."

나는 파벨 공작이 제국 전역에 깔아 놓은 첩자의 수를 헤아려 보았다. 영지민들 사이에 퍼진 소문이라면, 그에게까지 전달되는 것은 시간문제였다.

"파벨 공작은 당연히 의심할 테고, 여기에 대해서 나는 납득할 만한 답을 주려고 해요."

"납득할 만한 답이라면……."

"루시안 도련님 소유인 앙테론 숲에서 최근에 셀 수도 없이 많은 마력석이 발견됐어요. 앞으로 더 많은 양이 채굴될 거고요."

"마력석이요?"

아스트리드가 놀란 표정으로 나를 바라보았다.

"그러니 이렇게 전해 주세요. '앙테론 숲의 마력석 중에, 치유의 효과가 있는 것이 있는 것 같다'고. 마력석의 효과로 인해, 오페르니아의 와인에도 치유의 힘이 깃든 것 같다고. 그것이 신의 축복인 것 같다고."

나는 빙긋 웃으며 준비한 이야기를 아스트리드에게 해 주었다.

현재 내가 원하는 것은 두 가지.

첫째, 오페르니아의 이름, 그리고 루시안의 이름이 제국 전역에 퍼지고 찬사를 받는 것.

둘째, 사람들을 치유한 힘이 실제로 어디서 온 건지 드러내지 않는 것.

앙테론 숲의 마력석에 대한 소문으로 로잘린을 숨기면, 두 가지를 다

이룰 수 있었다.

"……사실이 아니군요."

잠시 침묵하던 아스트리드가 대답했다.

"표정을 보면 알 수 있어요. 지금 한 말은, 치밀하게 계산해서 만들어 낸 소문인 거죠?"

"맞아요."

나는 굳이 숨기지 않고 대답했다.

"하지만 곧 제국 전체가 믿게 될 소문이에요."

"파벨 공작가에서는 아마 반가워하지 않을 거예요."

그녀가 말했다.

목소리에서는 티가 나지 않았지만, 입꼬리에는 보일 듯 말 듯 한 작은 미소가 보였다.

"그는 '신의 축복'이라는 말에 예민하니까요. 다른 가문이 그런 찬사를 듣는다는 사실을 알면……."

"아주 기분 나빠 하겠죠."

나는 빙긋 웃으며 그녀의 말을 대신 끝냈다.

파벨 공작은 한때 오페르니아가 실수로 흘려 버리는 재화를 귀신처럼 쓸어 담았던 전적이 있었다. 레너드가 벌였다가 수습을 못 한 덕에 파벨 공작가에서 헐값에 사 간 영지며 사업체가 한둘이 아니었다.

공작 부인과 바인즈 집사가 정신을 차리지 않았더라면 지금까지 그런 행동을 계속하고 있었을 터였다.

"메시지를 주고 싶은 거군요."

아스트리드가 말했다.

"오페르니아 공작가를 더 이상 넘보지 말라는. 오페르니아를 집어삼키는 건 무리라는."

나는 대답 대신 고개를 끄덕였다.

"그렇게 하겠어요, 리라. 리라가 말한 대로 전하겠어요."

아스트리드는 가지런히 손을 무릎에 모은 채 내 부탁을 승낙했다.

"더 있고 싶지만, 파벨 공작가에 전갈을 보내려면 이제는 일어나 봐야겠군요."

"……역사 이야기는 다음에 할까요?"

그녀는 조용히 웃으며 고개를 끄덕였다.

"가기 전에 한 가지, 리라에게 한 가지 얘기를 해 줘도 될까요?"

아스트리드는 일어나려다 말고 나를 향해 몸을 돌렸다.

"말해 주세요."

그녀는 목소리를 낮추며 나를 향해 몸을 기울였다.

"파벨 공작이 가장 탐내는 건 오페르니아의 재화가 아니에요."

그녀가 덤덤하게 내뱉었다.

"……네?"

"오페르니아의 밀실 가장 깊은 곳에 있는 아티팩트라고 들었어요."

원작에도 없던 정보에, 나는 말없이 눈을 깜빡였다.

"파벨 공작의 장남, 타르 파벨의 말로는 신과 연결되는 통로, 그런 이름이었던 것 같아요."

"……내게 알려 줘도 되는 건가요?"

"……."

아스트리드는 눈부시게 웃으며 고개를 끄덕였다.

"위험한 정보죠. 예민하고, 아는 사람이 드물고, 잘못 새어 나가면 큰일이 날 수도 있고."

"그럼……."

"지난 삼 년간 나를 믿고, 기다려 주고, 내 안전을 위해 일부러 오페르니아에 대한 작은 정보들을 흘려 준 것에 대한 대가이자……."

"……."

"친구로서 처음 주는 선물이에요."

아스트리드는 말을 마치고 가볍게 고개를 까딱한 후, 방을 빠져나갔다.

그녀를 향해 손을 흔들며, 나는 천천히 미소 지었다.

새로 얻은 정보 때문만이 아니었다. 아스트리드 엘로딘이 내 편이라는 사실이 이제 실감이 났기 때문이었다. 외견상 바뀐 것은 없었지만, 그녀는 더 이상 파벨의 사람이 아니었다.

사교계의 피어나는 백합, 떠오르는 여왕, 최고의 지성을 갖춘 여인.

그녀는 나의 친구였다.

삼 년 동안 들였던 공이 보람이 되어 돌아온 순간이었다.

* * *

"하!"

고요하던 저택의 집무실에 파벨 공작의 웃음소리가 낮게 울렸다.

"팔라스 악타온이 그런 짓을 꾸몄단 말이지."

"예, 각하. 와인을 마시고 병에 걸린 자가 수백이 넘었다고 합니다."

수하인 게일이 고개를 숙이며 대답했다.

"데릴사위로 들어가서 자식 하나 보지 못한 주제에…… 제법이군그래."

"지금쯤이면 사업체가 팔렸을 겁니다. 클로에 오페르니아가 버티지 못했을 테니까요."

"그 여자에게 판단력이라고는 조금도 없었지."

파벨 공작의 입꼬리가 죽 올라갔다.

한때 친밀하다면 친밀한 사이였으나, 그는 사실 클로에 오페르니아의 얼굴조차 잘 기억하지 못했다.

그저 취할 수 있는 이득이 보였기에 손안에 넣었던 여자였고, 그로 인해 선박 수 척이라는 수확이 있었던 것만이 중요했다.

그 전후로 다른 남자들과의 염문설이 계속 있었던데다 그녀가 매달리지도 않았기에, 끊어 내는 것도 어렵지 않았었다.

"팔라스 악타온에게 연락해라, 게일."

"예, 각하."

"내부 정보가 있다면, 우리에게 팔라고 해."

그는 과거 몇 차례 팔라스와 했던 거래를 떠올렸다.

레너드가 어떤 사업에 관심을 보이는지, 공작 부인이 어떤 자선 사업을 벌이는지.

소식을 접하면, 파벨 공작은 누군가를 그 곁으로 보내 투자금을 등쳐 먹도록 했다.

덕분에 파벨 공작가는 지난 십수 년간 말도 안 되게 쉬운 방법으로 재산을 축적했다.

"삼 년 동안 소식이 없었다지만……. 어쩌면 이번 일이 새로운 시작이 될지도 모르겠군."

공작이 혼잣말로 중얼거렸다.

오페르니아를 무너뜨리는 것은, 사실 선대가 물려준 과업이나 마찬가지였다.

'그 얼간이들이 차지한 재화를 흡수하고, 보고에 잠든 성물을 찾아서…….'

파벨 공작은 턱을 한 번 쓸며 생각에 잠겼다.

'파벨 공작가의 위명을 영원히 지킨다.'

모든 것은 그의 대에서 이루어질 터였다.

"와인 사업 말고 또 어떤 것을 건드릴 수 있는지 파악해서……."

"각하!"

그가 다른 지시를 내리려던 순간, 집무실 문이 벌컥 열렸다.

"무슨 일이냐!"

"엘로딘 영애의 전갈입니다."

전령의 말에 파벨 공작의 눈썹이 찌푸려졌다. 전령은 몸을 딱딱하게 굳힌 채 겨우 말을 이었다.

"바, 바로 보시는 것이 좋을 것 같아서……."

"게일, 검을 뽑아라."

파벨 공작은 얼굴의 불쾌함을 지우지 않은 채 말했다.

"예, 각하."

"소식을 지금 확인하겠다. 만약 중요하지 않은 일이라면……."

그가 싸늘하게 전령을 바라보았다.

"바로 목을 베라."

"명 받들겠습니다."

힉, 하는 소리와 함께 다리에 힘이 풀린 전령의 손에서, 게일이 전갈을 받아 공작에게 전달했다.

〈각하의 영원한 종, 아스트리드 엘로딘〉

익숙한 서명을 먼저 확인하고 전갈을 읽어 내려가던 공작의 눈이 어느 순간 그 자리에 얼어붙은 듯 움직이지 않았다.

"……각하?"

게일의 말을 무시한 채, 공작은 다시 한번 처음부터 전갈을 읽었다.

그 안에 적힌 내용은 많지 않았다.

이미 알고 있는, 와인을 마시고 중독된 환자들의 발생.

그로 인해 오페르니아 가문에서 와인 사업을 처분하려 계획했다는 이야기.

그리고 그다음은…….

"……사실이냐."

공작이 바닥에 무릎을 꿇은 전령에게 말했다.

"오페르니아 가문에서, 치유의 힘이 실린 와인으로 사람들을 치료했다고."

"……확인한 결과, 사실입니다."

전령이 덜덜 떨며 대답했다.

"그 힘은, 사실 앙테론 숲에서 새로 발견된 마력석에서 온 것 같다고."

"그, 그것은 잘 모르겠으니 지난번에 외부 상단을 통해 매수한 마력석 일부의 출처가 앙테론 숲이었다는 것은 조금 전 확인되어……."

"'신이 오페르니아를 축복하였다'고."

공작이 들고 있던 종이를 구기며 으르렁거렸다. 그는 게일에게 종이를 던지듯 건네며 말했다.

"나머지를 읽어 보아라."

"오페르니아의 영지에서 시작해, 이미 소문이 퍼지고 있으며, 그 소문의 내용은……."

전갈을 읽어 내려가는 게일의 얼굴이 새파랗게 질렸다.

"수많은 이들이 말하기를, '오페르니아는 드디어 르벨리안, 세이든, 파벨과 비견할 신의 축복을 얻었다'라고, 그리고……."

그는 마른침을 꿀꺽 삼키고 마지막 한 줄을 읽었다.

"몇몇 사람들은 이를 두고, '같은 힘이 있다면, 성장한 오페르니아가 파벨을 집어삼키는 것이 아니냐'고 떠든다고……."

타앙-

파벨 공작의 손바닥이, 집무용 책상을 강하게 내려쳤다.

* * *

"들어와."

노크 소리가 들리자, 클로에는 서류에서 눈을 떼지 않은 채 대답했다.

평생 처음으로, 그녀는 업무로 인해 잠을 포기하고 있었다.

얼마 전, 오페르니아 영지의 환자들이 치유되면서 그녀가 생산한 와인이 갑자기 인기를 얻은 탓이었다.

'신이 축복한 와인이래!'

'아니야! 신들이 마시던 와인이래! 맛이 오묘하고 깊다더군.'

'건넛마을 할멈은 직접 오페르니아의 작은 주인들로부터 와인을 받아 마셨는데, 못 쓰던 왼팔을 다시 쓰게 됐다던데.'

소문은 빠르게 퍼졌고, 이제 오페르니아의 와인에 대한 수요는 너무 높아서 생산량이 그를 따라가지 못할 정도였다.

기존에 중독된 이들을 치료하는 것 외에 다른 효과가 있는 건 아니라고 성명문을 냈지만, 이는 사람들의 수요를 꺾지 못했다.

'아무튼 행운을 가져다주는 건 확실한 모양이라니까.'

사람들은 개의치 않고 와인을 소비하며 그에 대한 소문을 퍼뜨렸고, 거대한 상단은 너도나도 앞다투어 클로에에게 연락을 해 왔다.

"휴우……."

클로에가 한숨을 푹 쉬었다. 잠을 자지 못해 피곤한 얼굴이었지만, 자세히 보면 전에 없던 활기와 뿌듯함 같은 것이 보였다.

"여기가 네 집무실이냐?"

익숙한 남자의 목소리가 들려왔고, 클로에는 눈썹을 찌푸리며 고개를 들었다.

"정리는 하나도 안 됐고, 개판이네."

"데스먼드 네 수염이나 깎고 말……."

일단 쏘아붙이기 시작했던 클로에는 데스먼드의 얼굴을 보고는 하던 말을 멈추었다.

"……뭐야, 너?"

"뭐가?"

그녀는 믿기 어렵다는 듯 눈을 깜빡였다.

얼마 전까지만 해도 까칠하던 얼굴은 몰라보게 말끔해져 있었다.

수염은 깨끗하게 깎여 있었고, 머리 또한 단정하게 빗어 넘겨졌으며, 술 냄새가 나지도 않았다.

몽롱하던 적안에는 정확한 초점이 돌아와 있었다.

"선보니? 드디어 널 만나 주는 여자가 생긴 거야?"

"돌았군."

"그럼?"

"루시안에게 스승 노릇을 하고 있다. 넌 바빠서 몰랐겠지만."

데스먼드는 픽 웃으며 대답했다.

클로에가 고개를 갸웃하며 다시 입을 열자, 그는 무슨 말을 하려는지 안다는 듯 손을 내저었다.

"마물 연구에 대한 거야. 내 전문이니까."

"아…… . 그런 적이 있었지."

클로에가 먼 기억을 떠올리며 대답했다.

"사냥꾼들 상담해 주고 번 돈으로 내 선물도 사다 주곤 했었는데."

"……기억은 하는군."

데스먼드가 책상 끝에 걸터앉으며 클로에를 바라보았다.

"너도 조금은 멀쩡해 보여서 다행이야."

"무슨 말이야?"

"……조금 충격적인 소식이 있는데, 리아넬라 셸레스는 나더러 전달하라고 해서 말이지."

그가 골치 아프다는 듯 한숨을 쉬었다.

"다른 일에 몰두하고 있다면, 적어도 듣고 쓰러지지는 않을 것 같아서."

"……무슨 얘기를 하고 싶은 거야?"

클로에는 들고 있던 펜을 내려놓고 데스먼드를 향해 몸을 돌렸다. 데스먼드는 잠시 아무 말도 하지 않고 그녀를 빤히 바라보았다.

"……그거 알아, 누이?"

그가 결심한 듯 다시 입을 열었다.

"십 년 전부터 지금까지, 난 네가 팔라스와 헤어지기를 수도 없이 바랐어. 한 번도 그 말을 네게 제대로 한 적은 없었지만 말이야."

"그 얘기가 하고 싶은 거야?"

클로에가 헛웃음을 지으며 대꾸했다.

"알아. 네가 그이를 싫어하는 거. 델프스가 죽고 나서부터 그이와 한곳에 남겨지는 것도 싫어했잖아."

"……."

"말이 나와서 말인데, 델프스가 죽은 건 사고야."

클로에가 목소리에 힘을 주며 말했다.

데스먼드의 입가가 작게 떨렸다.

"다른 마물에게 사냥당한 거잖아. 그이는 수십 번 너한테 사과했다고 했어. 이젠……."

"틀렸어."

그가 단호하게 고개를 저었다.

"사고도 아니었고, 그리고……."

그는 무언가 떠올리듯 허공을 바라보며 말을 이었다.

"팔라스는 한 번도 내게 사과한 적이 없었다."

"……뭐?"

클로에가 미간을 깊이 찌푸리며 물었다.

"그게 무슨……. 그이는 분명히 기회만 되면 네게 사과했다고 했어. 온갖 선물에……."

"팔라스가 유감이라며 준 선물이 뭐였는지 알아?"

데스먼드는 큭큭, 웃으며 클로에의 말을 잘랐다.

"동대륙에서 수입된, 반달무늬 사슴 가죽. 그자는 애초에 델프스가 내게 어떤 의미였는지 관심도 없었어. 희귀한 뿔, 희귀한 가죽, 그게 다였지. 그걸 주고는 다 갚았다고 주장하더라."

"……!"

클로에의 입술이 조금 창백해졌다.

"그럴 리가……."

"그래서 난 의심했지. 그날 사냥터를 골랐던 것도, 델프스를 데려가자고 했던 것도, 잠시나마 막사의 문을 열어 델프스를 내보낸 것도 그였으니까."

"데스먼드!"

"하지만 심증뿐이었지. 지금까지는."

클로에가 분노에 찬 눈동자로 그를 노려보았다.

"말조심해. 더 이상 남편을 모욕하면 참지 않을 거야."

"델프스를 죽인 건 네 남편이야, 클로에. 네가 믿든 안 믿든 이제는 말해야겠어."

"헛소리! 네가 어떻게 알아? 직접 본 것도 아니잖아!"

"그럼 직접 보고 들은 이야기를 해 주지."

데스먼드가 차갑게 말을 이었다.

"팔라스가 그러던가? 나를 만날 때마다 사과했다고?"

"그래."

"한동안 그와 단둘이 있을 때 내가 델프스의 이야기를 꺼낸 건 사실이야. 도저히 그 죽음을 납득할 수 없었으니까."

그는 일그러진 클로에의 얼굴을 무심하게 바라보며 말했다.

"그는 '갚을 건 다 갚은 거 아니냐'더니 이렇게 덧붙이더군."

"……."

"정 자신이 마음에 안 들면 어머니께 말씀드리라고. 가문에서 반대하면 미련 없이 오페르니아를 떠나겠다고 말이야."

"거짓말……."

"다만 그렇게 되면, 너는 분명히 가문을 버리고 자신을 따라나설 거라고."

무언가 반박하려던 클로에의 얼굴이 딱딱하게 굳었다.

"어머니는 딸을, 나는 누이를, 그리고 로잘린은 어미를 잃게 될 거라고, 설령 너를 정부로만 놔두고 다른 여인을 취한들, 너는 팔라스의 손바닥을 벗어나지 못할 거라고, 누구 말이 맞는지 보고 싶다면 한번 해 보라고 말이야."

"……거짓말."

"난 팔라스의 말에 반박하지 못했다. 그때의 너를 보면, 그의 말이 맞다고 생각할 수밖에 없었으니까."

"거짓말 마! 그이가 그런 잔인한 말을 했을 리가……."

"했어. 내게 직접."

"내, 내가 그럴 리가 없잖아! 아무리 그를 사랑해도……."

"네가 가문을 떠나 더 불행해질 것 같아 두려웠다. 로잘린이 어머니를 잃을 것도 말이야."

데스먼드는 깊이 한숨을 쉬며 말을 이었다.

"항상 그랬듯, 네 사랑이 식기를 기다렸지. 그러면 자연히 이성이 돌아올 것 같아서."

"……."

"하지만 이제는 미루지 않기로 했어. 너를 위해서, 나를 위해서, 가문을, 로잘린을 위해서, 그리고……."

차분하던 그의 눈동자에 순간 분노가 어렸다.

"팔라스, 그 개자식의 비참한 최후를 위해서."

"입 닥치지 못해?"

짝!

클로에가 자리에서 일어나며 데스먼드의 뺨을 후려쳤다.

마찰된 소리가 방 안에 울리자, 클로에는 흠칫 손을 거두며 다시 입을 열었다.

"그, 그러니까 누가 말을 그렇게 함부로……."

"때린 게 미안하면 이거나 받아."

데스먼드는 뺨을 문지를 생각도 안 하며, 덤덤한 몸짓으로 품속에서 서류 한 뭉치를 꺼내 클로에의 손에 쥐어 주었다.

"이게…… 뭔데?"

"증거."

그가 나직하게 대답했다.

"팔라스 악타온이 너를 사랑하지 않는다는 증거다."

어리둥절한 클로에의 얼굴을 보며 그가 덧붙였다.

"아까 말했지, 네가 그럴 리 없다고. 다른 여자를 취한 그의 곁에 자존심까지 버리고 매달릴 리가 없다고."

"……."

"그럼 증명해 봐."

클로에의 눈이 커졌다.

데스먼드는 그녀의 대답을 듣지 않고 책상에서 내려오더니 문을 향해 돌아섰다.

"아, 그리고 말이야."

문을 열고 나가려던 그가 멈칫, 하고 고개를 돌렸다.

"로잘린도 팔라스를 싫어해. 거의 나만큼."

"……뭐?"

클로에가 말도 안 된다는 듯한 얼굴로 물었다.

"다른 건 몰라도, 그건 헛소리야. 로잘린은……."

"로잘린은 너를 위해 그 작자를 아버지로 대접한 거야. 제 감정을 참으면서. 가문의 모두가 그래 왔다."

"……."

"그러니 손에 들린 그걸 읽고 정신 차려."

데스먼드는 잠시 말을 끊었다가 한마디 덧붙였다.

"약물의 힘 같은 건 네가 혼자 이겨 내 보란 말이야."

"뭐라는 거야?"

"네가 로잘린을 책임져. 그 반대가 아니라."

어리둥절한 클로에를 남겨 두고 나오며, 데스먼드는 방문을 쾅 하고 닫아 버렸다.

* * *

"부인, 여기 계셨습니까?"

팔라스는 조용히 침실 문을 열었다. 클로에는 그로부터 등을 돌린 채, 화장대 거울을 마주하고 앉아 있었다.

"하루 종일 보이지 않아 걱정했습니다."

"……."

"부인, 괜찮으십니까? 어찌 저를 보고도 아무런 말씀이 없으신지요?"

"……."

"와인 사업이 성업 중이라고 들었습니다. 왜 제 도움을 청하지 않으십니까? 여린 부인께서 모든 일을 감당하는 것을 보고 있기 힘듭니다."

그는 다정하게 웃으며 클로에의 등 뒤로 다가가 어깨를 감쌌다. 클로에는 순간적으로 몸을 떨며 그를 밀어 냈다.

"부인?"

팔라스는 고개를 갸웃하며 클로에를 살폈다. 그녀의 무릎에는 읽다 만 수십 장의 종이 뭉치가 쌓여 있었다.

"이게 뭡니까?"

"……당신이 알겠지."

건조한 목소리가 돌아왔다. 팔라스는 묘하게 눈에 익은 종이 뭉치 중 한 장을 집어 들었다.

익숙한 필체, 익숙한 내용, 익숙한 수신인의 이름.

팔라스의 얼굴이 순식간에 창백해졌다.

종이 뭉치는 자신이 정부인 레나에게 보냈던 편지들이었다.

"부, 부인! 이 편지는, 그러니까 제가 쓴 것이 아니라……."

그는 거의 본능적으로 손을 내저으며 외쳤다.

레나 외에 다른 이에게 전해질 수 없도록, 비밀스럽게 전달한 문서가 왜 클로에의 손에 있는지 도무지 알 수가 없었다.

"……내용이 참 적나라하더라."

"누, 누군가의 농간입니다. 내가 어떤 사람인지 아시지 않습니까!"

"팔라스 악타온."

클로에가 쓴웃음을 지으며 그를 향해 고개를 돌렸다.

"잘 알지. 당신의 필체가 어떤지, 당신이 어떤 말로 여인을 유혹하는지, 어떤 선물을 어떤 순서로 주는지."

그녀는 무릎 위에 있던 종이 뭉치를 휙 하고 팔라스의 얼굴을 향해 집어 던졌다.

"전부 당신이 직접 쓴 거 맞아. 외설적인 농담도, 사랑한다는 맹세도, 나를 더 이상 사랑하지 않는다는 다짐도, 나를 떠나겠다는 약속도."

파라락 날리는 서류 속에서, 팔라스의 시선이 불안하게 흔들렸다.

"부, 부인……."

"변명할 셈이야? 편지만 있는 게 아니라 내가 당신에게 주었던 브로치가 함께 발견됐다는데?"

그가 입술을 꽉 깨물었다.

클로에는 무감각한 표정으로 그를 바라보며 대답을 기다렸다. 팔라스는 손을 덜덜 떨며 다음 수를 생각했다. 증거가 너무나도 명확했기에, 그가 빠져나갈 구멍은 없었다.

그러니 그에게 남은 방법은 하나였다.

"······잘못했습니다, 부인!"

그는 눈을 질끈 감고 무릎을 꿇었다.

"순간적인 실수였습니다! 부인이 한동안 사업 때문에 저를 바라봐 주지 않아서······. 그 여자는 제게 아무 의미도 없습니다!"

그는 클로에의 무릎에 양손을 올리고 애원하듯 그녀를 올려다보았다. 다정한 눈동자에 눈물이 고였다.

"한 번만 용서해 주십시오! 제가 부인을 얼마나 사랑하는지 아시지 않습니까!"

"내 돈을 사랑하는 거겠지."

클로에가 헛웃음을 지으며 그의 손을 쳐 냈다.

"아니, 정확히는 우리 가문의 돈을 말이야. 내가 당신에게 쏟아부었던."

"그, 그런 것이 아닙니다. 십 년 전이나 지금이나, 제가 사랑하는 건 오직 부인뿐입니다. 죽을죄를 지었습니다. 한 번만 기회를 주세요."

그는 눈물을 뚝뚝 떨어뜨리며 말을 이었다.

"······."

"부인과 제가 함께했던 시간을 다시 떠올리십시오. 부인을 위해 가문을 버리고 오페르니아의 사람이 된 저를 기억하세요."

"······."

"아, 아니면 처음 만났던 무렵의 기억은? 십 년 전 그 무뢰배들로부터 목숨을 걸고 부인을 지켜낸 걸 기억하십니까? 그때로 돌아갈 수 있습니다!"

"……."

"로, 로잘린, 로잘린은요!"

아무런 반응도 하지 않던 클로에의 눈이, 로잘린의 이름을 듣고 조금 커졌다.

팔라스는 이때다 싶어 다시 애원했다.

"로잘린이 저를 아버지라 부르지 않습니까? 불쌍한 그 아이를 또다시 아버지 없는 아이로 만들려 하십니까? 제가 아니라면 그 애의 얼굴을 보아……."

"팔라스."

클로에가 천천히 그의 턱을 잡아 들어 올렸다.

사랑이 가득하던 평소의 애정 표현이 아니었다.

붉은 눈동자는 냉정하게 팔라스를 내려다보고 있었다.

"로잘린이 처음으로 당신을 아버지라 부른 것이 언제였지?"

"그, 그건 잘 기억이……. 처음부터 그러지 않았습니까?"

"로잘린이 가장 좋아하는 색깔이 뭔지 알아? 좋아하는 인형은? 음식은?"

"여자아이니……. 부, 분홍색이 아닙니까? 나머지는 저도 잘 기억이……."

그의 턱을 잡았던 클로에의 손이 잠시 떨리더니, 다시 아래로 떨어졌다.

쓸쓸한 미소가 그녀의 입가에 번졌다.

"……퍽이나 좋은 아버지로군."

잠깐의 침묵이 흐르고, 클로에가 다시 입을 열었다.

"팔라스 악타온. 이번에도 솔직하게 말하지 않으면, 내가 당신에게 무슨 짓을 할지 몰라."

그를 부르는 그녀의 목소리가 한층 낮아졌다.

"내가 없는 곳에서 로잘린에게, 내 딸에게⋯⋯. 당신을 아버지라 부르도록 압박한 적이 있어?"

"⋯⋯!"

팔라스의 입이 벌어지고, 눈이 동그래졌다. 예상치 못한 질문에 그는 대답을 찾지 못했다.

"대, 대체 누가 그런 말을⋯⋯."

"맞구나. 로잘린은 마음에 없는 애정을 보이는 애가 아닌데⋯⋯. 그런 애가 당신을 아버지라 불렀으니 난 당연히 진심이라고 생각했지."

그녀는 두 손을 꽉 말아쥐고 내뱉었다.

"데스먼드 그 멍청이가, 나보다 내 딸을, 그리고 내 남편을 더 잘 알았던 거야."

"부인."

애원이 소용없음을 깨달은 팔라스는 다시 자리에서 일어나 양손으로 클로에의 얼굴을 감쌌다.

"저를 봐주세요. 이 팔라스 악타온의 눈을 봐주세요."

"⋯⋯."

"부인은 저를 사랑합니다. 그렇지 않습니까? 지금 이 순간에도 제게 안기고 싶으시지요?"

"⋯⋯당신은 정말 개자식이야."

그녀가 부정하지 못하자, 팔라스의 입가에 보일 듯 말 듯 한 미소가 떠올랐다.

"데스먼드의 말이 맞아. 난 정말 한심했고, 지금도 한심해."

클로에가 깊은숨을 들이마시며 말했다.

"이 지경이 돼서도 당신의 눈물을 보면 가슴이 아프니 말이야."

팔라스의 입이 조금 더 벌어졌다. 괜한 긴장이었을지도 모른다는 생각이 들었다. 역시, 약물의 효력은 클로에의 정신력보다 강했다.

그는 그녀를 향해 얼굴을 조금 더 가까이 가져가며 말을 이었다.

"그럼 지금까지의 일을 잊으십시오. 다시 시작하면 됩니다. 우린 할 수 있......"

짝-

날카로운 파열음이 침실을 울렸다. 팔라스는 충격을 받은 표정으로 제 뺨을 감쌌다.

"부, 부인? 지금 제 뺨을......."

"당신을 사랑하든 안 하든, 우린 끝이야."

클로에는 팔라스가 처음 보는 싸늘한 표정으로 그를 바라보고 있었다.

"당신이 쓰레기라는 사실을 알아 버렸고, 쓰레기를 내 딸 가까이에 둘 수는 없으니 말이야."

그녀는 천천히 의자에서 몸을 일으키며 팔라스를 쏘아보았다.

"나는 형편없는 어머니지만, 그럼에도 불구하고 딸을 사랑해. 그러니......."

"......."

"팔라스 악타온, 지금 이 시간부터 당신과 나는 끝이야."

"부인!"

"당신은 오페르니아의 사람이 아니고, 이 저택에 있을 자격도 없으며, 이 집의 사용인들을 부릴 자격도 없어."

"......."

팔라스의 얼굴이 천천히 굳어졌다. 조금 전까지 뚝뚝 흐르던 눈물도 거짓말처럼 멎었다.

"......진심이군."

"당장 나가, 팔라스."

그는 조금 전 클로에가 그랬던 것처럼 크게 숨을 들이쉬었다. 이윽고 다시 그녀를 바라보는 팔라스의 눈동자는 전에 없이 차가워져 있었다.

"······마음대로는 안 될 거야."

"뭐?"

"난 십 년 동안이나 당신과 혼인 관계였어. 이렇게 쉽게 우리 사이를 떼 버릴 수 있을 것 같아?"

그가 성큼 클로에를 향해 다가섰다.

"비켜."

"클로에."

팔라스가 그녀의 어깨를 양손으로 잡았다.

"정신 똑바로 차려. 아비 없이 딸을 낳고, 이젠 나와 이혼하겠다고? 사람들이 손가락질하지 않을 것 같아?"

"비키라고 했잖아, 이 개자식아!"

"이······!"

클로에가 그를 물어뜯을 듯 소리치자, 팔라스는 얼굴을 확 구기며 손에 힘을 주었다.

"시끄러워! 나한테 소리 지르지 마!"

그가 윽박지르며 그녀의 어깨를 밀쳤다.

"이 가문의 인간들 눈치 보고 사는 것도 지긋지긋해!"

"아앗!"

클로에는 휘청하고 화장대를 향해 넘어졌다. 클로에의 머리가 화장대에 부딪혔고, 그녀의 손에 벽에 걸려 있던 거울이 밀리며 떨어졌다.

쨍 하는 소리와 함께, 수십 개의 파편들이 바닥을 뒤덮었다.

동시에 침실 문이 벌컥 하고 열렸다.

"클로에 님!"

외치며 뛰어든 것은 리아넬라였다.

"클로에 님! 괜찮으세요? 움직이지 마세요."

"집사······?"

팔라스가 얼굴을 찌푸리자, 리아넬라는 그를 힐끗 보더니 툭 내뱉었다.

"사용인들에게 다 들리는 곳에서 폭력 행사라……. 쉽게 끝낼 수 있게 해 줘서 고맙다고 해야 하나."

"그, 그게 대체 무슨 말……."

그의 말은 리아넬라를 따라 들어온 소녀의 목소리에 의해 뚝 끊겼다.

"어머니!"

로잘린이었다. 그녀는 바닥의 유리 조각이 보이지도 않는 듯 클로에를 향해 달려갔다.

* * *

십 분 전.

"바로 들어가야 하는 거 아니야?"

"아뇨. 조금 기다려야 해요."

내 대답에 로잘린은 불안하다는 듯 입술을 깨물었다.

함께 온 루시안은 문 앞에서 서성이던 사용인들을 진정시키고 내 말에 귀를 기울였다.

"두 사람이 얘기해야 하니까요."

"얘기는 데스먼드 외숙이 다 했다며?"

그녀는 답답하다는 듯 다시 물었다.

"약물의 효과만 없애면 되는 거 아니야? 왜 굳이 새아버지가 어머니를 설득할 기회를 더……."

"클로에 님이 시작한 일은, 클로에 님이 스스로 끝내야 하니까요."

나는 단호하게 대답했다.

"다른 사람의 손으로 떼어 놓으면 미련이 오래 남는 법이에요."

전생에서 이혼 사건들을 담당하면서 자주 보았던 일이다.

결혼 생활이 완전히 파탄 난 다음이라도, 자기 선택으로 할 말 다 하고 관계를 끝낸 사람이 마음 정리도 더 쉽게 했었다.

반면 쓰레기 같은 상대에게 차이거나 가족의 입김으로 이별한 경우는 상대에게 오래 미련을 갖는 경향이 있었고.

무엇보다, 나는 클로에가 제 의지로 팔라스와 헤어지는 순간을 로잘린에게 들려주고 싶었다.

"……어머니가 새아버지를 떨쳐 내지 못하면?"

로잘린의 얼굴이 어두워졌다.

"끝낼 거예요. 클로에 님은……."

나는 말끝을 흐렸다.

'바보에 호구가 맞지만, 그래도 옳고 그름을 완전히 분간 못 할 정도는 아니니까요.'라고 솔직히 말하기에는, 클로에와 로잘린의 신분이 너무 높았다.

"그냥 클로에 님을 믿으시라고요."

나는 애매하게 말을 바꾸어 대답했다.

"그럼 난 왜 데려왔는데?"

로잘린이 툴툴거렸다.

"그건……."

클로에가 팔라스와 알아서 끝낼 것을 확신하면서도 로잘린을 여기까지 데려온 것은, 원작에서 드러났던 그의 폭력성 때문이었다.

원작에서는 팔라스가 클로에를 떠나기로 마음먹은 게 먼저였고, 그를 붙잡았던 것이 클로에였다.

바짓가랑이를 잡고 매달리는 그녀를, 팔라스가 발로 뺑 차 버렸었던가.

이번 생이라고 그런 일이 생기지 않으리라는 보장이 없었다.

"그냥, 혹시나 하는 마음에……."

"로, 로잘린, 로잘린은요!"

두 사람의 언성이 높아지기 시작한 건 그 무렵이었다.

나, 로잘린, 루시안, 그리고 다른 모든 사용인들의 시선이 침실 문으로 향했다.

모든 대화가 선명하게 들렸다.

진상을 깨닫는 클로에.

팔라스의 질척거리는 고백.

짝, 하는 소리와 팔라스의 낮은 신음 소리.

그리고 처음으로 들어 본, 단호한 클로에의 축객령.

로잘린의 얼굴이 점점 창백해졌다. 주먹에는 힘이 들어갔고, 그녀의 어깨가 조금씩 떨렸다.

"이제 들어가도……."

쿵, 하는 소리가 들린 것은 그때였다.

"어머니!"

제일 먼저 방으로 뛰어든 로잘린은 피가 흐르는 클로에의 머리를 감싸 안고 그녀를 불렀다.

"로잘린……? 왜 여기에……."

클로에가 당황한 얼굴로 딸을 바라보았다.

"가, 갑자기 왜 들이닥치는 거야?"

클로에를 밀친 팔을 미처 거두지도 못한 팔라스가 당황한 채 더듬거렸다.

"다들 나가! 부인은 실수로 넘어졌을 뿐이다. 여긴 내가 알아서……."

"저자를 끌어내라."

루시안의 목소리가 낮게 울렸다.

"예, 예, 도련님."

방 밖에서 눈치를 보며 대기하던 사용인 몇 명이 정신을 차리는 듯 일제히 대답했다.

"뭐, 뭐야? 이 녀석들이 돌았나……. 루시안은 내 조카다! 누구 명령을 듣는 거야?"

팔라스가 목에 핏대를 세우며 으르렁거렸다.

"고모님의 명령은 너희도 들었을 것이다. 이자는 더 이상 오페르니아의 사람이 아니다. 물론 나의 고모부도 아니다."

루시안은 그의 말이 들리지 않는 것처럼, 다시 한번 또렷하게 명령했다.

"반항하지 못하게 팔과 다리를 잡아 끌어내라. 필요하다면 재갈을 물리거나 때려도 좋다."

순했던 눈동자에서는 날카로운 안광이 뿜어져 나왔고, 잔잔하던 미소는 사라지고 없었다.

"망설이는 자는 오페르니아가 아닌 팔라스 악타온을 섬기는 것으로 간주하겠다."

나는 그가 겨우 열다섯의 나이에 수백 명의 기사들을 완벽히 통제한다는 사실을 새삼 다시 깨달았다.

루시안의 자세, 목소리, 눈빛과 말투.

그 모든 것에는 사람을 복종시키는 힘이 있었다.

"예! 도련님!"

사용인들이 다시 한번 우렁차게 대답했다.

"데인, 하만! 너희들 돌았느냐? 감히 나를……."

팔라스는 꽥꽥 소리를 지르며 몸부림쳤지만, 그들은 이미 루시안의 명령만을 듣고 있었다.

팔라스의 얼굴이 충격으로 새파랗게 질렸다.

"부인! 이거 놔라! 클로에를……. 으읍."

팔라스의 차 심부름을 담당하던 하만이 그의 입에 천을 물렸고, 팔라스의 검을 손질하던 데인이 그의 머리채를 잡았다.

팔라스는 손발을 버둥거리며 침실 밖으로 질질 끌려 나갔다.

다시 조용해진 침실에서, 로잘린은 다친 클로에의 머리를 살폈다.

"어머니, 낫게 해 드릴게요."

로잘린의 손끝에서 은은한 빛이 새어 나와 클로에의 머리로 퍼져 나갔다. 그러자 천천히 상처가 아물고 피가 멎었다.

동시에 클로에의 눈이 커졌다.

"로잘린, 설마 너……."

"제가 도와드릴게요, 어머니."

그녀는 클로에의 머리를 감싸고 계속해서 치료에 집중했다.

"이미 여러 사람을 낫게 해 봤어요. 이 정도는 아무것도 아니에요."

몇 분이 지나자, 클로에의 머리에는 희미한 붉은 자국 외에는 아무런 흔적도 남지 않게 되었다.

"……아니기를 바랐는데."

클로에가 멍한 얼굴로 중얼거렸다.

"설마 설마 했는데……. 네가……."

"괜찮아요, 어머니. 저 다 알고 있었어요. 제 아버지가 누군지, 왜 제게 이런 힘이 생겼는지."

"로잘린, 나는……."

"어머니를 원망하지 않아요. 저를 지키려고 노력하셨다는 것도 알아요."

"……하지만 결국 지키지 못한 것 같더구나."

클로에는 입술 안쪽을 꽉 씹으며 딸의 손을 맞잡았다.

"팔라스, 그 자식이 내 아이를……."

"밖에서 들었어요. 어머니가 그 사람에게 뭐라고 했는지요."

로잘린이 클로에의 말을 끊었다.

"뭐?"

"손을 잡아 보니 알겠어요. 약물은 어머니의 뼛속까지 배어 있다는걸."

클로에는 이해가 가지 않는다는 얼굴로 로잘린을 바라보았다. 그러거나 말거나, 로잘린은 말을 계속 이어 갔다.

"어머니가 이 순간에도 그 사람을 사랑한다는 걸 알아요. 그리고……."

그녀가 울컥하는 감정을 삼키듯 잠시 말을 끊었다.

"그럼에도 불구하고 저를 위해 그 사람과 헤어졌다는 것도요."

로잘린과 클로에는 한동안 말이 없다가 천천히 서로를 포옹했다.

나는 안도의 한숨을 쉬었다.

이거였다.

로잘린이 두 사람의 대화를 듣게 만든 이유가.

로잘린은 너무 오랜 기간 스스로를 고립시켰기에, 직접 듣지 않으면 클로에가 자신을 얼마나 사랑하는지 믿지 않았을 테니까.

"이제는 저도 하겠어요."

"로잘린……."

"어머니를 지키는 것도, 그리고……."

그녀가 클로에의 어깨 너머로 나를 슬쩍 바라보았다.

"루시안을 도와서, 오페르니아를 지키는 것도."

클로에의 이마를 덮은 로잘린의 손바닥이 다시 희게 빛났다.

클로에는 그녀의 품에서 잠이 들듯 스르르 쓰러졌다.

* * *

"씹어먹어도 시원찮을 놈이었구나."

걱정스러운 표정으로 잠든 클로에를 지켜보던 공작 부인이 중얼거렸다.

"고정하십시오, 어머니."

레너드가 헛기침을 하고 목소리를 깔았다.

"일단 클로에가 일어나면 상황을 다시 한번 정리해 보고……."

"정리할 게 뭐가 있어?"

구석에 앉아 있던 데스먼드가 차갑게 제 형을 노려보았다.

"데스먼드! 오페르니아는 공작 가문이다. 쉽게 이혼을 하는 것도……."

"개 같은 놈을 떨쳐 내는 게 쉽지 않을 테니 더 빨리 진행해야지. 도와주지 않을 거면 빠져."

"이놈이!"

"데스먼드의 말이 맞다."

공작 부인이 딱 잘라 말했다.

"정식으로 그자를 축출할 준비를 해야겠어."

그녀가 반걸음 물러서 있던 로잘린, 바인즈 집사, 리아넬라, 그리고 루시안을 바라보았다.

"이미 준비하고 있습니다."

바인즈 집사가 대표로 대답했다.

"기사 셋의 감시하에 짐을 싸고 있을 겁니다."

"다만 클로에의 마음이 걱정이구나."

공작 부인은 클로에를 내려다보며 다시 한번 한숨을 쉬었다.

"마음이라는 게 정말 한순간에 없어질 수 있을지……."

그 순간, 침실 밖에서 우당탕 소리가 나더니 방문이 쿵, 하고 열렸다.

"부인!"

문을 열고 들이닥친 것은 팔라스였다.

기사들을 뿌리치고 달려온 듯, 머리는 산발에 옷 여기저기가 늘어나고 찢겨 있었다.

"이 자식이 어디라고!"

데스먼드가 으르렁거렸지만, 팔라스는 다시 한번 목청껏 외쳤다.

"부인! 정말 이렇게 나를 보내시려고요? 제가 다 잘못했단 말입니다! 한 번만 더 저를 봐주세요!"

퍼억!

데스먼드의 주먹이 팔라스의 얼굴에 꽂혔고, 팔라스는 얼굴을 감싼 채 침대 옆으로 나동그라졌다.

"이, 이자가 감히……."

공작 부인이 온몸을 부들부들 떨며 노성을 지르려던 순간이었다.

"……팔라스?"

잠들었던 클로에가 반짝 눈을 떴다. 침실은 순식간에 쥐 죽은 듯 고요해졌다. 리아넬라는 침을 꿀꺽 삼키고 로잘린을 바라보았다.

'해독 끝났다며?'

왜 눈을 뜨자마자 팔라스의 이름부터 부른단 말인가. 설마 약효 때문이 아니라 정말로 그를 사랑해서…….

하지만 리아넬라의 생각은 클로에와 팔라스로 인해 뚝 끊겨 버렸다.

"팔라스, 당신……."

"부인!"

그는 희망에 찬 표정을 한 채 무릎걸음으로 클로에의 앞까지 다가갔다.

"제게는 어떤 욕심도 없습니다. 그걸 증명하기 위해 함께 오페르니아를 떠나서……."

"……겠네."

"예?"

클로에가 작게 뭐라고 속삭이자, 팔라스의 눈이 멍해졌다.

"바, 방금 뭐라고……."

"당신, 못생겼다고."

그녀는 이번에는 방 전체에 들릴 정도로 또렷하게 말했다.

"눈코입은 다 멀쩡한데……. 애원하는 그 표정이 못생겨 보여."

클로에가 손을 뻗어 팔라스의 턱과 볼을 이리저리 만지작거렸다.

그녀의 목소리는 건조했다.

억지로 감정을 숨기는 것도, 악의적으로 팔라스를 조롱하는 것도 아니었다.

그저 마음속에 있는 말을 여과 없이 잔인하게 내뱉는 것뿐이었다.

"아니, 아니. 억지로 웃으려고 하지 마. 미소가 더 거슬려. 당신 원래 이런 얼굴이었어?"

팔라스는 벙찐 얼굴로 털썩 주저앉았다.

"어, 어떻게 제게 그런 말을……. 제 눈을 보며 '사람을 그렇게 홀리면 범죄다'라고 하지 않으셨습니까?"

"맞아, 왜 그랬을까? 그냥 흐리멍덩한데."

클로에는 몸을 반쯤 일으킨 채, 양 손바닥으로 팔라스의 얼굴을 꽉 누르며 그와 눈을 맞추었다.

"세상에, 데스먼드보다도 한참 못생겼잖아."

그녀는 충격을 받은 듯 중얼거렸다.

"야! 어딜 비교해! 나 십 년 전에는 여자 사용인들이 부끄러워서 눈도 못 마주쳤거든!"

데스먼드가 발을 탕 하고 구르며 받아쳤다.

"닥쳐 봐, 데스먼드. 나 시력에 문제가 있었던 건가?"

그녀는 고개를 갸웃하더니 더 이상 볼 것도 없다는 듯 팔라스의 얼굴을 휙 밀어 냈다.

로잘린과 리아넬라는 동시에 가슴을 쓸어내렸다.

약물의 효과가 사라진 것이 분명했다.

콩깍지가 벗겨진 클로에의 눈에, 팔라스의 얼굴은 더 이상 무기가 되지 못했던 것이다.

"부인……."

"소름 끼치니까 그렇게 부르지 마."

그녀는 애정이라고는 한 톨도 찾아볼 수 없는 목소리로 말했다.

"눈에 문제가 있었는지는 몰라도, 기억력은 멀쩡하거든."

그녀가 헛웃음을 지으며 말했다.

"네가 나에게, 우리 가문에, 로잘린에게, 그리고……."

그녀의 시선이 잠시 데스먼드에게 머물렀다.

"델프스에게 무슨 짓을 했는지 이제는 똑똑히 알고 있어."

"……."

"이혼해. 그리고 다시 보지 말자."

"부, 부인! 바깥에는 비가 오고 있습니다! 이 날씨에 저를……."

그녀는 더 듣기 싫다는 듯 고개를 돌려 버렸다. 팔라스가 다시 손을 뻗었지만 누군가의 손이 그의 목덜미를 낚아채 뒤로 끌어냈다.

"이제야 왔군."

루시안이 팔라스의 멱살을 잡은 기사를 쏘아보며 말했다.

"죄, 죄송합니다! 마지막 예우를 위해 포박은 하지 말아 달라고 애원하는 바람에……."

"추후에 단죄하겠다. 당장 끌어내. 나도 함께 가겠다."

"크헉!"

팔라스는 다시 클로에의 이름을 부르려 했지만 곧 기사들의 손에 입이 막히고 팔다리가 들어 올려졌다.

"당장 움직여!"

누구도 그의 말을 들어주지 않았다.

어제까지 그의 말을 법처럼 따르던 사용인들도 그 모습을 보고 킥킥거릴 뿐이었다.

복도까지 나왔을 때는, 꾸물거린다는 이유로 기사 중 한 명이 그의 둔부를 뻥뻥 걷어차기까지 했다.

그는 꼴사나운 상태로 복도와 계단, 현관, 그리고 정원을 지나 순식간에 저택 바깥까지 끌어내졌다.

쏴아-

어느새 굵은 빗줄기가 쏟아지고 있었다.

그는 진흙 속에 퍽 하고 내팽개쳐졌다.

"멀리 가지 않기를 바랍니다."

루시안이 고저 없는 목소리로 그에게 말했다.

"이혼 서류를 정리하는 동안 실종되면 곤란하니까요. 도와주지는 않겠지만 사람을 붙이도록 하죠."

"루시안! 네 이놈!"

부들부들 떨며 일어서는 팔라스의 눈이 벌겠다.

"네놈 짓이냐? 아니면 리아넬라 셀레스의 짓인가? 그 집사 계집이 클로에에게 무슨 짓을 했길래 나를 보고……."

퍼억-

팔라스의 다리에 묵직한 충격이 가해졌다.

루시안이 그의 오금을 걷어찬 것이다.

"큭!"

팔라스는 힘없이 한쪽 다리를 접고 무릎을 꿇어야 했다.

"그 입에 리아넬라의 이름을 담지 마."

루시안이 나직하게 명령했다. 팔라스는 희게 질린 얼굴로 루시안을 올려다보았다. 루시안은 한 번도 본 적 없는 싸늘한 표정으로 그를 내려다보고 있었다.

"내가 왜 여기까지 당신을 배웅 나왔는지 알아?"

"……."

퍼억-

루시안의 다리가 휙 하고 움직여 팔라스의 다른 한쪽 다리의 중심을 풀었다.

"크흡!"

팔라스가 이번에는 완전히 무릎을 꿇고 양손으로 땅을 짚었다.

"리아넬라에게 이런 모습을 보여 주기 싫어서. 그녀는 내가 아직 여리다고 생각하거든. 일단은 그렇게 놔두려고 해."

루시안은 한쪽 무릎을 접고 팔라스와 시선을 맞추었다.

"그러니 내가 더 거칠게 나오기 전에 적당한 곳으로 꺼져 주면 좋겠군."

"이, 이 건방진……."

팔라스는 차마 욕설을 끝까지 뱉지 못하고 다시 삼켰다.

"그럼."

냉정하게 돌아서는 루시안의 등 뒤로, 팔라스가 으드드득 이를 갈았다.

"내가……. 내가 가만히 있을 줄 알고?"

그가 진흙을 움켜쥐며 중얼거렸다.

"두고 봐. 오페르니아 가문에서 빼앗을 수 있는 건 다 빼앗아 줄 테니까."

쏟아지는 빗줄기를 그대로 맞으면서, 팔라스는 한쪽 입꼬리를 끌어 올리고 얼굴을 일그러뜨렸다.

* * *

팔라스가 저택에서 쫓겨난 날로부터 며칠이 지났다.

"휴우……."

나는 서류 더미에서 눈을 들어 방금 한숨 쉰 사람을 째려보았다.

"미, 미안해, 리아넬라 집사."

"아닙니다, 클로에 님."

"하던 일 계속해. 나도 일할 거니까."

"……."

나는 다시 집중력을 되찾으려 애쓰며 서류로 눈을 돌렸다.

"쉬기나 할 것이지 서류는 왜 봐? 여기 어머니가 특별히 보내 주신 간식이나 먹지."

"닥쳐, 데스먼드. 와인 사업은 내 일이거든? 생각보다 그 자식이 말아 먹은 부분이 컸단 말이야. 정리할 게 산더미야."

"어머니, 외숙, 독서에 방해가 되니 조용히 해 주시겠어요? 아니면 조금 멀리 가셔도 되고요."

"로잘린의 말이 맞습니다, 고모님. 멀리멀리 가셔서 마음껏 서류를 보시죠. 여긴 제가 있겠습니다."

탁-

나는 다시 한번 고개를 들며 책상을 탕 하고 싶었다.

"……."

네 쌍의 눈동자가 영문을 모르겠다는 듯 나를 보며 끔뻑거렸다.

"처리하실 일이 많은 건 알겠어요."

내가 조용히 말했다.

"클로에 님이나 루시안 도련님과 가까이 계시고 싶은 데스먼드 님도 이해해요."

클로에, 데스먼드, 로잘린이 토끼 눈을 한 채 내 말이 끝나기를 기다렸다.

루시안도 조용히 나를 바라보았다.

"간식을 먹는 것도, 편한 곳에서 조용히 독서를 하고 싶은 것도, 다 알겠다 이 말이에요."

나는 위엄있는 오페르니아의 주인님들을 슥 둘러보며 말을 이었다.

해맑게 과자를 집어 먹던 데스먼드가 꿀꺽하고 침을 삼켰다.

"그런데 왜."

나는 참고 참았던 말을 결국 뱉어 냈다.

"왜, 자기 방들 놔두고 제 집무실에서 맨날 이러는 거냐고요!"

며칠째 강아지처럼 내 주변을 맴돌던 네 명의 고위 귀족들이 낑 하고 목을 움츠렸다.

루시안이야 원래 그랬다. 공부며 훈련으로 바쁘면서도 시간만 나면 나를 찾아오고, 선물이며 간식도 실어다 날랐다.

나도 익숙해서 별생각이 없었고.

하지만 팔라스를 저택에서 쫓아낸 날부터는 한 명이 네 명으로 늘어났다.

"집사, 서류 이렇게 처리하면 되는 거 맞지? 나 또 실수하기 싫어."

다른 사람한테 물어봐도 될 것을 굳이 굳이 나만 찾아와서 물어보는 클로에.

"제자가 있는 곳에 스승도 가야지."

루시안을 핑계로 자연스레 집무실을 들락거리는 데스먼드.

"……."

그리고 제일 자주 보는, 말도 없이 들어와서 구석에 오도카니 앉아 책이라도 보다 가는 로잘린. 오늘처럼 네 명이 다 모이는 날이면 시끄러워서 일이 잘되지 않았다.

"말 좀 해 보세요."

나는 들었던 펜을 탁 내려놓고 말했다.

"다른 집사들은 놔두고 왜 저만 따라다니는 건데요?"

"그게……. 오다 보니까 여기가 편하더라고. 조명이 어두워서 눈이 편안한 건가."

데스먼드가 머리를 긁적이며 대답했다.

"리아넬라 집사가 근처에 있으면 왠지 마음이 놓인단 말이야."

클로에가 특유의 해맑은 솔직함으로 대답했다.

"난 항상 위험하잖아. 누가 납치할 수도 있고."

로잘린이 당당하게 말했다.

"네가 집사니까 지켜 달란 말이야."

나는 한숨을 푹 쉬었다.

로잘린은 강아지보다는 고양이에 가까웠다.

한때는 보기만 하면 까칠하게 시비를 걸더니, 이제는 가라고 해도 가지 않았다.

"지켜 준다는 말은 제가 아니라 루시안 도련님이……."

"시끄러워. 아무튼 난 여기 있을 거야. 여기가 좋아."

그녀는 듣기 싫다는 듯 고개를 휙 돌려 버렸다.

"하아……."

나는 한숨을 푹 쉬고는 네 사람의 얼굴을 번갈아 보았다.

그들은 약속이라도 한 듯, 쫓아내면 엄청나게 상처받을 거라는 듯한 눈망울로 나를 바라보았다.

"좋아요, 좋다고요."

나는 불청객들을 쫓아내는 것을 포기하기로 했다.

어차피 사정을 아는 공작 부인이 내게 더 크고 좋은 집무실을 제공하기로 약속했기 때문에, 장기적으로 내게 손해는 아니었다.

"그럼 중요한 이야기나 하죠."

나는 헛기침을 한번 하고 클로에게 시선을 돌렸다.

"……이혼 말이군."

"맞아요."

이번에는 클로에가 한숨을 쉬었다.

"안 그래도 팔라스의 변호사가 연락을 했어."

그녀가 주섬주섬 가지고 있던 서류를 내게 건넸다.

"여기 있는 재산을 전부 달라더군. 안 그러면 길고 지저분한 재판을 해야 할 거라고."

"재판이라……."

나는 서류를 건네받으며 중얼거렸다.

제국에서 이혼을 하려면 두 가지 방법이 있었다.

합의, 그리고 재판.

르벨리안 제국은 의외로 그다지 보수적인 나라는 아니었기에, 두 사람이 갈라서기로 결심하면 이혼 자체는 쉬웠다.

어려운 것은 재산 문제였다.

"십 년의 결혼 생활, 함께 키웠다고 우길 수 있는 자식, 겉보기에는 데릴사위이자 애처가로서 희생한 것 같은 모양새, 그리고 지나치게 많은 클로에 님의 재산. 한몫 잡기에는 충분하다 싶었을 거예요."

나는 제국의 법령과 판례를 떠올리며 말했다. 가진 것 없이 결혼했어도, 이 정도면 결혼 생활에 기여했다고 주장하기 충분했다.

"……그걸 감안해도, 이건 과하지만요."

팔라스가 보내온 목록은 좋게 말해 야심 찼고, 나쁘게 말하면 염치가 없었다.

"이미 제 이름으로 받은 별장 몇 채와 보석 같은 것들은 다 자기 거고, 공동 명의로 된 부동산도 달라네요? 와인 사업 지분까지?"

"……다 내 잘못이야. 제 명의로 된 걸 가지고 싶다고 하도 부탁을 해서……."

클로에가 고개를 푹 숙이며 대답했다.

"방법이 없나?"

데스먼드가 고개를 들어 나를 바라보았다.

"재판으로 가는 방법이 있겠죠. 외도의 증거는 있으니까요. 약물에 대해서는 입증하기 어렵겠지만……. 그렇게 되면 공동 명의로 된 것들은 지킬 수 있을지도 모르고요."

"……그냥 줘 버리는 게 나을지도 모르겠군."

그가 툭 내뱉었다. 클로에가 의외라는 표정으로 그를 올려다보았다.

"쓸데없이 에너지를 쏟지 말자는 거다, 클로에. 우리 가문에 재산은 많으니까."

"하지만, 그 자식은 너한테도……."

"지난 일이야. 중요한 건 미래고. 재판까지 가면 그자는 우리 가문에 대해 제가 아는 모든 것을 공개적으로 떠벌릴 거야. 다 네게 상처로 돌아올 거고. 자칫 로잘린이 위험해질 수도 있어."

"……."

"다른 건 잊어버려. 일단 그 개자식을 가문에서 쫓아낸 걸로 만족하자고."

그가 씁쓸하게 웃었다. 로잘린도 동의한다는 얼굴이었고, 클로에만이 입술을 꾹 깨문 채 아무 말도 하지 못했다.

"……확실히, 재판은 피하는 게 좋겠어요."

나는 서류에서 눈을 떼지 않은 채 대답했다.

"그래, 그러니까……."

"그렇다고 이걸 받아들이지는 않을 거지만요."

"뭐?"

데스먼드와 클로에가 멍한 얼굴로 나를 바라보았다.

"약속했잖아요. 팔라스 악타온이 '비참하게' 이혼하게 만들 거라고."

나는 빙긋 웃으며 두 사람에게 말했다.

"다 빼앗아 와야죠. 떵떵거리면서 사는 걸 볼 수는 없으니까요."

"그, 그걸 어떻게……."

"음."

나는 잠시 허공을 보며 생각을 정리했다.

"협상을 하려면, 그쪽에서 원하는 걸 제공해야겠죠?"

"……."

"클로에 님, 팔라스 악타온이 제일 원하는 게 뭘까요?"

내가 묻자 클로에는 미간을 찌푸리고 생각에 잠겼다.

"자격지심이 센 남자라……. 제일 원하는 건 자기 이름으로 작위를 받는 거겠지? 그는 악타온 가문에서도 장남이 아니었으니까."

"그럼 어느 규모 이상의 영지가 필요하겠네요."

내 입가의 미소가 조금 짙어졌다.

어떤 미끼를 던지면 물지 바로 알 것 같았다.

"공작 부인을 만나야겠어요."

나는 다시 한번 팔라스 측에서 보내온 서류를 훑어보며 펜을 빙빙 돌렸다.

"반가워할 만한 답장을 써 주자고요."

* * *

"으핫핫핫핫핫!"

낡은 여관방 안에 팔라스의 웃음소리가 울려 퍼졌다.

"이거 보라고, 레나."

그는 어리둥절한 제 연인을 보며 서류 몇 장을 흔들어 댔다.

"그게 뭔데요?"

레나가 시큰둥하게 물었다.

그녀는 몇 주째 치열한 내적 고민을 하고 있었다.

얼마 전, 루시안이며 리아넬라에게 붙잡혀 치욕을 당한 후로, 그녀는 알아서 팔라스와 연락을 끊었다.

다만 며칠 만에 그가 클로에와 갈라섰다는 소문을 듣고 혹시나 하는 마음에 그를 찾아와 본 것이다.

아직까지는 실망스럽기만 했다.

공작가에서 쫓겨난 팔라스는, 왠지 모르게 전만큼 위엄이 없어 보였던 것이다.

윤기가 흐르던 머리도 푸석푸석했고, 얼굴은 잘 씻지 않아 번들거렸다. 심지어 돈도 없어서 반강제로 레나의 보석을 팔아 변호사 비용을 마련한 것 아닌가.

재산을 받아 내겠다고 큰소리를 뻥뻥 치기에 참고 있었지만, 한 번만 더 돈 달라는 소리를 하면 그녀는 언제든 떠날 준비가 되어 있었다.

"공작가에서 바로 꼬리를 내렸다고. 아니, 꼬리를 내리는 정도가 아니라……."

그는 낄낄거리며 서류를 읽고 또 읽었다.

"귀족이 될 수 있다고!"

그 안에는 자신이 바라고 또 바라 왔던 모든 것이 들어 있었다.

'100만 가타르의 면적에 해당하는 토지의 소유권을 넘기겠다.'

즉, 당당히 남작위를 받을 수 있는 영토였다.

조건은 예상한 대로였다.

클로에가 선물했던 모든 것들을 돌려줄 것.

보석과 옷, 신발은 물론, 그의 명의가 들어간 부동산이며 사업체를 전부 오페르니아로 돌려준다는 것이었다.

"귀족이 되는데 그게 문제냔 말이야! 하하하하하!"

대충 조사해 보니, 그가 받을 영토는 제국의 극동 쪽에 위치한, 바위로 뒤덮인 땅이었다.

솔직히 말하면 오페르니아에 이런 영지가 있는 줄도 그는 모르고 있었다.

"사람은 살지 않지만, 나름대로 쓸 만한 광물이 나온다는군. 내가 다 알아봤다고."

100만 가타르는 그가 받았던 선물을 긁어모아도 살 수 없을 정도로 거대한 토지였다. 설령 돈이 있다고 해도, 오페르니아에서 축출당한 그에게 그만한 땅을 팔 사람도 없을 터였다.

즉, 오페르니아에서 보내온 이 제안은 그에게 있어 호박이 넝쿨째 굴러온 격이었다.

"정말……. 정말 그런 거예요? 귀족이 된다고요?"

"그래. 역시 '제국의 호구'라니까!"

믿기 어렵다는 듯 다가와 서류를 들여다보는 레나를 품에 안으며, 팔라스는 다시 한번 소리 내 웃었다.

* * *

"깔끔하네요."

나는 팔라스의 변호사가 보내온 서류를 슥 보고 바인즈 집사에게 건넸다.

아직 내용을 보지 못한 클로에도 바인즈 집사의 어깨 너머로 목을 쭉 뺐다.

"팔라스 악타온 개인 명의로 되어 있는 동부, 남부 해안가의 별장 다섯 채, 공동 명의로 되어 있는 수도의 상점 세 개와 기타 부동산 중 팔라스의 지분 전체, 오페르니아 저택에 남겨 두고 간 팔라스 악타온 소유의 보석이며 옷가지 등등. 이 모든 것을 오페르니아 공작가의 이름으로 넘긴다는 내용입니다."

바인즈 집사는 자리에 모인 모두가 들을 수 있도록 또박또박 약정서의 내용을 읽어 내려갔다.

"물론, 이혼도 동의한다는 내용입니다. 축하드립니다, 클로에 님."

"하아……."

클로에가 가슴을 쓸어내리며 의자에 털썩 주저앉았다.

앓던 이가 빠진 듯, 후련한 표정이었다.

"수고 많았다, 리아넬라."

공작 부인이 나를 똑바로 바라보며 말했다.

"오페르니아가 또 네게 빚을 졌구나."

"빚이라뇨, 저도 보너스를 받고 하는 건데."

"그것만 말하는 게 아니다."

그녀가 고개를 저었다.

"루시안을, 데스먼드를, 클로에를……."

공작 부인은 천천히 자식과 손자의 이름을 하나씩 읊조렸다.

"멀어졌던 자식 손자를 내 곁으로 데려와 주었어. 우리가 이렇게 한곳에서 다과를 나눈 적이 있기나 했는지 모르겠구나."

"……."

"모두 네 덕분이다."

루시안과 닮은 푸른 눈동자가 작게 떨리고 있었다.

나는 부정하지 않고 빙긋 웃었다.

그녀의 말처럼 나와 바인즈 집사, 공작 부인, 클로에, 데스먼드, 로잘린, 그리고 루시안은 다과실에 모여 팔라스와의 일을 정리하고 있었다.

가문의 재산이 걸린 일이니 레너드와 노르만도 끼고 싶어 했으나, 나는 일부러 그들이 외출한 틈을 타 회의를 잡았다.

"그나저나 어떻게 한 거야?"

로잘린이 문득 생각난 듯 눈을 들어 나를 바라보았다.

"제국 극동부의 바위 평야. 루시안에게 들으니 헐값에 샀다며."

"맞아요. 가문의 돈을 끌어올 필요도 없이, 클로에 님의 내탕금으로 다 처리했죠."

나는 뿌듯한 미소를 지으며 대답했다.

팔라스는 모르고 있겠지만, 제국 극동부의 땅은 원래 오페르니아의 영지가 아니었다.

이번 일을 처리하기 위해 전 주인인 타룬 백작과 급히 협상을 하고 매수해서, 다시 팔라스의 이름으로 넘겨준 것이었다.

일은 쉽고, 싸고, 빠르게 처리되었다.

규모만 클 뿐, 영지의 값은 그가 넘겨준 재산의 백 분의 일도 안 되는 정도였으니까.

"일부러 묻지 않았지만……. 영지에 문제가 있는 거냐?"

데스먼드가 뭔가 감을 잡았다는 듯 물었다.

"맞아요. 백작도 알고 있었죠. 원래는 버릴 땅이었어요."

나는 고개를 끄덕였다.

극동부 바위 평야, 그리고 근방에서 일어난 작은 재앙에 대한 사실은 원작에서 짧게 설명된 바 있었다.

정확한 위치는 나오지 않았기에, 나는 카밀의 인맥을 다 동원해서 뒷조사를 했고, 그 결과 타룬 백작이라는 남자를 찾아냈다.

전에는 수도에도 간혹 얼굴을 비쳤다는 그 남자는 최근 몇 년 사이에 가세가 기운 채 다른 이와 교류하지 않는다고 했다.

그는 '돈을 줄 테니 바위 평야를 팔아라'라는 내 말이 끝나기도 전에 냅다 땅문서부터 내밀었다. 겉으로는 문제가 없어 보이는 그 땅은, 사실 제국 최악의 애물단지였으니까.

"마물이야?"

조용하던 루시안이 나를 보며 입을 열었다.

"타룬 백작이 바위 평야를 버린 이유 말이야."

"맞아요, 도련님."

아, 똑똑해.

나는 습관처럼 그의 머리를 쓰다듬으려다가 공작 부인의 존재를 기억하고 손을 멈추었다.

"어떻게 아셨어요?"

"삼촌이 준 책에서 본 내용이 생각나서."

그는 허공에 멈춘 내 손을 보며 아쉬워하는 표정으로 대답했다.

"바위로 이루어진 땅, 그 아래에 있는 희귀 광물, 안절부절못하던 땅주인."

데스먼드도 뭔가 깨달은 듯 나를 향해 고개를 휙 돌렸다.

"……그린 하핀?"

나는 다시 한번 고개를 끄덕였다.

다과실에 있던 모두가 눈을 크게 떴다.

그린 하핀은 악명 높은 메뚜기 마물이었다.

바위에서 태어나, 알에서 깨자마자 무리 지어 가까운 농지로 날아가 눈에 들어오는 모든 곡식, 심지어는 가축까지 집어삼키는 녀석들이었다.

"……타룬 백작이 운이 좋았군."

공작 부인은 헛웃음을 지으며 말했다.

"그만큼, 팔라스 악타온의 운은 나쁠 테지요."

내가 말했다.

"마력석을 부어 가며 알이 깨는 것을 막고 있던 백작이 손을 뗐으니, 부화는 금방이겠군."

데스먼드가 시간을 계산하며 덧붙였다.

"정말로 해냈구나, 집사."

그는 나를 보며 피식 웃었다.

"팔라스 악타온에게서 모든 것을 빼앗았어."

우리의 대화를 듣던 클로에의 입가에도 희미한 미소가 떠올랐다.

* * *

"오오, 근사하군!"

허름한 마차에서 내린 팔라스가 소리쳤다.

"저게 다 내 땅이란 말이지."

"……저거라고요?"

뒤따라 내린 레나가 얼굴을 찌푸렸다.

"포털도 못 쓰고 마차로 며칠을 이동해서 온 곳이…… 겨우 이 바위투성이 땅이에요?"

"어허! 타온 남작가의 영지라고 해야지."

팔라스는 뿌듯한 얼굴로 품속에 들어 있던 문서를 꺼내 들었다.

충분한 영지를 갖춘, 오래된 귀족 가문의 혈족이니 남작위를 하사한다는 황실의 문서였다.

팔라스는 다시 한번 낄낄 웃었다.

제 아버지인 악타온 남작과 구분하기 위해, 그는 '타온'이라는 새로운 성을 만들어 자신의 이름으로 삼았다.

"그, 그렇긴 한데……."

레나가 고개를 갸웃거리며 말했다.

며칠 사이에 그녀의 얼굴은 더욱 푸석해져 있었다.

귀족이 된다는 말에 혹해 버린 나머지, 가지고 있던 보석이며 옷가지를 팔아 팔라스를 지원해 줬던 것이다.

남은 몇 푼으로 여비를 대고 나니 이제는 빵 한 조각 살 돈도 없었다.

"당장 오늘 저녁은 어떻게……."

"어이, 귀족 나으리들!"

그들을 태우고 온 마부가 걸걸한 목소리로 두 사람의 대화에 끼어들었다.

"짐 받으시오!"

툭.

그는 말이 끝나기도 전에 거칠게 팔을 휘둘러 두 사람의 짐가방을 땅에 내팽개쳐 버렸다.

"조, 조심해! 감히 마부 주제에 남작에게……."

"허허, 이런 허름한 마차가 남작을 태워 본 적이 있어야지 말이오! 껍데기만 남은 가문인 모양이구먼!"

마부는 기분 나쁘게 웃더니 마차를 돌려 사라져 버렸다.

"콜록, 콜록!"

마차가 일으킨 흙먼지를 잔뜩 뒤집어쓴 레나가 기침을 하며 팔라스를 쏘아보았다.

"정말 여기 맞아요?"

"레나, 날 믿으라고. 초기 정착금은 악타온 남작가에서 도와주기로 했어."

"저택도 없고, 사용인도……."

그녀는 울 것 같은 표정으로 팔라스를 바라보았다.

"사용인은 걱정 마. 오페르니아의 가장 유능한 집사를 데려왔으니."

"네?"

오페르니아의 집사라는 말에 레나의 얼굴이 창백해졌다.

"서, 설마……."

"2등 집사로 있던 자르 페피토. 곧 그가 우릴 마중 나올 거야."

팔라스가 으쓱거리며 말했다.

페피토 집사는 그의 전갈을 받자마자 이직을 승낙했다.

마침 뭔가에 꽂힌 리아넬라 셀레스가 페피토의 과거 횡령을 파헤치기 시작했기에, 그는 기회가 있을 때 재빨리 튀기로 작정한 것이었다.

"여기서 우린 새로 시작할 거야. 지하 광물에서 나는 수익만으로도 부자로 살 수 있……."

"파, 팔라스 님!"

팔라스가 말을 채 끝내기도 전에, 멀리서 익숙한 목소리가 들려왔다.

두 사람은 눈을 가늘게 뜨고 목소리가 들려오는 방향을 바라보았다.

험준한 바위 위를 말이나 마차도 없이 넘어오는 남자는, 다름 아닌 페피토 집사였다.

"팔라스 님!"

숨이 차 헉헉거리는 그의 바지는 바위에 찢겨 너덜거렸고, 몇 번 넘어졌는지 양손은 상처투성이였다.

"무, 무슨 꼴이야! 마차는 어디 있어!"

"팔라스 님, 큰일 났습니다."

그는 팔라스와 레나 앞으로 구르듯 쓰러지며 말했다.

"뭐? 아버지에게 문제라도 생겼나? 분명히 돈을 보내겠다고……."

"악타온 남작가는 지원을 철회했습니다."

페피토 집사가 다리를 덜덜 떨며 일어났다.

"뭐, 철회?"

팔라스가 빽 소리를 질렀다.

"그게 무슨 말도 안 되는 소리야! 아들이 새로운 영지의 남작이 됐는데 지원을 왜 철회해!"

"그게……. 타온 영지에, 영지에……."

페피토 집사의 눈동자에 공포가 차올랐다.

"수, 수만 마리의 그린 하핀이 나타났습니다."

"그, 그린 하핀?"

팔라스와 레나의 안색이 창백해졌다.

"이, 이미 서쪽 경계를 맞댄 다른 영지까지 피해가 번졌다고 합니다."

"그, 그 말은……."

"팔라스 님."

페피토 집사는 거의 울 것 같은 표정으로 말을 이었다.

"제국법에 따르면 그린 하핀으로 인한 모든 피해는, 그 알이 부화된 땅의 주인이 책임지도록 되어 있습니다."

팔라스가 뭐라고 더 말하려던 순간, 그들이 딛고 있던 땅에서 강한 진동이 느껴졌다.

페피토 집사의 얼굴이 새파래졌다.

"버, 벌써 여기까지……."

안색이 어두워진 것은 팔라스도 마찬가지였다.

"내, 내 눈으로 직접 확인하겠다."

그는 믿을 수 없다는 듯한 표정으로 페피토 집사가 넘어온 바위 언덕을 뛰어 올라갔다.

레나와 페피토 집사가 불안한 표정으로 그 뒤를 따랐다.

부우우우웅-

언덕 위에 올라선 팔라스는 온몸으로 땅과 공기의 진동을 느꼈다.

멀리서 녹색과 황토색이 뒤섞인 거대한 먼지구름 같은 것이 보였다.

"서, 설마 저게……."

"저, 저겁니다! 피하셔야 합니다!"

붕-

먼지구름의 형체를 분간하는 데는 몇 초도 걸리지 않았다.

반은 날고 반은 뛰어서 바위 언덕을 향해 다가오는 것은, 짙은 녹색에 크기가 어린아이만 한 거대 메뚜기떼였다.

"히, 히익!"

레나가 날카로운 비명을 질렀다.

"이, 이곳을 지나 서쪽으로 향하는 모양입니다. 어서 몸을 낮춰야……."

"제, 젠장!"

팔라스는 뒤늦게 페피토 집사의 말을 들으려 했지만 때는 늦어 있었다.

부우우웅!

수백, 수천 마리의 마물은 눈 깜짝할 사이에 그들의 코앞까지 다가왔고, 그다음에도 속도를 늦추지 않았다.

"까아아악!"

"흐, 흐아아악!"

"크으윽!"

수백 쌍의 날개와 발 같은 것들이 세 사람의 머리, 팔, 어깨를 짓밟고 스쳤다.

옷, 머리는 물론이고 피부까지 찢겨 나가는 느낌에 세 사람 모두가 목이 쉬도록 비명을 질렀다.

지옥 같은 시간이 한참 동안 지속되었다.

얼마나 지났을까.

툭

마지막 마물 한 마리가 레나의 머리를 밟고 날아가자 그녀가 간신히 몸을 일으켰다.

"이게……."

레나는 덜덜 떨며 제 몸을 감싸더니 빽 소리쳤다.

"이, 이, 이게 뭐야!"

그녀는 너덜너덜하게 찢어진 드레스 자락을 쥐고 팔라스를 쏘아보았다.

"당신 말만 들으라면서!"

"……."

"이게 무슨 거지 같은 땅이냐고!"

씩씩거리는 목소리에 팔라스가 고개를 들었다. 레나와 비슷하게 셔츠와 바지가 너덜너덜해진 그는 영혼이 나간 것처럼 멍한 얼굴이었다.

"어떻게 할 거야! 여기까지 오느라 나도 이제 알거지 됐단 말이야!"

레나가 다시 한번 울부짖었다.

"파, 팔라스 님, 대책이 필요합니다."

입 속이 터진 듯 피를 뱉어 내던 페피토 집사가 말했다.

"당장 먹고 마실 것은 차치하더라도, 다른 영지에 대한 배상금을 마련해야만 합니다."

그가 다 뜯겨 나가고 손톱만큼 남아 있는 팔라스의 소맷자락을 겨우 붙들며 애원했다.

"클로에 님께 받은 보석이며 선물들 있으시지요? 일단 그걸 팔아서……."

그가 한 줄기 희망을 찾는 듯 팔라스의 짐가방을 뒤지기 시작했다.

"……어."

"예?"

"없다고. 내게 아무것도 없단 말일세."

팔라스가 멍한 얼굴로 중얼거렸다.

"어, 없다니요? 다른 건요? 남부의 별장들은? 사업 지분은? 말, 마차, 하다못해 옷가지라도……."

"이 영지가 다란 말이야!"

팔라스가 울음 섞인 목소리로 외쳤다.

"이 영지랑 작위를 받으려고 다른 건 다 반환했다고!"

"뭐라고요?"

조금 남아 있던 페피토 집사의 안색이 싹 사라졌다. 그는 털썩 주저앉아 머리칼을 쥐어뜯기 시작했다.

"왜, 왜 하필 이 땅을 받으신 겁니까?"

"……."

"한번 와 보기만 하셨어도 그린 하핀의 알이 득실거린다는 건 알 수 있었지 않습니까!"

"……."

"영주는 물론이고 총괄 집사인 제게도 관리인으로서의 책임이……."

머릿속으로 무언가를 계산하던 그는 도저히 떠오르는 숫자를 감당하지 못하겠다는 듯 애꿎은 땅을 퍽퍽 쳤다.

물론 바위로 된 땅이었기에 타격을 입는 것은 그의 주먹이었다.

"아, 악타온 남작가는요? 정말 이대로 아들을 버려둔다고요?"

"……저 녀석들은 아버지가 감당할 규모가 아니야."

레나의 말에 팔라스가 얼굴을 감싸며 대답했다.

눈앞이 캄캄했다. 가졌던 모든 것을 이 영지, 그리고 타온 남작이라는 이름과 맞바꾸었다. 평생 꿈꿨던 그 작위가 손에 들어오자마자 족쇄로 변해 버린 것이다.

"……너 때문이야."

그가 천천히 고개를 들어 레나를 바라보았다.

"뭐, 뭐라고요?"

"너만 아니었으면! 클로에는 나와 이혼하지는 않았을 거다!"

흐렸던 눈에는 이제 핏발이 서 있었다. 팔라스의 머릿속에 더 이상 이성이라고는 남아 있지 않았다.

그에게는 당장 이 모든 것을 탓할 대상이 필요했다.

"천한 네가, 공작가의 사위인 나를 유혹해서……."

"개소리하고 있네!"

안타깝게도 레나는 호락호락 당해 줄 생각이 없었다. 오히려 그녀는 팔라스보다 더 크게 호통을 치더니 달려들어 그의 멱살을 잡았다.

"여비로 쓰겠다며 나한테 빌린 돈은 어쩔 거야? 이혼당하고 와서 축배를 들자며 마구 써 버린 돈은?"

"내가 혼자 썼어? 그전에는 항상 얻어먹기만 했으면서!"

팔라스도 레나를 밀쳐 내며 소리쳤다.

"내가 그간 선물한 건 잊었어? 어? 다 잊었냐고!"

"다 전 부인 거라며 다시 빼앗아 갔잖아! 이 사기꾼 자식이!"

레나의 손이 팔라스의 머리채를 휙 잡아챘다.

"으아아악! 이거 놔! 이 미친 여자야!"

그 또한 팔을 휘둘러 보았지만, 귀공자처럼 자라 싸움 한번 해 보지 못한 팔라스로서는 한때 뒷골목을 누비던 레나를 누르지 못했다.

"아, 아버지를 다시 찾아가 봐야……. 아니, 차라리 형님을……."

머리를 잡힌 채 이리저리 휘둘리면서도 팔라스는 안 돌아가는 머리를 굴려 보려 애썼다.

"아니지, 역시……."

그의 머릿속에 불현듯 한 여인의 얼굴이 떠올랐다.

'나의 팔라스.'

언제나 다정하게 그의 이름을 불러 주었던, 클로에 오페르니아.

"크, 클로에를 찾아가야 하나?"

그가 바닥에 털썩 주저앉은 채 본능적으로 웅얼거렸다.

다시 한번 애원해 보자.

이번에는 전력을 다해서.

그녀는 팔라스를 사랑하니까, 항상 그랬으니까…….

그러나 다음 순간, 그의 뇌리에는 또 다른 하나의 목소리가 울렸다.

'못생겼네.'

같은 음색임에도 전혀 다르게 들리던 말.

'당신, 못생겼다고.'

팔라스의 어깨에 순간적으로 다시 힘이 풀렸다.

아아, 그랬었지.

그를 향한 그녀의 사랑은 진작 식었었다.

애틋함이라고는 조금도 없는 냉정한 적안, 건조한 목소리, 끌려 나가던 그를 귀찮은 듯 바라보던 시선.

그는 그제야 자신의 처지를 완전히 깨달았다.

이름뿐인 귀족, 빚더미에 앉은 남작, 모두에게 버림받은 남자.

"으, 으흐흐흑!"

짐승 울음소리 같은 오열이 바위 언덕에 울려 퍼졌다.

7. 사냥제

"인근 영지의 피해는, 결국 악타온 남작이 절반 정도 물어 주는 걸로 정리됐다고 해요."

나는 사용인이 전달해 준 서류를 뒤적이며 말했다.

"민심을 생각하면 어쩔 수 없었던 것 같고……. 대신 추가적인 피해는 절대로 배상하지 않기 위해 아들과의 절연을 널리 선포했다고 하네요."

"아주 잘됐군."

데스먼드가 씩 웃으며 말했다.

"영지는 어떻게 됐고?"

"그나마 나던 광물은 그린 하핀의 부화를 막기 위해 타룬 백작이 사용한 마력 때문인지 기능을 잃었고, 지금은 아무짝에도 쓸모없는 애물단지라네요."

나는 어깨를 으쓱하며 대답했다.

"레나는 신분을 바꾸고 다른 영지로 도망쳤고, 페피토 집사는 망명길에 올랐는데 불법 이민으로 붙잡혔다고 하고……."

"……."

"그리고 팔라스는 겨우겨우 악타온 영지까지 갔다가 쫓겨나서 노숙자가 됐고요."

데스먼드의 미소가 한층 짙어졌다.

"남의 괴로움이 이렇게 기뻤던 것은 처음인 것 같군."

그가 솔직하게 말했다.

"기대 이상이다, 집사."

데스먼드는 진심으로 감탄한 듯 고개를 흔들며 나를 바라보았다.

"제국 귀족들 중 이 정도로 비참한 이혼을 당한 자는 없을 거야. 안 그래, 클로에?"

그가 협탁에서 무언가에 몰두한 클로에에게 고개를 돌리며 물었다.

"……그래."

그녀는 서류 더미에 파묻힌 채 고개를 들지도 않고 대답했다.

옆에서 제 어머니의 일을 배우던 로잘린도 별다른 반응을 하지 않았다.

"완전히 잊었다, 이거군."

데스먼드는 어이없다는 듯 웃으며 다시 내게 말했다.

"공작 부인께서 그러라고 사업을 더 안겨 주셨으니까요."

와인 사업, 그리고 깔끔한 이혼 덕분에 딸을 신뢰하기 시작한 공작 부인은, 클로에에게서 빼앗았던 권한 중 몇 가지를 돌려주기로 했다.

물론 나와의 상의를 통해서.

그녀의 계획은 제대로 먹혔다.

클로에도, 그리고 딸이자 그 후계자인 로잘린도, 요 며칠은 가업에 매달리고 있었으니까.

마치 팔라스 악타온의 존재를 완전히 잊은 사람들처럼.

"그건 그렇고, 데스먼드 님은 약속 지키고 계세요?"

나는 고개를 휙 돌려서 데스먼드를 바라보았다.

"왜 항상 여기 있는 거예요? 그렇게 시간이 많아요?"

"아, 그거."

그가 움찔하고 목을 움츠렸다.

"루시안 도련님 가르치는 거 말이에요. 비참하게 이혼하게 해 주면, 아는 건 다 전수해 주신다면서요?"

"그랬지."

그는 서늘한 내 눈빛을 보더니 진정하라는 듯 양손을 들어 올렸다.

"걱정 마. 난 아주 성실하게 약속을 지키고 있거든."

"그래요?"

"응. 물론……."

그가 피식 웃으며 혼잣말처럼 덧붙였다.

"루시안이 알아서 잘하는 게 크지만."

"알아서 하게 두지 말라고 고용한 거잖아요!"

내가 극성 학부모처럼 으르렁거리자 그는 능글맞게 웃으며 말을 이었다.

"하나를 가르쳐도 열, 아니, 백을 아는 아이라서 말이야. 가르치는 데 시간이 얼마 안 걸리는 걸 나더러 어쩌라는 거냐."

"그럼 백을 가르쳐서 만, 십만을 알게 만드셔야죠."

"그렇게 하고 있어. 지금 루시안이 어디 있다고 생각하는 거냐."

데스먼드는 한숨을 내쉬며 창가를 가리켰다.

고개를 내밀어 아래를 내려다보자, 연무장에 홀로 남은 루시안의 모습이 보였다.

조금 전까지 검을 휘두르고 있었던 듯 온몸이 땀에 젖은 그는, 작은 의자에 걸터앉아 두꺼운 공책을 뒤적이고 있었다.

"봐라, 나조차도 정리하기 어려운 이론들을 저기다 정리하더니, 이제는 그걸 다 외워서 씹어먹을 기세로 공부하고 있다."

"……."

나는 데스먼드의 말에 따라 한참 동안 루시안을 응시했다.

사실 나도 루시안의 훈련이 빡빡하게 돌아가고 있다는 사실을 잘 알고 있었다.

로잘린과 팔라스의 일이 어느 정도 정리된 후로는 그가 내 방에 오는 횟수가 줄었기 때문이다.

날마다 방문했지만 짧게 머무르다가 공부나 훈련을 하러 돌아갔고, 다과를 생략함은 물론 식사도 연무장에서 빠르게 할 정도로 훈련에 몰두해 있었다.

그뿐만이 아니었다.

며칠 전에는 공작 부인이 준비한 열여섯 살 생일 파티에 겨우 일 분 머무르다 연무장으로 돌아갔고, 우연히 마주친 키르시안도 루시안의 대련 상대를 해 주느라 잠도 못 잔다며 '그 자식이 드디어 미친 것 같다'고 혀를 내둘렀다.

"오히려 쉬지 않는 걸 더 걱정해야 할 거다. 잠도 제대로 안 자는 것 같거든."

데스먼드가 팔짱을 끼고 창가에 기대며 말했다.

붉은 눈동자에서 진심 어린 걱정, 그리고 제 유일한 제자에 대한 깊은 뿌듯함이 엿보였다.

"스승 노릇에는 잠 잘 재우는 것도 있어요. 쉬는 게 부족하면 쉬게 만드셔야죠."

나는 조금 더 차분해진 목소리로 데스먼드에게 말했다.

"네가 할 소리냐?"

데스먼드가 황당하다는 듯 헛웃음을 지었다.

"미친놈처럼 사냥제만 준비하고 있는 게 누구 때문인데?"

"……."

"쉬라고 해도 안 쉰다. 네가 직접 말하면 모를까."

그런가.

나는 검을 내려놓고 한 손으로 공책을 뒤적이며 한 손으로 필기를 하는 루시안을 다시 바라보았다.

문득 그의 얼굴이 보고 싶었다.

"……도련님."

작게 불렀다고 생각했지만 그는 귀를 쫑긋하더니 고개를 돌려 내가 있는 곳을 바로 찾아냈다.

땀으로 젖어 더욱 색이 짙어진 머리칼이 눈에 들어왔다.

먹는 시간도 줄여서 훈련하느라 더 날카로워진 턱선도.

'한 살 더 먹었다고 더 잘생겨졌네.'

감탄하는 나를 향해, 루시안이 치아를 드러내고 활짝 웃었다.

"와, 저런 표정을 짓는 놈이었어? 나한테는 감정 한번 드러내지도 않던 녀석이."

데스먼드가 눈을 가늘게 뜨며 툴툴거렸다.

"루시안 도련님 감정 풍부한데요?"

"루시안은 네가 연약해서 걱정이라더라. 둘 다 눈이 좀 이상한 모양이군."

그가 뭐라고 더 투덜거렸지만, 나는 루시안을 향해 손짓하느라 그의 말을 듣지 못했다.

"잠깐 휴식! 일 층에서 저랑 만나요!"

내가 말하자 루시안이 다시 한번 웃더니 들고 있던 공책을 휙 던졌다.

"저, 저 건방진 자식이 소중한 자료집을!"

데스먼드가 창틀을 탕 하고 내려치는 사이, 나는 탁자에서 서류 하나를 집어 들고 일 층으로 향했다.

"밀실에 간다고?"

루시안이 고개를 갸웃하며 물었다.

"클로에 님의 이혼 서류 보관하려고요."

나는 보물처럼 손에 쥔 이혼장을 흔들어 보였다.

"가치가 웬만한 보석이랑은 비교도 안 되는 물건이라 말이죠."

"그건 그런데……. 들어가도 된대?"

그가 꽉 닫힌 철문을 바라보며 물었다.

오페르니아의 밀실은, 저택에서 거의 유일하게 직계의 출입이 제한된 곳이었다.

자유롭게 이곳에 출입할 수 있는 것은 공작 부인, 그리고 1, 2, 3등 집사뿐이었다.

난 4등 집사였다.

며칠 전까지는 그랬다.

"……."

나는 대답 대신 공작가의 문장이 음각된 반지를 들어서 철문 한가운데에 가져다 댔다.

스윽

부드럽게 문이 열리자, 루시안이 눈을 동그랗게 떴다.

"리라, 설마……."

"맞아요, 도련님."

내가 대답했다.

"저 승진했어요. 2등 집사로."

나는 참았던 웃음을 터뜨리며 반지를 내밀었다.

모든 건 페피토 집사 덕분이었다.

한때 잘 돌아가는 잔머리로 바인즈 집사를 도와 오페르니아의 살림을 지탱했기에 2등 집사까지 승진했던 그였다.

다만 언제부턴가 그 잔머리를 뒷돈 챙기는 데 이용하다가, 급기야는 팔라스와 한 편을 먹더니 제 발로 나가 버린 것이었다.

'나야 고맙지.'

귀찮게 이중 장부를 다 찾아내 그의 잘못을 밝힐 필요가 없어졌으니까.

공작 부인은 페피토 집사의 이야기를 듣더니 고민도 하지 않고 나를 그 자리로 승진시켰다.

밀실에 들어갈 권한이 생긴 것은 당연한 일이었다.

"축하해, 리라."

루시안은 내가 내민 손을 양손으로 부드럽게 감싸며 말했다.

'반지만 자랑하려던 건데.'

훈련의 열이 식지 않았는지, 닿은 손은 조금 뜨거웠다.

그는 조금도 어색함을 느끼지 못하는 듯, 내 손을 천천히 끌어 올리더니 손등에 입을 촉, 하고 맞추었다.

순간적으로 얼굴이 붉어지는 것이 느껴졌다.

"……도련님?"

"달리 선물을 준비 못 해서."

그는 여전히 손을 잡은 채 눈만 들어 대답했다.

푸른 눈이 보기 좋은 반달 모양으로 휘어 있었다.

사르르 접힌 눈꼬리며 뚜렷하고 깊은 눈매, 살짝 올라간 입꼬리.

모든 것이 완벽하게 조화를 이루며 나를 바라보고 있었다.

"나, 잘못한 거야?"

"……아니요."

나는 홀린 듯 고개를 저었다.

"다행이다. 긴장했는데."

그는 안도하는 표정으로 중얼거렸다.

"네?"

"아무것도 아니야."

루시안은 내 손을 놓아주더니, 아무 일 없었다는 듯 먼저 철문을 통과해 밀실로 들어갔다.

'이러려고 데려온 게 아닌데.'

나는 뒤늦게 정신을 차리고 그의 뒤를 따라 밀실로 들어갔다.

저벅.

돌로 된 거대한 방 안에 우리 두 사람의 발소리가 또렷하게 울렸다.

나는 그제야 공작가의 밀실을 똑똑히 보기 위해 눈을 돌렸다.

"와아……."

감탄이 절로 나왔다.

네 개의 벽에는 셀 수 없이 많은 보석들이 저마다 휘황찬란한 빛을 내며 전시되어 있었다.

'이것이 제국의 보고(寶庫).'

어떤 제왕의 보물 창고와 비교해도 뒤지지 않을 법한 양과 질이었다.

"리라는……. 여기 있는 것들이 마음에 들어?"

루시안이 작게 미소를 지으며 물었다.

"당연하죠."

나는 강하게 고개를 끄덕였다.

눈 감고 아무거나 막 집어도 거대한 영지를 살 정도의 가치가 있을 터였다.

어마어마한 부가 작고 반짝이는 돌에 집약된 셈인데, 그게 멋지지 않을 리가.

나는 구석의 작은 장 속에 이혼 서류를 잘 넣어 두고 다시 루시안을 향해 말했다.

"이게 다 오페르니아 가주의 거라니, 역시 가주는 대단해요."

나는 일부러 조금 과장되게 말했다.

이런 걸 보여 줘야, 가주에 대한 꿈이 더 단단해지는 거 아니겠어?

가주가 될 거라고 나나 로잘린에게 이미 선언했지만, 그는 아직 열여섯의 소년이었다.

갑자기 장래 희망이 바뀔 수도 있는 노릇 아니겠는가.

그래서 나는 오페르니아의 부귀영화가 한눈에 들어오는 장소로 루시안을 데려오기로 한 것이었다.

이걸 다 가지려면 앞으로도 열심히 하자는 의미로.

"가주의 뜻대로 처분할 수 있는 물건이지."

루시안은 싱긋 웃으며 내 말을 받았다.

"가주가 선택한 사람에게 줄 수도 있고."

"선택한 사람……?"

나는 의아한 얼굴로 반쯤 묻다가 다시 미소를 지었다.

'슬슬 여자 친구 사귈 생각을 하는구나.'

반쯤 벅차고 반쯤 씁쓸한 기분이 온몸을 감쌌다.

진짜 다 컸나 봐.

나도 안 해 본 연애를 하려고 하고.

"운 좋은 사람이네요."

나는 더 캐묻지 않고 대답했다.

루시안의 입꼬리가 미세하게 더 올라갔다.

"……정말 그렇게 생각하는 거지?"

그는 다짐을 받듯 물었다.

"당연하죠. 가주가 된 도련님한테 오페르니아의 보물을 선물 받는데."

나는 다시 한번 몸을 돌려 조금 전에는 자세히 보지 못했던 서쪽 벽으로 향했다.

그곳에는 금관, 목걸이, 팔찌 같은 것들 외에도 독특한 모양의 반짝이는 물체들이 잔뜩 있었다.

"아티팩트야. 각자 기능이 달라."

찬란한 광채에 넋을 잃은 내 귓가에 루시안이 속삭였다.

"아티팩트……."

나는 뒷벽 중앙의 장에 놓여 있는 은잔을 바라보며 말했다. 다른 물건들과 달리, 장 하나를 차지하는 게 왠지 더욱 귀해 보였다.

"그건 '신의 성배'라는 거고."

"본 적 있으세요?"

"예전에 조부님과 아버지를 따라 들어와서 들은 적이 있어. '신의 성배'에는 오페르니아에 대한 전설이 적혀 있다고 하셨어."

그가 어깨를 으쓱했다.

"전설이요?"

그가 은잔의 손잡이를 가리켰다. 작은 글씨로 몇 줄의 글이 적혀 있었다.

"신이 뱉은 말은 지켜져야 하고……. 이미 준 것은 거두지 못한다……."

"신과 인간 사이의 약속이 적힌 거라고 해."

"겨우 두 줄이 다예요?"

"이상하지? 조부님은 그게 다가 아니라고 하셨어."

루시안은 어깨를 으쓱하며 말했다.

"성배의 힘을 정확히 사용하면 아무도 모르는 제국의 진실이 보인다……. 뭐 이런 설명을 듣긴 했는데."

"……."

"사실 아무도 사용법은 몰라. 초대 오페르니아 공작이 가지고 있었다는 것만 확실해."

"아티팩트를 활용하면 다른 것이 보인다는 의미인가요?"

"이론상으로는. 아버지는 반 장난으로 몰래 성배에 술을 담아 마셔 보기까지 하셨다는데……. 아무 일도 없었다고 들었어."

루시안이 픽 웃으며 고개를 끄덕였다.

"조부님은 오페르니아가 신의 축복을 받지 못한 대신 이 성배를 받은 거라고 설명하셨지만……. 아버지와 난 잘 모르겠어. 애초에 그런 이유가 따로 있었던 건지."

루시안의 말을 들으며, 나는 황제궁에서 봤던 벽화를 다시 한번 떠올렸다.

신을 도와 제국을 건설한 가문은 네 개였음에도, 벽화에 그려진 것은 세 가문뿐이었다.

축복을 받은 황실, 세이든, 파벨과 달리, 아무것도 얻지 못한 오페르니아.

이유는 자세히 알려지지 않았다. 실제로는 오페르니아가 아무런 공을 세우지 못했다는 말도 있었고, 신의 불쾌함을 샀다는 말도 있었다.

팟-

생각에 잠겨 있던 그때, 내 목에 걸려 있던 장미 모양 목걸이가 반짝 빛나며 진동했다.

"……어?"

"성배 때문에 그래."

루시안이 나를 한 걸음 물러나게 하며 말했다.

"그 목걸이는 변신형 마력석이라, 다른 물건의 내재된 마력과 공명해서 그걸 복제하는 성질이 있거든."

그가 설명했다.

"미세한 정도의 마력을 복제함으로써 그 모습으로 변형되는 거야."

"……"

"특수한 상황이 아니면 변형 외에 다른 영향은 없을 거……."

팟-

그의 말이 끝나기도 전에, 내 목걸이가 진동하며 다시 빛을 뿜었다. 이번에는 내 몸이 밀려날 정도의 강한 진동이었다.

웅-

그와 동시에 내 머리가 무언가에 얻어맞은 듯 아프게 울렸다. 나는 미간을 찌푸리며 목걸이를 움켜잡았다.

정신이 혼미하고, 뇌리가 하얘졌다.

"윽……!"

"리라!"

루시안이 황급히 나를 부축하는 것이 느껴졌다. 시야는 이미 흐릿해져서 그의 얼굴이 자세히 보이지 않았다.

"리라! 정신 차려!"

머리가 다시 한번 울렸다.

눈을 한번 깜빡이자 루시안의 실루엣이 사라졌다. 대신 새하얀 허공에 몇 줄의 텍스트가 떠올랐다.

전쟁으로 뒤덮인 세상을 구한 세 가문은 신으로부터 약속된 축복을 받기 위해 무릎 꿇었다.

이 세계의 창조신 디오네스는 세 사람의 눈에 손을 얹고 축복을 내렸다.

강한 힘으로 제국을 통치할 르벨리안에게는 '세상의 규칙을 거스르는 힘'을.

검의 최강자가 되기 위해 인생을 바쳤던 세이든에게는 '천재적인 재능'을.

창조신 디오네스는 마지막 영웅의 눈 위에 손을 얹었다.

마지막 영웅 오페르니아에게, 그는 '되돌리는 힘'을 불어넣었다.

다친 것을 치유하고, 잃은 것을 되찾고, 잊힌 것을 기억나게 하는 강력한 힘이었다.

'파벨이 아니라 오페르니아?'

나는 혼미한 와중에도 눈을 부릅뜨고 텍스트를 여러 번 읽었다.

글씨는 곧 모습을 바꾸어 다음 문장을 보여 주었다.

축복의 힘을 전부 흡수한 마지막 영웅은 그제야 로브를 벗고 얼굴을 드러냈다.

그는 건국 영웅 오페르니아가 아니었다.

"창조신의 축복, 영원히 간직하겠나이다."

오페르니아의 부관, 파벨.

그가 잠든 주인과 옷을 바꿔 입고 창조신 앞에 나아간 것이었다.

'오페르니아의 부관……'

놀랄 틈도 없이, 텍스트는 어지럽게 흩어졌다가 다시 새로운 문장으로 조합되었다.

신은 후회했으나 때는 늦었다.

이미 준 것은 거둘 수 없다.

그것은 신조차 어길 수 없는 태초의 약속이었다.

하여, 그는 성배에…….

마지막 몇 글자는 보일 듯 말 듯 하다가 허공으로 흩어져 버렸다.

'성배에 뭘 어쨌는데?'

버퍼링도 아니고, 왜 보여 주다 말아?

속마음으로 몇 번을 투덜거려도 글씨는 돌아오지 않았다. 몇 초 동안 눈을 부릅떠 보다가 실패한 나는 완전히 정신을 잃었다.

"……리라."

얼마나 지났을까, 익숙한 목소리가 내 이름을 불렀다.

"……도련님?"

천천히 눈을 뜨자 나를 뚫어져라 바라보던 한 쌍의 벽안이 시야에 들어왔다.

"리라!"

침대맡에 앉아 있던 루시안이 황급히 내 손을 잡았다.

"정신이 들어?"

"시간이 얼마나 지났어요?"

"……일곱 시간."

루시안이 대답했다. 그의 얼굴은 왠지 모르게 초췌해져 있었다.

"지금은 새벽이겠네요."

루시안은 여전히 나로부터 눈을 떼지 않은 채 고개를 끄덕였다.

"전혀 안 주무신 거예요?"

"어떻게 자."

그가 작게 내뱉었다. 루시안이 나를 향해 보일 수 있는, '원망'에 가장 가까운 태도였다.

"네가 쓰러졌는데."

"저 멀쩡해요."

사실이었다. 머리는 더 이상 울리지 않았고, 오히려 기절하기 전보다 한층 맑아진 느낌까지 들었다.

"……로잘린 님이 다녀가셨을 것 같은데."

"다녀갔어. 몸에는 이상 없고 그냥 잠든 거라 치료할 것도 없다고 해서……."

그가 답답하다는 듯 한숨을 내쉬었다.

"그런 진단밖에 못 하면 나가라고 했지."

"정확한 진단인데요."

나는 어깨를 으쓱했다. 갑자기 쓰러졌다는 사실이 좋은 건 아니겠지만, 로잘린이 괜찮다면 괜찮은 거였다.

그보다는 기절 직전에 봤던 텍스트가 신경 쓰였다.

'파벨이 오페르니아를 배신하고 신의 축복을 훔쳤다.'

텍스트는 누군가 나의 뇌리에 새겨 놓기라도 한 듯 머릿속에 박힌 채 잊히지 않았다.

'성배에 적힌 이야기가 이거였던 거야.'

"그게 중요한 게 아니에요. 중요한 건……."

나는 모든 것을 설명하기 위해 입을 열었다.

"성배와 목걸이가……."

"그렇게 말하지 마."

루시안이 고개를 저으며 내 말을 잘랐다.

"……네?"

내 말을 끊었어?

루시안 오페르니아가?

익숙지 않은 상황에 당황할 새도 없이, 그가 말을 이었다.

"리라의 건강보다 중요한 건 세상에 없어."

그는 거의 화가 난 듯한 얼굴로 나를 똑바로 보았다.

"그건……."

"내 탓이야. 목걸이가 성배와 공명한 순간 너를 데리고 나왔어야 했는데."

꽉 깨문 그의 입술이 조금씩 떨리고 있었다.

"아니, 사고에 대비해서 아예 로잘린을 데리고 같이 들어갔어야 했는데. 아니면 처음부터 목걸이에 호신용 마력석을 함께 박아 놨어야……."

"도련님."

"성배의 힘은 아무도 몰라. 더 큰 사고가 날 수도 있었어."

그제야 내 눈에 루시안의 얼굴이 얼마나 창백해졌는지 보였다.

거대한 마물을 사냥할 때도, 제국 최강인 키르시안과 검을 맞댈 때도 여유를 놓지 않던 그는, 내 손을 잡은 채 떨고 있었다.

"리라, 네가 다치면……. 아니, 다친다고 생각하기만 해도 견딜 수가 없어."

루시안이 양손에 얼굴을 묻으며 한숨을 쉬었다.

나는 천천히 손을 뻗어 그의 머리를 쓸어 주었다.

미안한 마음이 조금씩 밀려왔다. 사람이라고는 둘밖에 없는 밀실에서 내가 쓰러졌으니, 루시안으로서는 무서웠을 터였다.

한편으로는 안쓰러웠고, 한편으로는 나를 걱정해 주는 그의 마음이 고마웠다.

"안심하세요, 도련님. 다치지 않을게요."

나는 다시 한번 그의 머리를 만지작거리며 말했다.

"……네가 눈에 보이지 않기만 해도 불안할 때가 있어. 혼자 쓰러질까 봐. 누군가가 네게 무슨 짓을 할까 봐."

"제가 적을 좀 많이 만들긴 했죠."

루시안의 걱정은 사실 무리가 아니었다.

내 삶이 항상 평온한 것은 아니었으니까.

몇 번인가, 자꾸 옛날 일을 들추는 내게 앙심을 품은 페피토 집사가 작정하고 내 음식에 장난을 친 적이 있긴 했다. 노르만이 날 몰래 납치해 저택에서 멀리 떨어진 곳에 버려두려고 시도한 적도 있었고.

레너드는 아들보다 더했다.

'내가 가주 자리에 오른다면, 그 빙글빙글 웃는 낯짝부터 치워 버릴 테다.'

신성수 사건 이후로, 나와 단둘이 있을 때면 이런저런 헛소리로 나를 위협하곤 했으니까.

"도련님이 절 지켜 주시면 되죠."

내가 장난스럽게 웃자, 루시안은 손바닥에서 얼굴을 떼고 다시 나를 향해 시선을 고정시켰다.

"⋯⋯그럴까."

동그랗게 뜬 눈이 유독 무해해 보였다.

나는 어린 시절 울던 그를 달래던 때처럼 씩씩하게 고개를 끄덕였다.

"그럼요, 도련님은 강하니까요."

"⋯⋯."

"제가 도련님 옆에 잘 붙어 있을게요."

농담처럼 한 말이었지만, 루시안은 그 말을 듣고 나서야 조금 안심이 되는 듯 작게 미소를 지었다.

"약속이야, 리아넬라."

"약속이죠."

이럴 때는 아직 어린애라니까.

"잠깐은 떨어지더라도, 멀리 가면 안 돼."

"그럼요."

나는 새끼손가락까지 걸어 가며 그에게 다짐했다.

이런 순수한 약속도 시간이 지나 그가 어른이 되면 잊힐지 모른다 생각하니 괜히 아쉬운 마음이 들었다.

내 마음을 아는지 모르는지, 루시안은 진심으로 안도한 듯 가슴을 쓸어내렸다.

＊ ＊ ＊

"제국의 태양을 뵙습니다."

파벨 공작이 바일레스 르벨리안 3세의 발치에 무릎을 꿇었다.

"이제 왔군. 앉아."

황제가 무표정한 얼굴로 그에게 손짓했다.

"황공합니다, 폐하."

"파벨 공작가에서도 사냥제 준비를 마쳤겠군."

황제는 서류에서 눈을 떼지 않은 채, 책상 너머 의자에 자리를 잡은 파벨 공작에게 말을 건넸다.

파벨 공작이 미간을 살짝 찌푸렸다.

선황 때부터 황실의 측근이었던 그는, 자신에 대한 현 황제의 대접이 썩 마음에 들지 않았다.

"신의 아들들은 이미 어둠의 숲에 도착했다고 합니다."

"파벨 가문의 활약을 기대하겠다."

"황공합니다, 폐하."

파벨 공작이 머리를 숙이며 대답했다.

"파벨의 모든 것을 걸고 가장 강한 마물을 손에 넣을 것입니다."

"모든 것을 걸고 가장 강한 마물을 손에 넣어?"

황제의 오른쪽 입꼬리가 살짝 올라갔다. 파벨 공작은 흠칫하고 어깨를 떨었다.

그는 황제의 저 미소를 알았다. 파벨 공작의 말이 심기에 거슬린다는 의미였다.

"모든 참가자 중에서 말이냐?"

황제가 확인하듯 다시 묻자, 파벨 공작은 무언가 깨달은 듯 진땀을 흘렸다.

"무, 물론 황태자 전하께서도 크게 활약하실 것임을 알고 있습니다."

"알면 됐군."

황제는 여전히 서류를 들여다보며 파벨 공작의 말을 받았다.

그를 보는 파벨 공작의 얼굴이 다시 흐려졌다. 자신의 말실수를 떠나, 황제의 태도는 처음부터 파벨 공작에 대한 은근한 무시를 드러내고 있었다.

'건방진 놈.'

그가 속마음으로 중얼거렸다.

파벨 공작을 대하는 황제의 태도는 언제나 이랬다. 겉으로는 가까이하고 공대하면서도 실질적인 존중을 보여 주지는 않았다.

물론 선대처럼 파벨 공작가에 의존하지도 않았다.

"파벨이 승리를 위해 수단과 방법을 가리지 않는다는 사실은 잘 알지."

황제가 고저 없는 목소리로 말했다. 파벨 공작은 그 말이 칭찬이 아님을 명확하게 알고 있었다.

"그러나 경은 지난번 황실 검술 대회에서도 같은 말을 했었다. 기필코 네 막내아들이 우승을 거머쥘 거라고."

"……."

파벨 공작이 입술을 꽉 깨물었다.

파벨 공작가의 세 아들들은 단 한 번도 황실 검술 대회에서 우승을 차지하지 못한 채 성인이 되었다.

마지막 기회였던 몇 달 전의 대회에서 우승을 빼앗아 간 것은 다름 아닌 오페르니아였다.

"……어찌 그 이야기를 하십니까."

그는 은근히 불쾌감을 드러내며 말했다.

눈앞의 남자가 황제라고는 하나, 파벨 공작가는 '제국의 가호'였다.

황실도 함부로 대할 수 없는 성인(聖人)이 바로 자신이 아니던가.

"그때 우승한 루시안 오페르니아가 사냥제 준비에 매달리고 있다고 들었으니 하는 말이다."

황제는 엷은 웃음을 잃지 않은 채 대답했다.

"검술 대회는 미성년 귀족들의 시합에 불과합니다."

파벨 공작이 발끈해서 대답했다.

"그 우승을 했다 하여 마물 사냥제에서도 성공을 거두리라 여기신단 말씀이십니까?"

"글쎄."

"……폐하께서는 열여섯 살짜리 루시안 오페르니아를 많이 총애하시나 봅니다."

파벨 공작이 은근한 비아냥을 담아 말했다. 황제는 그제야 들고 있던 서류를 놓고 눈을 들어 파벨 공작을 마주 보았다.

"그 아이가 정녕 소신의 세 아들보다 뛰어나다고 생각하십니까?"

"딱히 그런 생각을 한 것은 아니다."

"그럼……."

온몸의 털을 세우고 황제와 기싸움을 하던 파벨 공작의 표정이 조금 부드러워지려던 순간, 황제가 다시 입을 열었다.

"정확히는, 오페르니아의 집사 리아넬라 셀레스가 사냥제의 어떤 참가자보다도 뛰어나다고 생각한다."

그는 흥미롭지 않다는 표정으로 팔짱을 끼었다.

"어쩌면 아르테스보다도 말이지."

"그게 대체 무슨……."

"나를 놀라게 하는 아이다."

"……."

"그 아이가 키운 것이 루시안 오페르니아이니, 사냥제에서 두각을 드러낼 사람도 루시안 오페르니아라고 생각할 뿐이야."

황제가 픽 웃으며 말했다.

"내가 경이라면, 아들들이 가장 강한 마물을 사냥할 거라는 장담은 더 조심해서 할 것 같군."

"……그렇습니까."

파벨이 노골적으로 얼굴을 구기며 대답했다. 그의 입가에 비릿한 미소가 떠오르고 있었다.

"어린 계집아이의 재롱이 폐하를 즐겁게 했다니, 신도 기쁩니다."

"……."

"그러나 중요한 일을 판단하는데, 노예 출신 하녀에 대한 총애는 접어 두셔야 하지 않겠습니까."

그는 한마디, 한마디에 일부러 힘을 주며 말했다. 아무리 황제라도, 제국의 가호를 함부로 대할 수 없다는 사실을 보여 주려는 듯한 태도였다.

"……."

황제는 여전히 표정 없는 얼굴로 책상 끝을 손가락으로 몇 번 두드렸다.

"사냥제의 우승자는 제국을 받들 기둥입니다. 어린애들 장난 같은……."

파앗-

파벨 공작의 말이 미처 끝나기 전에, 황제의 손끝에서 황금색의 빛이 뻗어 나와 파벨 공작의 목을 휘감았다.

우둑-

"끄흡!"

앉아 있던 파벨 공작의 몸이 위로 들렸고, 그는 갑작스러운 고통에서 벗어나려 발을 버둥거렸다.

몇 초 동안 그의 목을 조르던 황제는 다시 손을 휙 하고 저으며 힘을 거두었다.

"크윽……!"

바닥에 주저앉은 파벨 공작이 제 목에 손을 가져다 대며 숨을 몰아쉬었다.

"지아모크 파벨."

황제의 목소리가 낮게 울렸다. 파벨 공작을 내려다보는 그의 얼굴은 싸늘했다.

"언제부터 경이 내게 이래라저래라 지시를 했지?"

"……."

얼음장 같은 황제의 목소리에, 파벨 공작은 대답하지 못하고 고개를 숙였다.

"전부터 생각했지만, 경은 스스로의 쓸모에 대해 대단한 착각을 하고 있어."

"……."

파벨 공작의 얼굴이 수치심으로 붉어졌다.

"경의 쓸모는 딱 하나인데, 심지어 지금은 그 쓸모를 증명하지 못하고 있더군."

"폐하."

파벨 공작이 겨우 고개를 들었다.

"파벨 공작가는 황제 폐하의 안위를 지키는 최후의 방어선입니다. 어찌 쓸모가 없다고……."

"내겐 그 방어선이 필요하지 않으니까."

황제가 짧게 대답했다. 더없이 오만한 표정을 보면서도, 파벨 공작은 차마 반박을 하지 못했다. 선대와 달리, 현 황제는 자신의 부상이나 질병을 두려워하지 않았다.

너무나 강했기 때문에.

그만큼 치유의 힘을 가진 파벨 공작도 필요로 하지 않았다.

"그럼에도 내가 경을 가까이 두는 이유는 경도 알고 있을 거야."

"폐하."

황제는 깊게 숨을 들이마시고는 천천히 다시 내뱉었다.

"황녀."

"……."

"'되돌리는 힘'으로 황녀를 추적해 찾아내는 것. 그게 경의 유일한 쓸모다."

"……."

"기억해라. 황녀를 찾아내지 못하면, 파벨의 영광도 끝난다는 걸."

"후우……."

파벨 공작은 뒷걸음질로 황제의 방을 빠져나오며 제 목을 문질렀다.

"새파랗게 어린놈이 감히……!"

몇 번을 문질러도 목 주변의 쓰라림은 가시지 않았다. 그러나 그보다 더 크게 상한 것은 파벨 공작의 자존심이었다.

황제가 이능을 사용한 순간 그는 온몸이 얼어붙어 대응조차 제대로 하지 못했다.

"감히 내게, 이 지아모크 파벨에게……."

"각하, 괜찮으십니까?"

밖에서 대기하던 부관, 게일이 그림자처럼 다가와 그의 안색을 살폈다.

"……무슨 일이 있었던 겁니까?"

"알 것 없다."

파벨 공작은 짜증스럽게 대답하고 먼저 몸을 돌려 복도를 따라 걸었다. 그의 머릿속은 어지럽게 굴러가고 있었다.

'황녀를 추적해 찾아내는 것. 그게 경의 유일한 쓸모다.'

황제의 목소리는 칼로 새겨 넣은 듯 그의 뇌리에 박힌 채 쩌렁쩌렁 울렸다.

'황녀를 찾지 못하면 위험하다.'

그가 속마음으로 생각했다.

'그러나 찾으면 더 위험해.'

그에게는 황제의 능구렁이 같은 속마음이 보였다.

지금의 황제는 선대가 파벨 가문의 치유력에 의존하는 것을 못 마땅해했다는 것. 그래서 소년 시절부터 파벨 공작을 경계했다는 것.

황제는 파벨 공작가에 대한 근 30년간의 모든 비리와 약점을 찾아서 손에 쥐고 있다는 것.

황녀를 찾아서 데려오는 순간, 파벨 공작가의 쓸모는 끝날 것이며 황제는 망설임 없이 그를 내칠 것이라는 것까지도.

'……선대의 말이 옳았나.'

파벨 공작은 눈을 지그시 감고 수십 년 전, 또 다른 황제에게 들었던 말을 떠올렸다.

'황실의 여아가 파벨의 것을 빼앗아, 비로소 모든 것을 되돌려 놓는다.'

미래를 보는 이능을 가진 자. 즉, 선대인 바일레스 2세가 남긴 예언이었다.

노쇠해진 후에 남긴 말이었기에, 파벨 공작 외에는 누구도 듣지 못한 말이기도 했다.

"너무 걱정하지 마십시오, 각하."

파벨 공작의 목을 보고 상황을 눈치챈 게일이 넌지시 말했다.

"황녀의 생사가 불분명한 이상, 황제는 각하를 놓을 수 없습니다."

파벨 공작은 대답 없이 생각을 이어갔다.

아직까지 그의 말은 틀리지 않았다.

완전히 실종된 황녀를 찾아올 수 있는 이는, 추적의 능력을 가진 자신밖에 없다는 말로 황제를 설득했으니까.

그래서 황녀가 없어야 했던 것이다.

깨끗하게 사라져서 산 채로도, 주검으로도 발견되지 않으면, 황제는 희망을 놓지 못하고 파벨 공작을 내칠 수 없을 테니까.

그러나 황제의 참을성은 밑바닥을 드러내고 있었다.

언제까지고 이 상태가 지속될 수는 없을 터였다.

"……부족하다."

파벨 공작이 혼잣말처럼 말했다.

"예?"

"파벨 공작가의 세력을 공고히 할 다른 방법을 찾아야 한다는 의미다."

"……."

"엘로딘 자작도 사냥제 준비로 입궁했겠지."

파벨 공작의 말에 게일이 짧게 고개를 끄덕였다.

"그를 내 거처로 불러라. 딸에 대해 할 말이 있다고 전해."

"……예, 각하."

게일은 더 묻지 않고 곧바로 명을 수행하기 위해 복도를 빠져나갔다.

"제국에서 가장 사랑받는 영애……. 사교계의 꽃이라 불린다던가."

혼자 남은 파벨 공작이 중얼거렸다.

"꽃을 피웠으니, 꺾어서 집 안을 장식해야겠군."

그는 사냥개처럼 자신의 지시만을 기다리는 세 아들들을 떠올렸다.

파벨 공작가의 혼맥을 다질 때가 된 것이었다.

* * *

사냥제의 아침이 밝았다.

어둠의 숲 입구로 연결되는 공터는 전날 밤부터 시끄러웠다.

각 가문을 상징하는 색의 천으로 덮인 테이블 수십 개와 같은 색의 막사가 빼곡하게 준비되었고, 그 주변에는 참가자며 그 가족, 사용인 등이 분주하게 오갔다.

오페르니아의 테이블은 청색 천을 덮은 원탁이었다.

황실 다음으로 넓은 공간을 차지한 것이 오페르니아였기에, 나를 비롯한 여러 사용인들이 움직이기에 불편하지는 않았다.

"준비는 됐고?"

내가 청색 기사복을 갖춰 입은 알로에게 물었다.

"됐겠냐. 난 마물 사냥은 질색이야."

어깨까지 기른 짙은 청발을 낮게 묶은 알로가 대답했다.

"넌 일이면 다 질색이잖아."

"맞아. 아무것도 안 하는 백수가 꿈인데 이게 웬 노동 착취냐고."

습관처럼 투덜거리고 있었지만, 그는 꽤 여유 있는 모습으로 화살통을 점검하고 있었다.

루시안과 비슷하게 큰 키에 날랜 몸을 가진 알로는, 오페르니아 기사단에서도 가장 뛰어난 기사 중 하나였다.

검술에서는 루시안이나 키르시안과 비견하기 어려웠지만, 활에 있어서는 제국에서 몇 안 되는 실력자라던가.

"루시안 도련님을 지킬 사람은 있어야지."

"편이나 필요하겠다. 며칠 전에 마지막 훈련이라고 남부 영지까지 가서 흑호랑이 잡는 거 못 봤구나? 난 누가 괴물인지도 모르겠더라."

"하지만 은근히 잘 다치시는걸."

"도련님이 잘 다친다고……. 하, 참."

그는 무심코 내 말을 따라 하다가 헛웃음을 내뱉었다.

난 왜 그러냐는 표정으로 그를 바라보았다.

사실인데 왜?

실제로 루시안은 내가 훈련을 참관할 때마다 조금씩은 긁히고 쓸렸다.

기사에게 당연한 일이라지만, 피가 나는 상처에 약을 발라달라고 손을 내미는 모습이 매번 마음 아팠는데.

"가끔 보면 네가 천재인지, 바보인지 모르겠단 말이야. 그걸 다 믿……. 아니다."

알로가 툴툴거리다 말고 내 눈치를 보며 말을 삼켰다.

"아무튼 걱정 마. 나랑 키르시안 님이 계속 같이 있을 테니까."

"알아, 고마워."

"알면……."

"보너스 600%."

"감사합니다, 2등 집사님!"

뭐라고 더 생색을 내려던 그는 내 말이 떨어지자마자 허리를 90도로 접으며 외쳤다.

"몸이 가루가 되도록 도련님을 보좌하고 옵지요!"

"……저리 꺼져."

햇살처럼 밝아진 얼굴을 한 알로가 콧노래를 부르며 사라지자, 나는 다시 한쪽 손에 얼굴을 괴고 생각에 잠겼다.

잘 준비된 거 맞나?

거대하게 펼쳐진 어둠의 숲은 수백 가지 마물의 서식지이자 원천이 었다.

크고 작은 마물들이 이곳에서 태어났다가, 짝짓기 철이 되면 수를 불리기 위해 다시 돌아오고는 했다.

사냥제는 그 수를 최소한으로 조절하는 수단이기도 했다.

언제 어디서 어떤 마물이 튀어나올지 모르니 그 자체로 위험했지만, 이번 사냥제는 더더욱 조심할 필요가 있었다.

원작대로라면 하얀 드래곤이 나타나는 해였으니까.

'할 수 있는 건 다 했다.'

나는 지금도 키르시안, 데스먼드와 함께 숲 주변을 살피며 마지막 준비를 하고 있을 루시안을 떠올렸다.

밀실에 다녀온 날 후로 그는 더욱 대회 준비에 매달렸기에, 나는 루시안과 단둘이 마주칠 기회조차 많지 않았다.

'아직 어린 용이니까……. 설령 잡지 못하더라도 다치지는 않겠지. 다치더라도 중상은 피할 거고…….'

이런저런 걱정으로 바쁘게 머리를 굴리는 사이, 두 개의 그림자가 다가와 내 앞에 멈춰 섰다.

"어머, 리아넬라 셀레스였던가?"

"설마……. 오페르니아의 그 하녀?"

익숙하게 거슬리는 두 개의 목소리에 나는 천천히 고개를 들었다.

붉은 머리칼에 예쁘장한 외모를 가진 소녀, 그리고 그녀보다 키가 한 뼘 정도 큰 또 다른 소녀가 눈에 들어왔다.

한껏 신경 쓴 듯 화려한 옷차림에 오만한 표정이 그들의 신분을 말해 주고 있었다.

"오랜만입니다, 카트린 발레리 자작 영애, 그리고……."

나는 자리에서 일어나 가벼운 묵례를 하며 두 사람을 마주 보았다.

"캐롤 루리엔 영애께서도 오셨군요."

붉은 머리칼의 소녀, 캐롤 루리엔.

즉, 보물찾기 마지막에 내게서 블랙차이를 빼앗으려 했던 소녀.

그녀가 훗, 하고 웃으며 턱을 치켜들었다.

"후작 영애라고 부르도록 해. 우리 아버지께서 후작으로 승격되셨다는 얘기를 들었나 모르겠군."

아, 그런 일이 있었지.

나는 뒤늦게 아스트리드로부터 들었던 소식을 떠올렸다.

루리엔 백작은 제 영지 주변에서 일어난 어느 작은 왕국의 침범을 막아 낸 공로로 후작위를 받았다고 했다.

덕분에 몇 년 전 보물찾기 당시 황제가 캐롤 루리엔에게 내렸던 수도 출입 금지령도 거두어주었다던가.

"리아넬라 셀레스가 두 분 영애를 뵙습니다."

나는 한숨이 나오려는 것을 꾹 참고 다시 한번 가볍게 예를 갖추었다.

하지만 그런 나를 보는 캐롤의 시선은 곱지 않았다.

"……'르벨리안의 사랑을 받는 소녀'라더니, 그새 건방져져서 예를 갖추는 방법을 잊은 건가?"

"……무슨 말씀이신지요?"

"하녀가 후작 영애를 봤으면."

캐롤이 나를 향해 한 걸음 다가서더니, 들고 있던 부채를 높이 들어 올렸다.

"머리를 더 숙이라는 말이야, 이렇게."

그녀의 부채 끝이 내 정수리를 툭툭 건드렸다.

탁.

나는 참지 않고 캐롤의 부채 끝을 손으로 쥐어 움직이지 못하게 했다.

감히 이렇게 나오리라고 예상하지 못했는지 캐롤과 카트린의 눈이 커졌다.

"무, 무슨 짓이야?"

"영애야말로 무슨 짓인가요? 함부로 남의 머리를 때리다니요."

나는 예의상 띠었던 미소를 지우고 싸늘하게 물었다.

"예의를 모르는 것 같아 인사법을 가르쳐 주려던 것이다. 당장 내 부채를 놓지 못해?"

캐롤이 고개를 뻣뻣하게 쳐들며 부채를 힘껏 잡아당겼다.

나는 그 끝을 꽉 잡았다가 그녀가 강하게 힘을 주는 순간 힘이 가는 방향으로 살짝 밀었다.

"어멋!"

그러자 캐롤은 물론, 그 옆에 서 있던 카트린까지 휘청거리며 두어 걸음 물러섰다.

허둥거리며 서로를 붙잡아 넘어지는 것은 겨우 피했지만, 수치스러운 모습을 보였다는 사실에 두 사람의 얼굴이 달아올랐다.

"제 인사법은 다른 사용인들과 다르지 않습니다. 설령 실수가 있었다 한들 영애들이 직접 가르칠 일은 아니지요."

나는 두 사람 앞으로 한 걸음 내디디며 말했다.

두 사람이 순간적으로 목을 움츠리는 것이 보였다.

"불만이 있다면 제 주인께 말씀하십시오. 루시안 도련님은 곧 돌아오십니다."

"……건방진 태도는 바뀌지도 않는구나. 평민 계집이 귀족에게 눈을 치뜨고 대들어?"

잠시 물러섰던 캐롤이 다시 씩씩거리며 나를 노려보았다.

"오페르니아에서는 하녀를 이렇게 가르쳤나 보지?"

"하라면 못 할 것 같아? 루시안 님께 네가 한 짓에 대해 낱낱이 말할 거야!"

카트린도 빽 소리를 질렀다.

"우리 두 가문과의 관계를 생각하면 루시안 님도 널 가만두지 못할……."

"기다릴 거 없어. 루시안 말고 나한테 얘기하면 되니까."

두 사람의 등 뒤에서 차가운 목소리가 들려왔다.

그들은 동시에 몸을 돌려 목소리의 주인을 찾았다.

검은 머리칼에 루비처럼 붉은 눈동자를 가진, 작고 앙칼진 생김새를 한 소녀가 두 사람을 올려다보고 있었다.

"누구……."

미간을 찌푸리며 잠시 생각에 잠겼던 캐롤의 눈이 천천히 커졌다.

"로잘린……. 로잘린 오페르니아?"

"나를 알아? 난 두 사람을 전혀 모르겠는데."

로잘린은 불쾌하다는 듯 눈썹을 치켜올리며 팔짱을 꼈다.

"로잘린 영애! 그 말투는 뭔가요? 저는 루리엔 후작가의 딸, 캐롤 루리엔이에요. 이쪽은 발레리 자작가의 영양……."

"관심 없어."

로잘린이 딱 잘라 말했다.

"우리 가문 집사에게 무슨 볼일이 있는지나 말해."

아이고.

나는 이마를 짚으며 고개를 절레절레 흔들었다.

몸이 자주 아파 사교계에 얼굴을 비추지 않은 데다, 클로에를 닮아 제멋대로인 성격을 가졌다.

가족 앞에서는 조심하는 편이었으나, 기본적으로 예의범절 따위는 개나 주라는 태도를 장착한 소녀였던 것이다.

"하, 하녀 주제에 귀족을 무시하고 인사도 제대로 하지 않았어요! 제가 예의를 가르쳐 주려 했더니 부채 끝을 잡고 우릴 조롱하려 했단 말이에요!"

"인사? 그게 그렇게 중요한가?"

"물론이에요! 아랫사람이 윗사람에게 예를 갖추지 않으면 제국의 규범이……."

"그럼 두 사람은 왜 나를 보고도 머리를 숙이지 않은 건데?"

로잘린이 고개를 갸웃하며 묻자, 장광설을 늘어놓으려던 캐롤이 말을 뚝 멈추었다.

"그, 그게 무슨……."

"난 오페르니아 공작가의 직계야. 굳이 따지자면 그쪽보다 윗사람이 아닌가?"

캐롤과 카트린의 얼굴이 붉어졌다.

동성의 미성년 귀족 사이에서는 보통 인사의 순서를 크게 따지지 않았으나, 제국의 체계상 로잘린의 말은 틀리지 않았다.

개국 공신 삼대 공작가의 지위는 애초에 다른 귀족들과 달랐으니까.

'제법인데?'

나는 이마를 짚었던 손을 떼고 감탄 어린 시선으로 로잘린을 바라보았다.

버르장머리 없는 성격은 그대로였지만, 그녀는 의외로 논리적인 태도로 두 사람을 상대하고 있었다.

"그, 그건 영애가 갑자기 나타나 시비를 걸어서……."

"그리고 리아넬라는 그냥 하녀가 아니라 오페르니아의 2등 집사야."

로잘린은 변명하는 카트린의 말을 뚝 자르며 말했다.

"당신들 가문의 집사들도 불러서 부채로 정수리를 후려쳐 줄까? 내 앞에 엎드릴 때까지 말이야."

캐롤과 카트린의 얼굴이 창백해졌다.

이유는 알 만했다.

두 가문의 집사들은 각각 업무 경력 40년이 넘은 노인으로, 루리엔 후작과 발레리 자작은 이들을 가문의 어른에 준하여 존중하고 있었던 것이다.

어린 딸들 때문에 집사가 곤욕을 치르게 된다면, 후작과 자작이 두 사람을 가만히 놔둘 리가 없었다.

"여, 영애는 귀족으로서의 자각이 없군요."

카트린이 새빨개진 얼굴로 로잘린에게 따졌다.

"사교계에는 발도 들이지 않았던 티가 철철 나요. 대체 어떤 귀족 영애가 겨우 사용인 따위를 마치 친구라도 되는 것처럼……."

그녀가 이를 갈며 훈계를 늘어놓으려던 순간이었다.

"리아넬라 양."

"여기 있었군요."

옥구슬이 굴러가듯 청아한 두 개의 목소리가 동시에 나를 불렀다.

나, 캐롤, 카트린, 그리고 로잘린까지도 동시에 목소리가 들려온 방향으로 고개를 돌렸다.

"오랜만이에요."

"여기서 보니 반가워요."

사교계를 통틀어 가장 우아한 두 명의 소녀들이 내 양옆으로 다가와 인사를 건넸다.

짙은 금발에 맑은 하늘빛 눈동자를 가진, 사교계에서 가장 사랑받는 영애 아스트리드 엘로딘.

그리고 곱슬거리는 흑발에 투명한 피부가 대조되는, 아스트리드의 라이벌 미엘라 르웰린.

두 사람은 캐롤과 카트린은 눈에 들어오지 않은 듯, 나를 향해 미소를 지어 보였다.

"……사교계의 여왕이 되실 분들이, 교양이라고는 눈 씻고 찾아도 없군요."

캐롤이 이를 꽉 깨물며 쏘아붙였다.

"이쪽은 보이지도 않는 건가요?"

"피차 마찬가지인 것 같은데요."

미엘라가 어깨를 으쓱하며 대답했다.

"더 절친한 사람에게 먼저 시선이 가는 걸 어쩌겠어요."

"하지만 주인 되는 로잘린 오페르니아 님도 있는데 어찌……."

"내 핑계를 대면 입을 찢어 버릴 거야. 난 귀족 예법 같은 거 모르니까."

로잘린의 싸늘한 말에 캐롤의 얼굴이 굳었다.

두 사람은 믿기지 않는다는 표정으로 로잘린, 아스트리드, 그리고 미엘라를 번갈아 보았다.

어떻게 우리 편을 들지 않을 수 있느냐는 억울함이 온몸에서 뿜어져 나오는 듯했다.

"……다들 미쳤나 봐요."

자존심과 안전 사이에서 내적 갈등을 하던 캐롤은 한 걸음 물러서서 카트린과 속닥거렸다.

"사교계의 장미, 백합과 함께 피어 있는 들꽃이라더니……."

"흥, 지금 보니 그냥 셋 다 들꽃에 불과한걸요."

"말씀 삼가시지요."

이번에는 내가 자리에서 일어나며 두 사람에게 말했다.

"두 분 영애께서는 이만 돌아가셔야 할 듯싶습니다."

더 이상 시간을 끌고 싶지 않았다.

잠시 기세가 죽었던 캐롤은 잘 걸렸다는 듯 다시 목을 뻣뻣이 세우고 말했다.

"끼어들지 마! 네까짓 게 감히 누구 마음대로……."

"들꽃이든 잡초든, 사람들은 저를 알지요."

눈을 부릅뜨고 몰아붙이는 그녀에게 내가 말했다.

"사교계의 어린 여왕들도, 황제 폐하와 황태자 전하도, 여러 귀족 영식, 영애들도, 수많은 가문의 사용인들까지도요."

"……."

"수도에서 쫓겨나 몇 년 동안 모두의 머릿속에서 잊혔던 영애께서는 제 걱정을 하지 않으셔도 된답니다."

"천한 계집!"

캐롤이 주먹을 꽉 쥐며 외쳤다. 그녀가 들고 있던 부채가 똑 부러지는 소리가 났다.

"채찍질을 당하고 싶은 거야?"

카트린도 거들었다.

"어머, 들으셨나요, 황제 폐하?"

캐롤과 카트린의 등 뒤를 보며 눈을 동그랗게 뜨자, 두 사람은 화들짝 놀라 고개를 돌렸다.

"폐, 폐하?"

"제국의 태양을 뵙습니다! 저는 아무 말도 하지 않았……."

물론 그 자리에는 아무도 없었다.

그냥 연기한 거였으니까.

두 사람이 상황을 파악하는 데는 몇 초밖에 걸리지 않았다.

캐롤과 카트린의 얼굴이 불타오르듯 빨개졌다.

"우, 우리를 속였어?"

두 사람이 씩씩거리며 따졌다.

"폐하의 앞에서 할 수 없는 말이라면, 폐하의 땅에서 하지 마셔야지요."

나는 화사하게 웃으며 두 사람을 번갈아 보았다.

"시, 시끄러워! 넌 폐하의 이름을 팔아 귀족을 능멸했다!"

"이대로 끝날 것 같아?"

"하면 폐하께 이 장면을 보여 드리지요."

나는 허공에 떠 있는 몇 개의 영상구를 가리켰다.

사냥제 전반을 기록하고 관객에게 영상을 송신하기 위한 마도구였다.

"두 분 영애께서 오늘 제게 주셨던 모든 가르침이 영상구에 잘 담겼으니까요."

그제야 영상구를 발견한 두 사람의 얼굴이 창백해졌다.

"참고로 오늘 사용되는 영상구는 오페르니아에서 황실에 드린 선물로, 영상에 대한 접근권은 아직 제게 있답니다."

나는 빙긋 웃으며 말을 이었다.

털썩, 하는 소리와 함께 캐롤이 들고 있던 부채가 땅으로 떨어졌다. 얼이 빠진 그녀가 무심코 온몸에 힘을 빼 버렸던 것이다.

"주우세요, 영애."

내가 나직하게 말했다.

"부채를 줍고, 사과하고, 물러나세요."

"사, 사과라니……!"

"그리고 다음부터 싸움을 걸 때는 상대를 더 잘 파악하도록 하세요. 누가 두 분의 편을 들어 줄지."

"……"

"편을 들 사람이 없다면 그때도 두 분께서 제게 같은 말씀을 할 수 있는지."

"……"

"두 분 가문과 오페르니아 사이의 사업을 실질적으로 관장하는 사람이 누구인지, 루리엔 후작 각하와 발레리 자작 각하께서 저를 영지로 초대하려고 시도한 것만 몇 번인지, 오늘의 일을 각하들께 말씀드리면 누가 처벌을 받을지도요."

"……"

속삭이듯 빠르게 협박하는 내 목소리에, 캐롤과 카트린이 동시에 입술을 꽉 깨물었다.

그제야 두 사람은 현실을 파악하기 시작했다.

때로는 인맥과 능력이 혈통보다 강하다는걸.

이곳에 모인 귀족들 중, 오페르니아 공작가의 실권을 쥔 내 눈치를 보지 않는 사람이 드물다는 것도.

"……했어."

"……했다고."

결국, 두 사람이 동시에 웅얼거렸다.

"안 들립니다."

"잘못했어."

"잘못했다고!"

캐롤과 카트린은 조금 전 자신들이 내게 시키려던 것처럼 머리를 깊이 숙였다.

두 쌍의 어깨가 수치심으로 부들부들 떨리고 있었다.

* * *

"이 정도면 됐지?"

캐롤과 카트린이 꼬리를 말고 사라지자마자 미엘라가 말했다. 조금 전까지 살갑게 잡고 있던 아스트리드와 내 손은 이미 놓은 채였다.

"친한 척하느라 두드러기 돋을 뻔했네."

"저희 정도면 친한 거 아닌가요?"

내가 싱긋 웃으며 묻자 미엘라는 흥, 하며 고개를 저었다.

"마음에도 없는 소리 하고 있네. 너랑 나, 나랑 아스트리드, 다 비즈니스거든?"

미엘라는 겨우 편해졌다는 듯 기지개를 죽 켰다.

그녀의 말처럼, 공식 석상에서 그녀가 나나 아스트리드와 친한 것처럼 구는 것은 계산된 행동이었다.

사교계의 어린 여왕들이 친구처럼 지내면 관심을 끌 수 있고, 황제의 관심을 받는 나와 겉으로 친분을 다지는 것도 르웰린 가문에 보탬이 되니까.

"그런 것치고 호칭이 다정하시군요."

"……."

"방금은 그냥 절 도와주러 오신 것 같은데."

그녀는 대답 대신 헛기침을 했다.

"전에 신세 진 게 있으니 갚은 것뿐이야."

"그러시겠죠."

"이제 갈 거니까 붙잡지 마. 큰언니와 막냇동생이 사냥제에 참가하는 거 보러 온 거니까."

미엘라는 나나 아스트리드가 뭐라고 할 시간을 주지 않고 휙 일어나서 르웰린의 테이블로 가버렸다.

"리아넬라 양, 혹시 따로 얘기할 수 있을까요?"

로잘린도 데스먼드를 찾으러 가겠다며 자리에서 사라진 뒤 아스트리드가 물었다.

캐롤과 카트린이 사라진 후부터 쭉 말이 없었던 그녀는, 어딘가 긴장한 듯한 얼굴이었다.

"파벨 공작에 대한 이야기인가요?"

나는 본능적으로 무언가 눈치채고 물었고, 아스트리드는 천천히 고개를 끄덕였다.

"……막사 안으로 들어가죠."

테이블을 덮은 천과 같은 푸른색의 오페르니아 막사로 들어오자마자, 아스트리드는 막사 한쪽 끝에 놓여 있던 소파 위에 자세를 꼿꼿이 하고 앉았다.

"당신에게 부탁이 있어요."

그녀가 나를 향해 머리를 숙이며 말했다.

"……영애?"

"받아 주면 무슨 수를 쓰든 대가를 주겠어요. 그리고 거절하면……."

내가 끼어들 틈도 없이 아스트리드가 말을 쏟아 냈다.

"거절하면……. 난 오늘 친구로서 작별 인사를 해야 할 것 같아요."

그녀가 입술을 꽉 깨물며 말을 끝냈다.

이렇게 불안해하는 아스트리드는, 삼 년 반 전, 복도에서 마주쳐 친구가 되기로 한 날 이후 처음이었다.

나는 아스트리드의 옆에 앉아 그녀의 손을 꽉 잡았다.

"고개 들고 얘기해요."

내가 짧게 말했다.

"……."

"영애와 친구가 되겠다고 한 건 나고, 난 친구를 외면하지 않아요."

아스트리드는 눈만 살짝 들어 나를 바라보았다. 그녀의 입술에서 깊은 한숨이 빠져나왔다.

"파벨의 셋째 공자로부터 청혼서가 왔어요."

"셋째 공자?"

예상치 못한 말에 화들짝 놀란 내가 되물었다.

"크레온 파벨이 청혼을요?"

파벨 공작가의 삼남은, 성격 더러운 세 형제 중에서도 가장 잔혹하다고 알려진 자였다.

어려서부터 작은 곤충이나 동물을 죽이는 취미가 있었던 그는, 장성한 후로는 사용인을 때리고 고문하며 무료함을 달래곤 했다.

제국에서 가장 피해야 할 신랑감이라고 해도 과언이 아니었다.

"어떻게……. 대체 왜 크레온이……."

나는 급하게 머릿속을 정리했다.

원작에서 파벨 공작은 엘로딘 자작을 종용해 어린 아스트리드의 이름으로 루시안에게 청혼서를 보냈다.

이미 가세가 기울었던 오페르니아 가문의 차남, 레너드는 그녀가 가져올 지참금이 마음에 들어 약혼을 승낙했다.

두 사람은 성인도 되기 전부터 오페르니아 저택에서 함께 생활했고,

그렇게 비련의 사랑이 피어났다는 게 원작의 내용이었다.

하지만 이번 생은 아니었다.

루시안으로서는 엘로딘 자작가의 청혼을 받아들일 이유가 없었고, 이를 아는 파벨 공작도 두 사람의 약혼을 추진하지 않았으니까.

그런데 갑자기 크레온 파벨과의 약혼이라.

"······공작이 불안한 모양이군요."

내가 결론 내렸다.

"영애와 아들을 결혼시켜 사교계에 영향력을 공고히 할 생각을 하는 걸 보면요."

겉보기에 파벨을 총애하는 듯한 황제는 실제로는 그를 싫어했다.

당연한 얘기였다.

딱 봐도 못되게 생겨서 못된 짓만 하니까.

"맞아요. 파벨 공작이 황제 폐하를 알현했던 날, 바로 혼담이 나왔으니까요."

아스트리드는 놀랍지 않다는 듯 대답했다.

"황녀 전하를 찾든 찾지 못하든, 결국 폐하께 내쳐질 거라는 두려움이 있는 거겠죠."

그녀가 목소리를 낮추어 덧붙였다.

파벨 공작가의 '되돌리는 힘'에는 약간의 추적 마법이 포함되어 있었다.

잃어버린 무언가를 되돌린다는 건, 곧 그것을 되찾는다는 것을 의미하니까.

황제가 파벨 공작을 통해 황녀를 되찾고자 한다는 사실도, 중심 가문들에는 어느 정도 알려진 사실이었다.

"······크레온 파벨은 안 돼요."

나는 아스트리드를 똑바로 보며 말했다.

원작에서 로잘린이 말라 죽은 가장 직접적인 원인이 바로 크레온이었다.

나머지 두 형제가 목적을 위해 수단과 방법을 가리지 않는다면, 크레온은 독한 수단을 사용하는 것 자체를 즐기는 자였다.

"……저를 데리고 도망칠 남자들이 많다고 했었죠."

아스트리드가 쓸쓸하게 웃으며 대답했다.

"그들은 제가 파벨 공자와 약혼했다는 말을 들으면 약속을 취소할 거예요. 저라도 그럴 테니까요."

그녀의 목소리가 떨렸다.

"혼자서는 방법이 없어요. 그래서 온 거예요. 당신에게 도움을 청하러."

하늘빛 눈동자는 어두워 보였지만, 작은 희망의 불씨 또한 보이는 것 같았다.

"내 결혼을 막아 주세요, 리아넬라. 당신 말고는 막을 수 있는 사람이 없어요."

그녀는 애원하듯 내 손을 잡은 손에 힘을 주었다.

"오페르니아의 위세도, 키르시안 공자나 루시안 공자의 비상도, 휘청거렸던 와인 사업의 정상화도, 모두 당신이 없었다면 불가능했을 일인 걸 알아요."

"……."

"어떻게 막을 수 있는지는 모르겠지만, 그냥……. 어쩌면 당신이라면……."

"막을게요."

나는 딱 잘라 대답했다.

더 들을 필요가 없었다.

단순히 아스트리드가 걱정되어서만이 아니었다.

파벨 공작가에서 사교계의 어린 여왕을 며느리로 삼으면, 그나마 그를 적대하던 가문들이 호의적으로 돌아설 여지가 컸다.

그만큼 황제는 파벨을 내치기 어려워질 거고, 그를 내칠 수 없는 한 오페르니아는 위협을 받는다.

"사냥제가 끝나면, 방법을 생각할 거예요."

아스트리드를 납치해 피신시키든, 키르시안이나 루시안 중 하나와 약혼을 시키든.

방법은 있을 터였다.

사냥제가 끝나면.

"……고마워요."

아스트리드는 힘이 풀린 듯 다시 고개를 떨어뜨리며 안도의 한숨을 내쉬었다.

"의미가 있는지는 모르겠지만……. 대가를 줘도 될까요?"

그녀가 다시 고개를 들고 물었다.

"대가요?"

순간적으로 '그런 걸 바란 게 아니다'라고 거절할 뻔했지만, 그런 예의보다는 본능이 더 앞섰다.

"……한번 줘 보시겠어요?"

내가 대답했다.

겸허한 사양 같은 건, 재벌가 집사의 사전엔 없었다. 아스트리드가 돌아간 후, 나는 다시 테이블로 돌아가 그녀가 남긴 말을 떠올렸다.

'어둠의 숲에 하얀 드래곤의 알이 있어요.'

'……알이요?'

'서쪽 경계라고만 들었어요. 파벨 공작과 그 아들들은 정확한 위치를 알 거예요.'

원작에 나온 것은 이번 사냥제에 드래곤이 나타난다는 것뿐이었다.

알에 대한 이야기는 처음이었다.

'갓 성체가 된 용이라고만 알았더니, 알을 품고 있었나.'

사실이라면 이건 무척이나 중요한 정보였다.

알을 품은 드래곤은, 누군가 알에 접근하면 어마어마하게 광폭해지니까.

서쪽 경계는 피해야 했다.

파벨 가문도 그렇게 할 터였고.

생각이 정리될 무렵, 멀리서 루시안이 걸어오는 것이 보였다.

알로와 같은 청색 기사복에 은빛 갑주가 눈부시게 잘 어울리는 모습에, 둘러서 있던 몇몇 소녀들이 얼굴을 붉혔다.

"리아넬라."

루시안이 나를 발견하고 활짝 웃었다.

빛이 난다, 빛이 나.

멀리서도 반짝거리는 그를 향해 내가 마주 손을 흔들었고, 루시안은 곧장 나를 향해 걸어왔다.

"준비는 다 됐어요?"

"거의. 숲 안의 상황은 블리에게 전해 들었어."

그가 어깨 위에 자리 잡은 말랑한 분홍색 새를 다시 날려 보내며 말했다.

"그럼 뭐가 더 남았는데요?"

"리아넬라랑 인사하는 거."

루시안이 내 손등에 가볍게 입을 맞추며 대답했다.

"그리고 마지막 조언을 듣는 거."

"마지막 조언이 있는 건 어떻게 아셨어요?"

"그냥. 느낌이 와서."

빙긋 웃는 루시안에게, 나는 드래곤과 그 알에 대한 이야기를 해 주었다.

"······역시, 그랬구나."

"놀라지 않았어요?"

"드래곤이 나올 거라는 건 짐작하고 있었으니까."

그가 신뢰 가득한 눈으로 나를 바라보며 말했다.

"아니라면 리아넬라가 내게 드래곤에 대한 공부를 그렇게 시킬 이유가 없었겠지."

"……."

나는 아무 대답도 하지 못했다.

미래를 알고 있다고도, 모른다고 하기도 어려웠으니까.

지금까지 이런 상황이 몇 번 있었다.

미래를 알고 대비하면서도, 루시안에게 그 사실을 설명할 수 없는 상황이.

그때마다 루시안은 단 한 번도 내게 대답을 강요하지 않았다.

그저 무작정 내 말을 믿어 줄 뿐이었다.

"어떻게 아는지는 상관없어. 말하고 싶으면 해도 되고, 안 하고 싶으면 안 해도 돼."

그는 내 마음을 다 읽은 듯 가볍게 덧붙였다.

묘하게 마음 한구석이 따뜻해지는 기분이 들었다.

루시안은 항상 그랬다.

다른 사람이 보지 못하는 내 모습을 봐주고, 무조건 이해했고, 그에 대한 어떤 설명도 요구하지 않았다.

그러니 나도 루시안의 미래를 위해 모든 것을 걸 수밖에.

"……고마워요, 도련님."

"……."

"그리고 명심해야 해요."

"알아. 목숨 걸고 드래곤을 잡을 거야."

"아뇨. 목숨을 걸지 말라는 얘기예요."

내가 웃으며 말하자 루시안이 따라서 피식 입꼬리를 올렸다.

"······걸면 안 돼?"

"위기 상황이 닥치면 일단 도망쳐야 해요. 이건 약속해야 해요."

"······알겠어."

루시안은 잠시 망설이다가 대답했다.

나는 비로소 깊은숨을 내쉬었다.

내가 할 수 있는 일은 이걸로 끝이었다. 이제는 그저 모든 일이 순조롭게 끝나기를 바랄 뿐이었다.

루시안이 영웅이 되는 것.

로잘린이 더 이상 숨지 않아도 되는 것.

아스트리드가 자유로워지는 것.

모든 것은 사냥제가 끝나면 확실해질 터였다.

* * *

"가능은 합니까?"

알로가 건들거리며 루시안에게 물었다.

"뭐가?"

"도망치는 거요."

"······."

"리아넬라가 보고 있는 걸 뻔히 알면서, 목숨이 위험하다고 물러서고 도망치는 걸 도련님은 할 수 있으세요?"

알로는 의심스럽다는 듯한 표정으로 루시안의 얼굴을 들여다보았다.

"리아넬라와 약속한 거니까 잘 지키시려나······."

"도망치지 않아."

루시안이 딱 잘라 말했다.

알로는 그럴 줄 알았다는 눈빛으로 손뼉을 짝, 쳤다.

"오, 이제 대놓고 거짓 약속을……."

"리라와의 약속은 지킬 거야."

"그건 또 무슨 소리예요?"

"사냥제에서 우승해 가주가 되기 위한 발판을 마련하겠다는 약속도, 위험하면 도망치겠다는 약속도 둘 다 지킬 거야. 그러니까……."

루시안이 나직하게 다짐하듯 말했다.

"'위험한 상황에는' 도망간다고 약속했으니 위험한 상황을 안 만들면 그만이야. 내가 사냥감보다 우위에 있으면 될 일이다."

"그게 마음대로 됩니까?"

알로가 황당하다는 표정으로 한숨을 내쉬었다.

"그냥 키르시안 공자에게 뒷일을 던져 놓고 저랑 도망치시는 것도……."

"너 도망치면 월급 깎을 거라고 리아넬라가 그러던데."

"와, 잔인해."

알로는 울상을 지으며 눈물을 삼켰다.

"둘이 아주 잘 아울린다니까요, 아주. 서로를 제외한 모든 사람들한테 잔인한 사람들이라니까."

그는 화살통을 고쳐 매며 투덜거렸다. 앞서가던 루시안이 걸음을 멈추더니 알로를 돌아보았다.

"……잘 끝나면 보상 휴가."

"엥? 갑자기 왜요? 그리고 왜 실실 웃으십니까?"

"……."

"설마 방금 두 사람 잘 어울린다고 해서요?"

"……먼저 간다."

루시안은 긍정도 부정도 하지 않고 출발선으로 걸음을 옮겼다.

"……진짜 우승해야겠네."

혼자 남겨진 알로가 마른침을 꿀꺽 삼켰다. 전부터 느꼈지만, 리아넬라와 관련된 문제에서 주인은 제정신이 아니었다.

그녀가 보는 앞에서 우승을 빼앗기면, 앞으로의 훈련은 죽을 만큼 괴로워질 것이 불 보듯 뻔했다.

"후우……."

그는 머리를 한번 흔들더니 화살통을 고쳐 매고 긴장된 걸음으로 루시안을 따라갔다.

* * *

사냥제는 시작한 지 몇 시간 만에 끝을 보이고 있었다.

준비가 미비했거나 날씨가 안 좋아서가 아니었다. 큼직한 사냥감을 한 명의 참가자가 전부 잡아 버렸기 때문이었다.

"루시안 오페르니아! 머리 셋 달린 백곰을 잡았습니다!"

진행자가 목청껏 외쳤고, 영상구에는 백곰의 목에서 검을 빼내는 루시안의 모습이 보였다.

"와아아아아!"

"까악!"

숲 어귀의 관객들이 함성을 질렀다. 오페르니아의 테이블은 물론, 다른 가문의 사람들, 특히 어린 소녀들이 제일 흥분해서 소리쳤다.

"뒤에 사냥감 수북하게 쌓인 것 좀 봐!"

"이걸로 거대 마물만 다섯 마리째예요."

"어디에 사냥감이 숨어 있는지, 어떻게 움직일지 미리 알고 있는 것 같지 않소?"

그들의 말처럼, 루시안은 누구보다 빠르고 효율적으로 사냥하고 있었다.

리아넬라는 기분 좋게 입꼬리를 올렸다.

예상은 했지만, 이렇게까지 월등하게 1등을 달릴 줄은 몰랐다.

루시안이 가진 장점은 크게 세 가지였다.

첫째, 데스먼드의 가르침.

지난 몇 개월 사이, 루시안은 데스먼드로부터 마물에 대해 인간이 파악할 수 있는 웬만한 지식은 다 배웠다.

그들이 어떻게 공격하고, 도망치고, 생각하고 또 반응하는지, 루시안은 다 파악하고 있었다.

둘째, 블리의 존재.

대회 시작 전, 블리는 이미 숲을 한번 살피고 모든 정보를 루시안에게 전달했다.

즉, 루시안은 이미 어디에 대형 사냥감이 있는지 알고 시작했다는 의미였다.

셋째는, 오페르니아의 모든 힘이 루시안의 승리에 집중돼 있다는 점, 그리고 루시안이 승리를 위해 수단과 방법을 가리지 않는다는 점이었다.

'다른 가문에는 없는 장점이지.'

리아넬라는 빙긋 웃으며 영상구 속 다른 참가자들을 훑어보았다.

2위를 달리는 아르테스는 호위 몇 명을 제외하고는 조력자를 두지 않았다.

그가 사냥하는 모든 사냥감에는 아르테스 자신의 검만이 꽂혔다.

정확하고 뛰어난 실력이었지만, 속도가 아주 빠를 수는 없었다.

세이든이나 파벨의 공자들의 상황은 또 달랐다.

그들은 각기 포섭한 부관들의 도움을 받아 사냥에 임하고 있었고, 따라서 공격에도 속도가 붙었다.

'하지만 경쟁이 지나쳐 서로의 발목을 잡는 데 급급하고.'

영상구 한쪽에서는 사촌 간에 같은 사냥감을 두고 경쟁하느라 정작 마물을 놓쳐 버린 세이든의 참가자들이, 다른 한쪽에서는 형제에게 독을 써서라도 앞서려 하는 파벨의 셋째 공자가 보였다.

리아넬라는 다시 루시안을 비추는 영상구에 집중했다.

팟-

검은 수사슴을 닮은 중형 마물 하나에 알로의 화살과 키르시안의 검이 동시에 꽂혔다.

그녀의 입가에 띤 미소가 짙어졌다.

'최강의 조력자들을 키워 놓은 보람이 있다니까.'

루시안이 휴식을 취하는 사이에도, 그의 사냥감은 또 하나 추가되고 있었으니까.

쿵-

비틀거리던 마물이 결국 쓰러졌다.

휴식을 취할 만큼 취한 루시안이 마물에게 뛰어들어 마지막 일격을 가한 순간에.

"와아아아!"

숲 어귀의 관객석에서 다시 한번 함성이 터져 나왔고, 루시안은 무표정한 얼굴로 마물의 뿔을 도려내 사냥감 더미 위로 던졌다.

"잘 세고 있나?"

키르시안이 그의 등을 툭 치며 묻자 루시안은 어깨를 으쓱했다.

"세는 것까지가 네 일 아니었나?"

"오, 이젠 대놓고 날 부려 먹네? 널 보좌하러 왔으니 네가 윗사람이다, 이거냐?"

키르시안이 어이없다는 표정으로 혀를 찼다.

"처음 훈련 시작했을 때는 가끔 형이라고 불러 주고 귀여웠는데."

"전혀 기억이 안 나는군."

"음습한 자식……. 그땐 리아넬라 앞이라고 귀여운 척했던 거 다 알아."

"무슨 말을 하는지 전혀 못 알아듣겠는데."

두 사람이 다시 티격태격 싸우자 알로가 고개를 절레절레 저으며 끼어들었다.

"사냥감 수는 똑똑한 제가 다 세고 있으니 쓸데없는 걸로 싸우지 마시고요."

그가 키르시안을 향해 고개를 돌리며 덧붙였다.

"그보다 아까부터 누구 하나가 또 따라붙은 것 같은데."

"알아, 내가 처리할게."

키르시안이 한숨을 푹 내쉬자 루시안이 그의 어깨를 툭 쳤다.

"부탁해, 보좌관."

"이 자식이……."

키르시안은 투덜거리면서도 검을 뽑더니 오른편의 바위를 향해 휘둘렀다.

쾅-

"젠장!"

바위가 갈라졌고, 그 뒤에 숨어 있던 덩치 큰 은발의 남자 하나가 욕설을 지껄이며 모습을 드러냈다.

"비켜, 키르시안."

"알카인? 여기서 또 보네."

키르시안은 빙긋 웃으며 제 사촌 형인 알카인 세이든을 바라보았다.

"사냥감에서 차이가 벌어지니 슬슬 우리를 노리는 놈들도 많을 거라여겼지만……."

"……."

"하필 사촌들을 자꾸 때려눕혀야 하는 내 입장도 좀 생각해 주지."

"사냥감을 빼앗으면 안 된다는 규정은 없어! 넌 비키라고 했다!"

알카인이 씩씩거리며 달려들었다.

"미안, 무서운 집사님의 명령이 있어서."

카르시안은 순식간에 알카인의 코앞까지 다가가 그와 검을 부딪쳤다.

챙-

"크윽!"

몇 합을 받아 내는가 싶던 알카인은 얼마 안 가 검을 놓쳤고, 그사이 루시안은 여유롭게 또 한 마리의 비행 마물을 잡았다.

"오오오오! 비행형 마물!"

관객석에서 또다시 함성이 터져 나왔다.

"잘했어!"

다른 이들과 함께 영상구를 들여다보던 리아넬라가 외쳤다.

키르시안을 붙여 준 건 다시 생각해도 신의 한 수였다.

물론 마물과 싸우는 데 있어서는 루시안이 한 수 위였지만, 인간과 검술로 겨루는 데는 키르시안을 넘어설 자가 없었으니까.

사냥제에서 우위를 점할수록 상대할 인간들이 많아지는 건 사전 조사로 알고 있었고.

'이제 체력을 비축하면서 조금 더 버티면……'

그녀는 긴장을 풀지 않은 채 심호흡을 했다.

어느새 해가 저물고 있었다.

곧 '그 일'이 시작된다는 의미였다.

* * *

황제는 흥미롭다는 표정으로 눈앞에 놓인 여러 개의 영상구를 바라보았다.

각각의 영상구에 여러 참가자들의 활약이 담기고 있었다.

참가자들을 따라다니는 또 다른 마도구를 통해 송신되는 구조로, 가장 가까이에 놓인 것은 물론 황태자를 비추고 있었다.

"폐하, 황태자 전하께서 한 시간 동안 씨름하던 거대 마물을 드디어 쓰러뜨리셨습니다."

대기 중이던 시종장이 기쁜 얼굴로 말했다.

"어떤 도움도 거절하며 혼자 사냥에 임하고 계십니다. 실로 대단한 능력입니다."

"……그렇군. 마지막에 관자놀이를 노린 공격이 현명했다. 아르테스답게 침착했어."

황제가 별다른 표정의 변화 없이 고개를 끄덕였다.

노련한 시종장은 그가 아르테스의 활약보다 다른 곳에 집중하고 있다는 사실을 알 수 있었다.

"오페르니아의 공자를 보고 계십니까?"

"……뭐, 그렇다고 볼 수 있지. 선두가 아닌가."

황제의 시선 끝에 있던 영상구에 루시안이 잡은 비행형 마물이 푸드득거리는 모습이 보였다.

그 옆에서 키르시안과 알로가 알카인 세이든을 나무에 꽁꽁 묶고 있었고.

"잘했어!"

흘러나오는 함성 가운데, 황제의 귀에 명랑한 목소리가 유독 또렷하게 들려왔다.

그는 고개를 들어 오페르니아의 테이블에 앉아 있는 리아넬라를 바라보았다.

"폐하?"

시종장의 눈이 조금 커졌다.

황제의 눈매가 보기 드물게 휘어져 있었기 때문에.

"참 대단하지 않느냐."

"예?"

혼잣말 같은 황제의 말에 시종장이 고개를 갸웃했다.

황제는 루시안이 보이는 영상구를 붙잡아 테이블 앞쪽으로 끌어당겼다.

"이 모든 것을 지휘하는 것이 저 아이라는 게."

"혹시 리아넬라 님 말씀이십니까? 설마 이번 대회도……."

"그래."

리아넬라를 힐끗 바라본 시종장이 납득한 듯 고개를 끄덕였다.

귀족들 사이에 그녀의 이름이 회자되기 시작한 것은 3, 4년 전.

그사이 리아넬라에게는 수많은 별명이 붙었다.

'오페르니아의 황금손.'

'르벨리안의 사랑을 받는 아이'.

'귀족들이 우러러보는 평민'.

마지막으로.

'황실 대회의 열쇠를 쥔 소녀'.

"하긴, 키르시안 세이든과 루시안 오페르니아는 둘 다 검술 대회 우승자의 영광을 리아넬라 님에게 돌리셨지요."

시종장이 말했다.

"이번 대회에 두 사람의 협력을 설계한 것도 리아넬라 님이라면……. 정말 '황실 대회의 열쇠를 쥔 소녀'라는 별명에 걸맞다고밖에 할 수 없겠습니다."

황제의 입가에 선명한 미소가 떠올랐다.

완벽하게 합을 맞추는 루시안과 키르시안의 모습에 리아넬라가 겹쳐 보이는 듯했다.

언제부터 짜 놓은 그림인지 모르겠으나 그녀의 계획은 언제나처럼 들어맞았다.

루시안은 모든 경쟁자들을 따돌리고 멀리 선두를 달리고 있었으니까.

"……황후 폐하가 생각나는군요."

같은 영상구를 보던 시종장이 홀린 듯 중얼거렸다.

"딜라네가?"

황제가 한쪽 눈썹을 치켜올리자 시종장은 눈치를 보며 고개를 조아렸다.

"그분도 폐하의 검술 훈련이며 대회 전략을 책임지셨으니까요."

"……."

"폐하를 비추는 영상구를 들여다볼 때면 황후 폐하가 겹쳐 보이고는 했습니다."

"……그랬지. 약혼녀의 권한이라며 자기가 고른 스승들을 내게 붙여 주고는 했다."

황제가 고개를 끄덕였다.

순간, 그의 시선이 다시 리아넬라를 향했다.

'다시 봐도 닮았다.'

멀리 보는 시야, 정확한 판단력, 철저한 준비성, 황태자인 아르테스와의 경쟁에서 조금도 양보할 생각이 없는 대담함까지.

'딜라네와 닮았어.'

황금색 눈동자가 가늘게 떨렸다.

그러나 다음 순간 그는 고개를 세게 흔들어 사념을 떨쳤다.

몇 년 전, 리아넬라가 너무나도 명확하게 얘기하지 않았나.

'폐하, 제게는 세상을 거스르는 이능이 없습니다.'

-라고.

"앞으로는 황후와 리아넬라의 비교를 금한다, 테스마."

"예, 예에?"

시종장이 놀라서 되묻자 황제는 다시 한번 엄하게 고개를 저었다.

"저 아이에게 쓸데없는 부담을 주고 싶지 않아."

그가 말했다.

"남과 닮았다는 부담 없이, 그냥 자기 자신으로 행복하게 사는 모습이 보고 싶구나."

"예, 폐하."

시종장 테스마는 긴말하지 않고 고개를 숙여 답했다.

그러면서도 그는 속으로 한숨을 푹 내쉬었다.

가끔 보면 황제는 꽤 인자한 구석이 있었다.

특히 성인이 되지 않은 아이들을 대할 때는 마음이 무른 편이었다.

'황녀 전하께서 살아 계셨더라면……'

그가 혀를 차며 생각했다.

'딱 딸 바보 소리를 들으셨을 텐데.'

* * *

"사냥감 스물일곱 마리를 잡아 700점을 얻은 루시안 오페르니아 공자가 돌아왔습니다! 현재 1위!"

하나둘씩 돌아오는 참가자들을 보며 심판이 우렁차게 외쳤고, 관객석에서는 환호가 쏟아졌다.

정작 루시안은 환호를 듣고도 별다른 감흥이 없는 듯, 두리번거리며 내 얼굴을 찾을 뿐이었다.

"아직 1천 점에는 달하지 않았으므로, 사냥제는 내일 계속 이어 가겠습니다."

심판은 저물어 가는 해를 바라보며 덧붙였다.

나는 환하게 웃으며 루시안을 반겨 주었다.

"제일 멋있었어요, 도련님!"

700점, 첫날에만 700점이라니!

기록적인 성과였다.

어딘가 시무룩해 보이던 루시안은 내 말을 듣고서야 밝게 웃었다.

"실망 안 했어?"

루시안이 고개를 갸웃하며 물었다.

"실망이라니, 제가 왜요?"

"1천 점이 안 돼서."

"그 점수를 다 따고 나올 생각이었어요?"

사냥제의 규칙은 이런 식이었다.

마물의 종류에 따라 미리 점수를 부여해 놓고, 하루가 끝날 때 가져오는 사냥감의 점수를 합산해 승자를 정한다.

1위가 1천 점을 얻으면 대회는 거기서 종료되고, 그만큼의 점수가 나지 않으면 다음 날까지 계속된다.

그 정도의 점수를 내는 것이 쉽지 않았기에, 대회는 보통 일주일 정도 이어졌다.

첫날 사냥제가 종료된 기록은, 내가 알기로 지난 100년간 단 한 번이었다.

"안 다치고, 체력 소모도 많이 안 하고 돌아오셨잖아요. 잘하신 거예요."

루시안의 얼굴을 붙잡고 혹시나 생겼을 생채기를 찾던 내가 덧붙였다.

"……조금 다쳤어."

잠시 조용하던 루시안이 말했다.

"어디를요?"

"여기, 팔꿈치 벗겨진 거."

"어머, 저 좀 봐요."

걱정 가득한 얼굴로 약을 꺼내는 나를 보며, 멀리 서 있던 알로와 키르시안이 동시에 똑같은 표정을 지었다.

이유는 모르겠지만, 뭔가에 질렸다는 듯한 얼굴들.

게다가.

"······그거 그냥 각질 아닙니까?"

뭐가 마음에 안 들었는지, 쓸데없이 트집을 잡기까지 했다.

* * *

"쓸모없는 것들!"

대회를 지켜보던 파벨 공작이 탕! 하고 손바닥으로 테이블을 내려쳤다.

"세 놈 모두 어찌 그리 쓸모가 없느냐!"

"아, 아버지, 고정하십시오."

부들부들 떨던 장남이 겨우 입을 열었다.

"아직 대회가 끝나지 않았습니다, 아버지."

차남도 그의 팔을 붙잡으며 말했다.

"고정하게 생겼느냐? 3위 안에도 들지 못한 놈들이 혀가 길구나!"

"하, 하지만 루시안 오페르니아와 황태자가 너무 강해서······."

"내일 제가 3위를 탈환하겠습니다, 아버지."

"뭐?"

장남과 차남의 변명에 파벨 공작의 눈매가 더욱 날카로워졌다.

"1위는 노리지도 않는다, 이 말이로구나."

"······."

"너는 겨우 3위라도 한 네 동생의 발목을 잡겠다는 거고. 그나마 2등이라도 추격해 보겠다고 아직까지 사냥터에서 돌아오지 않은 녀석을 말이다."

"······."

장남과 차남이 동시에 고개를 떨구었다.

쾅!

파벨 공작은 다시 한번 주먹으로 테이블을 내려쳤다.

"이래서는 안 된다."

그가 빠르게 머리를 굴렸다.

파벨 공작의 능력은 조금씩 그의 몸을 벗어나고 있었다.

그럼에도 불구하고 아들들은 누구 하나 능력을 발현하지 못했고.

'다음 대는 발현이 늦는 모양이야.'

그렇게 신기한 일은 아니었다, 재수가 없는 일일 뿐.

선대의 능력이 전부 사라지고 나서야 후계자의 능력이 나타났던 선례도 있었다.

'하지만 황제가 알게 된다면…….'

공작은 무의식적으로 목덜미에 손을 가져갔다.

황제에게 위협당하던 그날의 고통이 생생하게 느껴지는 것 같았다.

'내 능력이 쇠퇴하고 이놈들도 능력을 발현하지 못하면, 황제는 파벨 가문을 영영 내칠 수도 있다.'

파벨 가문의 능력이 사라진다는 건, 그 쓸모가 사라진다는 의미나 다름없었다.

그래서 이번 사냥제가 중요했던 것이다.

어둠의 숲은 마물의 원천.

사냥제에서 우승한다는 것은 즉, 마물로부터 제국을 수호한 영웅이 된다는 의미였다.

아들들 중 하나가 우승해서 귀족의 중심으로 탄탄하게 자리 잡으면, 황제도 파벨 가문을 쉽게 공격하지 못할 터였다.

그러나 계획은 어그러졌다.

망할 루시안 오페르니아가 지나치게 앞서가고 있었으니까.

그는 이미 우승이라도 한 듯 여유롭게 돌아오던 루시안과 키르시안, 그리고 그들의 이름을 연호하던 사람들의 모습을 떠올렸다.

"망할 꼬마가……."

그가 입 속으로 중얼거렸다.

하필 녀석은 '치유의 마력석'을 발견했다는 소문의 주인공이기도 했다.

일부 제국민들은 벌써 '제국의 가호'라는 호칭을 그에게 주어야 하는 것이 아니냐고 떠들고 있었다.

손 놓고 있을 수는 없었다.

"썩 물러가라."

나직하게 명령한 그는, 두 아들이 사라지자 소통용 마도구 하나를 꺼냈다.

"게일."

"예, 각하."

"크레온을 보았느냐?"

"아까 삼 공자께서 숲 중앙을 지나시는 걸 봤습니다. 곧 남은 다른 참가자들과 함께 숲 어귀에 도착하실 겁니다."

미리 숲속에 잠입한 채 상황을 지켜보던 게일이 대답했다.

"드래곤의 흔적은 네 눈으로 확인했느냐?"

파벨 공작이 목소리를 한층 낮추어 물었다.

천금을 주고 시종을 매수해 얻은 정보를 쉽게 노출시킬 수는 없었으니까.

"……예, 각하."

게일이 숨죽여 대답했다.

"서쪽의 동굴 근처에서 하얀 드래곤의 비늘을 발견했습니다. 알을 품은 어미가 맞는 듯합니다."

그가 잠시 말을 끊었다가 덧붙였다.

"마지막 흔적을 남긴 것이 몇 달 전으로 보입니다. 새끼가 나오기까지 잠이 든 채 알을 품을 것입니다."

"깨워라."

"예?"

게일이 놀란 듯 되물었다.

잠자는 드래곤을 깨운다는 것은 목숨을 두세 개쯤 걸어야 하는 행동이었다.

"직접 드래곤을 깨워서, 숲 어귀까지 유인해라."

파벨 공작은 눈 하나 깜짝하지 않고 다시 명령했다.

"하지만 각하……!"

"되도록 많은 사람들이 다쳐야 한다. 고위 귀족들이라면 더 좋겠지."

그의 입꼬리가 흉측하게 올라갔다.

"이 지아모크 파벨이 아니면 누구도 치료할 수 없을 정도로, 거대한 재난이 일어나야 할 것이야."

"하지만 자칫 잘못하면……."

"알을 품은 어미라면, 숲 어귀까지 오더라도 곧 알이 있는 곳으로 돌아갈 것이다. 너는 드래곤을 깨운 후 몸을 피하면 될 일이다."

파벨 공작의 목소리는 칼날처럼 날카로웠다.

"내 말이 틀렸느냐?"

불복은 죽음이라는, 파벨 가문 사용인들 사이의 가르침을 다시 되새겨 주는 듯.

"명…… 받들겠습니다, 각하."

게일이 마지못해 대답하자 파벨은 마도구의 송수신을 다시 차단했다.

그가 낮은 웃음을 내뱉었다.

우승할 수 없다면, 사냥제를 다 엎어 버리면 될 일이 아닌가.

"아수라장이 기대되는군."

많은 사람들이 다칠수록, 파벨 공작의 활약은 빛날 터였다.

'제국의 가호'를 넘어, '제국의 구원'이라 불리게 될 수도 있었다.

귀족들의 지지는 물론 소문만 잘 타면 민심도 따라올 테고.

치유는 일부러 느리게 진행할 계획이었다.

병사들을 아끼는 황제가, 그에게 제발 서둘러 달라고 부탁하도록.

"기왕이면 오페르니아의 꼬마가 먼저 다치면 좋겠군."

중얼거리는 그의 시선이 루시안의 등에 꽂혔다.

"그리고 집사 계집애도."

오페르니아의 실권을 장악하고 황제의 마음까지 얻은 리아넬라 셀레스였다.

근 몇 년간 오페르니아의 사업을 키워 파벨 공작가와 경쟁하도록 만든 장본인이기도 했고.

다쳐서 그를 찾으면 두 사람을 살려서 그를 은인으로 여기게 할까, 아니면 그냥 죽게 놔둘까.

행복한 고민을 하는 파벨 공작의 입가가 다시 한번 씩 올라갔다.

* * *

"……지금인가?"

아니었다.

"그럼…… 지금!"

역시나 아무 소리도 들리지 않았다.

"아오, 대체 언제야."

리아넬라는 초조하게 드래곤의 등장을 기다렸다.

원작은 이런 중요한 일에서 틀리지 않았다.

루시안이 열여섯 되는 해의 사냥제에서 하얀 드래곤이 나타났고, 관객,

참가자, 시종을 가리지 않고 수많은 사상자를 남겼다.

이유는 명확하게 나오지 않았다.

원작에서 주인공인 루시안은 이 대회에 출전조차 하지 않았으니까.

"파벨이겠지."

리아넬라는 피식 웃으며 혼잣말을 했다.

"지금쯤 많이 불안해졌을 테니까."

그녀는 파벨 가문의 테이블을 바라보았다.

숲 입구에서 가장 멀리 떨어진 곳에 자리 잡은 걸 보니, 애초에 꽤 오래전부터 계획을 세웠던 것 같았다.

"뭐, 추가 점수에 고맙다고 해야 하나."

그녀가 한쪽 손에 턱을 괴며 말했다.

"드래곤은…… 한 마리당 1천 점."

리아넬라가 테이블 위에 손가락으로 1,000이라는 숫자를 썼다.

조금 전 파벨이 그랬듯, 그녀 또한 입꼬리를 씩 올리며 미소 지었다.

대회 첫날은, 아직 끝난 것이 아니었다.

* * *

그 시각, 숲의 서쪽.

파벨 공작가의 셋째 공자, 크레온 파벨은 무언가를 품에 안은 채 히죽 웃고 있었다.

"두 개라니, 운이 좋군."

사람 머리만 한, 순백색의 알 두 개였다.

"크큭. 이거면 우승이다."

그는 벙긋거리며 그것들을 쓰다듬었다.

드래곤의 알.

그는 잠들어 있던 하얀 드래곤으로부터 두 개의 알을 훔쳐 낸 참이었다.

"새끼를 잡으면 성체의 절반에 해당하는 점수를 준다고 했었지."

엄밀히 말하면 알과 새끼는 달랐지만, 이 정도는 심판을 윽박지르면 설득할 수 있을 것 같았다.

'단 하루 만에 1,000점을 딴 사냥제의 전설, 크레온 파벨.'

근사한 수식어가 붙는 상상을 하니 기분이 좋아졌다.

크레온은 고개를 들어 저물어 가는 해를 바라보았다.

종일 사냥을 하느라 몸은 만신창이였다.

"빨리 돌아가자."

그가 동굴 바깥으로 발을 내딛는 순간이었다.

"……어?"

크레온이 얼굴을 찌푸렸다.

동굴로 들어갈 때는 다른 입구를 통했기에 몰랐는데, 이쪽 입구에는 사람이 지나간 흔적이 있었다.

그것도 방금 들어간 흔적이.

"……설마 누가 드래곤을 노렸나?"

그는 곧 고개를 절레절레 흔들었다.

미친놈이 아니고서야, 잠자는 드래곤을 누가 깨운단 말인가.

"그냥 한발 늦은 멍청한 놈인가 보군."

사냥제 참가자 중 한 명이 자신과 똑같은 생각을 했을 거라 결론 내린 순간이었다.

쿠우우웅-

동굴 안쪽에서부터 엄청난 진동이 퍼져 나왔다.

쿵-

거인의 발소리 같은 것이 다시 들렸다. 진동은 조금 더 가까이에서 느껴지고 있었다.

"서, 설마……."

무언가 깨달은 크레온의 얼굴이 창백해졌다.

그는 움직이지 않는 고개를 천천히 돌려서 동굴 깊은 곳을 바라보았다.

거대하고 하얀 무언가가, 무언가 잃어버린 듯 긴 목을 뻗어 동굴 이쪽 저쪽을 두리번거리고 있었다.

"드, 드, 드래곤!"

몸속의 피가 싹 빠져나가는 기분이었다.

크레온은 온몸의 힘을 짜내, 관객들이 있는 숲의 입구로 달려가기 시작했다.

* * *

끼이이이이이이!

드디어 때가 왔다.

숲의 서쪽에서 괴성 같은 것이 들려온 것이다.

리아넬라를 선두로, 관객들이며 돌아온 참가자들이 소리가 들린 방향으로 고개를 돌렸다.

"이, 이게 뭐죠?"

"마물인 것 같은데……. 아직 안 돌아온 사람이 있었나?"

"이런 소리를 내는 마물이 있어요?"

"이건 마치……."

끼이이익!

두 번째 괴성이 들려오자 중앙 테이블에 앉아 있던 황제가 모든 움직임을 멈추었다.

"……테스마."

"예, 폐하."

"아르테스는 어디에 있느냐?"

다른 이들보다 일찍 무언가를 파악한 황제의 눈동자가 떨리고 있었다.

"숲의 동쪽에서 사냥을 마치고 돌아오는 중이십니다. 아직⋯⋯."

황제의 미간이 와락 찌푸려졌다.

"폐하?"

"드래곤이다. 숲에 드래곤이 있어."

"예?"

시종장의 얼굴이 창백해졌다.

"하지만 드래곤이 있더라도 지금 같은 계절에는⋯⋯."

"누군가가 드래곤을 깨웠다."

쿵!

쿠웅!

황제의 말이 채 끝나기도 전에, 숲의 서쪽에서 몇 번의 굉음이 울렸다.

끼이이이이익!

자리에 있던 모든 이들이 동시에 얼어붙었다.

"드래곤⋯⋯."

시종장이 파래진 입술로 웅얼거렸다.

멀리서 형체를 드러낸 것은 거대한 하얀 드래곤이었다.

그리고 분노한 드래곤의 시선이 향한 곳에는.

"으아아아아아아악!"

품에 동그란 무언가를 끌어안은 채, 비명을 지르며 도망쳐 오는 크레온 파벨이 있었다.

"물러서, 리아넬라."

루시안과 키르시안, 알로가 각기 무기를 들고 방어 태세를 갖추었다.

리아넬라는 미간을 찌푸리고 무언가 생각하고 있었다.

원작에 따르면, 녀석은 갓 성체가 됐으나 아직 어린 드래곤이었다.

호기심으로 숲의 어귀까지 다가와 운 나쁜 병사들을 여럿 죽였다지만, 객관적으로 드래곤 중 흉포한 축에는 들지 않았다고 했었다. 황제가 나서자 순식간에 제압되었다고도.

하지만 눈앞에 보이는 이 녀석은 달랐다.

끼이이이이익! 끄으으윽!

반쯤 미쳐 버린 듯, 분노에 찬 괴성을 지르고 있었으니까.

"게다가 크레온 파벨은 또 왜……."

중얼거리던 그녀의 눈이 커졌다.

"알."

멍청이 같은 크레온이 품에 보물처럼 안고 오는 건 드래곤의 알이었던 것이다.

끼이이이이이-

"히, 히이이익!"

추격해 오던 드래곤이 다시 울부짖자 크레온은 결국 들었던 알을 떨어뜨렸다.

"파벨 공자! 괜찮으십니까? 빨리 이쪽으로!"

황실 기사단의 기사들이 뛰어들어 그를 구출하려 하자, 더 흥분한 드래곤은 그들을 향해 브레스를 뿜었다.

화아아아아-

"아아악!"

온몸에 불이 붙은 기사들이 땅에 뒹굴기 시작했다.

그 바람에 나머지 기사들이 밀려 넘어졌다.

관객석에서 불과 수십 미터밖에 떨어지지 않은, 숲과 바깥의 경계였다.

드래곤은 섬뜩한 눈빛으로 크레온과 기사들을 바라보더니, 다시 브레스를 뿜으려는 듯 입을 벌리고 숨을 크게 들이켰다.

"으헉!"

크레온과 기사들이 눈을 질끈 감고 죽음을 맞이하려던 순간, 허공에서 화살 하나가 날아왔다.

"……오페르니아 공자?"

기사 중 한 명이 화살의 주인을 발견하고 멍하게 중얼거렸다.

어느새 그들 가까이에 와 있던 루시안이 대답 대신 화살 하나를 더 쏘아 날렸다.

쉭- 쉬익-

두 개의 화살은 드래곤의 벌어진 입으로 날아가 목 안쪽에 보기 좋게 꽂혔다.

끄으으윽!

드래곤은 주춤하며 목을 비틀었다.

"모, 목에 화살을 맞아도 죽지 않는다!"

"드, 드래곤은 화살을 맞아도 상처가 나지 않는다는 게 사실이었나?"

패닉에 빠진 기사들의 말처럼, 드래곤은 잠시 목을 움직이더니 꿀꺽, 하고 화살을 통째로 삼켜 버렸다.

번쩍.

녀석은 조금 전보다 한층 더 분노한 눈으로 눈앞의 인간들을 노려보았다.

그러고는 두 번째 브레스를 뿜기 위해 다시 입을 열었다.

하지만 아무리 기다려도 화기는 보이지 않았다. 그저 훅 하는 바람 소리만 새어 나올 뿐이었다.

"움직일 수 있는 자들은 지금 도망쳐라."

멍청한 얼굴로 드래곤을 바라보는 기사들에게 루시안이 말했다.

"어, 어떻게 된 일입니까, 공자?"

"마력석 '물의 돌'로 만든 화살촉을 삼켰으니 한동안 불은 쓰지 못할 거다."

그가 다시 말했다.

"그 사실을 깨달으면 드래곤은 다시 몸으로 부딪쳐 올 거다. 부상병은 내게 맡기고 지금 도망쳐. 사람이 많으면 걸리적거릴 뿐이다."

"예, 예! 공자님!"

넘어져 있던 기사들이 벌떡 일어나 숲 바깥으로 달려 나가기 시작했다. 그들 뒤에서, 몇 번이나 브레스를 뿜는 데 실패한 드래곤이 짜증스럽게 괴성을 질렀다.

끼이이익!

녀석은 무언가 깨달은 듯 몸을 낮추며 부상병들과 크레온을 노려보았다.

"우, 우리한테 화풀이하려나 봐!"

"꼬리를 쓰려는 거다. 굴러서라도 사정거리를 벗어나."

루시안의 말이 떨어지기도 전에, 드래곤의 꼬리가 무서운 속도로 움직였다.

기사들은 루시안의 말을 성경처럼 따르며, 데굴데굴 굴러서 꼬리를 간신히 피했다.

일찌감치 체력을 소진해 그조차도 하지 못한 사람은 단 한 명이었다.

"⋯⋯히익."

움직일 힘이 남아 있지 않은 크레온이 힘없이 신음을 내뱉었다.

드래곤의 꼬리가 그의 얼굴을 박살 내기 직전, 누군가 그의 멱살을 잡고 거칠게 끌어냈다.

"커헉!"

"귀찮으니 비켜."

루시안이 크레온의 뒷덜미를 쥐고 그를 던지다시피 밀어 냈다.

그러고는 여전히 비틀거리는 그의 허리춤을 발로 뻥 차 버렸다.

"일어섰으면 알아서 도망쳐."

크레온이 기다시피 해 숲의 경계를 넘어가자, 루시안은 다시 드래곤을 향해 돌아섰다.

끼이이익!

드래곤은 자신을 방해한 소년을 향해, 광포한 울음을 내뱉었다. 파벨 공작은 잔뜩 구겨진 얼굴로 드래곤과 싸우는 루시안을 지켜보았다.

"크레온 이 멍청한······."

그가 욕설을 내뱉었다.

처음에는 뭐가 어떻게 돌아가고 있는 건지도 알 수 없었다.

드래곤은 생각보다 흉포했고, 녀석이 뒤쫓는 것은 다름 아닌 제 아들이었으니까.

꼴사납게 도망치던 크레온이 거대한 알 두 개를 떨어뜨리는 모습을 보고서야, 그는 상황을 짐작했다.

하루 만에 승점을 거의 다 따 버린 루시안을 보고 불안해진 아들이 악수를 둔 것이었다.

"감히 드래곤의 알을 훔쳐?"

숲 밖에 대기하던 기사들이 겨우 데려온 크레온에게, 파벨 공작은 싸늘한 시선을 보냈다.

"아, 아버지······."

"그걸로 모자라서, 오페르니아 꼬마에게 목숨을 빚져? 부끄럽지도 않느냐?"

"······."

"황제가 네 죄를 물을 것이다. 우리 가문을 귀족회에서 축출할 기회만 노리는 황제가! 네가 가문에 끼친 피해를 짐작이나 할 수 있느냐?"

"자, 잘못했습니다."

크레온이 납작 엎드려 죄를 청했지만 파벨 공작의 진노는 사그라들지 않았다.

"……네 죄는 네가 갚거라."

그가 차갑게 명령했다.

"모든 책임을 네가 떠안는 것이, 네가 가문을 위해 할 수 있는 유일한 일이다."

"아버지!"

파벨 공작의 말에 크레온의 얼굴이 하얗게 질렸다.

공작은 사실상 크레온을 버리겠다는 말을 하고 있었다.

"제발 한 번만 용서를……."

"끌고 가. 근위대가 신문하겠다고 찾아오면 바로 내주어라."

기사들은 울며 애원하는 크레온을 반쯤 질질 끌면서 막사 안으로 데려갔다.

파벨 공작은 다시 루시안을 향해 시선을 고정시켰다.

"오페르니아의 저 꼬마는 대체……."

마치 드래곤의 등장을 예상하기라도 한 듯, 물의 돌로 만든 화살을 준비하더니 녀석의 입 속으로 정확하게 꽂아 넣었다.

공작이 짜증스러운 표정으로 주변을 둘러보았다.

느낄 수 있었다.

두려움으로 벌벌 떨던 관중들이, 경외심 가득한 시선으로 루시안을 바라보고 있다는 것을.

그들은 단체로 홀린 것 같았다.

'아니지, 아니야.'

파벨 공작은 머리를 흔들어 불안한 마음을 떨쳐 버렸다.

열여섯의 소년이 아무리 뛰어나도, 상대는 미쳐 날뛰는 드래곤이다.

군대라도 오기 전에는 제압할 수 있을 리 없었다.

'아직 승산이 있다.'

그가 주먹을 꾹 말아쥐며 머리를 굴렸다.

황제나 황태자가, 자신 외에 누구도 치료할 수 없는 부상을 입으면 된다.

두 사람의 목숨을 담보로 잡으면, 귀족회의 주도권을 틀어쥐는 건 일도 아니었다.

"사슬을 가져와라."

멀리서 황제의 목소리가 들려왔고, 고심하던 파벨 공작의 눈이 반짝 빛났다.

그의 입꼬리가 미세하게 올라갔다.

'바일레스 3세, 네놈은 역시 명군이다.'

황제는 직접 나서서 드래곤을 상대할 생각임이 분명했다.

* * *

좌아아악-

루시안의 검이 드래곤의 등을 그었다.

녀석은 더욱 분노하여 날뛸 뿐, 조금의 상처도 입지 않았다.

'등은 아니야.'

루시안은 눈을 부릅떴다.

이번에는 드래곤의 목을 노리고 뛰어들었다.

"저, 저 이빨 좀 봐!"

이번에는 타이밍이 좋지 않았다.

부상병의 본능적인 외침에 뒤편을 향해 있던 드래곤의 고개가 루시안을 향해 돌려진 것이다.

쿠웅-

코앞에서 루시안을 발견한 녀석이 그를 물어뜯기 위해 이를 드러냈다.

"윽!"

가까스로 몸을 젖혀 피했지만, 루시안의 목은 드래곤의 어금니에 긁혀 피를 흘리고 있었다.

크아아아앙!

이번에는 더 빨랐다.

'얼굴인가?'

루시안은 피하는 대신 눈을 더욱 크게 뜬 채, 그를 씹어먹을 듯 달려드는 드래곤을 위아래로 훑었다.

드래곤이 루시안을 집어삼키려던 순간이었다.

"사슬을 걸어라."

나직한 성인 남자의 목소리가 들리는가 싶더니, 드래곤의 양옆에서 굵은 사슬이 날아와 녀석의 목을 감았다.

드래곤의 이빨은 루시안의 코앞에서 딱 하고 부딪혔다.

철컥-

끼이이익!

드래곤이 몸부림치며 사슬을 벗어나려던 순간, 사슬은 황금색으로 변하며 녀석의 목을 더 강하게 죄어들었다.

루시안은 뒤로 물러나 고개를 돌렸다.

"1, 2기사단은 사슬을 잡고, 3기사단은 뒤로 접근해 사슬을 더 걸어라."

평온한 목소리로 기사들을 지휘하고 있는 것은 황제였다.

그의 손끝에서 뻗어 나온 황금색 빛이 사슬에 닿아 있었다.

"역린을 찾느냐?"

황제가 물었다.

그의 금안은 드래곤으로부터 떨어지지 않은 채였다.

"……그렇습니다."

루시안이 대답했다.

드래곤의 유일한 약점, 역방향으로 돋은 하나의 비늘.

루시안의 모든 공격은 그것을 찾기 위함이었다.

"등, 목, 얼굴, 꼬리, 전부 아닙니다."

"배 쪽이겠구나. 한 번의 공격으로는 어려울 것이다."

"……."

루시안의 눈이 날카로워졌다.

역린이 배에 있다니.

네 발로 땅을 딛고 있는 이상, 찾기도, 공격하기도 까다로운 위치였다.

끄으으으윽! 끼익!

드래곤이 답답한 듯 요동치며 포효했다.

사슬은 녀석의 목을 죄고 있었지만, 몸체나 꼬리는 통제할 수 없었다.

"크읍!"

부상병 한 명이 드래곤의 앞발에 스쳐 신음을 뱉었다.

"내가 녀석을 붙들어 두는 동안 부상병을 피신시킬 수 있겠느냐?"

황제가 물었다.

"드래곤을 쓰러뜨리는 건 그다음이다."

"이해했습니다, 폐하."

루시안이 짧게 대답했다.

두 사람의 대화가 끝나기도 전, 드래곤이 거대한 몸체를 흔들며 다시 울부짖었다.

벌어진 입 사이로 푸른 빛이 작게 번쩍였다.

"……불씨가 살아났군요."

루시안이 미간을 찌푸리며 중얼거렸다.

일반적으로 물의 돌이 드래곤의 불씨를 덮을 수 있는 시간은 한 시간가량.

그러나 분노로 이성을 잃은 드래곤은 달랐다.

녀석은 제 모든 힘을 끌어내 눈앞의 인간들을 전부 태워 버리려 하는 중이었다.

파앗-

황제의 손끝이 다시 빛났고, 황금색이 번진 사슬은 더 강하게 드래곤을 옥죄었다.

황제의 관자놀이에 핏줄이 섰다.

그 또한 무리하고 있었다.

"조금 참으십시오, 폐하."

"건방지구나."

"가끔 듣는 이야깁니다."

루시안은 드래곤의 몸체를 피해, 여기저기 흩어져 움직이지 못하는 기사들을 숲 바깥으로 끌어내기 시작했다.

"어, 어서 이쪽으로!"

대기 중이던 다른 기사들이 부상병을 받아서 대피시켰다.

일사불란한 움직임이 한동안 이어졌다.

그렇게 루시안이 마지막 남은 부상병을 대피시켰을 때였다.

투욱- 챙.

화가 오를 대로 오른 드래곤이 몸을 크게 비틀자, 사슬 하나가 끊어져 버렸다.

"컥!"

황제가 기침을 뱉었다.

한줄기 피가 입술을 타고 흘러내렸다.

"물러서십시오."

임무를 마치고 돌아온 루시안이 황제에게 말했다.

"이제부터는 제가 하겠습니다."

"주제를 모르는구나."

황제가 피식 웃으며 대꾸했다.

"나는 백성의 보호를 받지 않는다. 그 백성이 성년도 안 된 꼬마라면 더더욱."

"보호하겠다는 것이 아닙니다."

루시안이 덤덤하게 대답했다.

"하면?"

"저는 사냥을 하고 있는 겁니다."

푸른 눈동자는 다시 한번 매섭게 드래곤의 전신을 훑었다.

"아직 사냥제는 끝나지 않았으니까요."

"……네놈은 건방지기만 한 게 아니라, 조금 미쳐 있구나."

황제가 다시 한번 기침을 토하며 말했다.

"불허한다."

"예?"

"돌아가서 나의 보호를 받으라. 나와 내 기사단은 여기서 물러설 수 없으니."

"어째서입니까?"

"아르테스가 여전히 숲속에 있으니까."

황제가 나직하게 말했다.

"그 외에도…… 내가 다치면서라도 보호해야 하는 이들이 있다."

순간적으로 그의 시선이 오페르니아의 테이블을 향한 듯했다.

루시안은 입술을 꾹 깨물었다.

"그럼 조금 버티십시오."

"……."

"그사이 제가 역린을……."

채애앵-

그가 말을 끝내기 직전, 드래곤을 감았던 두 개의 사슬까지도 끊어져 버렸다.

"콜록!"

황제가 두어 걸음 물러서며 기침을 뱉어 냈다.

크르릉-

자유를 얻은 드래곤은 핏발 선 눈으로 그를 노려보았다.

수백 개의 날카로운 이빨이 황제를 향해 으르렁거리고 있었다.

"……몸을 피해라, 루시안 오페르니아."

"그건 안 되겠습니다."

두 사람은 한 치의 양보도 없이 제자리에서 버텼다.

크아아아앙-

루시안이 검을 세워 드래곤을 겨누고, 드래곤이 두 사람을 향해 돌진하려던 순간이었다.

"야아아아아아!"

드래곤의 뒤쪽에서 누군가의 기합 소리 같은 것이 들려왔다.

"이쪽을 보라고!"

"……리아넬라?"

황제와 루시안의 눈동자가 동시에 흔들렸다.

멀리서도 눈에 띄는 긴 금발을 늘어뜨리고, 드래곤을 향해 열심히 손짓하고 있는 그녀는 리아넬라 셀레스였다.

"이거 네 거지?"

그녀의 손에는 사람 머리만 한 두 개의 동그란 물체가 들려 있었다.

드래곤의 눈이 커졌다.

"이쪽 보지 않으면, 이거 확 깨 버린다?"

리아넬라가 드래곤의 알을 양팔에 안아 든 채, 무시무시한 협박을 하고 있었다.

"깨 버려? 진짜로?"

나는 다시 한번 드래곤을 향해 물었다.

황제와 루시안을 태워 버릴 기세로 으르렁대던 녀석은, 알을 발견하자마자 나를 향해 몸을 돌렸다.

쿵-

"잘 생각했어, 착하지."

내가 다시 알을 흔들어 보이자, 드래곤은 분노한 얼굴로 나를 향해 입을 벌렸다.

크르르릉!

입 속으로 새파란 불꽃이 번쩍 빛났다.

"리아넬라!"

"리라!"

황제와 루시안이 다급하게 나를 불렀고, 관객석에서 몇몇 사람들이 비명을 지르는 소리가 들려왔다.

하지만.

크르릉!

아무리 기다려도 녀석은 위협적으로 으르렁거리기만 할 뿐, 브레스를 뿜지 않았다.

"알 때문이지?"

내가 말했다.

크레온을 쫓아올 때부터 알고 있었다. 드래곤은 자기 알이 있는 곳으로는 불을 뿜지 않는다는 것을.

아무리 용의 알이라고는 하나, 성체의 살상력 있는 브레스에는 취약할 수밖에 없는 것이었다.

"그럼 얌전하게……."

끼이이이익!

잠시 희망을 품었지만, 드래곤이 내 말을 들을 리 없었다.

브레스를 포기하자마자, 녀석은 입을 쩍 벌린 채 몸을 낮추었다.

"……잠깐만."

끼이익-

녀석은 내 코앞까지 다가오더니 고개를 90도로 기울였다.

벌어진 입 안 위아래로 수백 개의 이빨이 양옆에서 나를 가두고 있었다.

알을 떨어뜨리게 만들 수 없다면, 알을 들고 있는 나를 통째로 물고 제 집으로 돌아가겠다는 것이었다.

나는 마른침을 꿀꺽 삼켰다. 갓 태어난 드래곤 새끼들이 인육을 좋아한다던 데스먼드의 말이 떠오른 탓이었다.

"자, 잠깐만……."

끼이익!

내 몸이 막 이빨들 사이에 갇히려던 순간이었다.

콰앙-

루시안이 날 듯이 뛰어들어 검날로 녀석의 목을 때렸다.

케헥! 컥!

드래곤은 거칠게 기침을 뱉더니 목을 수축하며 웅크렸다.

"물러서, 리라."

거대한 이빨들이 멀어지자마자 루시안이 나를 감싸고 뒤로 끌어당겼다.

"리라, 내 말 잘 들어."

그는 퇴로를 찾듯 빠르게 주변을 훑더니, 내 귓가에 속삭이듯 말했다.

"저쪽, 강철 나무가 빽빽한 쪽으로 피하면……."

"피하지 않아요."

루시안이 눈을 동그랗게 뜨며 나를 바라보았다.

사파이어를 닮은 눈동자 안에는 전에 본 적 없는 두려움이 서려 있었다.

"그러니까 절 놔두고 저기, 느티나무 동쪽으로 가 계세요."

"……리라."

"저 믿으시죠? 도련님은 제 말 잘 들으시죠?"

그가 뭐라고 대답할 틈도 없이, 나는 루시안의 귀를 잡아 내 입가로 끌어당겼다.

그리고 방금 떠오른 계획을 그에게 말해 주었다.

내 말을 끝까지 들은 루시안이 입술을 꽉 짓씹었다.

"……."

괴로운 표정으로 대답하지 못하는 그를 보자 알 수 있었다. 내 계획 말고 다른 방법이 없어서, 내가 위험해질 것을 알면서도 바로 거절하지 못하고 있다는 것을.

"드래곤을 잡겠다고 하셨죠?"

"……."

"그럼 잡아요. 전 안 다치겠다고 약속할게요."

루시안이 여전히 대답을 망설이고 있을 때, 건너편에서는 황제의 목소리가 들려왔다.

"4기사단은 양쪽으로 대기하라!"

평소보다 흐트러진 음성이, 다급하게 기사단을 지휘하고 있었다.

"이거 봐요, 다시 사슬 가져왔잖아요."

나는 빨리 대답하라는 듯 루시안을 올려다보았다.

"리라, 넌 가끔……."

루시안이 힘겹게 입을 열었다.

"가끔, 정말 날 괴롭게 만들어."

"전 원래 많은 사람들을 괴롭게 해요."

루시안은 내 말에 쓰게 웃더니, 내키지 않는 표정으로 고개를 끄덕였다.

좋아, 이제 시작이다.

휙-

나는 다시 정신을 차린 듯한 드래곤을 향해 휘파람을 불었다.

크르르릉

녀석의 시선이 내게 맞춰진 것을 확인한 후, 나는 들고 있던 알 하나를 바닥으로 굴렸다.

끼이이이익!

드래곤이 눈을 번뜩이며 굴러가는 알을 향해 목을 뻗었다.

동시에 루시안은 뒤로 물러섰고, 나는 드래곤의 꼬리가 있는 쪽으로 냅다 뛰기 시작했다.

텁.

드래곤은 굴러가던 알을 입으로 물었다.

그리고 고개를 들어 다시 나를 찾았다.

"이젠 이쪽이야!"

내가 반대편으로 외치자 녀석은 급하게 몸을 돌리려 했다.

쿵-

그러나 내가 뛰어온 길은, 마력을 품은 강철 나무가 빽빽하게 자라 있는 땅이었다.

무턱대고 나를 따라 몸을 돌리던 드래곤은 양옆으로 난 커다란 나무 사이에 부딪혔다.

지금이다.

"지금이다!"

황제는 내 마음을 읽기라도 한 듯, 기사들을 향해 손을 들어 올렸다.

쉬익- 쉭-

드래곤이 움직이지 못하는 틈을 타, 그 뒤편에서 대기하던 기사들이 사슬 4개를 차례로 녀석의 목에 걸었다.

파앗-

황제가 다시 한번 이능을 사용해 녀석의 움직임을 제약했고, 기사단은 한 번에 힘을 주어 사슬을 꽉 잡아당겼다.

끼이이이익!

드래곤의 머리가 뒤로 한껏 젖혀졌고, 목 앞쪽부터 아랫배까지가 허공에 드러났다.

"도련님!"

내가 뭐라고 할 필요도 없이, 루시안은 이미 드래곤을 향해 뛰어들고 있었다.

그의 눈동자는 한 곳을 날카롭게 쏘아보고 있었다.

다른 비늘과 반대로 나 있는, 유독 반짝이는 한 개의 비늘.

드래곤의 약점, 역린이었다.

퍽-

밀도 높은 오러를 둘러 은빛으로 번쩍이는 검이 역린에 정확히 꽂혔다.

끄으으으윽!

쿵-

드래곤은 길게 포효하더니, 사지를 하나씩 접으며 쓰러지기 시작했다.

그르륵

천천히 몸이 기울고, 관객석에서 감탄과 환호가 터져 나왔다.

"리라!"

검을 다시 뽑아낸 루시안이 나를 향해 뛰어오는 것이 보였다.

기쁘게 웃고 있을 줄 알았던 두 눈은, 조금 전 보았던 것처럼 공포로 떨리고 있었다.

"리라! 빨리 이쪽으로 와!"

"왜 그러세……."

휙- 퍽.

상황을 제대로 파악하기도 전에, 내 몸은 허공으로 붕 떠올랐다.

그제야 나는 데스먼드로부터 들었던 또 다른 정보를 떠올렸다.

꼬리였다. 드래곤이 의식을 잃기 직전까지 움직일 수 있는 신체 부위는.

즉, 나는 드래곤의 꼬리에 후려쳐진 채, 엄청난 속도로 날아가고 있다는 뜻이었다.

"리라!"

"리아넬라!"

"안 돼!"

루시안, 황제, 그리고 관중들까지도 안타깝게 비명을 질렀다.

스치는 바람으로 귀가 먹먹했다.

꼬리에 맞은 배 쪽은 충격으로 아무것도 느껴지지 않았다.

훅 떠올랐던 몸이 다시 땅을 향해 추락하기 시작한 순간이었다.

팟-

황금색 빛이 내 몸을 감쌌다.

"……황태자?"

억지로 고개를 꺾어 시선을 내리자, 땀으로 온통 젖은 채 달려오는 아르테스의 모습이 보였다.

그의 손끝에서 나온 빛이 내 추락을 늦추고 있었다.

됐다.

다 끝난 거야.

깊은 호흡을 뱉고 눈을 감으려던 순간.

우웅-

걸고 있던 목걸이가 울렸다.

그리고 내 머리도.

"윽……!"

두통의 강도가 평소와 너무나 달랐다.

머리가 깨질 것처럼 아프고, 몸에는 아무 감각이 느껴지지 않았다.

차라리 추락해서 땅에 부딪히는 게 낫겠다고 생각한 순간.

웅—

나는 의식을 잃고 기절해 버렸다.

그 순간, 무의식 속에서.

내 모든 기억이 돌아왔다.

내 진짜 전생의 기억이.

* * *

"리라!"

루시안이 활짝 웃으며 안고 있던 바구니를 내려놓았다.

"여기가 좋아?"

"저는 처음인데, 아리가 좋다고 하더라고요."

"아, '또' 같이 있었어?"

루시안이 그제야 픽 웃으며 고개를 돌렸다.

"누가 할 소리인지 모르겠네."

내 옆에 서 있던 아스트리드가 어이없다는 듯 말을 받았다.

"나랑 리라 둘이서 하려던 피크닉에 끼어든 사람이 누군데?"

꿈처럼 계속되는 장면은 계속해서 이어졌다가, 또 바뀌었다.

기억은 매 순간 또렷해졌다.

우리 셋은 많은 것을 함께했다.

피크닉, 정원 산책, 수도 여행까지도.

명색은 젊은 약혼 남녀의 데이트였으나, 실제로는······.

"와, 빨리 파혼하고 싶다."

아스트리드가 하얀 말 위에 앉은 채 기지개를 켰다.

"그렇게 말해 줘서 고맙군."

적마를 탄 루시안은 진심으로 고맙다는 듯 고개를 끄덕였다.

"두 분, 결혼이 그렇게 싫으세요?"

그려 낸 듯 어울리는 두 사람을 향해 내가 그렇게 말하면, 둘은 동시에
대답했다.

"응, 난 혼자 살면 너무 좋을 것 같아."

"아니, 결혼이 싫은 건 아냐. 얘랑 결혼하는 게 싫은 거야."

"가주님, 사람 면전에서 그런 말씀 하시면 못써요."

"괜찮아, 나 축복받은 기분이거든. 루시안이랑 결혼 안 해도 되는."

하, 참.

나는 두 사람의 관계가 황당하게 느껴졌다.

서로 죽이 안 맞는 것도 아니구만.

"루시안은 결혼하고 싶은 사람이 따로 있을 수도 있지."

아스트리드가 피식 웃으며 내 옆구리를 찔렀다.

"······있어요? 정말?"

"······."

루시안은 대답 대신 한숨을 푹 쉬었다.

"먼저 가. 난 뒤따라갈게."

"네?"

"가자, 리라. 쟤 답답해서 저러는 거야."

아스트리드는 빙긋 웃으며 내가 탄 말의 고삐를 잡아끌었다.

"뭐가 답답한······."

"리라, 난 가끔 네가 천재인지 바보인지 모르겠다니까."

"아니, 왜 자꾸 사람들이 나한테 그 말을 하는 건데요?"

아스트리드는 안됐다는 듯 루시안을 힐끗 쳐다볼 뿐, 내게는 아무 말도 해 주지 않았다.

우연히 정체 모를 드래곤으로부터 나를 구해 주었던 루시안.

도서관에서 만나, 밤을 새워 나와 함께 철학, 역사, 마법 등 오만 가지에 대해 토론했던 아스트리드.

약혼 관계라지만 사실 서먹서먹했던 두 사람의 관계를 친구 비슷한 것으로 만들어 준, 하녀 신분의 나.

위태로운 가문을 떠받친 루시안이 조금이라도 웃었던 것은 우리 세 사람이 함께 휴식을 취할 때였던 것 같았다.

"그나저나 아리, 우리랑 같이 어울려 노는 이야기는 기록하지 않아요?"

내가 묻자 아스트리드의 얼굴이 순간 어두워졌다.

"으응."

"왜요?"

"그냥, 난 이 시대에 대한 기록을 남기는 거고, 너랑 루시안이랑 어울려 노는 건……."

그녀가 잠시 말을 끊었다가 다시 이었다.

"소중해서 쓰고 싶지 않다고 해야 하나."

"……."

"그런 게 있어. 리라는 이해 못 할 거야."

애매한 대답을 남긴 채, 그녀는 말을 몰아 앞서가 버렸다.

"……배려인 거겠죠?"

내가 뒤따라온 루시안에게 묻자, 그가 고개를 끄덕였다.

"너에 대한 이야기는 파벨 공작가에 흘리지 않으려는 거겠지."

그가 말했다.

"가주인 나와 친한 하녀라고 하면, 파벨 공작은 바로 너를 제 사람으로 만들려 할 테니."

"좋은 사람이에요, 아리는."

"나쁜 사람은 아니지."

루시안이 작게 웃었다.

"상황이 상황인 만큼, 위험한 면은 있을지라도."

그도, 나도, 아스트리드가 파벨 공작이 오페르니아에 심은 간자라는 정도는 알고 있었다.

그녀가 오페르니아 저택에서 살며 보고 듣는 것에 대해 세세하게 정리한다는 것도.

그녀에게 있어 사실을 기록하는 것은 본능에 가까운 습관이었지만, 결국 그 기록은 파벨에게 전해질 것이라는 거도.

출신부터 그럴 수밖에 없었으니까.

다만 아스트리드도, 나도, 루시안도 그 이야기를 노골적으로 언급하는 일은 많지 않았다.

조금 전처럼, 내가 그녀를 떠볼 때를 제외하면.

"어떻게 하실 거예요?"

"놔둘 거야. 내가 아스트리드를 내보내면……."

루시안이 나를 빤히 바라보며 말했다.

"네가 아플 테니까."

"……그게 이유예요?"

"그리고 아스트리드가 전달하는 정보는 어차피 다른 사용인들을 통해서도 외부에 전부 전달되고 있을 테니까."

"……."

"아스트리드를 내보내도 다른 누군가가 그 자리를 대신할 테니까."

나는 작게 고개를 끄덕였다.

루시안이 아스트리드와의 약혼을 파기하지 않은 것에도 복잡한 배경이 있었다.

역모에 휘말렸던 오페르니아가 조금이라도 자리를 잡기 위해서는 사교계의 인사인 그녀의 이름이 필요했다는 것.

그녀가 파벨의 하수인임을 알았음에도, 다른 하수인보다는 어느 정도 투명한 그녀를 곁에 두는 것이 안전하다고 여겨졌다는 것.

루시안과 아스트리드는, 원래 그렇게 서로를 이용하는 관계였다.

나를 통해 친구가 되기 전까지는.

"그리고."

루시안이 망설이다가 한마디 덧붙였다.

"혹시라도 내가 먼저 죽으면……."

"그런 말 듣기 싫다고 했죠?"

"내가 먼저 죽고, 가문이 완전히 무너지면, 아스트리드는 아마 어떻게든 너를 살리려 할 테니까."

그는 내 말을 듣고도 나를 똑바로 보며 말을 이었다.

"그런 상황이 닥치면 아스트리드가 파벨 공작에게 잘 보이는 게 낫겠지."

"……."

"가문을 살릴 수 없다면, 네 목숨은 살리고 싶거든."

나는 차마 그를 더 바라보지 못하고 고개를 돌렸다.

우리 모두는 위태로운 나날을 보내고 있었다.

루시안이 반쯤 일으켜 세웠다고는 해도, 오페르니아 가문은 과거의 영광을 회복하기에는 너무 멀리 와 있었다.

재정은 어려웠고, 사용인들에게 충성심이라고는 없었다.

어떻게든 모든 것을 되돌려 놓으려는 루시안도, 파벨 공작가와 우리 사이에서 갈등하는 아스트리드도, 버석버석 말라 가는 것이 눈에 보일 정도였다.

그 안에서 두 사람에게 잠깐의 평화를 주고자, 나는 일부러 오늘처럼 소소한 외출의 기회를 만들고는 했었다.

그러던 어느 날, 그 찰나의 평화가 완전히 끝나 버렸다.

마물 습격으로 병력을 다른 곳에 배치하던 날. '도적'이 몰려왔다.

실제로는 파벨 기사단이 도적으로 꾸미고 습격한 것. 실질은 영지전이었고, 처참하게 무너졌다.

그날이었다.

아스트리드가 울면서 내게 모든 것을 설명한 것은.

"기록은 다 전하지 않았어."

그녀가 말했다.

"오페르니아의 가장 깊은 보고도, 루시안과 네가 나갈 수 있는 비밀 통로도, 파벨 공작가에 전달하지 않았어."

"왜요? 지시대로 하지 않으면⋯⋯."

"너를 알게 됐으니까. 너는 나를 역사가로 봐주었으니까."

"⋯⋯."

"의무로 맺어졌던 가족보다, 너와 루시안이 더 소중하니까. 내가 남긴 소중한 기록들을 파벨 공작가에 넘기는 것은 아까운 일이라는 걸 네가 알려 줬으니까."

"⋯⋯."

"여기 있어. 진짜 기록은."

아스트리드는 두꺼운 공책을 내 손에 쥐여 주었다.

그녀가 남긴, 이 시대의 '진짜 기록'을.

비밀 통로를 지나 루시안을 만났다.

피투성이가 된 채, 한쪽 팔을 사용하지 못하는 그를.

통로를 벗어났을 때, 그는 이미 전신이 마비된 거나 마찬가지였다.

파벨의 기사단과 마주친 것은 그 무렵이었다.

쉿-

루시안은 마지막 남은 힘을 짜내서 내 앞을 막아섰다.

화살은 그의 가슴팍을 파고들어, 그가 간신히 붙잡고 있던 생명줄을 끊어 버렸다.

"가, 가주님!"

대답은 없었다.

"도련님! 루시안!"

이름을 불러도 마찬가지였다.

나는 한참을 울부짖다가, 품속에 손을 넣어 무언가를 붙잡았다.

성배였다.

오페르니아의 밀실에서 가져온, 신과의 약속이 새겨졌다는 아티팩트.

멀리서 다가오던 파벨 기사단의 눈들이 번뜩였다.

"신의 성배!"

"저거다!"

그들은 사냥감을 포착한 맹수처럼 뛰어들었다.

"신이 있는 곳으로 가야 해."

나는 그들의 말이 들리지 않는 듯, 정신을 놓고 주문처럼 중얼거렸다.

"신을 만나야 해. 신을, 신과 인간을 잇는 성배는 분명⋯⋯."

팟-

그 순간, 나와 성배가 공명했다.

눈앞에 펼쳐진 것은 새하얗고 텅 빈 '무(無)'의 공간.

그 공간 한곳에, 신이 있었다.

녹색 곱슬머리를 풀어 내린, 이 세계의 창조신 디오네스가.

"너로구나, 특별한 아이."

"⋯⋯돌려놔."

"뭐?"

디오네스가 황당하다는 얼굴로 되물었다.

"다 알고 있어요. 당신이 오페르니아에 어떤 실수를 했는지. 성배를 통해 봤어요."

"……!"

"당신의 실수가 없었더라면, 파벨은 귀족회에 붙어 있지도 못했을 거야."

"……."

"그랬더라면, 그랬더라면……."

내 목소리가 점점 더 격앙되었다.

"오페르니아를 무너뜨리지 못했을 거야."

디오네스는 말없이 나를 빤히 쳐다보았다.

"한번 말해 보거라."

"……."

"네가 어디까지 알고 있는지 말이다."

나는 눈물로 범벅이 된 채 무언가를 중얼거리기 시작했다.

"전쟁으로 뒤덮인 세상을 구한 세 가문은 신으로부터 약속된 축복을 받기 위해 무릎 꿇었다."

내가 하는 말은, 성배를 통해 보았던 바로 그 글귀였다.

나는 망설임 없이 성배의 글을 죽 읊어 내려갔다.

"……창조신 디오네스는 마지막 영웅의 눈 위에 손을 얹었다. 마지막 영웅 오페르니아에게, 그는 '되돌리는 힘'을 불어넣었다……."

나는 축복을 받아 간 이의 정체가 오페르니아가 아닌 파벨이었다는 부분까지 막힘없이 말을 이었다.

"……."

처음에 내 입을 다물게 하려던 디오네스는 더 이상 말리지 않고 가만히 듣기만 했다.

"······그래서?"

내가 말을 멈추자 디오네스가 되물었다.

"마지막에 뭐라고 하였느냐?"

"······이미 준 것은 거둘 수 없다."

나는 떨리는 목소리로 말했다.

"그대로다. 나는 파벨에게 내린 축복을 거둘 수 없어. 성배와 공명하여 무의 공간에 발을 들인 너라면 알고 있겠지. 신에게는 신의 규칙이 있다는 것을."

나는 이를 악물고 디오네스를 노려보았다.

"그게 창조신이 할 말이에요?"

"······."

"우린 당신의 피조물이야! 아무런 애정도, 책임도 없는 거예요?"

"내 피조물은 한두 명이 아니지."

디오네스가 오만한 얼굴로 대답했다.

"물론, 너 같은 자는 처음이다만······."

"그럼 다른 신을 찾을 거야."

"뭐?"

디오네스의 얼굴이 순간 창백해졌다.

"성배는 신과 인간을 잇는 매개체."

나는 여전히 품속에 가지고 있던 신의 성배를 움켜쥐었다.

"이유는 알 수 없지만, 성배는 나와 공명해요. 그러니 난 이곳을 지나서 '신의 차원'으로 가겠어."

"아이야."

"다른 신들에게 알릴 거예요. 르벨리안의 창조신 디오네스는, 자신의 세계에서 신의 금기를 깼다고."

"그게 대체 무슨……."

그가 당혹스럽게 중얼거렸다.

나는 일그러진 미소를 지으며 말을 계속했다.

"신이 뱉은 말은 지켜져야 한다며."

"……!"

"오페르니아에 축복을 내린다던 약속을 지키지 못했잖아. 그건 금기가 아니야?"

디오네스는 당혹스러운 얼굴로 나를 들여다보다가 작게 한숨을 내쉬었다.

"나는 여러 세상을 창조하고, 셀 수 없이 많은 피조물을 탄생시켰다만."

그가 말했다.

"제 창조주를 협박하는 너 같은 녀석은 처음이다."

"피조물에게 속아서 축복을 잘못 내린 신은 흔하고요?"

"……."

"다시 살려 내요. 루시안도, 아스트리드도, 공작 부인도, 다른 모든 사람들도."

디오네스가 가만히 두 눈을 깜빡였다.

"이미 멸망해 버린 오페르니아를 되살릴 수 없다면……. 그냥 당신까지 같이 망해 버리든가."

"성격도 급하구나. 잠깐 멈춰라."

그가 이마를 짚으며 고개를 절레절레 흔들었다.

입가에는 알 수 없는 미소 같은 것이 보였다.

몇 초의 정적이 지나고, 그가 천천히 말을 이었다.

"……가능성이 없는 건 아니다."

"뭐라……고요?"

나는 멍하게 디오네스를 바라보았다.

"너만큼은 가능해. 너는…… 규칙을 벗어난 아이니까."

"그게 무슨 소리예요?"

"네 영혼이 다른 차원에 다녀오면, 돌아올 때는 수년 전의 이 세상으로 갈 수 있다는 거다."

그가 설명했다.

"축복을 거둘 수는 없지만, 오페르니아의 멸망은 되돌릴 수 있다. 네가 원하는 게 그거 아니냐?"

"다른 차원에 가요?"

나는 멍한 얼굴로 눈을 깜빡였다.

"그게 가능해요?"

"둘 다 내가 창조한 세상이니까."

디오네스가 고개를 끄덕였다.

"나 또한 원했다. 르벨리안에 너와 같은 아이가 있기를."

"대체 왜……."

"오페르니아의 이름이 남아야, 내가 뱉은 약속을 지킬 수 있으니까."

내가 이해하든 말든, 그는 수수께끼 같은 말을 계속해서 이어 갔다.

"약속한 축복은 오페르니아가 돌려받게 될 거다. 네가 그 멸문을 되돌린다면."

"어떻게 하면 돼요?"

나는 고개를 치켜들고 그의 말을 자르듯 물었다.

"어떻게 하면, 당신이 만든 다른 차원에 갈 수 있어요?"

오페르니아의 멸문을 되돌릴 수 있다면 무엇이든 할 준비가 되어 있었다.

"그건 내가 할 일이다."

그가 대답했다.

"너는 두 세계의 매개체가 될 물건을 선택해라. 나중에 돌아오는 길을 찾을 수 있도록."

"매개체……."

"이 세계에서 네가 소유한 물건 하나를 고르라는 거란다. 때가 되면, 다른 차원에 있는 네게 그 물건을 돌려주지. 그 물건을 매개로 너는 네가 태어난 차원으로 돌아오게 될 거다."

나와 같은 사람을 원했다는 게 사실인지, 디오네스의 말투는 어딘가 부드러워져 있었다.

"다른 차원에서 발견할 이 세계의 물건……."

나는 멍하게 디오네스의 말을 따라 했다.

"오페르니아의 멸문 전으로 나를 돌아오게 할 매개체."

순간, 무언가가 내 머리를 스쳤다. 작은 웃음이 입술 사이로 빠져나왔다.

"정했어요."

나는 망설이지 않고 말했다. 답은 너무나도 명확했다.

"양쪽 차원을 연결할 매개체는, 역사학자 아스트리드가 남긴 기록."

나를 보는 디오네스의 눈이 커졌다.

"오페르니아의 운명이, 르벨리안의 흐름이 빠짐없이 담겨 있는 그 책을 가져갈 거예요."

나는 거침없이 말을 뱉었다.

파벨에게도 넘겨주지 않은 진짜 기록. 내가 정말 과거로 회귀하는 거라면, 그 안에 있는 이야기는 분명 내게 소중한 길잡이가 되어 줄 터였다.

비극을 예상하고 피할 수 있도록.

"아리가 내게 줬어요. 그러니 내 소유의 물건이 맞아요."

잠깐의 정적이 흘렀다.

디오네스가 별안간 풋, 하고 웃음을 터뜨렸다.

"하, 너 참 대단하구나."

디오네스는 거기까지는 예상하지 못했다는 듯 큭큭거리며 웃었다.

"좋아, 네 말대로 하자."

그의 눈동자가 은은한 회색으로 반짝였다.

"아스트리드 엘로딘의 기록을 주마."

그가 말했다.

"다만, 형태는 조금 바뀌어 있을 거다. 이 세계에 있던 형태 그대로 놔두는 것도 질서에 반하는 일이니까."

"좋을 대로."

나는 디오네스를 똑바로 마주 보았다. 그는 흥미롭다는 얼굴로 나를 빤히 들여다보고 있었다.

"완전한 물건만이 매개체로 작용할 수 있다. 그러니 네가 정해 보렴."

"……."

"미완성인 이 기록의 끝을 말이다."

"비극으로 하죠."

나는 쓴웃음을 뱉으며 말했다.

마지막으로 보았던 아스트리드가 농담처럼 던진 말이 떠올랐다.

'다른 사람들에게는, 나와 루시안이 함께 죽은 걸로 하지, 뭐.'

"지금 내 심정이 그러니까요. 아스트리드와 루시안은 함께 죽고, 나 또한 죽는 게 이번 이야기의 끝이에요."

"비극, 좋은 생각이구나. 나도 비극을 좋아하지."

디오네스는 두말하지 않고 내 제안을 받아들였다.

"약속해라. 네가 되돌리는 거야. 나는 기회를 주는 거고."

그의 목소리가 멀리서 들리는 것처럼 울렸다.

"잊지 말고 지켜라, 아이야."

그것이 마지막이었다.

새하얀 빛이 몇 번 번쩍이더니, 내 시야는 다시 어둠으로 물들었다.

다음 순간, 나는 잠에서 깨어났다.

첫 번째 삶의 모든 기억을 가진 채로.

8. 유혹

"……."

나는 한참 동안이나 그대로 누워 있었다.

"아, 맞아! 드래곤!"

전생을 곱씹고 또 곱씹은 뒤에야, 나는 이번 생의 사냥제를 기억해 냈다.

드래곤의 꼬리가 나를 날려 버렸고, 아르테스가 때맞춰 돌아왔고, 황제가 다급하게 나를 불렀고, 그리고…….

"루시안은?"

"루시안 오페르니아는 멀쩡하다."

무심코 내뱉은 말에, 나직한 대답이 들려왔다.

"너를 걱정하느라 식사도, 치료도 거부한 걸 빼면 말이야."

"……폐하?"

나는 그제야 침대맡에 앉아 있던 황제를 발견하고 두 눈을 깜빡였다.

그야말로 태양을 닮은 황금안은, 어딘가 심란한 모습으로 나를 내려다보고 있었다.

"대체 무슨 생각을 했던 것이냐."

잠깐의 정적 후 그가 다시 말했다.

"뭘…… 말입니까?"

"그 약한 몸으로, 무기도 없이 드래곤을 유인하려 해?"

황제가 울컥하며 물었다. 화가 난 듯 떨리는 목소리에는 수많은 감정이 섞여 있었다.

"하지만 그렇게 하지 않았다면……."

"그랬다면 내가 다쳤겠지."

그가 쓴웃음을 지으며 말했다.

"루시안 오페르니아도, 그리고 어쩌면 셀 수 없이 많은 다른 사람들도 말이다."

나는 눈을 비비고 황제를 다시 보았다.

어딘지 모르게 핼쑥해진 얼굴. 근심으로 잠을 이루지 못한 듯, 바싹 마른 입술.

그는 마치 가족이라도 된 듯 나를 걱정하고 있었다.

가슴 한구석이 찌릿했다.

가족이 있었다면 이랬을까. 나를 이런 시선으로 바라봐 주었을까.

첫 번째 생에도, 두 번째 생에도 느껴 본 적 없었던 묘한 기분이었다.

"리아넬라."

그의 목소리가 건조하게 갈라졌다.

"너는 내게 특별한 아이다."

"……."

"너와 이야기를 나누면 우려했던 것들이 가벼워졌다. 풀리지 않았던 고민들이 해결되고는 했다. 네가 웃는 모습을 계속 보고 싶었어."

"……황녀 전하가 떠오르시나요?"

내가 조심스럽게 물었다. 황제의 마음 한구석에, 딸의 잔상이 남아 있다는 사실을 알고 있었으니까.

"부인하진 않으마."

그가 말했다.

"간혹 네 모습에서 잃어버린 딸이 겹쳐 보였던 것은 맞으나⋯⋯. 지금은 아니다."

황제는 나를 지그시 바라보았다.

"나는 너를 너 자체로 아낀다. 네 재기를, 명석함을, 그리고 말도 안 되는 과감함을."

"⋯⋯."

"이제는 네가 말해 보아라."

"무엇을요?"

"너는 왜 나를 위해 목숨을 걸었느냐?"

그가 진심으로 알고 싶다는 듯 물었다.

"우연이었느냐? 아니면 단순히 네 주인인 루시안 오페르니아를 구하려던 것이냐?"

"⋯⋯우연이 아니에요."

나는 다시 드래곤의 알을 향해 뛰어가던 때를 떠올려 보았다.

"루시안 도련님을 걱정한 것도 맞지만⋯⋯. 단순히 그것뿐만은 아니었고요."

그때, 나는 분명히 황제를 보고 있었다.

피가 흐르는 입술, 핏줄이 솟은 이마와 목, 창백해진 얼굴.

산처럼 강해 보였던 그가, 그 순간만큼은 조금 위태로워 보였다.

"그저 걱정했어요."

내가 솔직하게 말했다.

그 순간, 나는 마음이 아팠다. 마치 내가 다친 것처럼.

"폐하는 아버지시니까요."

내가 무심코 말했다.

황제를 보면, 간혹 내가 가져 본 적 없는, 감히 바랄 수도 없는 아버지처럼 느껴질 때가 있었으니까.

황제의 눈썹이 움찔, 하고 움직였다.

"아, 그러니까……. 제국 만민의 아버지요. 폐하는 황제이시니까요."

헛소리를 했다는 사실을 깨달은 나는 다급히 상황을 수습했다.

뭐, 틀린 말은 아니었으니까.

황제는 가만히 내 말을 듣더니 작게 웃었다.

"네 말이 맞다. 나는 황제이자 제국민의 아버지다."

그가 한결 차분해진 목소리로 대답했다.

"하지만 너라는 아이는 다른 이들보다 조금 더 아끼게 되는구나."

혼란스럽던 눈동자는 다시 안정을 찾은 듯, 따스하게 나를 보고 있었다.

"리아넬라 셀레스, 너는 제국의 황제를, 네 주인 루시안 오페르니아를, 그리고 드래곤에게 다칠 뻔했던 수백, 수천 명의 사람들을 구했다. 네 덕분에 한 명도 죽지 않았어."

그가 말했다.

나는 작게 웃어 보였다. 그제야 작은 뿌듯함이 느껴졌다.

"원하는 보답이 있느냐?"

"오페르니아 가문이……."

"오페르니아가 아니라, 너 자신을 위한 것을 말하라."

황제가 내 말을 자르며 다시 명령했다.

"오페르니아에는 이미 차고 넘치는 상을 내렸으니까."

"……."

나는 쉽게 대답하지 못했다.

오페르니아가 아닌 나를 위한 보상에 대해서는 별로 생각해 본 적이 없었다. 회귀한 이후로, 나는 오페르니아의 멸문을 막고 루시안을 성장시키는 것 외에는 다른 생각을 거의 하지 않았었으니까.

"생각이 나지 않는다면, 내가 정해 줄까."

황제는 내 마음을 안다는 듯 말했다.

"작위를 주마."

"예?"

나는 눈을 크게 뜨고 그를 바라보았다.

"농담하시는 겁니까? 저는 부모도 모르는 평민……"

"조금 전 네가 말하지 않았느냐. 나는 만민의 아버지라고."

그가 빙긋 웃으며 말을 이었다.

"황제를 구한 자에게 작위를 내리는 것이다. 네 생부와 생모가 누구인지는 중요하지 않아."

나는 멍하게 눈만 깜빡거렸다.

평민, 그것도 하녀 출신의 고아에게 작위를 주는 것은 너무나도 이례적인 일이었다. 욕심 많은 나조차도 감히 바란 적이 없었을 정도로.

하지만 황제의 표정은 분명 진지했다.

"리아넬라 셀레스."

그가 가볍게 내 손을 잡아 나를 침대에서 내려오게 했다.

"무릎을 꿇어라."

그가 명령했다.

"리아넬라 셀레스……. 제국의 태양 앞에 무릎 꿇습니다."

나는 떨리는 다리로 한쪽 무릎을 꿇었다. 황제는 가지고 있던 장식용 단검을 뽑아 내 양쪽 어깨를 한 번씩 짚었다.

"제국의 태양을 구한 그대에게 영토를 내리고, 남작이라는 작위를 수여한다."

"……남작."

나는 작게 그의 말을 따라 했다.

가슴 한구석이 벅차올랐다. 작위가 있다는 것은 즉, 누구에게도 종속되지 않을 수 있다는 것이었다.

두 번째 생에서 그토록 원했던 자유, 그것을 손에 넣은 것이었다.

"리아넬라 셀레스, 폐하의 명을 받들겠습니다. 폐하께서 수여하신 작위로 제국과 백성을 수호하겠습니다."

정해진 선서를 마치자, 황제는 다시 나를 일으켜 세웠다.

"내일이면 오페르니아의 네 처소로 칙서와 토지 문서가 도착해 있을 것이다."

그가 말했다.

"그 외에도 말해라. 다른 원하는 것이 있다면 들어주겠다."

그 말에, 멍해졌던 내 머리가 다시 돌아가기 시작했다.

다른 원하는 것, 내가 당장 황제로부터 얻어 내야 하는 것.

있었다.

"폐하께 청을 올립니다."

"말하라."

"아스트리드 엘로딘과 크레온 파벨의 결혼을 막아 주십시오."

황제는 예상하지 못했다는 듯 한쪽 눈썹을 치켜올렸다.

"그리고 앞으로 누구든, 그것이 설령 엘로딘 자작이라도, 아스트리드 엘로딘의 혼사를 결정할 수 없게 조치해 주십시오."

"그것이 네 청이냐?"

그가 부드럽게 미소를 지었다.

"보물찾기 때 그랬던 것처럼, 네 친우를 도와달라는 것?"

"예, 폐하."

"아스트리드 엘로딘은 운이 좋구나, 너 같은 친우를 두었다니."

"……."

"그 문제는 내가 해결해 주마."

그는 선선히 고개를 끄덕이며 내 청을 승낙했다.

나는 눈을 들어 그를 올려다보았다.

남의 혼사에 어깃장 놓는 일이 이렇게 쉽다고?

"네가 기절한 사이에 루시안 오페르니아가 조사를 했더구나. 드래곤의 행동을 근거로, 숲의 서쪽 동굴에 있던 모든 흔적을 파헤쳤다. 집요하더구나."

"그게 무슨 상관……. 아."

나는 그제야 황제의 말을 이해했다.

"누가 드래곤을 깨웠는지 밝혀낸 거군요."

"그래, 지아모크 파벨이다. 그 아들은 드래곤의 알을 훔쳤지."

"폐하의 옥체를 상하게 했으니……."

"죄질로만 따지면, 죽일 수도 있을 터."

황제는 이해한 내가 기특하다는 듯 고개를 끄덕였다.

"다만, 건국 신화의 일부를 구성하는 공신에게는 예외를 인정해 주지 않을 수가 없다."

그가 아쉽다는 듯 중얼거렸다.

"하나 무겁게 징계할 것이다. 엘로딘 자작도, 다른 누구도 파벨 공작과의 친분이 스스로의 안위에 도움이 되지 않는다고 느낄 정도로. 그의 날개를 꺾어서 다시 날 수 없게 할 것이다."

"예, 폐하."

나는 만족스럽게 미소 지었다. 아스트리드를 위해서는 이 정도가 최선이었다.

다만, 내가 해결해야 하는 일이 하나 더 있었다.

"폐하, 부상당한 기사들은 어찌 되었습니까? 폐하께서는 치료를 받으셨나요?"

"응급 처치는 끝났다."

황제가 작게 한숨을 쉬며 덧붙였다.

"심층적인 치유는 아무래도······."

그가 말꼬리를 흐렸다.

말하지 않아도 알 수 있었다.

부상병에게 장애가 남지 않도록 깨끗하게 치유할 수 있는 이는, 황제가 알기로는 파벨 공작뿐이었다.

공작은 그것을 빌미로 징계 수위를 낮추려 발버둥 칠 테고.

어쩌면 세력을 잃더라도 중앙의 귀족회에는 붙어 있을 수 있을지 몰랐다.

황제도 아마 그 정도의 타협은 준비하고 있을 터였다.

하지만 나는 달랐다.

내게는 다른 한 장의 카드가 남아 있었으니까.

"폐하, 치유사 한 명을 소개해도 되겠습니까?"

"······치유사?"

황제가 의아하다는 얼굴로 물었다.

"죽은 사람을 살려 내는 것을 제외하면, 웬만한 병은 깨끗하게 치유할 수 있는 사람을 압니다."

"······파벨 공작을 묘사하는 것 같은 말이구나."

"같은 능력이나, 다른 사람입니다."

내 말에 황제의 눈이 조금 커졌다.

"다른 사람?"

"예."

나는 싱긋 웃으며 그를 바라보았다.

"혹시, 오페르니아의 와인을 마시고 만병이 나았다는 소문을 들은 적이 있으신가요?"

"마력석에 대한 소문을 말하는 것이나?"

황제가 픽 웃으며 되물었다.

"와인 때문에 몸이 나은 것은 사실 루시안 오페르니아의 마력석 때문이라는 소문이 있더구나."

역시, 알고 있었구나.

"루시안 오페르니아가 가진 마력석의 종류는 나도 잘 알고 있다. 하지만 통증을 완화하는 것은 있어도, 만병통치의 능력을 가진 것은 없어."

그가 잘라 말했다.

"치유력은 완력이나 오러와 다르다. 돌의 형태로 보존될 성질이 아니야."

"영명하십니다, 폐하."

나는 고개를 살짝 숙이며 대답했다.

"하나 저는 마력석이 아닌 사람에 대해 말씀드리고 있습니다."

"사람?"

황제는 의아한 얼굴로 나를 바라보았다.

"네, 파벨 공작과 같은, 신의 축복을 받은 이가 제국에 또 한 명 있습니다."

"……뭐라고?"

"허락하신다면 당장 이곳으로 데려오도록 하겠습니다. 그 아이가 가진 힘은 '제국의 가호', 결국은 르벨리안 제국과 폐하를 위해 써야 하는 힘이니까요."

황제의 눈이 커졌다.

"그 사람을 부르시겠어요? 제 상처는 파벨 공작이 아닌 그 사람에게 치료받고 싶습니다."

그는 내 말을 자르거나 꼬치꼬치 캐묻지 않았다.

그는 순식간에 머릿속으로 몇 가지 가능성을 정리한 듯, 차분하게 나를 향해 고개를 끄덕였다.

허락이었다.

몇 시간 후.

"치료가 끝났습니다."

로잘린이 잡았던 내 손을 놓고 황제에게 말했다. 용의 꼬리에 맞아 새 파랗게 멍들었던 팔이며 어깨가 말끔하게 나아 있었다.

"……리아넬라, 괜찮으냐?"

"예, 폐하. 보시다시피 전혀 아프지 않답니다."

"다행이구나."

고심하는 듯, 황제가 한쪽 손으로 턱을 쓸었다.

로잘린과 함께 온 클로에는 불안한 얼굴로 그의 반응 하나하나를 살피 며 제 딸의 어깨를 감싸 안았다.

두 사람은 떨고 있었다.

목숨을 걸고 숨겨 왔던 로잘린의 능력을, 제국 그 자체인 남자 앞에서 증명한 참이었으니까.

나를 믿고 한 일이라고는 해도 본능적인 불안감을 어쩔 수 없는 모양 이었다.

그들을 물끄러미 보던 황제가 마침내 다시 입을 열었다.

"파벨의 사생아인 것이냐?"

그의 시선은 로잘린이 아닌 클로에를 향하고 있었다.

"십몇 년 전, 두 사람 사이에 소문이 없지는 않았다."

"……어찌 폐하께 거짓을 아뢰겠습니까. 폐하의 짐작이 맞습니다."

클로에의 말에 황제가 고개를 끄덕였다.

"파벨이 오만했군, 오페르니아 가문과의 사이에 자식을 보다니."

"자식을 볼 의도는 없었을 겁니다."

"생겨도 쉽게 빼앗아 올 수 있다는 생각이었겠지."

"……."

"하나 지금 보니 그의 생각이 틀렸구나. 자식을 지키는 어미의 마음을 너무 우습게 알았던 거야."

클로에는 대답 대신 로잘린의 손을 꼭 잡은 채 고개를 숙였다.

"두 사람이 당당하게 살 수 있게 해 달라는 것이 네 바람이구나."

황제는 나를 향해 고개를 돌리며 물었다.

"맞아요, 폐하. 오페르니아라는 이름 하나로는 로잘린 아가씨의 방패가 되기에 부족합니다."

"……."

"폐하, 로잘린 아가씨는 드래곤과 싸우다가 부상당한 기사들을 치료할 준비가 되어 있어요. 폐하께서 지시하시는 즉시요."

내가 말을 이었다.

"하지만 그로 인해 파벨 가문의 세 공자가 로잘린 아가씨의 생명을 노린다면……."

"제국의 큰 손실이라 할 수 있겠지."

황제가 나를 대신해서 말을 끝내 주었다.

"현명하구나, 리아넬라. 부상병의 치료를 카드로 내밀어 내 마음을 움직일 생각을 하다니."

심리를 꿰뚫어 보는 듯한 그의 말에, 나는 찔려서 대답하지 않았다.

"드래곤 앞에 뛰어들 때, 여기까지 계산하고 있었던 것이냐?"

"……네, 폐하. 죽지만 않으면 로잘린 아가씨가 치료해 주실 거라는 걸 알았습니다. 부상병들도 마찬가지고요."

"내 보호 아래에 이 아이의 능력을 드러내면, 파벨 공작가에서 감히 건드릴 수 없게 될 거라는 계산까지 말이지."

"……부정은 안 하겠습니다."

나를 바라보는 황제의 입가에 묘한 미소가 감돌았다.

"네 말대로 하지."

황제의 말에 클로에와 로잘린이 고개를 번쩍 들었다.

이렇게 쉽게 허락해 줄 거라고는 예상하지 못한 듯, 두 사람의 입이 살짝 벌어져 있었다.

"로잘린 오페르니아는 나의 기사들을 치료하라."

그가 명령하자 로잘린이 냅다 고개를 숙였다.

"명 받들겠습니다, 폐하."

"치료하는 과정은 모두가 지켜보게 할 것이다. 그리고 모든 것이 끝나면……."

그가 눈을 지그시 감았다가 떴다.

"로잘린 오페르니아에게 '제국의 기적'이라는 호칭을 내리고 나의 대녀로 삼겠다."

"폐, 폐하."

클로에가 그 자리에서 무릎을 꿇었다.

"로잘린 오페르니아의 신변에 해를 끼치는 자는 황명으로 다스린다는 뜻이다."

"황공합니다, 폐하."

"황공합니다, 폐하."

두 모녀가 동시에 대답했다.

자신이 누군지 깨달은 순간부터 스스로를 숨겨야 했던 로잘린이었다. 드디어 제 존재를 인정받게 된 그녀의 눈에 눈물이 맺혀 있었다.

그렇게, 제국에는 성녀 한 명이 탄생했다.

* * *

"아직도 소식이 없단 말이냐?"

파벨 공작이 초조한 듯, 제 앞에 놓인 차를 벌컥벌컥 들이켰다. 그 앞의 의자에 나란히 앉은 장남과 차남이 고개를 저었다.

파벨 공작은 불만스러운 얼굴로 의자의 팔걸이를 톡톡 두드렸다.

"화도 냈겠다, 벌도 내렸겠다……."

그가 중얼거렸다.

황제의 칙서는 며칠 전에 도달했다. 드래곤으로 인해 황실 기사단이 입은 모든 피해를 배상하라는 명령, 아들인 크레온의 기사 작위를 박탈한다는 결정, 그리고 가문 전체가 3개월 동안 저택을 벗어날 수 없다는 금족령이었다.

귀족회의 자리는 간신히 보전했지만, 이는 작지 않은 타격이었다.

그래서 다음 명령을 기다리고 있었던 것이다.

벌은 벌이지만, 당장 파벨 공작의 능력이 필요하니 수도로 와서 부상자를 치료해 주면, 이를 위한 출입은 금족령의 예외로 봐주겠다는 명령.

기적 같은 힘으로 부상병을 치료하면, 여론은 파벨 공작에게 호의적으로 흐를 수밖에 없었다.

황제나 황태자가 다치는 것이 제일이었지만, 황제와 가장 가까운 기사들이 부상을 당한 것도 그에게는 호재였다.

"그런데 왜 아직까지도 연락이 없는 것이야? 황제는 제 기사들이 부상으로 죽어도 괜찮다는 말인가?"

"고, 공작 각하!"

파벨 공작의 말이 끝나자마자, 사용인 하나가 집무실의 문을 박차고 들어섰다.

파벨 공작의 얼굴에 화색이 돌았다.

"황명인가?"

"그……. 황명은 아니고, 황실에 대한 소식이 왔습니다."

"전해라. 황제는 속이 타들어 가고 있다더냐?"

"······치유의 힘을 가진, 제국의 성녀라는 자가 나타났다고 합니다."

사용인이 덜덜 떨며 전갈을 읽었다. 파벨 공작과 그의 두 아들들의 눈이 휘둥그레졌다.

"치유의 힘이라니?"

그의 장남이 버럭 소리쳤다.

"의사를 말하는 것이냐?"

"아닙니다, 그······. 손끝에서 성스러운 힘이 나온다고······. 설명을 들어 보면, 그러니까······."

사용인이 세 사람의 눈치를 보며 기어들어 가는 목소리로 보고했다.

"공작 각하의 능력과 꼭 같습니다."

"뭐?"

장남과 차남이 동시에 고개를 쳐들었다.

"어떻게 그런 자가 나타나!"

"오페르니아의 집사인 리아넬라 셀레스가 일어나자마자 그자를 황제에게 천거했다고 들었습니다. 자신의 병을 낫게 할 수 있다고 자신 있게 알렸다고요."

"그게 말이 되느냐!"

"모, 모든 이들이 지켜보는 가운데, 드래곤에게 밟혀서 하반신이 마비되었던 기사를 걷게 했다고 합니다. 찰과상이나 타박상은 그야말로 눈 깜짝할 사이에 치료해 버렸다고······."

"그, 그게 대체 누구냐?"

이번에는 차남이 사용인을 다그쳤다.

"어느 가문의 어떤 자라는 말이야!"

"크, 클로에 오페르니아의 사생아, 로잘린 오페르니아라고 합니다. 아직 열다섯밖에 되지 않은 소녀입니다."

챙-

파벨 공작의 찻잔이 바닥으로 떨어져 수십 개의 조각으로 갈라졌다. 공작은 미동도 하지 못한 채 사용인을 쳐다보고만 있었다.

"클로에……. 클로에 오페르니아의 딸이라고?"

무언가를 계산하는 듯, 그의 눈동자가 급하게 움직였다.

"하지만……. 하지만 그럴 리가. 분명 아니었는데……."

"설마, 아버지."

눈치 빠른 차남이 파벨 공작의 표정을 포착한 듯 입을 열었다. 부자의 눈이 마주쳤다. 말을 하지 않아도, 두 사람은 서로가 어떤 생각을 하는지 알 수 있었다.

"아니라고 말씀해 주십시오, 아버지."

차남이 주먹을 꽉 쥐며 말했다.

"제발, 아니라고 말씀해 주시란 말입니다."

"……."

"로잘린 오페르니아가…… 아버지의 사생아입니까?"

파벨 공작은 아무 대답도 하지 못했다. 부정하고 싶어도 할 수 없었다. 모든 상황은 한 가지 진실을 가리키고 있었으니까.

"로잘린 오페르니아가!"

차남이 분노 섞인 목소리로 일갈했다.

"정말 아버지의 능력을 계승했습니까?"

파벨 공작은 눈을 질끈 감고 머리를 흔들었다.

"내 눈으로 직접 봐야겠다. 그 애를 만나야겠어."

파벨 공작이 말했다.

쏟아진 찻물이 발을 적시는 것도 느끼지 못한 채, 그는 몇 번이나 같은 말을 중얼거렸다.

그의 반응을 긍정으로 받아들인 장남과 차남이 동시에 이를 악물었다.

"당장 황실로 가야겠단 말이다."

머릿속이 복잡했다. 존재조차 몰랐던 딸에게 새삼 부정을 느낀 것은 아니었다. 애초에 그의 사생아는 로잘린 외에도 있었다.

모두가 평민이었기에, 혹시라도 능력이 계승됐는지 사람을 시켜 감시하다가 아닌 것을 확인하고 관심을 끊었을 뿐이었다.

그의 관심사는 로잘린이 계승했다는 자신의 능력이었다. 그를 이 자리에 있게 해 준 '되돌리는 힘'이 자신의 통제를 벗어났다는 사실이 파벨 공작을 미치게 했다.

"가, 각하. 지금은 만날 수 없습니다. 금족령을 잊으셨습니까? 각하와 세 분 공자 모두 저택을 벗어날 수 없습니다."

"이런 젠장."

파벨 공작이 욕설을 지껄였다.

"그럼 이곳으로 오게 하십시오!"

차남이 벌떡 일어나며 말했다. 장남도 거칠게 고개를 끄덕였다.

"핑계를 대고 초대하든, 아니면 게일을 시켜 납치하든, 당장 우리 앞으로 끌고 와야 하지 않습니까!"

"그, 그것도 불가할 것 같습니다."

사용인이 덜덜 떨며 고개를 저었다.

"로잘린 오페르니아는 이미 제국의 보물, 제국의 성녀라 추앙받으며 모두의 시선을 받고 있습니다. 게다가……."

"또 무엇이야?"

"기사들을 치료하는 모습을 지켜본 황제가, 그 자리에서 로잘린 오페르니아의 대부가 되겠노라고 선언했습니다."

"그놈이 뭘 어쨌다고!"

파벨 공작이 탁자를 탕! 하고 내려쳤다.

"각하."

사용인이 무릎을 꿇으며 아뢰었다.

"그 소녀는…… 현재 제국에서 가장 큰 규모의 호위를 받고 있는 여자입니다."

그는 애원하듯 말을 이었다.

"그런 자를 납치하는 것은…… 인간이라면 절대로 할 수 없습니다."

"빌어먹을."

파벨 공작이 주먹을 부르르 떨며 연신 욕설을 내뱉었다.

놓쳤다.

가문 안에만 보존했던 그 능력이 그의 손을 떠나고 있었다.

여우 같은 황제가, 망할 오페르니아.

그리고 리아넬라 셀레스라는 계집 때문에.

* * *

"여기야, 리라."

루시안이 나를 말에서 내려 주며 말했다.

"링클산에 이런 곳이 있었네요."

눈 앞에 펼쳐진 것은 햇빛을 받아 눈부시게 반짝이는 호수였다.

"숨겨져 있었는데 루비가 찾아냈어. 알로도 모르는 곳이야."

루비는 루시안이 길들인 흰토끼 형태의 마물이었다. 딸기를 잘 찾는다는 것 외에 다른 재주는 없다고 생각했는데, 의외로 숨겨진 장소는 다 잘 찾는 모양이었다.

나와 루시안은 흰 천 위에 나란히 앉아 호수를 내려다보았다. 오랜만에 느껴지는 잔잔한 평화였다.

"아스트리드 엘로딘이 소식을 전했어."

루시안이 문득 생각난 듯 말했다.

"엘로딘 자작이 충격으로 드러누웠다고 해."

"그럴 만하네요."

나는 고개를 끄덕였다.

종교처럼 따랐던 파벨 공작가는 황제의 미움을 사 금족령이 내려졌고, 그 와중에 파벨 공작을 대체할 성녀가 나타났다고 하니.

평생 줄을 잘 서기 위해 노력했는데, 그게 다 헛짓이었을지도 모른다는 생각이 들었을 터였다.

"자연스럽게 엘로딘 자작가의 대소사는 아스트리드 영애가 맡게 되었다는군. 혼사 얘기는 없는 일이 됐다고 하고."

아, 다행이다.

크레온이 헛발질을 해 준 덕분에, 그리고 황제의 조치 덕분에 아스트리드의 일은 손쉽게 풀린 듯했다.

"가문의 인장을 받고 처음 한 일은 도서관을 넓히는 거래. 나중에 셀레스 남작을 제일 먼저 초대하겠다고 했어."

그녀다운 소식이었다. 사교계에서 가장 사랑받는 소녀라고는 하나, 실제로는 파티에 가는 것보다 책더미에 깔려서 밤을 새우는 걸 선호할 사람이었으니까.

"같이 가요, 도련님."

"같이? 엘로딘 영애의 도서관에?"

루시안은 고개를 갸웃하며 되묻더니 이내 고개를 끄덕였다.

"너랑 같이 가는 건 좋아."

"……아스트리드 영애를 보는 건 관심 없으시고요?"

"네 친구니까 좋은 사람이겠지. 그게 다야."

나는 새삼 두 사람의 관계를 떠올려 보았다.

두 사람이 남녀 주인공으로 나오는 '원작'은 애초에 아스트리드의 기록을 디오네스가 소설 형태로 변형시킨 책이었다.

전생에서의 둘은 나를 사이에 둔 친구, 딱 그 정도였다. 약혼자라고는 하나 서로를 사랑한 적 없는 관계.

"도련님의 관심사는 그럼 뭔데요?"

"너."

갑자기 던진 질문에 루시안은 고민도 없이 대답했다.

"그럼 하고 싶은 일은……."

"너랑 다른 고민 없이 같이 있는 거. 지금처럼 평화롭게."

"……."

전생에도 비슷한 말을 들었던 것 같았다.

드래곤으로부터 나를 구한 다음에.

피가 철철 나도록 다쳐 놓고서, 가문이 안정되면 같이 소풍이나 다니자고 태평한 소리를 했었던가.

그리고 나서…….

"무슨 고민 해?"

루시안이 날카롭게 물었다. 전생에서 닥쳤던 여러 위기를 떠올린 내 얼굴이 어두워진 탓인 듯했다.

"또 꿈을 꿨어?"

"꿈이요?"

루시안이 고개를 끄덕였다.

"넌 가끔 자면서 내 이름을 불러. 아스트리드 영애도."

뜨끔 하는 마음에, 나는 시선을 피했다.

"가끔……. 꿈에서 미래를 보는 건가 하고 생각했어. 앞으로 일어날 일을 꿈을 통해 아는 건가 하는."

"……."

"그게 다는 아니라는 것도 알고 있지만."

예리하다. 나는 차마 부인하지 못하고 가만히 있었다.

"불편하다면 더 묻지는 않을게. 하지만 네가 혼자 걱정하는 건 싫어."

루시안은 양손으로 조심스럽게 내 얼굴을 감싸더니 자신을 보도록 내 시선을 고정시켰다.

"그러니까 말해 줘. 앞으로 난 뭘 준비해야 해?"

시리도록 푸른 눈동자가 나를 지그시 들여다보았다. 사람을 꿰뚫는 듯한 시선 때문인지, 아니면 낮고 조용한 목소리 때문인지, 나는 순간 그에게 솔직해지고 싶었다.

"……드래곤을 만날 거예요. 이번에는 더 큰, 완전한 성체를. 검은색이었어요."

"검은 용?"

"비슷한 것이 몇 번이나 저를 찾아와요. 사람들이 다치고, 죽기도 했고, 도련님은 크게 다치기도 해서……."

내 말은 빨라지고 있었다.

한번 시작하자 멈추기 어려웠다.

전생의 기억이 돌아온 게 문제였을까.

선명해진 기억 속에서 루시안이 기절하는 모습이 반복되었다.

이번에는 막아야 하는데…….

"리라. 숨 쉬어."

긴 팔이 나를 감싸는 것이 느껴졌고, 루시안의 넓은 품이 내 얼굴에 다가와 있었다.

"괜찮으니까 숨 쉬어."

그는 나를 아이 달래듯 꼭 안으며 속삭였다. 낮게 중얼거리는 목소리가 내 마음을 조금 편안하게 만드는 것 같았다.

"검은 드래곤을 가장 효과적으로 상대하는 건 하얀 드래곤의 힘."

"……네?"

"……이라고, 삼촌이 그랬어."

루시안은 나를 안았던 팔을 풀더니 허리에 찬 검의 손잡이를 보여 주었다. 가이아네스의 눈동자 아래에, 작고 반짝이는 장식 하나가 추가되어 있었다.

"역린?"

"맞아. 하얀 드래곤의 역린이야."

그가 싱긋 웃으며 대답했다.

"그러니 걱정할 거 없어. 꿈에서 봤던 모습이 어떻든, 지금의 난 더 강해졌을 테니까."

"다행이다……."

나는 한숨을 푹 쉬며 가슴을 쓸어내렸다.

머릿속은 여전히 복잡했다.

기억이 돌아온 후로, 전생의 루시안이 자꾸 지금의 모습에 겹쳐 보였으니까.

검은 용으로부터 나를 구해 주고 기절하던 모습.

나를 도와 청소를 하겠다며 직접 저택을 쓸고 닦다가 공작 부인에게 한 소리 듣던 기억.

말을 타는 법을 알려 주던 얼굴이며, 마지막에 나를 대신해 화살을 맞았던 모습도.

"리라."

마지막 순간을 떠올리자 가슴 한구석이 아렸다.

"……네가 그런 표정을 지으면, 난 어떻게 해야 할지 모르겠어."

루시안이 다시 내 뺨을 감싸며 말했다. 바다처럼 깊은, 시리도록 파란 눈동자가 지나치게 가깝게 느껴졌다.

루시안은 잠시 나를 바라보더니 내 뺨을 잡은 손을 부드럽게 끌어당겨 고개를 숙이게 했다.

이마에 말랑하고 따뜻한 무언가가 살짝 닿았다가 떨어졌다.

순간 얼굴 전체가 뜨거워지는 기분이 들었다.

"도련님……?"

눈을 들자 예쁘게 접힌 루시안의 눈매가 보였다.

"전에 손등에 입을 맞췄더니 네가 다른 생각을 멈췄던 것 같아서."

그는 다시 나와 눈을 맞춘 채 고개를 살짝 기울였다.

"이번에는 효과 없어?"

"아니, 그건 아니고……."

당황해서 말이 제대로 나오지 않았다.

진짜로 입술에 뭐가 있나?

매번 부딪칠 때마다 홀리는 기분이었다.

"그러네, 효과 있네."

말하는 루시안의 눈이 반달 모양으로 휘었다.

"어두운 표정이 없어졌어."

그의 팔이 다시 한번 나를 폭, 하고 감싸 안았다.

"네가 슬퍼하는 게 싫어, 리라. 내가 모르는 뭔가에 대해 걱정하는 것도. 너를 다시 웃게 하기 위해 뭐라도 하고 싶어져."

체온이 따뜻해서인지, 그의 품이 아늑하게 느껴져서인지, 조금 전 불안했던 기분이 정말로 사라지고 있었다.

"그러니까 더 말해 줘."

그가 속삭였다.

"내가 뭘 더 하면 되는지, 뭘 하면 네가 기쁜지."

내 어깨를 감싼 팔이 너무나도 편안해서, 그의 말을 듣지 않기가 어려웠다.

빠져나올까 잠시 고민하던 나는 아예 눈을 감고 생각에 잠겼다.

그래, 다른 생각 말고 집중하자.

나는 잠시 어지럽게 뛰던 심장을 진정시켰다.

그리고 루시안이 앞으로 뭘 더 해야 하는지 정리하기 시작했다.

사냥제에 우승해서 명성을 떨치는 것?

그는 이미 완벽하게 해냈다.

사냥제의 첫날 드래곤을 잡음으로써 누구도 반박할 수 없는 우승자가 되었으니까.

아니, 우승자를 넘어, 제국의 전설로 불리고 있을 정도였다.

그럼 공작 부인의 눈에 드는 것?

마찬가지였다.

루시안은 이미 그녀가 가장 아끼는 후손이었다.

심지어 데스먼드, 클로에, 성녀인 로잘린의 지지까지 얻고 있었으니 레너드나 노르만의 세력은 이미 비교가 되지 않았다.

그럼 남은 건…….

"……가주가 되세요."

내가 무심코 내뱉었다.

"그게 마무리인 것 같아요."

"그렇게."

루시안이 한순간의 망설임도 없이 대답했다.

"그렇게 하면 넌 내 곁에서……."

그가 중얼거리다가 말꼬리를 흐렸다.

나는 작게 미소 지었다.

재력, 명성, 권력, 유능한 사용인들이며 그를 지지하는 가족들.

이 모든 것을 갖춘 가주가 되는 것이, 내가 루시안을 위해 계획한 마지막이었다.

"그렇게 되면……."

나도 조금 전 루시안이 그랬던 것처럼 말을 흐렸다.

그러고는 마지막 한마디를 내 머릿속에서 마쳤다.

그렇게 되면, 그날이 올 터였다.

내가 독립해서 공작가를 떠나는 날이.

* * *

4년 후.

"셀레스 남작님, 소공작께서 돌아오셨습니다!"

어린 사용인 하나가 소리쳤다.

"드래곤을 잡아 오셨어요!"

나는 사용인들이 죽 늘어선 정원을 가로질러, 활짝 열려 있는 정문으로 향했다.

멀리서 루시안의 행렬이 보였다.

그가 탄 검은 말, 허공을 맴도는 블리, 뒤따라오는 기사들과 거대한 수레. 그리고 수레 위에 놓인, 커다란 도롱뇽을 연상시키는 검은 드래곤 사체.

"……정말 잡았네."

전생에서 이유 없이 나를 쫓아와 삶을 포기하게 만들 뻔했던 드래곤은, 이번 생에도 비슷한 시점에 비슷한 장소에서 출몰해 나를 공격했다.

그러나 이번에는 내가 녀석에게 쫓기느라 고생할 필요가 없었다.

단 한 번의 만남에도, 루시안은 그 흔적을 찾더니 드래곤을 역으로 쫓기 시작했으니까.

그는 6개월 전 드래곤이 둥지를 튼 곳을 찾아내 긴 사냥을 떠났다.

검은 드래곤의 역린을 내게 선물하겠다면서.

'역린만 가져온 게 아니라, 드래곤을 통째로 가져왔네.'

수레를 끄는 기사들은 사기가 하늘을 찌르는 듯 즐거워 보였다.

행렬을 구경하는 영지민들도 마찬가지였다.

"소공작께서 이번에도 드래곤을 잡았어! 황제 폐하로부터 훈장을 수여받을 거래."

"당연한 거 아니야? 우리 소공작은 열여섯에 벌써 하얀 드래곤을 잡아 사냥제 우승을 하셨다고!"

"곧 작위를 받으실 거라던데……. 공작 부인은 뿌듯하시겠어. 저런 후계를 두다니."

"얼굴 봤어? 더 잘생겨지신 거."

"청혼서가 너무 많이 쌓여서 공작 부인이 답장도 못 하고 계신다잖아."

"세이든 공자랑 나란히 가니까 둘 다 빛이 나는 것 같아……."

한껏 들떠서 웅성거리는 소리가 저택 안까지 들릴 정도였다.

나는 가슴 깊이 뿌듯함을 느끼며 한동안 그들의 말을 듣고 있었다.

루시안을 향한 찬사는 들어도 들어도 질리지 않았다.

요란한 분위기가 계속되던 가운데, 문 앞에 서서 행렬을 지켜보던 나와 루시안의 눈이 마주쳤다.

"리라!"

여유롭게 행차하던 루시안은 나를 발견하고 빠르게 말을 몰았다.

그는 순식간에 내 앞에 도착해 휙 하고 말에서 뛰어내렸다.

"오랜만이에요, 소공작님."

환하게 웃으며 루시안을 안아 주려던 나는 그의 얼굴을 가까이서 본 순간 멈칫했다.

……아, 맞다.

6개월간 잊고 있었지만, 스무 살의 그는 말로 설명하기 어려울 정도의 미남이었다.

지나치게 가까이서 보면 멍해질 정도로.

그리고 오랜만에 본 그는, 미묘하게 더욱더 아름다워진 듯했다.

"……리라?"

스무 살이 될 때까지 키가 계속 자란 그는 이제 내가 한참 올려다봐야 할 정도였다.

몇 년 사이 더 날렵해진 턱선이며 오뚝해진 콧대, 그리고 깊어진 눈은 완벽한 조화를 이루어서 보는 이의 넋을 빼놓을 정도였다.

어깨와 등은 넓고 보기 좋게 모양이 잡혔고, 자세는 한 치의 흐트러짐도 없이 반듯했다.

"리라."

내가 팔을 벌린 채 멈춰 서자 루시안은 그대로 내 팔을 잡아 나를 끌어당겼다.

"보고 싶었어, 아주 많이."

따뜻한 그의 체온이 온몸에 전해졌고, 양팔이 조심스레 내 등과 머리를 감싸는 것이 느껴졌다.

"약속대로 큰 부상 없이 돌아왔어."

그가 한 걸음 물러서더니 나와 눈을 맞추고 말했다.

"잘했어요."

나는 그제야 정신을 차리고 대답했다.

"그러니까, 상."

"……상?"

그는 머리를 살짝 숙이더니 내 손을 가져가 그 위에 올려놓았다. 나는 습관적으로 부드러운 흑발을 쓰다듬었다.

"맞아, 그거."

루시안이 눈을 예쁘게 휘며 말했다.

"……."

이상했다.

수백 번은 해 왔던 일인데, 오랜만에 만나서 그런지 뭔가 달랐다.

어렸을 때 머리를 쓰다듬으면 루시안이 당황하고 얼굴을 붉혔던 것 같았는데.

언제부턴가는 묘하게 내가 더 그를 의식하게 되는 것만 같았다.

"저기, 나도 있거든?"

어느새 말을 몰아 우리 옆으로 다가온 키르시안이 말을 걸었다.

"나도 오랜만이고, 나도 칭찬 좋아하거든?"

"잘했으니까 저리 가."

루시안이 툭 말하자 키르시안은 하, 하고 헛웃음을 내뱉었다.

"너 내가 구해 준 게 몇 번인데……."

"고마우니까 방해 말아 줄래."

키르시안이 여우 같은 눈매를 살짝 접으며 우리 둘을 번갈아 보았다.

"반년만이다, 이거군."

그가 장난스럽게 입꼬리를 올리며 루시안을 도발했다.

"형이라고 부르면 내가 특별히 꺼져 줄……."

"형님, 제가 보다시피 바쁩니다."

"뭐?"

"귀여운 동생이 부탁드립니다. 시간 좀 더 주시죠."

키르시안은 당황한 표정으로 루시안을 내려다보더니, 이내 질렸다는 듯 고개를 절레절레 저었다.

"사냥터에서는 명령만 해 대더니……. 그렇게 쉽게 접히는 자존심이었냐."

그는 푹 한숨을 쉬고는 말머리를 돌렸다.

"좋아, 이 몸은 꺼져 줄 테니 인사 더 하라고."

내가 뭐라고 할 틈도 없이, 키르시안은 행렬 뒤에서 자신과 똑같은 표정을 짓고 있는 알로를 향해 돌아갔다. 그들의 관계는 크게 달라지지 않은 듯했다.

"……들어갈까요?"

"응."

루시안이 싱긋 웃으며 대답했다.

"들어가서 치료해 줘."

성인이 되며 더 낮아진 목소리가 듣기 좋게 울렸다.

"치료요?"

"아예 안 다친 건 아니거든."

걱정하는 내 얼굴을 보며, 그의 미소가 한층 더 짙어진 것 같았다.

"정말 로잘린 아가씨가 하는 게 낫지 않나요?"

"나한테는 약이 더 잘 들어."

팔에 난 작은 찰과상에 약을 바르는 내게 루시안이 말했다.

"……웃기고 있네."

소식을 듣고 찾아온 로잘린이 미간을 찌푸리며 투덜거렸다.

"바쁜 성녀가 몸소 찾아왔는데."

"내가 오라곤 한 건 아닌……."

"리아넬라가 불렀거든!"

로잘린이 빽 소리치자 함께 온 클로에와 데스먼드가 동시에 그녀의 어깨에 손을 올렸다.

"로잘린, 사촌끼리 싸우는 거 아니야."

클로에가 말했다.

티타임을 가질 때조차도 한 손에 서류를 한 묶음 들고 있는 그녀는, 사년 전과는 판이해져 있었다. 지금의 클로에 오페르니아를 한마디로 정의하면 '일 중독자'.

오페르니아의 와인 사업을 대륙 최고 수준으로 키운 그녀는, 딸과 보내는 시간을 제외하면 모든 에너지를 일에 쏟고 있었다.

"그리고 시간은 효율적으로 써야 해. 중요한 이야기 먼저 하렴."

"아, 좋아요."

로잘린이 한숨을 푹 쉬더니 루시안을 향해 다시 입을 열었다.

"드래곤 사체는 아직 그대로 있는 거지?"

"맞아. 가죽은 기사단의 갑옷으로 만들 예정이고, 뿔은 경매로 팔 거다."

"역린은 나한테 줘. 드래곤의 마력이 집약된 거니까."

그녀가 팔짱을 끼며 말하자 루시안이 고개를 끄덕였다.

"그걸로 추적이 가능하다면."

"가능해. 연구하는 데 시간이 걸릴 뿐이야."

로잘린은 잠시 생각에 잠긴 듯 대답했다.

"드래곤이 어디서 왔는지, 누가 왜 리아넬라를 노렸는지 파악할 방법은 분명히 있어."

그녀가 말했다.

"내 힘은 더 강해졌으니까."

로잘린의 말은 사실이었다.

근 몇 년간 '성녀'라는 호칭을 들으며 절반은 황궁, 절반은 영지에서 생활하던 그녀, 수많은 환자를 상대하면서 능력이 강화되었다.

치유 외에도, 잃어버린 물건을 찾거나, 깨진 물건을 다시 원상태로 돌려놓기까지 했다.

'되돌리는 능력'은 그만큼 강력한 것이었다.

"……납치 시도는 이제 없나요?"

"추적 능력이 강화된 후로는 없어. 그쪽에서도 꼬리가 밟힐까 봐 신경 쓰이나 보지."

그녀가 어깨를 으쓱하며 대답했다.

"그리고 파벨 공작가는 요즘 자리 보존하는 데 정신 없어서 날 납치할 여력도 없을걸."

그녀가 차를 한 모금 마시며 덧붙였다.

은은하게 미소 짓는 얼굴에는, 과거의 두려움 같은 것은 흔적조차 찾을 수 없었다.

"로잘린 걱정은 이제 하지 않아도 돼, 리아넬라."

클로에가 부드럽게 웃으며 보던 서류를 덮었다.

"준비가 급한 다른 중요한 행사가 있지 않니."

"맞아요."

내가 고개를 끄덕이며 대답했다.

"공작 부인께서 조금 전 전갈을 보내셨거든요. 소공작님에 대한 거예요."

루시안이 고개를 갸웃하며 나를 보았다. 나와 그의 시선이 마주쳤고, 나는 빙긋 미소 지었다.

"공작 부인께서는 이제 은퇴하고 싶으시대요."

"……할머니가?"

루시안의 눈이 커졌고, 나는 다시 고개를 끄덕였다.

"더 기다릴 필요가 없을 것 같다고, 이제 때가 된 것 같다고요. 레너드 님과 노르만 님을 제외하고 다들 동의했어요."

"……."

"황실에서 연회를 열어 주겠다고 하셨어요. 이번 공로도 치하할 겸."

나는 테이블에 놓여 있던 황제의 전갈을 루시안에게 건넸다.

"그러니 준비하세요, 소공작님."

"……준비라."

"그래요."

말을 잇는 내 가슴에 설명할 수 없는 뿌듯함이 차올랐다.

루시안은 잔잔한 미소를 띤 채 나를 빤히 바라보았다.

"드디어 공작위를 받으시는 거예요."

루시안의 꿈, 나의 목표

드디어, 그 모든 것이 끝나 가려 하고 있었다.

* * *

타앙-

파벨 공작의 주먹이 테이블을 강하게 내려쳤다.

"뭐라고 했느냐?"

그가 수하인 사용인에게 으르렁거렸다.

"디온 후작이 내 초대를 거부해?"

"그, 그렇습니다."

"베인 백작도, 루리엔 백작도, 심지어는 이트란 남작까지도 말이냐?"

"모두 건강이 좋지 않다고 하여⋯⋯."

으득.

파벨 공작이 이를 갈았다.

"핑계도 좋구나. 한꺼번에 병이라⋯⋯. 내가 무슨 부탁을 할까 무섭다는 거겠지."

그는 쓰게 웃으며 말했다. 사냥제를 기점으로, 파벨 공작가는 눈에 띄게 쇠락해져 있었다.

권력의 핵심에서 서서히 밀리다가, 이제는 장남을 중앙 귀족회에 넣는 것조차 쉽지 않은 처지가 된 것이었다.

정치적 파트너들에게 손을 뻗어 보았으나 돌아오는 것은 거절이었다.

황제의 눈 밖에 난 귀족.

다른 이들의 눈에 비친 파벨 공작은 그 정도였다.

"⋯⋯게일을 불러라."

그는 사용인에게 나가라고 손짓하며 말했다.

잠시 후, 게일이 그림자처럼 그의 집무실에 들어섰다.

"소식이 있다고 했지."

"⋯⋯."

게일은 굳은 얼굴로 파벨 공작을 바라보았다.

"말해라. 혹시 로잘린에 대한 소식이냐?"

"아닙니다. 성녀는 여전히 각하와 만나지 않겠다고 합니다. 강제로 데려오는 것은 불가능합니다."

게일이 고개를 숙이며 대답했다.

"하면?"

"……벨로아의 소식입니다."

파벨 공작이 눈을 가늘게 떴다.

벨로아는 그가 비밀리에 부화시켜 부리던 드래곤이었다.

타고난 마력으로 주인의 능력을 전이 받으며 자란 그는 추적과 자가 치유의 능력을 가지고 있었고, 파벨 공작은 이를 이용해 벨로아에게 황녀의 암살을 명한 적이 있었다.

파벨 공작의 몸에서는 미약하게만 발현되었던 추적의 능력은, 긴 세월에 걸쳐 드래곤의 마력과 섞여 강화되었다.

수십 년간 실종됐던 이를 찾을 수 있을 정도로.

"근 몇 년 동안은 내게 돌아오지 않았었다."

"황녀를 쫓고 있었던 것 같습니다."

게일은 어두운 얼굴로 말했다.

"말씀처럼 황녀의 나이가 차면서 그 존재감이 강해져, 벨로아가 기어이 그녀의 흔적을 찾은 듯했으나……."

"쓸데없는 이야기는 집어치워라. 벨로아는 어디 있지?"

"……루시안 오페르니아의 손에 죽었습니다."

"뭐?"

파벨 공작의 눈이 휘둥그레졌다.

"어떻게 그런……. 오페르니아 영지에 가까이 가지 않도록 훈련시키지 않았더냐!"

"가까이 간 것이 아닙니다. 그는 사냥당한 겁니다."

"사냥……. 벨로아가?"

그는 몇 년 동안 돌던 소문을 떠올렸다.

영지 바깥을 여행하던 그가 몇 차례 드래곤을 마주쳤다던.

젊은 루시안 오페르니아가 드래곤의 습격을 방어하는 대신, 녀석의 둥지를 찾아 나섰다던.

"······그게 벨로아였단 말이냐."

파벨 공작은 납득이 되지 않는다는 듯 중얼거렸다.

대체 왜 하필 루시안 오페르니아인가.

벨로아는 야생의 드래곤이 아니었다.

그가 사냥하는 것은 단 두 가지의 이유뿐이었다.

제 배를 채우기 위해서, 그리고 명령을 수행하기 위해서.

즉, 황녀가 아니라면 한 사람을 집요하게 공격할 이유는 없었다.

"······게일."

눈을 감은 채 한참 동안 생각에 잠겼던 파벨 공작이 입을 열었다.

"예, 각하."

"벨로아가 루시안 오페르니아를 공격했을 때, 그는 무엇을 하고 있었다더냐?"

"훈련 때문인지 영지 근처에서 마주친 적은 없다 들었습니다. 영지 바깥으로 여행이나 사찰을 나갔을 때 일어난 일이라고 합니다."

"······그 곁에 누가 있었느냐?"

공작이 조용히 다시 물었다.

무언가 계산하고 있는 듯, 그의 눈동자가 복잡하게 움직였다.

"눈에 띄는 자가 있었느냐? 독특한 자, 우리에게 알려지지 않은 자."

그가 빠르게 말을 이었다.

"이능을 가졌다고 의심되는 자 말이다."

"루시안 오페르니아 곁에 제가 파악하지 못한 자는 없었습니다. 제가 알기로······."

게일이 고개를 가로저으며 대답했다.

"드래곤의 습격을 당할 때마다 항상 곁에 있었던 이는 단 한 사람……."

"누구냐?"

"셀레스 남작입니다."

파벨 공작은 순간 모든 움직임을 멈추고 멍해졌다.

리아넬라 셀레스.

르벨리안의 사랑을 받는 소녀.

그녀가 가진, 보기 드문 밝은 황금빛 머리칼이 뇌리를 스쳤다.

"……그랬던 것인가."

그가 혼잣말처럼 중얼거렸다.

하, 하고 헛웃음이 흘러나왔다.

"리아넬라 셀레스. 그 여자였다고."

꽉 쥔 두 주먹이 덜덜 떨렸다.

"등잔 밑이 어두워도 정도가 있지, 그 아이가……."

"불가능한 일이 아닙니까."

게일이 눈썹을 찡그리며 말했다.

"가장 가까이서 지켜봤던 여자입니다. 황제나 황태자 같은 이능이 있었다면 당연히 파악했을 겁니다. 황제가 가장 먼저 알지 않았겠습니까."

"……이능은 여러 형태를 띤다지."

파벨 공작이 헛웃음을 흘리며 말했다.

그는 뒤통수를 강하게 한 대 얻어맞은 기분이었다.

"누가 어떤 이능을 가졌는지 판단하는 눈은 틀릴 수 있다. 황제조차도, 심지어는 본인조차도 틀릴 수 있어."

한마디 한마디에 점점 강한 확신이 실렸다.

"하지만 벨로아는 아니야."

"……."

"벨로아의 능력은 틀리지 않는다. 절대로."

그의 안광에 살기가 번뜩였다.

어떻게 지금까지 몰랐을까.

왜 그 생각을 하지 못했을까.

어느 순간 홀연히 나타나 파벨 공작의 신경을 거스르던 그녀.

그의 영광을 지우고, 계획을 망치고, 무너지던 오페르니아를 바로 세워 버린 여자.

그가 가는 길에 사사건건 방해가 됐던 사람.

제 아비, 바일레스 르벨리안 3세를 꼭 닮지 않았나.

* * *

황실 연회장은 그야말로 화려함의 극치였다.

오직 루시안을 위해 열린 이번 연회는 그에 대한 황제의 신뢰를 공식적으로 드러내는 자리였다.

몇 년 전, 그가 황제와 함께 드래곤을 상대했기 때문만은 아니었다.

더 큰 이유는 돈에 있었다.

루시안 소유의 숲에서 마력석이 발견된 지 몇 년이 지난 지금, 그는 제국에서 가장 영향력 있는 인사 중 하나가 되었다.

루시안은 학자들을 포섭해 마력석을 연구하도록 하여, 일부는 팔아서 가문의 부를 더했고, 일부는 무기 개발에 사용하여 르벨리안 제국 전체에 신식 무기를 제공했다.

덕분에 르벨리안의 군대는 대륙에서 가장 효과적인 무기를 갖추게 되었다.

그 결과 황제의 국방비가 어마어마하게 절약된 것은 당연했다.

그 효과로 루시안은 소공작의 신분임에도 귀족 사회에서 어지간한 가문의 가주만큼이나 큰 존재감을 자랑할 수 있었고.

파벨 공작가의 영향력을 경계하던 황제로서는 루시안의 등장을 반가워하지 않을 이유가 없었기에, 종종 행사를 통해 오페르니아 가문을 향한 지지를 보여 주고는 했다.

이번 연회가 바로 그런 자리였다.

나는 뿌듯한 마음으로 주변을 둘러보았다.

황금색과 청색으로 장식된 기둥과 벽이 황실과 오페르니아의 연대를 나타내고 있었다.

"만족한 표정이네요."

연회장의 장식을 둘러보는 사이, 익숙한 목소리가 내 뒤에서 속삭였다.

"아스트리드!"

나는 활짝 웃으며 그녀를 껴안았다.

"오랜만이에요. 올 수 있는 줄은 몰랐어요."

"친구를 보는 자리인데, 못 올 리가요."

하늘색 눈이 나를 보며 환하게 웃었다.

"엘로딘 자작이 여전히 병상에 있다는 말은 들었어요."

"고통도 없지만 정신도 없는, 제게 방해가 되지 않으면서 신경도 안 쓰이는 딱 좋은 상태죠. 덕분에 저는 남의 눈치를 보지 않고 일을 할 수 있답니다."

아스트리드가 아무렇지 않게 대답했다.

지난 4년간, 그녀는 엘로딘 자작가의 사업을 도맡아 관리하며 눈코 뜰 새 없이 바빴다.

수십 건의 청혼을 거절하고 일에만 몰두하면서, 학문에 대한 열정은 사업을 일구는 방향으로 바뀌어 있었다.

"행복을 찾아서 다행이에요."

나는 솔직하게 말했다.

엘로딘 자작이 움직이지 못하면서, 아스트리드는 자유와 생기를 찾았다.

전생에서는 한순간도 얻지 못했던 것들을.

"리라 덕분이라는 것을 잊지 않고 있답니다."

그녀는 장난스럽게 고개를 까딱하며 대답했다.

"그래서 전에 했던 제안을 다시 하고 싶어요."

그녀가 부채로 나와 자신의 얼굴을 가리며 작게 말했다.

"기억하고 있나요? 엘로딘 자작가로 와 줬으면 한다는 거요."

"물론이에요."

내가 대답했다.

아스트리드는 몇 달 전부터 내게 스카웃 제안을 하고 있었다.

오페르니아에는 오래 있었으니, 이젠 엘로딘 자작가로 이직해 달라고.

셀레스 남작령은 내가 직접 내려가지 않아도 관리가 가능했기에, 나 또한 앞으로 뭘 할지에 대해 고민하던 중이었다.

"사용인이 아닌 친우로 대우할 거예요. 저와 엘로딘 가문의 모두가 다. 리라에게 존칭을 사용하지 않는 이는 없을 거고, 행사가 있다면 내 뒤에서 걸을 일은 없을 거예요. 언제나 나란히 서겠죠."

"……."

"물론, 돈은 달라는 대로 드리죠. 가문의 기둥을 뽑아서라도 리라를 데려오고 싶으니까요."

"언제까지 유효한 제안이죠?"

돈에 대한 이야기에 내 태도는 본능적으로 적극성을 띠었다.

"언제까지나."

아스트리드가 빙긋 웃으며 대답했다.

'……흔들리네.'

남의 영지에서 인재를 데려가는 데 도가 튼 사람이라더니. 그녀의 사업가적 면모는 이런 식으로 발휘되는 듯했다.

"그러니 바로 연락해요."

아스트리드가 부채를 다시 접으며 말했다.

"소공작께 알리는 즉시. 필요하면 피난처를 제공할 테니까."

"피난처……가 필요할까요?"

내가 이해할 수 없다는 표정을 짓자 그녀는 작은 한숨을 내쉬었다.

"아, 맞아. 리라는 가끔 해맑은 사람이었죠."

"……."

"그야 소공작께서는 리라를……."

그녀가 뭐라고 더 얘기하려는 찰나, 우리 두 사람의 등 뒤에서 누군가의 웃음소리가 들려왔다.

"어머, 엘로딘 영애, 셀레스 남작."

고개를 돌리자 몇몇 익숙한 얼굴의 귀족 영애들이 우리를 둘러싸고 있었다.

우리 두 사람은 동시에 눈썹을 찌푸렸다.

맨 앞에 서 있는 사람이 캐롤 루리엔이었기 때문에.

"몰라볼 뻔했지 뭐예요."

분명 뒷모습만 보고도 먼저 다가왔으면서, 그녀는 그렇게 말하며 부채로 입을 가렸다.

"한 분은 오래전 사교계의 꽃이라 불렸고, 다른 한 분은 르벨리안의 사랑을 받는 소녀라 불렸던 것 같은데."

그녀는 고개를 갸웃하며 주변의 다른 영애들과 눈짓을 주고받았다.

"아직도 약혼자를 찾지 못했다니, 참 안타깝고 신기한 일이죠."

아아.

난 그제야 이 여자가 무슨 말을 하고 싶은지 알 수 있었다. 그녀는 몇 가지 자랑을 하고 싶은 것이었다.

첫째, 아스트리드가 사교계에 얼굴을 비추지 않는 사이 자신의 입지가 꽤 단단해졌다는 것.

둘째, 그녀가 최근 촉망받는 인재라 알려진, 유서 깊은 가문의 젊은 후작과 약혼했다는 것.

우리 둘을 번갈아 보는 그녀의 눈에는 뿌듯함이 차오르다 못해 넘칠 것 같았다.

주변의 어려 보이는 영애들 또한 그녀를 부러운 눈빛으로 바라보았다. 아마도 가문에서 좋은 혼사를 목적으로 길러진, 그렇기에 나나 아스트리드보다는 캐롤 쪽을 더 선망하는 이들일 터였다.

"오랜만이군요, 영애. 약혼을 축하드려요."

나는 정중하게 인사하며 말했다.

"말란 후작과의 약혼에 대해서는 들었어요."

"어머, 그렇게 유명했나요?"

그녀가 깔깔거리며 웃었다.

"하긴, 그이는 중앙 귀족회에 소속됐으니까. 소문이 빨리 퍼지는 것도 무리가 아니에요. 오페르니아 가문의 귀에도 들어갔나 보군요."

한참을 웃던 그녀는 상황이 자신에게 유리하다고 여긴 듯, 눈을 가늘게 뜨고 나를 바라보았다.

"남의 약혼 소식에 주의를 기울이는 걸 보면, 셀레스 남작도 혼사에 관심이 많은 거겠죠?"

"……."

"한때는 황태자 전하를 노렸던 사람인데, 역시 부모가 없이는 정혼자를 구할 수 없는 걸까요."

그녀의 말에 나는 픽 실소를 흘렸다.

아르테스와 나 사이의 스캔들은 그다지 새로운 이야기가 아니었다.

황태자는 누구에게나 다정하고 예의 있었지만, 따로 식사 자리며 여행에 초대를 받는 사람은 나뿐이었으니까.

주로 우리가 하는 얘기는 새로 나온 과자와 케이크에 대한 것이었지만, 많은 이들이 이와 같은 만남을 연애라고 오해하고는 했다.

그럼에도 약혼 소식은 없었기에, 역시 신분 때문이라고 여기는 자들도 많았고.

'여자 소개라도 해 줘야 하나……'

귀찮은 소문을 어떻게 정리할까 고민하는 사이 캐롤이 다시 바보 같은 소리를 지껄였다.

"뭐, 옛정을 봐서 내가 누군가를 중매해 줄 수도 있어요."

"그럴 필요는……"

"예를 들면 말란 후작가의 마부라든가……. 둘 다 귀족의 사용인 출신이니 결이 맞지 않겠어요?"

그녀를 선두로, 둘러선 몇몇 영애들이 킥킥거리며 웃음을 터뜨렸다. 내 눈치에 차마 웃지 못한 다른 이들은 어머, 하며 손으로 입을 가렸다.

하, 얘 또 이러네.

처음 만난 날부터, 그녀는 평생이 걸리더라도 나를 한 번은 이겨 먹어야겠다고 결심한 사람처럼 굴었다.

매번 실패하더니 이제 든든한 약혼자가 생기니까 때가 됐다고 판단한 모양이었다.

"어머, 루리엔 영애는 모르셨나 보네요. 중앙 귀족회까지 영애의 약혼 소식이 전해진 건 맞지만 셀레스 남작님은 그보다 훨씬 먼저 소식을 들었답니다."

가만히 있던 아스트리드가 캐롤을 향해 말했다.

"그게 무슨 말이에요? 설마 저에 대한 뒷조사라도……"

"말란 후작의 어머님께 들었다고 하셨어요. 그렇죠, 리라?"

아스트리드는 내게 가벼운 눈짓을 하며 말을 이었다.

밥상 차려 줬으니 먹기만 해라.

-라고 말하는 듯한 표정이었다.

사교 활동이며 사업으로 구르고 구른 그녀의 대처법에 감탄하며, 나는 캐롤을 향해 시선을 돌렸다.

"그게 사실인가요?"

"말란 부인께서 지난해 몇 차례 저와의 다과를 청하셨죠."

내가 말하자 캐롤의 얼굴이 조금 굳어졌다.

말란 후작의 어머니가 그녀를 마음에 들어 하지 않는다는 사실은 공공연한 비밀이었다.

약혼을 추진하기 위해 루리엔 가문에서 엄청난 지참금을 썼다는 것과 명예는 갖추었으니 재산이 부족했던 후작가에서 지참금의 액수를 꼼꼼히 확인하고서야 그녀를 다과회에 불러 주었다는 사실 같은 것 말이다.

캐롤은 입술을 꾹 깨물었고, 그 모습을 본 아스트리드가 빙글빙글 웃었다.

"흐, 흥! 그건 하나도 중요하지 않아요."

잠시 조용하던 캐롤은 헛기침을 하더니 거만하게 턱을 치켜들었다.

"중요한 건 이 반지가 제 손가락에 있다는 사실이죠."

그녀가 손을 펴자 동그란 모양으로 세공된 다이아 반지가 반짝 빛났다.

"이건 말란 후작가에 대대로 내려온······."

"앙트 왕실의 '축복'이군요. 과거 앙트의 왕녀가 후작가와 혼인하면서 남편에게 선물했다는."

아무렇지 않은 내 대답에 그녀가 벙 찐 표정으로 입을 벌렸다.

"그, 그걸 대체 어떻게······ 말란 부인은 밖에서 이 반지를 착용하지 않는다고 했는데······."

"다과 중에 몇 차례 제게 보여 주셨답니다."

나는 싱긋 웃으며 말했다. 실제로 그 반지는 말란 부인이 내게 다섯 번쯤 쥐어 주려 했던 물건이었다.

"제 손에 어울릴 것 같다며, 끼워 보라고 몇 번을 권하셨죠."

내가 말을 이었다.

이 정도 얘기는 해야, 다음에 같은 일로 또 시비를 걸지 못하겠지.

"뭐, 뭐라고요?"

캐롤의 얼굴이 창백해지고, 구경하던 영애들이 헉, 하는 표정으로 부채를 펼쳤다.

나이가 찬 아들을 둔 부인이, 젊은 여자에게 가문의 반지를 끼워 준다는 건 한 가지 의미밖에 없었으니까.

"물론 저는 거절했지만요."

바로 내 아들과 결혼해 달라, 라는 뜻.

"결혼 또한 계약이고 후작가는 자금이 필요하니, 지참금을 최대한 많이 가져오는, 명예에 목마른 다른 영애를 골라 선물하라고 조언을 드렸어요."

캐롤의 험악해진 얼굴을 보며, 나는 부드럽게 말을 마쳤다.

"재력 말고 가진 게 없는 만만한 사람을 고르면, 말란 부인은 아들의 결혼 후에도 권력을 유지할 수 있을 거라고요."

말란 후작가의 사람들은 그다지 낭만적이지 않았다.

사랑보다는 실리를 따진 결혼을 원했고, 이미 명예는 가진 가문이었기에 이번 대에서는 부를 쌓는 쪽으로 방향을 정했었다던가.

그 무렵 말란 후작 어머니의 눈에 들어온 게 나였다.

재산 자체가 많은 사람보다는, 재산을 쌓는 방법을 아는 사람이 더 귀하다는 생각이라고 그녀는 말했었다.

진정성이 없는 것은 아니었다.

말란 부인은 나를 진심으로 높이 샀으니까.

그러나 그녀의 마음속에 계산이 아예 없는 것도 아니었다.

의지할 친정도 없는 나를 데려가면, 결국 자신에게 함부로 반항하지 못할 거라는 것.

그렇게 자신은 죽는 순간까지 후작가의 실권을 틀어쥘 수 있겠다는 것.

그 생각이 잘 보였기에, 나는 그녀가 나를 포기하고 지참금을 갖춘 다른 가문으로 눈을 돌리도록 유도할 수 있었던 것이다.

"아, 아무것도 모르면서 함부로 말씀하시는군요!"

캐롤이 빽 소리치며 내 생각을 방해했다.

"과거에 어떤 혼담이 오갔는지는 중요하지 않아요. 결국 미래의 후작 부인은 나라고요."

부들부들 떠는 그녀를 지켜보는 어린 영애들은 민망한 시선을 어디에 둬야 할지 모르겠다는 듯 서로 눈짓을 주고받았다.

"물론이죠."

나는 웃으며 대꾸했다.

"영애는 말란 가문이 환영하는 며느리니까요. 말란 부인께서는 합리적인 분이니 영애께서 그분의 비위를 잘 맞추면 무탈한 결혼 생활을 하게 될 거라고 믿어요."

물론 내 말은 축복을 빙자한 조롱이었다.

결혼을 한다 해도 결국 제 시어머니의 아랫사람이 된다는 것을 강조한 이야기.

아스트리드가 틈틈이 가르쳐 준 사교계의 화법이었다.

이를 정확하게 알아들은 캐롤이 주먹을 꽉 말아 쥐었다.

"결혼식이 끝나면 난 명실공히 한 가문의 안주인이에요. 모든 권한은 내 손에 있겠죠."

그녀가 이를 앙다물고 으르렁거리는 사이, 내 시선은 그녀 뒤편으로 다가온 누군가를 향했다.

타이밍 한번 완벽하네.

"선대 후작 부인과 뭘 꾸몄는지는 몰라도, 내가 말란 후작 부인인 이상 누구도 후작가의 살림에 입을 대지 못하도록 엄하게 다스릴 거라고요."

아무것도 눈치채지 못한 그녀가 조목조목 반박했다.

"글쎄, 영애께서 뭘 어떻게 하실 수 있는지 모르겠군요."

나는 일부러 고개를 갸웃하며 말했다.

"선대 후작 부인의 권위를 영애가 감히 어떻게⋯⋯. 설마 벌이라도 내리겠다는 건가요?"

"필요하면 엄벌로 다스리겠죠. 상대가 누구든지."

어린 영애들이 점점 환상이 깨지는 듯한 표정을 지었기 때문인지, 캐롤은 부자연스러울 정도로 무게를 잡으며 말했다.

"내 말에 감히 반박하는 자들은 말란 저택에서 살 수 없게 될 거예요. 결혼하면 그건 나의 저택이니까."

그녀 뒤로 가까이 다가온 남자와 내 눈이 마주친 것은 그 순간이었다.

"말란 부인은 물론이고, 설령 남편이라도 안살림에 함부로 관여하면 후회하게 될⋯⋯."

"오셨군요, 후작님."

나는 깊이 허리를 숙여 인사했다.

옆에서 지켜보던 아스트리드도 마찬가지였다.

우리 두 사람을 향해 서 있던 영애들이 화들짝 놀라 뒤를 돌아보았다.

"말란 후작님."

가장 동작이 빠른 소녀가 재빨리 허리를 숙였다.

"후, 후작님을 뵙습니다."

"오랜만에 뵙습니다, 후작님."

갑작스러운 인사가 이어지자 캐롤의 얼굴이 핏기 하나 없이 창백해졌다.

그녀는 돌처럼 굳은 채 몇 초 동안 가만히 있더니, 천천히 몸을 돌려 제 뒤의 남자를 바라보았다.

"후, 후, 후작님……."

"……남작에게 인사하고자 왔는데, 내 정혼자를 여기서 볼 줄은 몰랐군요."

그녀 뒤의 남자, 말란 후작이 딱딱한 말투로 인사를 받았다.

평소에도 무뚝뚝하던 얼굴은 더욱 딱딱하게 굳어 있었고, 캐롤을 보는 시선은 얼음처럼 싸늘했다.

나도, 캐롤도, 그리고 그 자리에 있던 다른 모든 영애들도 알 수 있었다.

그가 캐롤이 하는 모든 말을 들었다는 사실을.

"놀랍습니다, 내 정혼자가 그런 생각을 하고 있을 줄은 몰랐군요. 저와 제 어머니를 엄벌로 다스리겠다고요."

그가 한쪽 입꼬리를 올리며 캐롤을 향해 말했다.

그녀의 입술이 새파래졌다.

"후작님, 저는, 그러니까 그게 아니라……."

"변명하지 않으셔도 됩니다. 제 귀로 똑똑히 들었으니까요."

그는 매달리려는 캐롤의 팔을 쳐 냈다.

"하지만……."

"걱정 마십시오, 영애. 이미 받은 지참금을 토해 낼 생각은 없으니까요. 우리의 혼사는 깨지지 않을 겁니다."

그가 잔인할 정도로 차갑게 내뱉었다.

캐롤의 얼굴에 한 줄기 희망이 비친 순간, 그의 다음 한마디가 이를 무참하게 짓밟았다.

"다만, 오늘 들은 이야기는 모두 어머니의 귀에도 전달될 겁니다."

"후작님!"

"사용인들, 그리고 일가친척들에게도요. 그래야 가문에서도 그대를 맞이할 준비를 하지 않겠습니까?"

그는 '준비'라는 말에 힘을 주며 말했다.

해석하면, 캐롤은 후작가에 들어서는 순간부터 호된 신고식을 치를 거라는 의미였다.

시어머니도, 일가친척들도, 남편도, 사용인 한 명까지도 자신의 편을 들어 주지 않는 곳에서.

캐롤의 몸이 휘청하고 흔들렸다.

자신이 그려 왔던 미래를, 제 손으로 날려 버렸음을 깨달은 탓이었다.

"……셀레스 남작."

한참 동안 제 약혼녀를 노려보던 후작이 그제야 시선을 내게 돌리며 인사했다.

"이런 꼴을 보시게 해 죄송합니다."

"별말씀을. 저는 아무것도 듣지 않았습니다."

소문은 내지 않겠다는 뜻이었다.

어차피 내가 안 내도 다른 사람들이 이 이야기를 퍼뜨릴 테니까.

결혼도 전에 후작가에 단단히 찍힌 캐롤 루리엔에 대한 이야기는 한동안 사교계의 핫한 가십이 될 터였다.

"여러모로…… 아깝군요."

그가 나를 빤히 들여다보며 말했다.

"무엇이요?"

"남작이 어머니의 제안을 받아들였더라면, 조금 전의 불쾌한 대화는 없었을 테니까요."

아스트리드가 눈썹을 치켜올렸고, 지켜보던 다른 영애들은 양손으로 입을 틀어막았다.

나는 헛웃음을 지었다.

거침없는 성격이 특징인 건 알았지만, 그리고 캐롤에게 아무런 애정이 없다는 것도 알았지만, 이렇게까지 솔직할 거라고는 예상하지 못했다.

그는 나와 약혼했으면 좋았을 거라고 노골적으로 말하고 있었다.

"마음만은 감사히 받겠습니다."

나는 다시 한번 깊숙이 인사했다.

영애들의 선망 어린 시선이 어느새 캐롤에서 나로 옮겨 왔다는 사실이 느껴졌다.

"그러나 후작께서 결국 짝을 찾으셨으니, 두 분의 만남이 저로서는 기쁠 따름입니다."

"……."

"부디 지금의 마음이 변하지 않고 오래 지속되기를."

진심과 가식이 섞인 덕담을 해 주며, 나는 멀리서 눈짓으로 춤을 청하는 아르테스를 향해 몸을 돌렸다.

충격으로 떨고 있는 캐롤을 향해, 마지막으로 미소를 지어 주면서.

* * *

"내가 보내 준 선물은? 마음에 들었어?"

아르테스가 눈을 초롱초롱 빛내며 물었다.

"대뜸 물으시네요."

"대답이 없었잖아. 난 네 답장만 기다렸다고."

아르테스가 입을 쭉 내밀며 투덜거렸다.

"춤에 집중을 안 하시는군요."

나는 그가 이끄는 대로 빙글 돌며 말했다.

연회장에 있는 수많은 이들이 힐끔힐끔 우리 두 사람을 지켜보고 있었다.

몇몇 귀가 밝은 이들은 '선물'이라는 단어를 알아듣고 더욱 귀를 쫑긋 세웠다.

황태자가 작정하고 보낸 선물이 무엇인가 궁금해 죽겠다는 표정이었다.

"기다리고 있으니 어서 평을 줘."

그가 다시 채근하자 나는 할 수 없이 입을 열었다.

"천사의 날개처럼 부드럽고……."

"그리고?"

"최상급의 보석보다 정교하고."

"계속해."

"보기만 해도 행복의 극치를 느낄 정도더군요."

유독 가까이서 듣고 있던 미엘라 르웰린이 눈을 동그랗게 떴다.

아마 오늘이 지나면 내가 신분 때문에 황태자에게 버림받았다는 소문은 정리될 터였다.

연애설은 그거대로 귀찮지만, 일단 급한 불은 껐다는 생각에 나는 목소리를 조금 낮췄다.

"근데 맛은 지난번 게 더 좋았어요. 계란을 많이 섞은 타르트요."

"그럴 것 같더라니……. 설탕을 덜 넣었지 뭐야."

아르테스는 자괴감이라도 느끼는 듯 지그시 눈을 감았다.

"매사에 자신감 넘치는 전하께서 베이킹에는 이렇게 예민하시다는 걸 남들이 알면 뭐라고 생각할까요."

"남들은 이해를 못 하니 네게만 얘기하는 거야."

그가 작게 웃으며 대답했다.

"설탕이 많든 적든, 제게 계속해서 뇌물을 주시는 이유가 있을 텐데요."

내가 말했다.

밝은 황금안이 내 말에 배시시 웃었다.

"간식거리 챙겨 주는 수준이 아니라, 아예 제 입에 맞는 걸 개발하고 계시잖아요?"

"눈치는 언제나 빠르군, 리아넬라."

아르테스가 부인하지 않고 말했다.

"단도직입적으로 말하지. 난 엘로딘 자작가를 견제하는 거야. 인재에 목마른 엘로딘 영애는 어떻게 해서라도 너를 데려가려 할 거라 생각했지."

"……전하야말로 눈치가 빠르시네요."

"남작인 네가 다른 가문의 집사 자리에 있는 건 더 이상 어울리지 않아. 친우로 대우하든, 집사로 대우하든 마찬가지다."

그가 말했다.

"그러니 황궁으로 들어와. 난 보좌관이 필요하거든."

나는 작게 미소 지었다.

일곱 번째였다.

내가 이번 달에 받은 스카웃 제의는.

말란 후작가와 같이 구혼을 빙자한 것, 대놓고 돈부터 내놓는 것, 아르테스처럼 명예를 약속하는 것까지.

즉, 한 가지는 확실했다.

내 일이 끝나 갈수록, 사교계의 시선은, 온통 나를 향하고 있다는 것.

그건 꽤 기분 좋은 일이었다.

* * *

곡 하나가 끝날 무렵, 아르테스의 시선이 내 등 뒤로 향했다.

"어디 있나 했네."

그가 반가운 듯 미소 짓자 나도 뒤를 돌아보았다.

언제 왔는지, 루시안이 우리 둘을 바라보고 있었다.

청색과 은색이 섞인 제복을 갖춰 입은 그는 아름답다 못해 온몸에서 반짝반짝 빛이 나는 것 같았다.

다만 우리를 보는 표정만큼은 뭔가 불만스러워 보였다.

"빠르시군요, 황태자 전하."

그가 내 한쪽 어깨에 손을 얹으며 투덜거렸다.

"물론. 리아넬라와 춤추고 싶어 하는 사람은 많으니까."

아르테스는 루시안의 말을 칭찬으로 들은 듯, 방긋 웃으며 대답했다.

"소공작은 부황을 뵙고 오는 길인가? 주인공의 얼굴이 보이지 않아 아쉽던 참이었거든."

"……첫 춤이 일찍 시작될 줄 알았더라면 그냥 올 것을 그랬습니다."

루시안은 진심으로 반가운 것처럼 미소 짓는 아르테스가 마음에 들지 않는 듯, 입술을 꾹 깨물었다.

사람을 좋아하는 아르테스, 사람을 경계하는 루시안, 둘의 성격은 정반대라 해도 과언이 아니었다.

그래서인지, 루시안은 아르테스를 만날 때면 유독 신경이 예민해지는 것 같았다.

아르테스가 루시안과 더 친해지지 못해 아쉬워하는 것과 정반대인 태도였다.

"최근 공작가로 여러 차례 선물을 보내셨더군요."

그의 말에 아르테스의 미소가 더 밝아졌다.

"맞아. 소공작도 혹시 맛을 보았나? 이번에는 과자였지만 개인적으로 뿌듯했던 건 리아넬라의 생일 케이크였지. 워낙 잘 먹어서……."

"리아넬라는 제가 만든 생일 케이크를 더 좋아했습니다."

루시안이 눈썹을 찌푸리며 대답했다.

"그런 게 있었어? 나도 파티 때 있었는데……."

아르테스가 고개를 갸웃했다.

"그날 내가 준비한 거, 그리고 구석에 있던 작은 것 외에 다른 케이크는……."

"네, 그게 제 겁니다. 구석에 있던 거."

루시안이 고집스럽게 말했다.

아르테스가 눈을 크게 떴고, 나는 아차 싶어 이마를 짚었다.

"응? 아니야, 내가 말한 건 다 찌그러져서 구석으로 밀려난……."

"그게 제 거 맞습니다."

"멍든 것 같은 색깔에 한쪽은 장식이 다 뭉개져서 못생긴……."

"리아넬라는 마음에 들어 했습니다."

그는 팔짱을 단단히 끼고 아르테스를 노려보았다.

루시안의 말은 사실이었고, 그 발단은 나였다.

그건 루시안이 드래곤 사냥을 떠나기 전의 이야기였다.

아르테스가 직접 만든 케이크가 기대된다고 생일 한참 전부터 노래를 불러 댔더니, 루시안이 자신도 베이킹에 다시 도전하겠다며 요리사들을 소집시킨 것이다.

결과물은 꽤 처참했다.

충성스러운 그의 기사단조차도 차마 그것을 입에 대지 못했으니까.

다만 루시안은 개의치 않았다.

그는 오직 내 평가만을 귀담아들었다.

"리아넬라는 제 것이 마음에 든다고 했습니다."

물론 내 눈에는 노력하는 그의 모습도 예뻐 보였기에, 최대한 웃으며 칭찬 비슷한 말을 해 줬었다.

'이렇게 새파란 케이크는 처음 봤어요!'

-라고.

"새파랗다는 게 칭찬은 아닌 것 같은……."

소신껏 발언하던 아르테스는 루시안의 험악한 표정에 말을 끊었다.

"그나저나 황제 폐하께서 전하를 찾으시더군요."

루시안은 빨리 꺼져 버리라는 듯 딱딱하게 말했다.

"많이 급한 일인 듯했습니다."

"전해 줘서 고마워. 난 그럼 가 봐야겠군."

아르테스가 웃으며 잡고 있던 내 손을 놓아 주었다.

"그리고 리아넬라, 내 제안은 잘 생각해 봐."

계단이 있는 방향으로 몇 걸음 걸어가던 그는 갑자기 떠오른 듯 다시 몸을 돌리더니 나를 향해 말했다.

"오페르니아가 다 정리되면 정식 직책을 내려 주지. 장기적으로는 중앙 귀족회도 노려볼 수 있어."

해맑은 얼굴로 말을 마친 그는 연회장을 가로질러 계단을 올라갔다.

두 번째 춤곡이 시작되고, 루시안의 손이 내 허리를 잡았다.

몇몇 사람들이 부러운 시선을 던지는 가운데, 우리는 언제나 그렇듯 자연스럽게 춤을 시작했다.

나는 그제야 고개를 들어 그의 얼굴을 똑바로 보았다.

"소공작님? 왜 그러세요?"

언제나 올곧게 고정되어 있는 시선이 유독 흔들리는 느낌에, 내가 물었다.

"……무슨 의미야?"

잠시 침묵하던 그가 나직하게 물었다.

"황태자가 마지막에 한 말."

마른침을 삼키듯, 그의 목젖이 크게 움직였다.

"오페르니아가 정리된다는 건 뭐고, 황태자가 내리는 정식 직책은 무슨 뜻이야?"

"아아."

나는 작게 웃으며 말했다.

'말할 때가 됐구나.'

6개월 동안 떨어져 있다 보니, 다른 이들에게는 전한 말을 루시안에게만 하지 못했다는 사실이 새삼 떠올랐다.

"말 그대로예요, 소공작님."

내가 말했다.

"오페르니아가 많이 안정됐다는 의미예요."

오페르니아의 재정 상태는 선대, 선선대와 비교도 할 수 없을 정도로 풍요로웠다.

작정하고 가문을 말아먹으려 해도 천 년은 걸릴 정도로.

기사단의 규모는 제국에서 견줄 가문이 없을 정도로 거대했고, 내의 요직에는 대륙에서 내로라하는 인재들을 채워 놓았다.

다른 주요 가문들과의 관계도 좋았으며, 유일하게 적이라 볼 수 있었던 파벨 공작가는 힘을 못 쓰고 있었다.

무엇보다, 루시안의 작위 승계가 코앞이었다.

"제가 이루고 싶은 것, 오래전 소공작님과 꿈꿨던 것, 소공작님께 약속드렸던 것."

"……."

"전부 이루어졌다는 얘기요."

"그게……."

루시안의 목소리가 떨리고 있었다.

"그게 황태자가 내리는 직책이랑은 무슨 상관이야?"

질문은 했지만, 대답은 듣고 싶은지 스스로도 확신을 못 하고 있는 것 같은 묘한 느낌이 들었다.

"할 일을 마쳤으니……. 이제는 독립해야 할 것 같아서요."

내가 조심스럽게 단어를 골랐다.

몇 번이나 준비했던 말인데도 쉽게 나오지는 않았다.

루시안의 표정이 흐려졌다.

주인 잃은 강아지라도 된 듯, 눈썹 양 끝은 축 처지고 미간에는 깊은 골이 팼다.

"아, 아쉬운 건 알아요. 저도 그러니까."

"……그런데?"

"하지만 당연하잖아요. 공작 부인께서 은퇴하시니 저도 그에 맞춰서……."

"당연해?"

그는 전혀 납득할 수 없다는 듯한 얼굴로 물었다.

어느새 우리 두 사람은 춤을 멈추고 그 자리에 가만히 서 있었다.

몇몇 사람들이 이쪽을 보며 수군거렸지만 루시안의 눈에는 그게 들어오지 않는 듯했다.

"왜 당연한 건지 모르겠는데."

"그야……."

당황스러운 건 나도 마찬가지였다.

공작가를 떠나는 걸 당연하게 느낀 것은 사실이었다.

나뿐만 아니라 다른 모든 사람들도.

그러니 공작 부인이 은퇴를 선언한 순간부터 스카웃 제의가 물밀듯 왔던 것일 터였다.

그런데 루시안은 전혀 그 생각을 안 하고 있었나?

아쉬운 정도가 아니라, 아예 나를 보낼 생각이 없었던 것처럼, 그의 눈빛은 불안하게 흔들리고 있었다.

"당연한 게 맞아요."

"……왜?"

"소공작께서 작위를 받으시면, 곧 진정한 안주인을 들여야 할 테니까요."

"안주인?"

그는 더더욱 이해가 가지 않는다는 표정이었다.

'아직 순수한 건가?'

나는 어린 시절 책을 읽어 주던 때처럼, 차근차근 그에게 설명해 주기로 결심했다.

"소공작님도 결혼을 하셔야 하니까요. 안주인을 들였는데 가족도 아닌 제가 재정을 꽉 틀어쥐고 있으면 그분 위상이 어떻게 되겠어요?"

"……"

"소공작님의 평판에도, 두 분의 관계에도 좋지 않을 거예요. 사용인들도 그분을 따르지 않으려 할 수도 있고. 그러니까……"

그와 눈을 맞추고 한참 설명을 이어 가던 나는 잠시 말을 멈추었다.

새삼 나도 아쉽다는 생각이 들었다.

이 얼굴을 앞으로는 날마다 볼 수 없다는 게.

당연하게 매일 안부를 묻고, 함께 웃고, 같은 시간에 잠들 수 없을 거라는 게.

하지만 어쩔 수 없는 일이었다.

내 집, 내 재산, 작위, 커리어까지 다 갖춘 완벽한 독립.

이는 내가 전생부터 꿈꿔 왔던 인생의 도착지였으니까.

오페르니아에 남아 있는 이상 내가 자란 '집'과 '직장'을 구분하기 어렵다.

그건 내가 원하던 독립이 아닌걸.

"리아넬레 셀레스."

한참 생각에 빠져 있는데 루시안이 나를 불렀다.

"네?"

"뭔가 크게 착각하고 있었던 모양인데."

목소리는 한층 더 낮아져 있었고, 흔들리던 눈동자는 무언가 결심한 듯 똑바로 나를 향했다.

평소와 다른 말투에, 갑자기 느껴지는 위압감에, 나는 멍한 얼굴로 그를 마주 보았다.

"그게 무슨……."

"난 그럴 생각이 조금도 없거든."

그가 나를 향해 한 걸음 다가서며 말했다.

"무슨 말씀을……."

"네가 구한 가문이야."

"……."

"다른 안주인을 들일 생각은 없어."

똑똑히 들으라는 듯, 그는 한 자 한 자 힘주어 말했다.

"지금도, 앞으로도, 영원히."

새파란 눈동자에는 처음 보는 집요함 같은 것이 어려 있었다.

긴 정적이 흘렀다.

우리 두 사람은 음악이 다 끝나도록 서로를 바라보며 가만히 있었다.

"그러니 들어줄 수 없어."

그가 다시 말했다.

"다른 요구는 다 들어줘도, 보내 주는 건 안 돼."

"……제가 부탁한다고 해도요?"

"……못 들은 걸로 할게."

나는 그를 가만히 올려다보았다.

믿기 어려운 말이었다.

내 부탁을 단 한 번도 거절한 적 없던 그였으니까.

그러나 나를 향해 고정된 단단한 시선을 보며, 나는 그의 말이 거짓이 아님을 알 수 있었다.

* * *

"안 된다니요? 그게 끝이에요?"

아스트리드가 눈썹을 올리며 차를 한 모금 마셨다.

"대화가 더 이어졌을 거 아니에요. 은근히 뒷이야기가 듣고 싶었는데⋯⋯."

나는 고개를 저었다.

루시안은 연회 이후로 나를 피하고 있었다. 자연히 우리의 대화는 그날 이후로 이어질 수 없었다.

"후임을 잘 구해서 인수인계하겠다고 서면으로 얘기했는데⋯⋯."

"서면?"

아스트리드가 고개를 갸웃하며 물었다.

"이 얘기를⋯⋯ 서면으로 한다고요?"

어딘지 모르게 황당해하는 듯한 얼굴이었다.

"키르시안 공자를 통해서 보냈어요. 처음 한 번은 열어 봤다는데, 그 후로는 계속 자리에 없다고 둘러대라고 했다네요."

사표는 모름지기 서면으로 제출하는 법.

어쩌면 경우에 맞게 정확한 양식으로 다시 퇴사의 뜻을 밝히면 상황이 달라질 거라는 내 생각은 완전히 빗나갔다.

"루시안 오페르니아에게 서면으로 사표⋯⋯. 예상 못 한 건 아닌데."

아스트리드가 이마를 짚으며 한숨을 내쉬었다.

"뭐가요?"

"⋯⋯두 사람 사이에 의사소통이 없다는 거요."

"의사소통?"

이해할 수 없었다. 고용인과 피고용인 간에 우리 둘만큼 소통하는 사람들이 어디 있다고.

"소공작이 무엇 때문에 리라를 잡고 있다고 생각해요?"

그녀가 답답한 듯 물었다.

"그거야⋯⋯ 제가 너무 유능해서?"

나는 그야말로 황금알을 낳는 거위가 아니었던가. 아쉬워하는 것이 이해가 되지 않는 것은 아니었다.

"틀린 말은 아닌데……. 다른 건 없고요?"

아스트리드가 당황한 얼굴로 다시 물었다.

"……오래 봐 온 사람들이 자꾸 은퇴하는 게 싫어서?"

헨리 바인즈 집사는 공작 부인과 함께 은퇴할 것을 이미 선언했다.

"모르겠다면 물어보는 걸 추천해요."

그녀가 어쩔 수 없다는 듯 덧붙였다.

"둘 다 회피할 수 없는 시간에, 얼굴을 보고 얘기하고 확실한 답을 들으라고요. 그리고……."

그녀는 잠시 망설이다가 말을 끝냈다.

"그러고 나서는 리라 자신의 마음을 한번 들여다봐요."

"네?"

"마음 같아서는 그냥 데리고 나오고 싶지만……. 눈치가 없는 친구를 그냥 내버려 두는 것도 도리가 아닌 것 같아서 말이죠."

그녀는 다시 한번 한숨을 쉬며 나와 눈을 맞췄다.

"알겠죠? 얘기를 듣고, 마음을 들여다보고, 그다음에 결판을 내는 거예요."

답답해하는 표정이, 며칠 전 나를 보던 키르시안의 눈빛과 조금 닮아 있었다.

* * *

휙- 휙-

연무장에서는 귀에 익은 소리가 일정한 간격으로 울리고 있었다.

'찾았다.'

나는 걸음을 멈추고 익숙한 옆모습을 바라보았다.

땀에 젖어 이마에 달라붙은 새까만 머리칼.

한밤중에도 날카롭게 빛나는, 집중할 때면 더 깊어지는 새파란 눈동자.

달빛을 받아 한층 더 아름다운 얼굴.

천천히 이쪽을 돌아보는 시선…….

'어?'

"계속 거기 서 있을 거야?"

루시안은 검을 멈추더니 나를 바라보았다.

"……언제부터 아셨어요?"

"항상."

그가 잠긴 목소리로 대답했다.

"네가 지켜볼 때, 나를 향해 다가올 때, 나에게서 멀어질 때."

"……."

"항상 알아. 너니까."

무언가 참고 있는 듯, 그는 입술을 지그시 깨물더니 다시 내게 말했다.

"가까이 와, 리라."

그는 들고 있던 검을 툭 떨어뜨리며 말했다.

나는 천천히 그의 앞으로 다가섰다.

"대화가 덜 끝난 것 같아서 왔어요."

"왜 잡는 건지 물어보려고?"

루시안이 고개를 비스듬히 기울였다.

"잘 아시네요."

"말했잖아. 너니까 그렇다고."

"……."

"그런데 넌, 정말로 몰라?"

사방이 고요했다.

약간 거칠어진 루시안의 숨소리가 들릴 정도로.

"리아넬라."

단단하다 여겼던 눈동자가 처연하게 빛났다.

"나는 너를 사랑해."

순간, 심장이 쿵 하고 울렸다.

농담이 아닌지, 잘못 들었는지 의심할 여지는 없었다. 무거운 루시안의 시선이, 뚫어질 듯 빤하게 나를 보고 있었으니까.

"물어보러 왔잖아. 그러니 피하지 말고 들어 줘."

본능적으로 눈을 피하려 했으나 루시안은 부드럽게 내 뺨을 감싸 자신을 보게 했다.

"처음부터 사랑했어. 그 감정이 뭔지 알기 전부터. 그럴 수밖에 없어서."

"……."

"정말 아무것도 몰랐다고 할 수 있어? 다른 모든 것을 남들보다 빨리 아는 네가?"

그는 내 대답을 기다리는 듯 잠시 말을 끊었다.

심장 박동이 점점 빨라졌다.

'아니'라는 말을 차마 할 수 없었다. 못 본 척, 못 들은 척, 온 힘을 다해 외면했지만.

돌이켜 생각하면 완전히 모를 수가 없었다. 마음 깊은 곳에서 조금의 의심도 안 했다고는 말할 수 없었다.

"네 할 일이 끝났다고 했던가?"

어느 순간 바짝 다가온 루시안이 물었다.

"공작가는 너 없이도 탄탄하다고?"

속삭임으로 바뀐 그의 목소리는 반쯤은 애원 같고, 반쯤은 홀리는 것처럼 나른했다.

어둠 속에 오직 두 개의 푸른빛만 반짝였다.

"정말 그렇게 생각한다면 난 이 저택을 불태워 버릴 거야. 그간 이룬 모든 것이 없어지도록. 네가 내 곁에 오래 머무르도록."

"소공작님……!"

"네가 없다면 공작위는 필요 없어."

그가 한참 동안 나를 빤히 응시하더니, 천천히 내 손을 잡아 제 입가로 가져갔다.

촉.

루시안의 입술이 손등에 닿았다.

"……효과 없어?"

촉.

이번에는 이마에 닿았다.

"그래도 안 돼?"

그의 목소리가 다시 떨리기 시작했다. 형형하게 빛나던 눈동자가 순식간에 젖어 들었다.

툭.

다음 순간, 루시안의 뺨을 타고 투명한 액체가 흘렀다.

"가지 마, 리아넬라."

그가 속삭였다.

"울면 위로해 준다고 약속했잖아."

나는 그 자리에 얼어붙은 듯, 아무런 말도 하지 못했다.

가슴이 조여드는 것처럼 아팠다.

무슨 수를 써서라도 그의 상처를 치료해 주고 싶었다.

루시안의 눈물을 처음 봤던 그때처럼.

"……역시, 효과 있네."

루시안이 내 귓가에 바짝 대고 말했다.

"리라, 나 정말 슬퍼. 네가 떠난다고 생각하니까 숨을 못 쉬겠어."

울음 섞인 목소리는, 한편으로는 애절하면서 또 한편으로는 여전히 나른하게 느껴졌다.

나는 그제야 알 수 있었다.

떨어지는 눈물, 처연한 표정, 울컥한 목소리.

이 모든 것은 순수한 애원이 아니었다.

"내게서 눈을 떼지 마."

이 남자는 더 이상 순수한 소년이 아니었다.

"나를 계속해서 바라봐 줘."

주술에 홀린 듯 그의 얼굴을 바라보면서, 그가 유도하는 대로 손을 뻗어 뺨의 눈물을 닦아 주면서, 나는 비로소 깨달았다.

"나를 위로해 줘."

그는 유혹을 하고 있었다.

고의적이고, 계획적으로.

오직 나 하나를 위해, 수백 번 연습해 완성시켰을 유혹을.

9. 황녀의 등장

"……승낙만 하면 거처는 황태자궁에 마련하겠다. 아르테스와 나 외에 누구에게도 머리를 숙이지 않도록 특권을 주지."

"네, 폐하."

"원치 않는 업무가 있다면 말해도 좋다. 복잡한 건 다른 보좌관들과 나눠서 하거라. 요즘 젊은이들은 쉬는 시간을 주지 않으면 높은 직책도 마다한다고 들었다."

"네, 폐하."

"답은 이번 달 말까지는……."

"네, 황태자 전하."

멍한 얼굴로 기계적인 답을 하는 나를 보며, 황제가 눈썹을 찌푸렸다.

"황제와 황태자의 말을 개무시하고도 멀쩡한 건 너밖에 없을 거다."

"네, 폐하……가 아니라, 죄송합니다."

나는 그제야 정신을 차리고 두 사람에게 머리를 숙였다.

"무슨 일이냐?"

황제가 딸각, 찻잔을 내려놓으며 물었다.

"소공작님이……."

무심코 대답을 시작한 나는 말끝을 흐렸다.

'소공작이 제게 고백했습니다.'

'소공작이 저 말고 다른 안주인을 안 들인답니다.'

'소공작이 밤에 보면 더 잘생겨서, 단호하게 거절하지 못했습니다.'

……차마 말을 끝까지 할 수가 없었다.

"오페르니아의 꼬마가…… 설마 네게 고백이라도 했느냐?"

"네?"

당황한 나의 얼굴을 보며 황제가 눈썹을 찌푸렸다.

"……맞아?"

온화하기만 하던 표정엔 이유 모를 노여움 같은 것이 서려 있었다.

"어떻게 아셨어요?"

"모든 궁인들이 이상한 분위기를 감지했으니까."

황제가 못마땅한 표정으로 팔짱을 끼며 말했다.

"무엇보다 지난번 연회 때 아르테스가 말하더군. 소공작이 한시도 너를 떼놓지 않으려 한다고."

"……."

"그전에도 짐작은 했었다. 바보가 아닌 이상, 녀석의 눈빛을 보고 아무것도 모를 수는 없었으니까."

가슴이 뜨끔했다.

며칠 사이 나는 여러 차례 바보 취급을 받은 기분이었다.

루시안에 대한 얘기가 나올 때마다 아스트리드가 황당한 표정을 지은 것도, 결국 아무것도 모르는 내가 답답하다는 뜻이었을 터였다.

"아무튼 안 돼."

"네?"

"그놈은 안 된다."

황제가 딱 잘라 말했다.

"역시 제 출신 때문에……?"

"속을 숨기는 여우 같은 놈 아니냐. 네가 상대하기에는 너무 교활하다."

그는 내 말을 듣지도 못한 듯 고개를 절레절레 저었다.

말이 나온 이상 끝까지 반대하겠다는 굳은 결심 같은 것이 얼굴에 보였다.

"안 봐도 안다. 분명 잘난 얼굴로 네게 애원했겠지. 달콤한 말로 유혹하고, 어쩌면 눈물을 보였을지도 모르겠구나."

그걸 어떻게 알았을까.

나는 차마 부인하지도 못한 채 그의 이야기를 들었다.

"속이 보이는 놈을 찾아라. 기왕이면 나와 비슷한 사람이 좋겠구나. 물론 얼굴은 나보다 잘생겨야 한다."

그는 말도 안 되는 기준을 들이대며 말했다.

"……폐하께서는 소공작님을 좋아하지 않으셨나요?"

바로 며칠 전, 루시안을 위해서 연회까지 열어 준 그가 아니었던가.

하지만 황제는 다시 세차게 머리를 흔들었다.

"정치적 연대와는 전혀 다른 문제야. 네 짝으로는 안 돼. 순진한 너를 꼬시다니, 괘씸한 놈."

그는 마치 다섯 살 아이를 대하듯 안타까운 얼굴로 나를 바라보았다.

순진이라니.

세 번째 삶을 사는 나에게 이보다 더 어울리지 않는 단어는 없었다.

"언제는 제가 뭐든 꿰뚫어 본다고 칭찬하셨으면서."

"연애에서는 바보가 맞지 않느냐. 여우 같은 그놈에게 이미 반쯤 홀린 게 다 보이는구나."

"……."

나는 다시 한번 입을 꾹 다물었다.

틀린 말도 아니었으니까.

"아무튼 안 된다. 순진할 뿐만 아니라 넌 너무 어려. 최소한 아르테스가 결혼하고 나서나 생각해 보마."

그게 무슨 상관인데?

애초에 왜 황제가 내 연애에 이래라저래라하는 건지도 알기 어려웠으나, 그는 온몸으로 불편함을 표하며 반대하고 있었다.

"무슨 자격으로 이러는지 묻지 마라. 난 황제니까."

말도 안 되는 소리를 늘어놓는 그를 두고, 나는 고개를 돌려 아르테스를 바라보았다.

조금은 더 이성적인 조언을 해 줄 거라 믿었으니까.

"리아넬라, 난 소공작을 좋아해. 너도 알다시피."

역시, 아르테스는 특유의 사람 좋은 미소를 띠며 말했다.

분위기가 부드러워지고 있다고 생각한 찰나, 그가 찬물을 끼얹었다.

"하지만 연애는 반대야."

"네?"

"지금은 네 일에 집중할 때니까. 황실 요직을 처음으로 맡았는데 첫 연애라니, 타이밍이 안 맞잖아."

얼핏 논리적인 그의 주장은 왠지 핑계처럼 느껴졌다.

"황태자궁에서 오래오래 일하고, 맛있는 거 많이 먹고, 그러다 보면 적당한 때가 올 거야. 안 그렇습니까, 부황?"

"아르테스의 말이 옳다. 지금은 일에 집중하거라."

"조금 전까지는 쉬는 시간을 보장해 주신다고……."

"어허. 쉬라고 했지, 연애하라고는 안 했다."

"쉴 때는 모름지기 이불 밖으로 나가지 않아야 하는 법이지."

아르테스는 기다렸다는 듯 황제의 말에 맞장구를 쳤다.

싱글싱글 웃고 있지만 어쩐지 그 눈빛이 황제와 비슷해 보였다.

나는 한숨을 푹 쉬었다.

제국을 넘어 대륙의 운명을 틀어쥔 두 사람은, 웬만한 국가 중대사보다도 내 연애 문제에 열정적으로 끼어들려 하고 있었다.

열정에 비해 그들이 하는 조언은, 정말이지 아무짝에도 쓸모가 없었고.

* * *

포털을 지나고 마차를 갈아타며 공작저에 도착한 것은 늦은 저녁이었다.

마차에서 내린 내 눈에 처음 보인 것은 거대한 검은 늑대였다.

"로키……?"

루시안이 키우는 그 녀석은, 오래 기다렸다는 듯 내 앞으로 뛰어와 입에 물고 있던 무언가를 건넸다.

화려하게 핀 붉은 장미 꽃다발이었다.

"또야?"

나는 이마를 짚었다.

사냥에는 안 써먹더니, 이런 심부름만 가르친 건가.

연무장에서 내게 고백한 뒤로, 루시안은 작정한 듯 며칠째 내게 선물 공세를 펼치고 있었다.

전날은 황금색 매가 날아와 백합을 줬고, 그 전날은 알로를 시켜 수국을 전달했다.

"마음에 안 들어?"

로키와 함께 기다리고 있었는지, 어느새 루시안이 다가와 내게 물었다.

"요즘은 장미 별로 안 좋아해?"

아쉬운 듯 찌푸린 눈썹이 안쓰러워 보이……는 게 아니구나.

이건 애교였다.

이런 표정을 지으면 또 내가 약해질 걸 알고 부리는 애교.

"그 표정 앞으로 금지예요."

"하지만 너 원래 이 표정 좋아하잖아."

그가 픽 웃으며 말했다.

"내가 연약해 보이는 거."

"그러니까 금지예요."

나는 틱틱거리며 말했다.

"치사하게 그런 걸로 사람을 꼬시면……."

"아, 내가 잘못한 거구나."

그의 얼굴이 아련하게 바뀌었다.

수만 가지 사연을 품은 것 같은 얼굴이랄까.

당연하게도, 그 얼굴은 더 잘생겨 보였다.

"소용없어요. 저 황태자궁으로 갈 거예요."

"……"

"거의 결정됐다고요. 가서 생각을 정리하고, 급여도 왕창 받는 게 제 계획이에요."

그날 밤처럼 분위기에 휩쓸려 아무 말도 못 하는 상황을 피하기 위해, 나는 먼저 선수를 쳤다.

"흐음, 그래?"

루시안이 고개를 갸웃하며 말했다.

"그럼 내가 더 노력해야겠네."

아련했던 두 눈 속에, 미세하게 타오르는 불꽃 같은 것이 보였다.

"다른 곳은 몰라도, 황태자궁은 반대거든."

묘하게 황제와 비슷한 말투였다.

"왜요?"

"황태자가 마치 가족이나 된 듯 널 대하는 게 마음에 안 들어서. 누가 보면 네 오라비라도 되는 줄 알겠더군."

그가 대답했다.

"머리를 정리하고 싶다는 건, 아직 거절은 아니라는 거지?"

그가 속삭이듯 물었다.

"정말 싫었다면 네 성격에 오래전에 그렇게 말했을 테니까."

날카로운 질문에, 나는 입을 벌리고도 아무 대답도 하지 못했다.

"여기서 멀리 떨어지겠다는 건, 너도 혼란스러우니까 잠시 회피하고 싶은 거고."

"……."

"하지만 그럼 슬퍼할 사람이 많은걸."

내가 뭐라고 하기도 전에 그는 휘파람을 불었다.

온몸으로 귀여움을 내뿜은 분홍빛 물체가 하늘을 가르고 날아왔다.

"블리, 애교."

"삐이이이-"

주인한테 뭘 배운 건지, 블리는 지시를 듣자마자 내 뺨에 제 얼굴을 부비며 구슬피 울어 댔다.

"이렇게 슬프다는데, 자주 안 볼 거야?"

"……이건 반칙이잖아요."

"맞아. 반칙이야."

그는 고개를 숙여 가볍게 내 이마에 입을 맞추며 말했다.

"난 원래 치사하거든."

그는 내 반응을 살피더니 빙긋 웃었다.

"이것도 금지야?"

"금지예요."

"전에는 혼낸 적 없었는데."

"그야 매번 정신이 없었으니까……."

"그럼 정신 차리고 말해 줘."

루시안은 이번에는 천천히 나를 향해 몸을 숙였다.

싫으면 언제든 물러서라는 것처럼.

보석처럼 빛나는 눈을 나와 맞춘 채로.

빨려 들어갈 것 같은 기분에, 나는 몸을 움직일 수 없었다.

촉.

미처 뭐라고 하기 전에, 그의 입술이 다시 한번 내 이마에 닿았다.

"그럼 이것까지는 허락하는 걸로……."

"……앞으로는 금지예요."

나는 최대한 단호하게 대답했다.

싫은 게 아니었다.

그게 문제였다.

나도 내 마음이 뭔지 알 수 없었으니까.

더군다나 루시안은 오페르니아의 소가주.

명예도, 재력도 갖춘 이 집에, 말 그대로 노예 출신인 내가 어울릴 리 없었다.

약혼이라도 선언하면 레너드나 노르만은 물론, 머나먼 방계까지도 달려들어 가주 자격이 없다고 따질 터.

그럼 루시안은 쿨하게 가주 자리를 포기할지도 몰랐다.

겨우 탄탄하게 다져 놓은 가문이 내 신분으로 인해 다시 흔들리는 건 싫었다.

그렇다고 딱 잘라 거절하자니 저 얼굴이…….

"혼자서 마음 정리 끝날 때까지! 아예 접근 금지."

나는 그를 밀어 내며 혼신의 힘을 다해 선언했다.

"……."

루시안의 눈동자가 다시 촉촉해졌다.

툭 건드리면 눈물을 떨어뜨릴 것처럼.

배우를 시켰어야 했나.

"눈물도 안 돼요."

그 말에 그는 순식간에 표정을 바꾸어 입꼬리를 끌어 올렸다.

'미치겠네.'

우니까 안쓰럽고, 웃으니까 귀엽다.

이 위험한 남자를 상대로 단 한 순간도 방심할 수 없다는 사실을, 나는 다시 한번 뼈저리게 깨달았다.

파벨 공작은 굳은 얼굴로 제가 앉은 의자의 팔걸이를 두드렸다.

그는 아침에 들은 기분 나쁜 소식을 떠올렸다.

리아넬라 셀레스가 곧 황태자궁으로 들어간다는 것.

'르벨리안의 사랑을 받는 소녀'가 결국 황태자의 보좌관이라는 직책까지 얻었다는 것이었다.

그는 입술을 잘근잘근 씹어 댔다.

눈엣가시 같던 그녀가 오페르니아를 떠난다는 것은 반가웠으나, 하필 가는 곳이 황궁이라니.

그 안에서도 황태자궁이라니.

그는 다시 한번 스스로의 선택지를 생각해 보았다.

죽이기는 어려웠다.

황궁의 경계는 파벨 공작이라도 뚫기 어려웠고, 리아넬라는 지나치게 똑똑했으니까.

밀어 낼 수도 없었다.

현재의 그로서는 그만한 힘이 없었으니까.

결국 답은 하나였다.

끊임없이 생각했지만, 위험해서 그동안 시도해 보지 않았던 방법.

그가 거칠게 손을 뻗어 설렁줄을 당기려던 찰나였다.

"각하!"

"무슨 일이냐?"

"게일이 돌아왔습니다. 당장 각하를 뵙겠다고 합니다."

부르기도 전에 뛰어든 사용인의 말에 파벨 공작이 고개를 번쩍 들었다.

"전부 물러가라."

그가 목소리를 낮추어 말했다.

몇 분 후, 그는 초조한 얼굴로 게일과 독대하고 있었다.

"어찌 되었느냐?"

"각하."

게일이 평소보다 다소 상기된 목소리로 대답했다.

"기뻐하십시오."

"설마 찾은 것이냐?"

"예, 직접 확인하고 오는 길입니다."

게일이 확신에 가득 찬 눈으로 고개를 끄덕였다.

"뭐?"

파벨 공작이 의자를 박차고 일어났다.

그의 얼굴에 화색이 돌았다.

"확실한가?"

"제국 어디를 뒤져도 더 확실한 사람은 없을 겁니다. 가족도 모두 정리했습니다."

"초상이 있느냐?"

게일은 품속에 넣어 온 그림 한 장을 파벨 공작에게 바쳐 올렸다.

떨리는 손으로 그림을 펼쳐 본 파벨 공작은 종이 속으로 빨려 들어갈 것처럼 집요하게 그림을 살폈다.

그의 눈이 천천히 커졌다.

"……닮았군."

그가 감탄하듯 중얼거렸다.

"누구든 속을 정도다."

"실물을 보시면 더 놀라실 겁니다. 지금 이곳으로 오고 있는 중입니다."

"네가 직접 호위해서 데려오거라."

파벨 공작의 입가에 느릿하게 미소가 떠올랐다.

"어떤 사고도 생기지 않아야 한다. 흠집 하나 없이 온전하게 데려와야 할 것이야."

"명 받들겠습니다, 각하."

그는 귀한 보물이나 되는 것처럼 소중하게 그림을 쓸었다.

그래, 그의 영광은 아직 끝나지 않았다.

그림 속의 이 여인이, 파벨 공작가의 부흥을 다시 가져다줄 터였다.

* * *

"피곤하지 않아, 리아넬라?"

아르테스가 물었다.

"갑자기 거처를 옮기면 적응이 필요할 텐데."

"아니요, 바로 일거리를 주세요. 짐은 다 정리했는걸요."

나는 새로운 집무실의 책상을 탁탁 두드리며 말했다.

"당장 오라고 한 건 나지만, 정말 이렇게 급하게 황태자궁으로 옮길 줄은 몰랐는데."

아르테스가 고개를 갸웃하며 말했다.

"정말 무슨 일이 있었던 건 아니야?"

"그럴 리가요. 저는 이성적이고 평온하답니다."

나는 입에 침도 바르지 않고 거짓말을 했다.

루시안에게 고백을 받은 지 약 열흘째.

나는 짐을 챙겨서 공작가를 빠져나왔다.

시끄러운 머릿속을 정리해야 하는데, 루시안이 옆에서 자꾸 유혹을 해 댔으니까.

선물 공세뿐이었다면 견딜 수 있을 터였다.

그 정도는 다른 가문에서 청혼을 받으면서 많이 받아 봤으니까.

문제는 그가 내 약점을 너무나 잘 안다는 사실이었다.

제 얼굴을 무기로 사용하는 데 거리낌이 없다는 사실도 위험했다.

결국 나는 임시로 짐을 챙겨 황태자궁으로 거처를 옮길 수밖에 없었다.

"소공작이 순순히 문을 열어 줬고?"

"순순히라기는 뭐하지만……."

'딱 3개월이야.'

여러 차례 설득한 끝에 루시안은 타협하기로 했다.

'머리를 정리할 시간. 3개월 줄게.'

'정말이죠?'

나는 의심스럽게 물었다.

'갑자기 마음이 바뀐 건…….'

'물론 작전이지.'

그가 나른하게 눈가를 접으며 말했다.

'그 정도 기간이면, 너도 나를 보고 싶어 할 것 같거든. 어쩌면 많이.'

'……..'

'난 네가 돌아오게 할 자신이 있어, 리라.'

'……..'

'그러니 절대로 내 생각을 멈추지 마.'

표정 때문인지, 말투 때문인지, 그 말을 듣는 순간 이유 없이 얼굴이 확 붉어졌다.

나는 후다닥 마차에 올라 저택을 빠져나왔다.

"마음을 다잡고, 한동안은 일에만 집중하려고요."

나는 빙긋 웃으며 아르테스에게 말했다.

"기간제이기는 하지만, 뭐든 시켜 주세요."

"첫날은 쉬는 법이다."

아르테스의 뒤에 서 있던 황제가 말했다.

황태자의 보좌관은 제국의 미래라는 이유로, 그는 친히 내 집무실에 방문해 여러 가지를 살펴 주고 있었다.

"방을 원하는 대로 꾸미고, 사용인이 더 필요하면 요청하거라."

"예, 폐하."

"나는 황제이니 아주 바쁘지만, 혹시라도 매우 중요한 일이 있거나 내가 많이 보고 싶으면 찾아오거라. 쫓아내지 않겠다."

"감사합니다, 폐하."

"우연의 일치로 내 궁에는 너나 아르테스가 좋아하는 간식이 많다. 버리기 아까우니 언제 와서 가져가거라."

"감사합니다, 폐하."

"그리고 또……."

"폐하!"

그가 말을 미처 끝내기 전, 누군가가 집무실로 뛰어들며 황제를 불렀다.

"테스마……?"

단정하던 차림이 흐트러지고, 온몸이 땀으로 젖은 시종장이었다.

"공무가 쌓여 있으니 방해 말라 했을 텐데."

"폐하, 지금 바로 가셔야 할 것 같습니다."

안색이 창백해진 채, 시종장은 황제를 행해 깊이 고개를 숙였다.

황제가 눈썹을 치켜올렸다.

수십 년간 황제를 보좌한 테스마가 이렇게 흥분했다면, 보통 일이 아니라는 뜻이었다.

나와 아르테스도 의아한 얼굴로 테스마를 바라보았다.

"파벨 공작이……. 파벨 공작이 입궁했습니다."

"암살자를 달고 오지 않은 이상, 그게 그리 급한 일인가?"

"스무 살 조금 넘은 여인을 데리고 왔습니다. 공작이 전하기로는 그 여인이……. 그 여인이……."

그가 덜덜 떨리는 목소리로 말을 이었다.

"스물두 해 전 실종되신 황녀 전하라고 합니다."

"……뭐?"

황제의 눈이 커졌다.

그 자리에 얼어붙은 듯, 그의 모든 움직임이 멈추었다.

숨소리 하나하나가 들릴 정도의 정적이 집무실을 가득 채웠다.

놀란 건 나도 마찬가지였다.

황제의 유일한 딸, 이름조차 짓지 못하고 잃어버린 아이.

냉철한 황제의 가슴 깊이 박힌, 영원히 남아 있을 가시.

그 아이가 살아 있었다니.

살아서 파벨 공작과 함께 입궁이라니.

"얼마나 확실한 것이냐?"

충격으로 굳었던 아르테스가 입을 열었다.

"파벨 공작은 확신한다고 합니다. 그리고 제 눈으로 봐도……."

테스마가 머뭇거리며 답했다.

"외람되오나, 그 여인은…… 폐하와 돌아가신 황후 폐하의 모습을 정확히 반반 섞은 듯한 생김새였습니다. 눈을 의심할 정도였습니다."

그 말에 황제의 몸이 미세하게 휘청거렸다.

나는 다급히 손을 뻗어 그의 팔을 부축했다.

"지금은 어디 있느냐?"

"윤허가 떨어지지 않아 아직 정문에서 기다리고 있습니다."

아르테스가 다시 묻자 테스마가 말했다.

"부황, 일단 가야 합니다."

"……."

"아니면 저를 보내 주십시오. 제가 판단하여 아뢰겠습니다."

아르테스 또한 긴장한 듯, 말이 빨라졌다.

몇 분이나 지났을까, 황제는 천천히 고개를 저었다.

"지금 당장 두 사람을……. 그리고 황후를 보좌했던 모든 시녀들을 중앙 홀로 불러라."

그가 말했다.

"내가 직접 그곳으로 가겠다."

"예, 폐하."

황제는 겨우 결정을 내린 듯, 무거운 걸음을 떼기 시작했다.

"가서…… 내 눈으로 직접 확인하겠다."

그의 목소리가 떨리고 있었다.

잘 벼린 칼처럼 매섭고 날카롭던 두 눈은, 둘 곳을 찾지 못한 듯 계속해서 흔들렸다.

* * *

"황제 폐하를 뵙습니다."

"황제 폐하를 뵙습니다."

중앙 홀은 어수선했다.

먼저 간 테스마가 안배한 듯 홀 안에 있는 사람 수는 많지 않았지만,

하나하나가 흐트러진 모습에 벙찐 얼굴이었다.

한쪽 구석에 가만히 서 있는, 겁에 질린 듯한 여자를 본 순간, 나는 그들의 표정을 이해할 수 있었다.

"황제 폐하를…… 뵙습니다."

황금빛 머리칼, 황족을 제외하면 찾기 어렵다는 황금안.

황후의 초상화에서 보았던 것과 꼭 같은, 쏙 들어간 보조개며 매끄럽게 휘어진 눈썹.

"카일리라 합니다."

그녀였다.

파벨 공작이 데려온 여자.

황제와 황후를 반반 섞은 듯한 외모의, 잃어버린 황녀.

"설명하라."

황제가 말했다.

그는 스스로를 카일리라고 소개한 여자에게 시선을 고정시킨 채, 눈 한 번 깜빡이지 않았다.

"기뻐하십시오, 폐하. 결국 제 능력으로 황녀 전하를 추적하는 데 성공했습니다."

파벨 공작이 만면에 미소를 띠고 말했다.

"……22년이나 흐른 지금에서야 말이냐?"

"예, 폐하. 성인이 되신 황녀 전하의 기운이 강해졌기에 저의 마력에 반응했던 것으로 보입니다."

"어디 있었다더냐?"

"제국 북서쪽 경계에 있는 타실리 백작령 중앙 고아원에서 자라셨다고 합니다."

파벨 공작이 막힘 없이 대답했다.

"……."

황제는 지그시 눈을 감았다. 온 힘을 다해 냉정한 표정을 유지하고자 했지만, 그의 얼굴은 미세하게 경련하고 있었다.

"시녀장은 어찌 생각하는가?"

아르테스가 대기 중이던 나이 지긋한 시녀에게 물었다.

"나는 모후의 얼굴을 초상으로밖에 본 적이 없네. 모후를 잘 아는 시녀장의 생각은 어떻지?"

"놀라울 정도입니다, 전하."

시녀장이 감격한 표정으로 대답했다.

"머리칼이나 눈 색은 폐하를, 전체적인 이목구비는 돌아가신 황후 폐하를 꼭 닮으셨습니다. 키나 체형도 스무 살 무렵의 황후 폐하와 비슷하십니다."

"······."

황제는 무언가 고심하는 듯, 여전히 아무 대답도 하지 않았다.

"폐하, 어서 황녀 전하를 안아 주시지요. 폐하를 무척이나 뵙고 싶어 하셨습니다."

파벨 공작이 흥분한 듯 말했다. 그의 말을 증명하듯, 카일리는 몸을 떠는 와중에도 황제를 빤히 마주 보고 있었다.

"······이능이 있느냐?"

이윽고 눈을 뜬 황제가 카일리를 향해 물었다. 그녀가 미처 뭐라고 대답하기 전, 파벨 공작이 제 사용인에게 눈짓했다.

사용인은 들고 있던 작은 화분 하나를 카일리 앞에 가져다 놓았다. 화분 한가운데는 검은 흙과 마른 이파리 몇 개가 떨어져 있을 뿐, 아무런 식물도 보이지 않았다.

"폐하, 이 자리에서 황녀 전하의 이능을 보여 드리겠습니다."

파벨 공작이 카일리를 향해 돌아섰다.

"저택에서 보여 주셨던 그 능력을 여기서 다시 보여 주시면 됩니다."

"정말 그거면 되나요?"

카일리는 마른침을 꿀꺽 삼키더니 화분에 손을 가져다 댔다.

팟-

화분 전체가 반짝 빛나고, 중앙에 초록색의 줄기 하나가 천천히 자라나기 시작했다. 줄기는 몇 초 만에 푸릇한 잎사귀를 만들어 내고 붉은 꽃을 피웠다.

화분 한가운데, 매혹적인 장미 한 송이가 활짝 피어났다.

"오오……."

몇몇 궁인들이 눈을 동그랗게 떴다. 황제 또한 조금 놀란 듯, 카일리와 화분에서 눈을 떼지 못했다.

"르벨리안의 힘은 '세상의 규칙을 거스르는 힘'. 비어 있던 화분에서 장미를 피우는 것이야말로 그 증거가 아니겠습니까?"

파벨 공작이 뿌듯한 얼굴로 화분과 카일리를 번갈아 보았다. 그가 다정하게 카일리의 등에 손을 얹었다.

"자, 황녀 전하, 이제 가르쳐 드린 대로 부친께 인사를……."

"……멈춰라."

황제가 손을 들어 파벨 공작의 말을 끊었다. 그는 여전히 생각을 정리하는 듯, 한참 동안 침묵하다가 다시 말을 이었다.

"아직…… 황녀의 신분이 확인되지 않았다."

"무슨 말씀이신지 신은 이해할 수가……."

"'피의 실험'을 준비하라."

그가 짧게 명령했다. 그 말에 웅성이던 홀이 찬물을 뿌린 듯 고요해졌다. 아르테스도 움찔하고 눈썹을 움직였다.

'피의 실험'.

나는 오래전, 황실 도서관의 책에서 읽었던 내용을 떠올려 보았다.

말하자면, 이는 이 세계에서 혈연관계를 확실하게 증명할 수 있는 유일한 방법이었다.

　고대 마법사가 마력석을 세공해 만든 잔에, 당사자 중 한쪽의 피를 흘려 넣는 식으로 진행되는 실험이라던가.

　다만 혈연이 아닌 경우에는 심한 부작용이 나타났기에 자주 사용되지는 않는 방법이라고 했었다.

　파벨 공작이 충격을 받은 듯 눈을 크게 떴다.

　"폐하, '피의 실험'이라 하심은……."

　"장미 한 송이로 황실을 뒤집을 수는 없는 노릇이지."

　말투는 부드러웠으나, 황제의 목소리에 담긴 예기는 여전히 가시지 않은 듯했다.

　"하, 하면 피의 실험은……. 실험하는 두 분의 몸에 무리가 너무 큽니다. 폐하의 옥체에 흠집을 내는 것은 물론……."

　"경이 신경 쓸 일은 아니다."

　황제가 말했다.

　카일리를 보는 그의 눈빛에는 의심과 불안, 그리고 희망을 포함한 수십 가지 감정이 뒤엉켜 있었다.

　"그리고 진정 내 딸이라면 저 아이에게는 아무런 일도 일어나지 않을 것이다. 설령 아니라 한들 지금 황궁에는 제국 최고의 치유사가 두 명이나 있지. 어느 쪽이든 아이에게는 보상할 것이다."

　황제가 로잘린을 언급하자 파벨 공작이 입술을 꾹 깨물었다.

　"……황녀 전하께서 마음에 상처를 입을 것이 우려되옵니다."

　"원치 않는다면 거부할 수 있다. 거부한다면 여기서 끝내는 것으로 하지."

　그가 단호하게 말했다.

　"황족의 자리가 걸린 일이다. 이 자리에서 명확하게 정리하고 가겠다. 내 딸이 맞는지, 아닌지."

파벨 공작은 더 이상 아무 말도 하지 못했다.

그의 뒤에서 궁인 한 명이 벨벳 천 위에 올려놓은 크리스털 잔 하나를 가져왔다.

황제는 허리에 찬 단검을 뽑아, 한 치의 망설임도 없이 제 손바닥을 그어 잔 안으로 피를 흘려 넣었다.

투명했던 잔은 핏방울이 닿는 순간 루비처럼 붉게 변하더니, 무섭게 진동하기 시작했다.

"받거라."

황제가 카일리를 향해 말했다.

"내 피를 담고 있는 한, 이 잔은 르벨리안이 아닌 다른 이를 배척한다."

"……그 말은, 제가 폐하의 딸이 맞다면 아무 일도 일어나지 않는다는 거겠죠?"

카일리가 마른침을 삼키며 물었다.

겁에 질려 떨리던 눈동자는, 어느새 조금 당돌해져 있었다.

"그렇다."

"저…… 확신이 들거든요."

그녀가 작게 미소 지으며 말했다.

"르벨리안이 아니라면, 제가 가진 능력이 설명이 안 되는 거잖아요?"

"……."

"해 보겠어요."

그녀가 천천히 잔을 향해 손을 뻗었다.

웅—

손가락이 잔에 닿자 잔이 다시 한번 진동했다.

카일리의 얼굴이 하얗게 질렸으나 그녀는 잔에서 손을 떼지 않았다.

몇 초의 시간이 지났다.

팟—

붉었던 잔은 다시 투명하게 돌아왔다. 담고 있던 황제의 피는 흡수된 듯 완전히 사라졌고, 진동 또한 천천히 잦아들었다.

카일리가 눈을 몇 차례 깜빡였다.

"저, 아프지 않아요."

그녀가 황제를 보며 말했다.

"다치지 않았어요."

황제는 그 자리에 굳은 채 아무 말도 하지 못했다.

꽉 쥔 두 주먹에 힘이 들어갔고, 카일리를 보는 황금색 눈동자는 잘게 떨렸다.

"그러면 저…… 르벨리안의 피인 거죠?"

세상에서 가장 강하다는 그였으나, 지금 이 순간만큼은 툭 치면 스러져 버릴 것처럼 위태로워 보였다.

"감축드립니다, 폐하!"

두 사람의 옆에 서 있던 파벨 공작이 입을 양쪽 귀까지 찢으며 외쳤다.

그는 누가 뭐라고 하기도 전, 한쪽 무릎을 꿇고 앉아 고개를 숙였다.

"카일리 르벨리안 황녀 전하를 뵙습니다!"

멍하게 서 있던 궁인들이 너도나도 그를 따라 하기 시작했다.

"황녀 전하를 뵙습니다!"

"황녀 전하를 뵙습니다!"

카일리의 눈이 붉게 젖어 들었다.

툭

들고 있던 잔을 바닥에 떨어뜨린 그녀는, 벅찬 얼굴로 황제의 품에 뛰어들었다.

"아, 아빠!"

그녀가 황제를 얼싸안으며 외쳤다.

"너무 보고 싶었어요, 아빠……."

그녀는 숨을 헐떡이며 울기 시작했다.

두 사람은 오랫동안 포옹한 채 그 자리에 있었다.

가녀린 울음소리가, 점차 황녀의 만수무강을 외치는 궁인들의 목소리 속에 묻힐 때까지.

잃어버렸던 황녀의 공식적인 귀환이었다.

* * *

"서쪽 경계에 베린 왕국의 동향이 심상치 않습니다."

나는 책상을 사이에 두고 아르테스와 앉아 서류를 들여다보았다.

"맞아. 산적이라고 둘러대지만, 실제로 제국의 경계를 넘어오는 건 산적으로 위장한 왕실 군대지."

"다른 벌이가 없으니 르벨리안 민간인을 약탈하는 걸로 생계를 잇는 모양이네요."

우리 두 사람은 심각한 얼굴로 산처럼 쌓인 서류를 넘겼다.

"직접 갈지, 케인 대공을 보낼지 고민되더군."

"케인 대공은 안 돼요."

내가 딱 잘라 말했다.

"이능이 강한 편이라 그런지 은근히 야심이 있던데요. 세력이 커지면 언제 황위를 노릴지 몰라요."

"과거 부황께서도 그런 말씀을 하셨지. 꽤 장기적인 판단을 하는구나."

아르테스가 픽 웃으며 말했다.

"그럼 역시 내가……."

"전하께서는 황궁을 비우기 어려우니 스승이셨던 에오노스 장군을 보내세요."

"그는 뛰어난 자지만 부상으로 쉬고 있어."

"부상은 일하기 싫다고 핑계 댄 거고, 에드가 후작 연회에서 술을 잘만 퍼마시더라는 소문을 들었답니다."

"……지금 당장 임명장을 써야겠군."

"이미 써 놨습니다. 도장만 찍으실 수 있게요. 그리고 남해의 해적들은……."

"리아넬라."

아르테스가 서류를 탁 덮으며 내게 말했다.

"괜찮은 거야?"

"뭐가요?"

그는 고개를 갸웃하며 나를 빤히 들여다보았다.

"너무 일만 하는 것 같아서."

"원래 제 일인걸요."

"그리고 미안해서."

"……."

"가까운 사람들을 전부 오페르니아에 두고 황태자궁으로 왔는데, 막상 널 불렀던 나와 부황은 잘해 주겠다는 약속을 못 지키고 있는 것 같아서."

"어쩔 수 없잖아요. 모든 게 달라졌는걸요."

나는 작게 웃으며 대답했다.

"두 분께 가족이 생겼으니까."

아르테스의 말이 틀린 것은 아니었다.

황궁에 들어오기만 하면 온갖 특권을 주겠다던 황제는 한 달째 거의 얼굴도 보지 못했고, 일 많이 안 주겠다던 아르테스는 바빠져서 온갖 잡일까지 내게 맡기고 있었으니까.

돌아온 황녀와 시간을 보내기 위해서였다.

카일리가 나타난 후로, 제국은 완전히 뒤집혔다.

비어 있던 황후궁은 순식간에 수리되어 그녀를 위한 자리로 바뀌었고, 가장 유능한 사용인들이 그녀의 궁으로 들어갔다.

귀족들은 하루가 멀다고 그녀의 궁으로 편지와 선물을 보냈다.

잃어버린 황녀를 찾았다는 소식에 평민들 또한 들썩이고 있었다.

"황녀 전하는 잘 지내고 계신가요?"

"황궁 적응을 어려워하는 걸 빼면."

그가 조금 걱정스러운 얼굴로 말했다.

"부황이나 내가 곁에 없으면 조금 불안해해."

그가 미안한 표정으로 말했다.

"나도 처음 보는 누이이니 잘해 주고 싶은 게 사실이고……. 그래서 네게 미안하구나."

그가 다시 한번 사과했다.

"일 속에 파묻힌 채 혼자 지내게 놔두려고 부른 것이 아닌데 말이야."

"일하는 만큼 보수는 청구할 거니까 괜찮아요."

"다른 보좌관들이 텃세 부렸을 것 같은데……."

"음……. '못' 부린다고 해 두죠."

나는 아무렇지 않게 대답했다.

텃세는 있었다.

카밀이 뒤로 전해 준 몇 가지 비밀을 통해 그들의 입을 닫게 했을 뿐.

"전 혼자서 잘 지내니 걱정 마세요."

물론 외로운 것도 조금은 사실이었다.

내게 있어 가족 비슷한 사람들은 모두 오페르니아에 있었고, 나는 다소 갑작스럽게 그들로부터 떨어진 셈이었으니까.

황제와 아르테스에게 약간의 위로를 기대했던 것도 사실이지만…….

"오늘은 부황과 차라도 마시자, 리아넬라."

아르테스가 고개를 저으며 말했다.

"들어오고 무사히 한 달 지나면 축하하기로 했었잖아."

"상관이 명하시는데 어쩔 수 있나요."

나는 어깨를 으쓱했다.

솔직히 말하면, 나도 황제와 아르테스와의 티타임이 조금 그리웠다.

쓸데없는 조언만 늘어놓더라도, 나를 진심으로 걱정해 주는 게 보였으니까.

"상관이라니."

아르테스가 섭섭하다는 얼굴로 말했다.

"나로서는 리아넬라 너를 모든 게 잘 맞는 누이 비슷하게 생각했단 말이다."

"누이를 가지고 싶어 하시는 줄 몰랐네요."

내가 서류를 가지런히 정리하며 말했다.

"진짜 누이를 만나셔서 다행이에요."

"진짜 누이라……. 그렇지. 난 기억도 안 나서 아직 얼떨떨하지만."

아르테스가 머리를 긁적이며 대답했다.

"잘 맞으실 거라 믿어요."

"글쎄, 카일리는 뭐랄까……."

그가 머쓱한 얼굴로 뭔가 더 말하려는 순간이었다.

벌컥-

황태자 집무실의 문이 활짝 열리고, 금발과 금안의 여자가 뛰어 들어왔다.

"오라버니!"

카일리였다.

화사하게 미소 지으며 방을 가로지르는 그녀는, 첫날 보았던 소심한 모습과는 전혀 달라 보였다.

"공부하시는 거예요?"

"유능하고 일 중독인 보좌관과 업무를 보고 있었지."

아르테스가 맑게 웃으며 대답했다.

"으응, 일이든 공부든 그만하고, 아빠랑 저랑 차나 마시러 가요."

카일리가 책상에 털썩 걸터앉으며 말했다.

그녀의 화려한 드레스와 보석 장신구들이 눈에 들어왔다.

전속 가정 교사를 통해 달라진 몸짓도, 더 이상 움츠러들지 않는 당당한 태도도.

아르테스와 마주 보고 웃는 그녀는 완벽하게 황실의 일원처럼 보였다.

"조금 바쁘구나, 카일리."

아르테스가 말했다.

"그리고 오늘은 선약이……."

"오라버니는 뭐가 그렇게 바빠요?"

그녀가 고개를 갸웃하더니 나를 향해 손가락을 뻗었다.

"그냥 하인한테 시키면 되잖아요? 하인은 그러라고 있는 거 아니에요?"

"카일리."

아르테스가 미세하게 눈썹을 찌푸렸다.

"리라는 하인이 아니라 내 보좌관이야. 함부로 말하지 말아."

"앗, 죄송해요."

카일리가 양손으로 제 입을 막더니 나를 보며 해맑게 말했다.

"내가 변방의 고아원에서 자라서 그래. 이해해 줄 거지?"

"물론입니다, 황녀 전하."

나는 피식 웃으며 대답했다.

무례한 행동이긴 했으나 입궁한 지 한 달 된 사람에게 시비를 걸고 싶지는 않았다.

쓸데없는 일로 황녀와 티격태격하는 건 더더욱 싫었고.

그녀는 황제의 딸이자, 아르테스의 누이였으니까.

"카일리, 말했다시피 나와 부황은 선약이 있어. 여기 있는 리아넬라와……."

"아빠는 그런 말씀 안 하셨는데."

카일리가 시무룩한 얼굴로 아르테스의 말을 끊었다.

"아빠의 궁에 있는 간식 먹으러 가겠다고 했더니, 알겠다고 하셨단 말이에요."

"그건 오늘이 아니라……."

"괜찮아요, 황태자 전하."

난처해하는 아르테스에게 내가 말했다.

황제가 조금 보고 싶긴 했지만 어쩔 수 없었다.

황궁이 정신없는 지금, 굳이 가족들의 회동을 방해할 수는 없는 노릇이 아닌가.

"남해 해적 문제는 보고서로 써서 올릴 테니 돌아와서 보세요."

"하지만."

"들었죠, 오라버니? 보좌관이 해 준대요!"

아르테스가 뭐라고 더 말하기 전에, 카일리는 신이 나서 그의 팔을 잡아끌었다.

그는 미안한 표정으로 그녀를 따라 복도로 나갔다.

"……하, 정신없어서 정말."

조용히 회의가 끝나기를 기다리던 황태자의 사용인, 벨라가 말했다.

"뭐가?"

"뭐긴요. 황녀 전하죠."

입궁 전부터 나와 안면이 있던 그녀는, 로잘린 뺨치는 직설적인 말투로 유명한 여자였다.

"뭐, 폐하와 황태자 전하가 기쁘다고 하시니 저도 다행스럽긴 한데, 솔직히 매번 정해진 일정이 틀어지니 불편하다구요."

"……좀 지나면 괜찮아지겠지."

"황궁의 규칙을 너무 깡그리 무시하는 것 같을 때가 있어요. 전에는 테스마 시종장님께 발 씻을 물을 떠다 달라는 명령을 내리지 않나……. 황태자 전하도 안 그러시는데 말이에요."

"……."

사실 어렴풋이 알고 있는 문제였다.

황실의 사용인들이 그녀로 인해 몇 번인가 난처해졌다는 이야기는 딱히 비밀이 아니었으니까.

다만 내가 입을 댈 일이 아니라고 생각했을 뿐이었다.

"남작님은 정말 속상하지 않으세요?"

"내가 왜?"

"남작님과 있었던 선약이 자꾸 깨지니까요. 보고 시간에 불쑥 들어오기도 하고. 그리고 솔직히 저희는……."

그녀가 목소리를 낮추며 말했다.

"남작님과 폐하, 그리고 황태자 전하 세 분이 참 가족처럼 보인다고 생각했었거든요."

"……고맙긴 하지만 말이야."

나는 빙긋 웃으며 벨라에게 말했다.

"안에서 그런 말을 자꾸 하니까 나랑 황태자 전하 사이에 이상한 소문 퍼지는 거, 벨라도 알지?"

"앗! 그런 뜻이 아니었어요. 두 분이 가족이 되시라는 게 아니라 남매처럼 보인다는……."

벨라가 거세게 고개를 저으며 말했다.

"됐어, 그리고 난 정말 상관없어."

내가 솔직하게 말했다.

카일리가 돌아온 것에 대해, 나는 진심으로 기쁘게 생각했다.

황제가 기뻐하고 있었으니까.

그의 가슴 속 깊은 상처가 드디어 치유되고 있었으니까.

존재 자체만으로 황제와 아르테스를 기쁘게 하는 그녀를, 내가 미워할 수는 없었다.

"죄송해요, 남작님."

"미안하지? 그럼 보고서 쓰는 거 도와줘."

"아앗, 그건 좀……."

나는 벨라의 거절을 무시한 채, 쌓여 있는 서류 중 한 뭉치를 그녀에게 내밀었다.

머리를 비우기에는 일이 최고였고, 벨라 같은 인재의 도움을 받을 기회는 있을 때 잡아야 했으니까.

* * *

"아이고……."

나는 쑤시는 삭신을 주무르며 처소로 향했다.

작은 일만 처리하고 끝내려던 계획에도 불구하고, 아르테스가 계속 집무실로 돌아오지 않으면서 업무가 많아진 탓이었다. 아르테스 대신 서류를 보고 보고서로 만들어 정리하느라 나와 벨라는 둘 다 눈이 침침해질 지경이었다.

받을 수 있는 수당을 머릿속으로 정리하며 황태자궁의 정원을 가로지르던 도중.

"어머, 오라버니의 보좌관!"

명랑한 목소리가 귓가에 울렸다.

고개를 들자 황제, 아르테스, 그리고 두 사람 사이에 선 채 나를 향해 손가락을 펼친 카일리가 눈에 들어왔다.

"리아넬라."

황제가 나직하게 내 이름을 불렀다. 얼굴에는 당황한 기색이 역력했다.

"황제 폐하와 황태자 전하, 그리고 황녀 전하를 뵙습니다."

나는 대답 대신 아무렇지 않은 표정으로 예를 갖췄다.

"설마 밤까지 근무한 것이냐?"

"결재만 하실 수 있도록 정리해서 놔두고 오는 길입니다."

"내가 돌아가서 밤새워 처리하려고 했는데……. 미안해."

아르테스도 한숨을 푹 내쉬었다.

적절한 타이밍에 보너스를 요청하려던 찰나, 나는 중간에 서서 나를 보며 고개를 갸웃거리는 카일리와 눈이 마주쳤다.

"……하실 말씀이 있으신가요, 황녀 전하?"

"그냥, 이상해서."

그녀가 무언가 못마땅한 듯한 표정으로 말했다.

"무엇이 말이냐?"

황제가 물었다.

"저는 황족이고, 이 보좌관은 황족을 위해 일하는 사람인데."

그녀는 진심으로 이해할 수 없다는 듯 말했다.

"아빠와 오라버니한테는 고개를 깊이 숙이면서 저한테는 안 그러잖아요."

카일리는 미간을 찌푸린 채 나와 황제를 번갈아 보았다.

내가 황제나 황태자에게 했던 것과는 달리, 자신에게는 무릎만 살짝 굽힌 약식 인사를 하는 것이 불만인 듯했다.

"내 허락이다."

황제가 말했다.

"리아넬라는 나와 아르테스를 제외한 누구에게도 머리를 숙이지 않을 특권을 가졌다."

"왜요?"

"그만큼 황실에 필요하기 때문이지. 나를 구한 적이 있으니 공로 또한 충분하다."

그가 나를 보며 설명했다.

"그리고 네게 한 인사도 예법에 어긋나는 것이 아니라⋯⋯."

"하지만 저도 황족인데요."

나와 아르테스가 눈을 크게 떴다.

르벨리안 제국에서, 황제의 말을 끊는다는 것은 중죄이기 때문에.

그와 정치적으로 치열하게 대립하는 자들조차도 감히 그가 말하는 중간에 끼어드는 일은 없었다.

하지만 카일리는 무엇이 잘못됐는지 이해하지 못하는 듯 말을 이었다.

"저와 오라버니는 똑같이 아빠의 자식들이잖아요. 오라버니에게 고개를 숙여야 한다면, 제게도 마찬가지인 거 아니에요?"

"카일리."

"넌 어떻게 생각하는데? 불공평하다고 생각하지 않아?"

황제가 조용히 타일렀으나 그녀는 대뜸 나를 보며 물었다.

"⋯⋯황태자 전하께서는 만인지상 일인지하의 자리에 계신 분입니다, 황녀 전하."

내가 대답했다.

"황제 폐하의 다른 자녀분과는 그 지위가 다르다고 하겠지요."

"리아넬라의 말이 옳다."

황제가 다시 한번 타일렀다.

"아르테스는 나의 후계자이자 미래의 황제다. 그렇다고 네가 소중하지 않은 것이 아니라⋯⋯."

"오라버니도 아무 말씀 안 하시는 걸 보니, 다들 생각이 같은가 보네요."

그녀는 아랫입술을 꽉 깨물며 말했다.

"파벨 공작이 경고했었어요. 황궁에는 '르벨리안의 사랑을 받는 소녀'가 있다고……. 실질적인 황녀는 저 보좌관인 거 아니에요?"

"카일리."

황제가 엄하게 그녀의 이름을 불렀으나 카일리는 말을 멈추지 않았다.

황금빛 눈동자 속에 불만이 가득 쌓인 듯했다.

"황녀가 되면 모두가 저를 존중해 줄 거라고 생각했는데……. 아빠가 원한다고 해서 '피의 실험'이라는 것도 거쳤는데. 아랫사람의 인사조차 받을 수 없는 거예요?"

"……."

"엄마가 돌아가시지 않았더라면, 제가 궁 밖에서 자라지 않았더라면……."

그녀가 코를 훌쩍이며 말을 이었다.

"아니, 차라리 돌아오지 않았더라면 쓸데없는 기대도 하지 않았을 텐데."

"카일리, 그런 말 하지 말아."

아르테스가 그녀의 말을 끊었다.

"그렇게 신경 쓰인다면, 리아넬라의 특권을 바꾸어 내게도 머리를 숙이지 않는 약식 인사만 하라고 하겠다."

"그게 무슨 해결이에요!"

카일리는 답답하다는 듯 빽 소리쳤다.

"그냥 파벨 공작가로 돌아갈래요. 제가 원하면 양녀로 삼아 줄 거라고요."

무언가 말하려던 황제가 입을 다물었다.

그는 평상심을 유지하려 애쓰고 있었으나, 카일리의 말 한마디 한마디가 칼처럼 아프다는 것은 표정만 봐도 쉽게 알 수 있었다.

"……아닙니다, 황녀 전하."

보다 못한 내가 말했다.

"특권은 제 선택으로 포기할 수 있는 것이니 제가 정식 인사를 드리겠습니다."

나는 조금 전 황제와 아르테스에게 했던 것처럼, 그녀 앞에서 머리를 깊이 숙여 인사했다.

황제와 아르테스가 동시에 움찔하며 손을 뻗었으나, 나는 두 사람을 보지 못한 것처럼 절을 마쳤다.

그제야 카일리의 입가에 환한 미소가 번졌다.

"그럼, 앞으로는 이렇게 인사하는 거야? 나를 볼 때마다 항상?"

"그리하겠습니다, 전하."

"너무 기뻐요, 아빠."

그녀는 언제 얼굴을 찌푸렸냐는 듯, 행복한 표정으로 황제를 바라보았다.

나를 붙잡아 세우려던 그는 그 표정을 보고 멈칫, 손을 거두었다.

"……정말 그리하겠느냐?"

그가 깊은 한숨을 쉬며 내게 물었다.

"황족에게 예를 취하는 것은 어려운 일이 아닙니다."

황제가 눈을 지그시 감았다가 떴다.

"……네게 미안하구나."

나와 그의 눈이 잠시 마주쳤다.

문제가 다 해결된 상황인데, 묘하게도 그의 눈동자 속에는 조금 전보다 더 큰 갈등이 보이는 듯했다.

"오라버니 방으로 가서 더 놀아요, 아빠."

그가 뭐라고 더 얘기하려는 순간, 카일리가 두 사람의 팔짱을 단단히 끼고 몸을 돌렸다.

닮아 있는 세 사람의 뒷모습은 금방 내 시야 밖으로 사라져 버렸다.

나는 허공을 보며 참았던 숨을 깊이 내쉬었다.

"일이 많아서 그런가."

별것도 아닌데, 왠지 몸에 힘이 들어가지 않았다.

"가족이라⋯⋯."

은근히 질투가 난 건가.

나란히 걷던 그들의 뒷모습을 떠올리자, 오랫동안 생각하지 않았던 단어가 떠오르며 마음 한구석이 쓰렸다.

* * *

"각하, 디온 후작이 또다시 전갈을 보내왔습니다. 다음 달의 연회에 필시 오셔서 자리를 빛내 주시라는 부탁입니다."

"다오."

"베인 백작도 이번 달로 세 번째 전갈을 보냈습니다. 기존에 함께 했던 주류 사업을 다시 같이하고자 한다는 얘기입니다."

"버러지 같은 것들⋯⋯."

파벨 공작은 히죽 웃으며 사용인이 건넨 편지들을 받았다.

그는 봉투의 이름만 힐끗 보더니 그것들을 옆에 놓인 탁자에 툭 던졌다.

그곳에는 이미 여러 가문에서 보내온 초청장이며 사업 제안서가 잔뜩 쌓여 있었다.

잃어버린 황녀를 찾아낸 제국의 영웅.

그것이 지금의 파벨 공작이었다.

황제는 예의를 차리기 위해 약간의 재물을 내리는 것 외에 다른 행동을 하지 않았으나, 귀족들 사이에서 그의 지위가 확고해지는 데는 다른 것이 필요하지 않았다.

파벨 공작은 황녀를 데려오기만 한 것이 아니라, 그 황녀가 여러 자리에서 노골적으로 칭찬하고 따르는 자이기도 했으니까.

황제와 황태자의 사랑을 한 몸에 받는 황녀가 그의 손을 잡고 있으니, 파벨 공작의 위세를 의심하는 이는 사실상 없었던 것이다.

"진작 이렇게 할 것을……."

그가 혼잣말로 중얼거렸다.

떨어져 나갔던 세력이 순식간에 회복되었으니, 이제 계획의 다음 단계를 진행해야 했다.

"황녀의 전갈은 없느냐?"

"탁자 가운데 있습니다."

사용인은 황금색 봉투를 파벨 공작의 손에 쥐여 주었고, 공작은 빙긋 웃으며 그녀가 전하는 황궁의 상황을 읽어 내려갔다.

황제의 대녀인 로잘린 오페르니아도, 그토록 총애받던 리아넬라 셀레스도 황제궁 근처에 오기 어렵다는 이야기가 담겨 있었다.

'조금만 더 가면…….'

그가 마음속으로 수많은 계산을 했다.

그의 눈에 가장 거슬리는 두 사람을 처리할 수 있는 기회가 눈앞에 어른거리는 것 같았다.

* * *

황녀가 입궁한 지 한 달 하고도 열흘.

황궁 연회장은 또 한 번 화려하게 장식되었다.

곳곳에 배치된 분홍빛의 보석이며 하늘하늘한 천 장식 때문인지, 전에 있었던 연회들에 비해 동화 같은 분위기가 연출되고 있었다.

"데뷔탕트의 주인공, 카일리 황녀 전하이십니다."

연회장 2층의 문이 양쪽으로 열리고, 머리에 단 분홍 리본을 제외하면 온통 황금색으로 장식한 카일리가 그 모습을 드러냈다.

"어머, 어쩜 저렇게 사랑스러우실까."

"황후께서 살아 돌아오신 것 같아요."

"뒤늦은 데뷔탕트라니, 폐하의 사랑을 한 몸에 받는다는 게 사실인가 봅니다."

그녀가 계단을 다 내려오자마자, 순식간에 대여섯 명의 귀족 영애들이 카일리 곁으로 몰려가 인사를 했다.

이미 안면을 튼 듯한 캐롤 루리엔, 카트린 발레리 등이 그녀의 양옆에 섰다.

나는 황녀를 보며 해사하게 웃는 또 다른 검은 머리 여자를 보고 헛웃음을 지었다.

"전하께 인사 올립니다."

그녀는 권력 앞에서라면 절대로 미소를 잃지 않는 여자, 미엘라 르웰린이었으니까.

미엘라는 몇 걸음 떨어진 곳에 서 있는 나를 보고 혀를 쏙 내밀었다.

'나 이런 사람인 거 몰랐니.'

'누가 뭐래. 잘 보여서 출세해 보든가.'

'넌 왜 안 끼고 거기 있는데? 자리 만들어 줘?'

'됐거든?'

눈짓으로 대략 이런 대화를 주고받은 우리는 각자 다른 곳으로 몸을 틀려 했다.

"어머, 리아넬라!"

익숙한 목소리가 친한 척을 하기 전까지.

"황녀 전하를 뵙습니다."

못 본 척 피하려던 나는 체념하고 그녀를 향해 예를 갖추었다.

고개를 들자 세상의 행복을 다 가진 듯한 카일리의 미소가 눈에 들어왔다.

"보좌관도 내 데뷔탕트에 초대되었구나! 몰랐지 뭐야."

그녀는 귀여운 눈을 동그랗게 뜨며 검지손가락으로 나를 척, 가리켰다.

"황녀 전하, 셀레스 남작은 황실의 모든 연회에 항상 초대된답니다."

미엘라가 당혹스러운 미소를 지으며 설명했다.

"어머, 그래?"

카일리가 입을 가리며 말했다.

"하긴, 연회에도 일할 사람들이 필요할 테니까."

그녀의 말에 캐롤과 카트린이 킥, 하고 웃음을 터뜨렸다.

"맞아요, 황녀 전하. 연회장에서 일손은 항상 필요하죠."

"부지런히 일을 하지 않으면 쫓겨날 거라고요."

당연히 나를 향한 조롱이었으나, 카일리는 아무 뜻도 없었다는 듯 눈을 깜빡이기만 했다.

"저기, 리라, 리라라고 불러도 되지?"

"셀레스 남작이라 불러 주십시오."

"그러지 말고, 리라. 나 와인 한 잔만 가져다줄래?"

그녀는 내 말을 완전히 무시하며 명했다.

나와 미엘라가 동시에 미간을 찌푸렸고, 캐롤과 카트린은 다시 한번 쿡, 하고 웃음을 터뜨렸으며, 나머지 영애들은 어쩔 줄 모르는 표정으로 우리 둘을 번갈아 보았다.

'점점 선 넘네.'

"음료를 가져다드리는 건 제 일이 아닙니다, 황녀 전하."

나는 최대한 감정을 누르며 대답했다.

"목이 너무 말라서 그래. 넌 황실의 보좌관이잖아? 그럼 나를 보좌해 줄 수도 있는 거 아니야?"

"황녀 전하를 보좌해 음료를 가져다줄 사람은 많습니다. 가슴에 녹색의 손수건을 꽂은 자들에게 지시하세요."

나는 쟁반을 들고 돌아다니는 시종들을 눈짓으로 가리키며 말했다.

"하지만…… 저 사람들이랑은 초면인걸."

그녀는 부끄럽다는 듯 시선을 아래로 내리깔았다.

"별것도 아닌데, 그냥 좀 해 주면 안 돼? 난 어떤 와인이 좋은지도 모른단 말이야."

카일리가 다시 고개를 들고 나를 똑바로 바라보았다.

"원래 있던 오페르니아 공작가에서는 사용인이었다며."

그녀의 눈동자는 조금도 흔들리지 않은 채 나를 향하고 있었다.

얼핏 보면 아무것도 모르는 것 같은 벌꿀 색의 눈동자 속에는, 미미한 조소가 묻어 나오고 있었다.

아아, 그런 거구나.

나는 그제야 깨달았다.

나를 향한 카일리의 무례는, 단순히 교육의 부족에서 나오는 순수함이 아니었다.

그녀는 알고 있었다. 아이 같은 눈으로 내뱉는 말들이 나를 불편하게 만든다는 것을.

나를 의식해서든, 그냥 마음에 안 들어서든, 그녀는 의도적으로 나를 공격하고 있었다.

"황녀 전하, 와인은 제가 가져다드릴게요."

미엘라가 진땀을 흘리며 우리 둘 사이에 끼어들었다.

"저는 제국에서 가장 섬세한 혀를 가졌답니다. 어울리는 것으로……."

"거기 너, 가까이 와."

미엘라가 말을 미처 끝내기 전, 내가 가까이에 있던 시종에게 손짓했다.

"예, 남작님."

"가장 왼쪽에 있는 잔을 다오."

"예?"

황금색 쟁반 가득 술잔을 나르던 그가 어리둥절한 표정으로 나를 보더니 금세 고개를 숙였다.

"예, 남작님."

그는 망설이지 않고 보랏빛 액체가 가득 담긴 잔을 내게 건넸고, 나는 그것을 다시 카일리에게 전달했다.

"어머, 예뻐라."

그녀는 의기양양하게 잔을 받더니 나를 보며 환한 미소를 지었다.

"이거 봐, 어렵지 않잖아? 앞으로도 그렇게 해 주면 편하잖아."

카일리는 말을 마치더니 들고 있던 잔을 입술에 가져다 대고 쭉 마셨다.

내 입가에 미소가 떠올랐고, 미엘라의 동공이 커졌다.

"남작, 이거 설마……."

"커헉! 콜록, 콜록! 퉷!"

그녀가 말을 끝내기도 전, 카일리가 캑캑거리며 기침을 하기 시작했다.

"어머나! 황녀 전하!"

"황녀 전하, 괜찮으세요?"

주변에 있던 사람들이 호들갑스럽게 그녀를 에워쌌으나, 기침은 쉽게 멈추지 않았다.

"케헤헥! 커헉! 이게 뭐야!"

"뭐라니요, 원하셨던 와인입니다. 북서부의 에에크 영지에서 새로 만든 특산품이고, 높은 도수와 강렬한 맛으로 미식가들이 찾는 물건이죠."

내가 손수건을 건네며 태연하게 설명했다.

"쓰, 쓰고 매워서 마실 수가 없잖아!"

그녀는 눈물에 콧물까지 흘리며 나를 노려보았다.

"어머, 못 드시는군요."

나는 부채로 입을 가리며 말했다.

"이, 이런 걸 마시는 사람이 어딨어! 혀가 마비된 자들이 아니고서야……."

"그럴까요?"

나는 그녀의 손에서 술잔을 받아 아무렇지 않게 쭉 넘겼다.

알싸하고 매운맛이 목을 타고 넘어갔다.

멀쩡하네, 뭐.

성인이 되자마자 황궁과 오페르니아 공작가에 들어오는 온갖 종류의 술을 맛볼 수 있었던 나로서는 특별할 것이 없는 맛이었다.

물론 와인 자체를 거의 마셔 본 적 없는 카일리에게는 다를 테지만.

"맛이 독특하죠. 호불호가 심하게 갈리는 종류이고요."

"그걸 알면서…… 일부러 그런 거지?"

"저는 제 입맛, 폐하의 입맛, 그리고 황태자 전하의 입맛을 고려해서 골라 드린 것뿐이랍니다. 전하의 입맛을 제가 알 리가요."

"……."

"입에 맞지 않다면, 다음부터는 직접 시종을 불러 황녀 전하께 맞는 와인을 고르시면 됩니다."

"너……."

"황제 폐하께서는 적재적소에 인재를 배치하셨지요. 각자에게 맞는 일이 있으니까요. 조금 전처럼 제게 맞지 않는 일을 시키면 원치 않는 결과가 생기는 법입니다."

"……."

그녀는 한참이나 분노에 찬 얼굴로 나를 바라보았다.

머릿속으로 얼마나 많은 욕을 쏟아 내고 있을지 훤히 보였다.

이쯤에서 그만둬야겠지.

"하실 말씀이 없다면 가 보겠습니다."

"잠깐."

먼저 돌아서던 내게 그녀가 말했다.

"맞는 일을 시키라고 했지."

이글거리는 눈동자는 이제 선명한 악의를 띠고 있었다.

"그렇습니다."

"아빠가 그러셨어. 내 일 중 하나는 오페르니아 공작가와 황실의 관계를 중간에서 조율하는 거라고."

나는 고개를 끄덕였다.

양쪽에 친분이 있으니 당연한 이야기였다.

카일리의 입꼬리가 미세하게 올라갔다.

"그럼 황실의 일원인 나를 대신해서, 저기 있는 오페르니아 소공작에게 말을 전해."

"……예?"

"첫 곡이 시작될 무렵, 내게 와서 춤을 청하라고."

나는 그녀가 손가락으로 가리킨 곳으로 얼굴을 돌렸다.

연회장 반대편에서 이쪽을 지그시 보고 있는 것은 분명히 그였다.

'루시안.'

백색과 푸른색이 섞인 제복을 단정하게 갖춰 입은 익숙한 모습, 웃지도, 찡그리지도 않은 채 가만히 이쪽을 바라보는 깊은 눈.

오랜만에 보는 모습에 묘한 감정이 들었다.

안 본 사이에 그는 조금 더 수척해져 있었다.

턱선은 더 날렵하고. 얼굴은 더 하얗고, 묘하게 더 잘생겨 보이는 것 같기도 했다.

"어서 가. 가서 내가 부른다고 해."

나는 입술을 깨물었다.

카일리가 굳이 루시안과 춤을 추고자 하는 이유는 뻔했다.

내 옛날 주인에게 에스코트 받음으로써, 나와 다른 제 지위를 과시하겠다는 것.

한마디로 루시안을 이용해 나를 약 올리겠다는 것이었다.

"싫습니다."

내가 딱 잘라 말했다.

"뭐?"

그녀는 충격받은 얼굴로 눈을 동그랗게 떴다.

"이유를 대도 이해하지 못하실 테니 말씀드리지 않겠습니다. 그냥 싫습니다."

"아, 아빠에게 말하면……."

"가슴 아파하시겠지요. 따님께서 다른 이를 존중하지 못한다는 점을요."

카일리와의 평화는 이미 깨졌음을 직감한 나는 거침없이 말했다.

"……."

"그리고 가르쳐 주실 겁니다. 데뷔탕트의 주인공이 갖춰야 할 매너를, 황족의 품위를. 그 외에 전하께서 아직 갖추지 못하신 다른 것들도요."

"하……."

조목조목 지적하는 내 말에 그녀는 한동안 나를 노려보았다.

우리 둘은 몇 초 동안 물러서지 않고 눈싸움을 했다.

이윽고 그녀가 천천히 얼굴을 일그러뜨리며 웃었다.

"'르벨리안의 사랑을 받는 소녀', 그리고 '르벨리안의 성녀'. 둘 다 참 특별한 취급을 받네."

"……."

"파벨 공작께서 그러셨어. 두 사람은 아빠의 편애를 받고 있으니 조심하라고. 갈등이 생겨도 내 편을 들어 주지 않을 거라고."

"갈등이 일어난 이유가 황녀 전하라면 그렇겠지요."

"아직도 나를 가르치려 해? 누가 황녀인지 모르겠네."

"……."

"네가 그렇게 당당한 걸 보면, 나를 생각하는 아빠의 마음이 딱 거기까지라는 거겠지."

애써 냉소를 짓는 그녀의 눈에 눈물이 차올랐다.

"그런 말씀 마세요, 황녀 전하. 폐하께서는 세상 누구보다도 전하를 사랑하는데요."

"맞아요. 전하께서 내리신 선물은 다른 누구도 받은 적 없는 값비싼 것들이랍니다."

그녀를 둘러싼 이들이 발을 동동거리며 위로하려 했지만 소용없었다.

"오늘 말씀드릴 거야. 리아넬라 셀레스 때문에 힘들어서 황궁에 더는 있지 못하겠다고. 나랑 너, 둘 중에 한 명은 황궁에서 나가야 한다고."

이를 악물고 협박을 쏟아 내는 그녀를 보며, 나는 작게 웃음을 지었다.

여기서 누르지 못하면 아마 기회가 없을 터.

"마음대로 하시지요, 전하. 폐하께서 저를 쫓아내셔도 수당과 급여를 챙겨서 나가면 그만이랍니다. 제게는 제 소유의 집도 있고, 다른 수입도 있으며, 언제든 저를 받아 줄 친우도 있으니까요."

나는 그녀에게 바짝 다가가, 다른 이들에게 들리지 않을 정도의 목소리로 덧붙였다.

"쫓겨났을 때 갈 곳이 없는 것은 오히려 전하겠지요."

"뭐, 뭐라고?"

그녀의 얼굴이 붉어졌다.

"파벨 공작님은……. 귀족들은 황제 폐하와 얼굴을 붉힌 황녀를 환영

하지 않습니다. 받아 줬다가는 오히려 미움을 살 수 있으니까요. 믿지 못하신다면 저기 있는 캐롤 루리엔에게 물어보세요."

나는 당황한 얼굴로 이러지도 저러지도 못하는 캐롤을 가리키며 말을 이었다.

"오늘 밤 폐하와 절연하면, 폐하와 척지고서라도 전하를 받아 줄지."

"……."

그녀의 입술이 몇 차례 달싹거렸으나 끝내 어떤 말도 뱉어 내지 못했다.

속으로는 내 말이 사실이라는 것을 알고 있었을 테니까.

"그러니 노력하세요. 폐하의 마음이 전하 곁에 머무르도록. 그분께 기쁨을 드리세요."

"……."

"그렇게 황실의 평화가 유지되는 것이, 제 바람이기도 하답니다."

나는 진심을 가득 담아 카일리에게 말했다.

그러고는 더 이상 대답을 하지 못하는 그녀를 남겨 둔 채 돌아서서 연회장을 가로질렀다.

"후우……."

나는 연신 손부채질을 하며 후문을 찾았다.

뒤늦게 얼굴까지 뻗친 열이 느껴졌다.

문을 나서는 순간, 누군가의 손이 부드럽게 내 팔을 후원 쪽으로 끌어당겼다.

"누구……?"

"누구라니."

나직한 목소리가 귓가에 속삭였다.

"내 생각 자주 하라고 했었잖아."

고개를 돌리자 씩 웃는 가지런한 치아가 보였다.

나를 내려다보는, 사파이어를 박아 넣은 듯한 눈동자도, 달빛을 받아 더 반짝이는 얼굴도.

"……소공작님."

"보고 싶었어, 리라."

루시안이 나를 더 가까이 끌어당기며 말했다.

"보고 싶어서 미치는 줄 알았어."

"잘 지냈어?"

그가 물었다.

달빛 아래 드러난 얼굴선이 유난히 선명해 보였다.

아련한 표정이며 반짝이는 눈동자가 또다시 나를 자극할 준비가 되어 있는 것 같았다.

나는 천천히 눈을 깜빡이며 그를 올려다보았다.

"난 잘못 지냈……."

"……흡."

이유는 알 수 없었다. 몸이 너무 피곤해서인지, 조금 전 카일리와의 일 때문인지, 황제와 아르테스에 대한 서운함이 터진 건지. 오페르니아에 두고 온 사람들이 생각나서인지.

아니면 그냥 그가 너무 보고 싶었던 건지.

루시안의 얼굴을 본 순간, 갑자기 울컥하는 감정이 목 끝까지 치밀어 입 밖으로 터져 나오고 말았다.

"리라……?"

"흡, 흐윽."

참으려고 해 볼 새도 없이, 갑자기 눈물이 가득 차올라 속눈썹 끝에 매달렸다.

루시안의 동공이 순식간에 확장되었다.

"누가……. 누가 그런 거야?"

"으흑."

"리라, 말만 해 줘. 황녀가 그런 거야? 내가……."

"흡."

얼굴을 가리려고 고개를 숙이자 이마에 그의 가슴팍이 닿았다.

루시안은 빠르게 팔을 뻗어 나를 감싸 안았다.

"흐으으윽……."

온기가 몸을 감싸자 나는 더욱 서럽게 울기 시작했다.

온갖 서러움, 외로움, 피로함, 그리움 같은 감정이 혼란스럽게 뒤섞여서 터져 나왔고, 한 번 시작된 울음은 도저히 그칠 수가 없었다.

루시안은 어쩔 줄 모르겠다는 듯 조심스럽게 내 머리와 등을 쓸었다.

그의 손이 미세하게 떨리는 것이 느껴졌다.

"이게 아닌데……."

그가 나직하게 중얼거리는 소리가 들려왔다.

긴장한 건지, 화가 난 건지, 루시안의 호흡이 조금 거칠어져 있었다.

"리라."

"……히끅, 흑."

아무리 달래도 달래지지 않자, 그는 천천히 내 등에서 손을 떼고 양손으로 내 뺨을 감쌌다.

촉.

이마에 따뜻한 입술이 닿았다.

나는 울음을 멈추지 않았다.

촉.

이번에는 뺨에 닿았지만, 눈물은 계속 흘렀다.

루시안이 미간을 조금 찌푸린 채 심호흡을 했다.

그러고는 다시 한번 내 얼굴을 가까이 끌어당기더니, 내 입술에 자신의 입술을 부드럽게 맞댔다가 뗐다.

"……어?"

순간, 모든 것이 멈추었다.

울음도, 어깨의 떨림도, 딸꾹질도.

아니, 우리 둘을 감싼 시간과 공간까지 얼어붙은 기분이었다.

나는 홀린 듯 멍한 얼굴로 그를 바라보았다.

"효과…… 있어?"

그가 나직하게 속삭였다.

아무 생각도 나지 않았다.

황제에 대한 서운함도, 업무로 인한 피곤함도, 조금 전 연회장에서의 일도.

이 순간만큼은 기억에서 지워진 것만 같았다.

입술에 남아 있는 간질거리는 느낌, 빨라진 심장 박동, 가까이서 느껴지는 루시안의 숨결, 그것들이 내 머릿속을 가득 채우고 있었다.

나는 돌이 된 것처럼 그와 마주 본 채 가만히 서 있었다.

"리라……."

"다시요."

루시안의 눈동자가 거칠게 흔들렸다.

"지금 뭐라고……."

"다시."

"……!"

제대로 들었다는 것을 확인하자마자, 그는 제 얼굴을 기울여 다시 내게 입을 맞추었다.

조금 더 진하게, 조금 더 오랫동안.

온몸이 떨리고 심장이 터질 것처럼 뛰었다.

황홀한 느낌이 온몸을 스치고 지나갔다.

감각 하나하나가 새로 깨어난 것처럼 예민했다.

"다시……."

말이 끝나기도 전에 루시안의 손이 내 허리를 잡고 끌어당겼다.

아무것도 들리지 않고, 아무것도 보이지 않았다.

다시, 또다시.

더 이상 말이 필요하지 않았다.

우리 둘은 계속해서 입술을 맞대고 떨어뜨리기를 반복하며, 황궁의 후원에서 한참 동안 서 있었다.

* * *

아직 별이 지지 않은 새벽.

루시안은 멍한 얼굴로 연무장 구석의 의자에 털썩 주저앉았다.

상기된 얼굴, 아직까지 떨리는 손, 깊은 생각에 잠긴 듯 먼 곳을 바라보는 눈.

한 마디로, 그의 정신은 다른 곳에 가 있었다.

"……저기, 소공작님?"

알로가 세 번째로 그를 불렀다.

"어이, 안 들리냐?"

키르시안도 검집으로 그의 발을 툭툭 건드렸다.

"후……."

루시안은 하늘을 올려다보며 한숨을 내쉬었다.

"이봐, 우리 여기 있는 거 보여? 오는 길에 마물이라도 만난 거야?"

"소공작님, 늦게라도 연무장으로 오신대서 제가 키르시안 님까지 억지로 모시고 왔는데……."

"……뻤다."

이윽고 입을 연 그의 입에서는 엉뚱한 말이 흘러나왔다.

"뭐?"

"예뻤다고."

루시안이 마른침을 삼키며 중얼거렸다.

지그시 눈을 감자 다시 리아넬라의 모습이 어른거렸다.

평소와 다른 짙은 남색의 드레스 차림에 길게 늘어뜨린 곱슬머리.

귓불과 목을 장식한 반짝이는 장신구.

그를 본 순간 동그랗게 커진 눈.

그리고…….

'흡…….'

갑자기 몸을 떨며 울던 모습까지도.

그는 입술을 씹으며 마른세수를 했다.

원래 계획은 이게 아니었다.

잠시 그녀와 거리를 뒀다가, 그가 그리워질 때쯤 다시 나타나는 것.

그녀가 좋아하는 자신의 최대 장점, 잘생긴 얼굴로 시선을 빼앗는 것.

아르테스든, 다른 누구든 떠오르지 않을 정도로 화려한 모습으로 리아넬라를 현혹시키는 것.

얼굴만으로 안 되면 눈물이라도 보여서 그녀의 마음을 강하게 흔드는 것.

그런 거창한 계획이 있었다.

그녀와 마주하기 전까지는.

하지만 큰 눈에 맺힌 투명한 액체를 본 순간, 이성의 끈이 끊겨 버렸다.

두 가지 생각이 동시에 그를 지배했다.

첫째, 눈물의 원인이 된 자를 찾아 찢어 버리고 싶다는 생각,

둘째, 가늘게 떠는 몸을 안고, 달싹거리는 입술에 입을 맞추고 싶다는 생각.

머릿속이 아득하고 제대로 사고할 수가 없었다.

'이런 기분이었나.'

그는 한숨을 푹 쉬며 제 손에 얼굴을 묻었다.

소중한 사람이 우는 모습을 보는 기분이. 그리고 그로 인해 꼼짝도 하지 못하는 기분이.

'……죽일 놈이다.'

그가 눈물을 무기로 쓰던 과거의 자신을 향해 욕을 지껄였다.

그러면서도 머릿속 한구석에는 입맞춤의 순간이 떠올라 그를 혼란스럽게 만들었다.

부드러운 뺨, 이마, 입술, 모든 감촉이 아직도 그를 자극하고 있었다.

"의사 불러드려요?"

알로가 고개를 갸웃하며 물었다.

"로잘린 님은 요즘 계속 황궁에……."

"아픈 게 아니네. 저 표정은 여자 문제다."

키르시안이 알로의 말을 끊었다.

자색 눈을 가늘게 뜬 그가 루시안을 빤히 바라보더니 툭 내뱉었다.

"리아넬라지?"

"네? 설마 두 사람……."

알로는 그제야 무언가 깨달은 듯 화들짝 놀라 뒤로 물러섰다.

"드디어 마음 확인이라도 한 겁니까?"

"……."

"하, 나 진짜……."

루시안의 침묵을 긍정으로 받아들인 그는 어이없다는 듯 헛웃음을 지었다.

"기어이 저보다 먼저 연애를 시작하십니까? 응?"

그가 질투 나서 못 견디겠다는 듯 부들부들 떨었다.

“저나 소공작님이나 평생 짝사랑만 하는 동지인 줄 알았더니…… 뒤에서 진도 다 나가신 거예요? 비겁하게…….”

“그게 왜 애 탓이야. 넌 고백했다가 차였고, 이쪽은 고백해서 잘된 건데.”

“큭…….”

키르시안의 일침에 알로는 칼이라도 맞은 듯 움츠러들었다.

키르시안은 곧바로 루시안을 향해 시선을 돌렸다.

“그나저나 대체 어떻게 된 거야?”

부드러웠던 눈매는 다소 날카롭게 올라가 있었다.

“마음이 확실하게 통했다면 내버려 두겠지만, 억지 호소 같은 걸로 그 애를 혼란스럽게 만들었다면, 난…….”

“……울렸어.”

“뭐?”

키르시안의 눈썹이 꿈틀, 움직였고, 그의 손이 루시안의 멱살을 향했다.

“다시 말해 봐. 네가 뭘 어쨌…….”

“내가 아니라, 다른 사람이.”

루시안이 천천히 그를 바라보며 말했다. 키르시안의 눈이 커졌다.

“뭐?”

“알아봐야 할 것이 있어, 키르시안.”

루시안이 나직하게 말했다.

“돌아온 황녀의 뒤를 캐야겠어.”

“…….”

정신을 다잡은 그의 얼굴은 차분하게 가라앉아 있었다.

사냥을 시작하기 직전처럼, 그는 무언가에 집중하고 있었다.

“모든 것을 알아볼 거야. 단 하나의 약점도 놓치지 않도록.”

어둠 속에서 그의 눈이 번쩍 빛났다.

"남해의 해적 건, 마력석 수출 건, 그리고 서대륙에 대한 외교 사절단 건입니다."

나는 수백 장짜리 보고서를 황제 앞에 내려놓았다.

"폐하께서 직접 보시겠다고 하여 가져왔습니다."

"……전부 네가 했느냐?"

자신의 궁에서 아르테스, 카일리와 함께 차를 마시던 황제가 눈을 크게 떴다.

"최근 제가 직접 보지 못한 업무를 리아넬라가 대신한 까닭입니다."

아르테스가 면목 없다는 듯 고개를 푹 숙였다.

"카일리가 돌아오고 너도 바빴지. 업무에 빈틈이 없어서 의아하던 참이었다."

황제가 나를 향해 고개를 끄덕였다.

"데뷔탕트가 끝났고 카일리도 황궁에 적응했으니 너를 혹사시키는 것도 여기까지……. 리아넬라?"

소파에 앉아 내 얼굴을 올려다보던 황제가 눈썹을 치켜올렸다.

"무슨 일이 있느냐?"

"네?"

"멍한 표정에, 내 말은 반만 듣는 것 같고, 과중한 업무에도 불만 하나 없고……."

그의 미간에 보일 듯 말 듯 한 골이 팼다.

티가 났구나.

나는 그제야 정신을 바짝 차리려 눈을 부릅떴지만, 황제에게는 그것까지도 의심스럽게 보인 듯했다.

"소공작을 만났느냐?"

그가 불쑥 물었다.

"데뷔탕트에 오셨기에, 인사를 드렸……."

"인사 정도가 아닌 듯한데."

그의 눈매가 날카롭게 바뀌었다.

"무슨 일이 있었던 거야?"

옆에 앉아 있던 아르테스도 비슷한 표정을 지었다.

"아무……. 히끅, 일도 없었습니다."

강하게 부인해 보았지만 황제와 아르테스의 얼굴은 더더욱 심각해 보였다.

"리아넬라, 근 한 달 내가 너에 대해 신경을 쓰지 못한 건 사실이지만 필요한 것이 있다면……."

"일을 더 주세요, 폐하."

황제가 말꼬리를 흐리는 틈을 타 내가 말했다.

최근 머릿속이 복잡한 것은 사실이었다.

업무에 집중할 때를 빼면 루시안이 내 머릿속을 가득 채우고 있다는 것도.

그래서 뭐든 필요했다.

복잡한 머릿속을 단순하게 해 줄 노동이.

물론 수당은 따로 청구할 거고.

"그냥 업무를 많이 많이 시켜 주시면 감사하겠습니다."

"……가끔 보면, 넌 부황을 닮은 것 같아."

아르테스가 한숨을 쉬며 말했다.

"테스마에 따르면 모후와 처음 만났을 때 부황도……."

"……일단 가 보거라. 이 이야기는 아직 끝나지 않았다는 것만 알아 두고."

황제가 헛기침을 하며 아르테스의 말을 막았다.

나는 힐끗 황제 반대편에 앉은 카일리의 얼굴을 보았다.

내가 들어선 순간부터 그녀의 표정은 좋지 않았다.

뭐라고 말은 안 하고 있지만, 자신이 대화의 중심이 아닌 것이 불만인 듯한 얼굴이었다.

황제가 더 말하지 않으려는 것이 이해가 갔다.

"물러가겠습니다."

인사를 하고 나가려는 순간 카일리가 나를 보지 않으려는 듯 고개를 휙 하고 돌렸다.

움직임이 컸기에 그녀의 긴 머리칼이 내 목걸이와 엉켜 버렸고, 그녀는 인상을 찌푸리며 비명을 질렀다.

"아악! 무슨 짓이야! 아파!"

다급히 목걸이를 풀어 보려 했으나 머리칼이 감긴 위치가 좋지 않았는지 잘 풀어지지도 않았다.

그녀는 자신의 머리칼을 붙잡고 거칠게 당겼다.

그 바람에 내 몸이 휘청하고 움직였다.

"리아넬라!"

황제와 아르테스가 동시에 손을 뻗었지만 내가 한발 더 빨랐다.

"악!"

목걸이를 한 손으로 꽉 잡고 버티자, 무식하게 힘을 주어 제 머리칼을 당기던 그녀는 중심을 잃고 내가 있는 방향으로 반쯤 쓰러졌다.

"조심하세요, 황녀 전하. 풀지 않고 무턱대고 당기면 넘어지십니다."

"너…… 또 일부러!"

그녀가 헝클어진 머리를 거칠게 쓸어 넘기며 나를 노려보았다.

"……카일리, 한두 가닥이 엉킨 것뿐이야."

아르테스가 보다못해 끼어들었다.

"그냥 자르면……."

"어떻게 그런 말을 해요, 오라버니."

그녀는 눈물이 그렁그렁한 채 말했다.

"머리칼도 제 일부란 말이에요. 자르려면 목걸이를 잘라야지."

나는 흠칫하며 한 손으로 목걸이를 잡았다.

몇 년 전 루시안이 준 물건이었다.

어디서도 대체물을 찾을 수 없는, 장미 모양의 변신형 마력석.

"못 들었어? 어서 줄을 잘라."

"……싫습니다."

내가 대답했다.

장미 목걸이의 줄은 언뜻 보면 흔한 백금 줄로 보였지만 실제로는 아니었다.

몇 년 전, 내가 성배를 접촉하고 기절한 후로, 루시안이 마력 흡수로 인한 충격을 줄여 주는 또 다른 마력석으로 목걸이 줄을 만들어 주었으니까.

"대체할 수 없는 물건입니다."

"내 몸은 대체가 된다고 생각해?"

그녀가 비아냥거렸다.

"어서 줄을 잘라."

"자르지 않는다면요?"

"황명을 어길 참이야?"

순간, 방 안에 침묵이 감돌았다.

나와 황제, 아르테스가 동시에 눈을 크게 떴으나 카일리는 무언가 잘못됐다는 사실을 눈치채지 못한 듯했다.

"황명……이라 하셨습니까?"

"물론. 내 말을 안 들어도 어차피 아빠가 나 대신 명령할 거니까."

지난번 연회장에서 기가 눌렸던 일은 완전히 잊은 듯, 그녀는 의기양양한 표정이었다.

황제 앞이니 내가 감히 더 대들지 못할 거라고 생각하는 듯했다.

"그러니 내 명령은 곧 황명이나 같아. 그러니 어서……."

"그 입 다물거라."

무거운 목소리로 끼어든 사람은 황제였다.

온화했던 눈은 어느 순간 얼음처럼 차갑게 변해 있었고, 그 음성에는 오금을 저리게 하는 위압감이 서려 있었다.

"……아빠?"

카일리는 그제야 어리둥절한 얼굴로 그를 돌아보았다.

"잘못은 얘가 했는데 왜 나를 보는 거……."

"내가 네 교육을 지나치게 소홀히 했구나."

그가 웃음기 없는 표정으로 말했다.

"그게 무슨……."

"황명을 빙자해 다른 이의 재물을 훼손하려 했느냐."

그가 싸늘하게 말했다.

내리누른 분노가 내게도 느껴질 정도였다.

"너에게 있어서 황족의 위치란 그런 것이더냐."

"그게 아니라……."

처음 보는 황제의 모습에 패닉한 카일리가 입술을 덜덜 떨었다.

"너를 방임한 결과가 이리도 위험하구나. 네게 준 적도 없는 권력을 함부로 휘두르다니. 심지어 네가 망가뜨리려는 물건은 오페르니아의 마력석이다."

나와 아르테스조차 마른침을 삼켰다.

황명은 오직 황제만이 내릴 수 있는 것.

다른 누구라도 황명이라는 말을 함부로 입에 담을 수는 없었다.

겨우 머리카락 몇 가닥을 지키는 것이 그 이유의 전부라면 더더욱 말이 되지 않는 것이 당연했다.

"잘라라."

황제가 작은 칼을 툭 던지며 말했다.

"아빠……."

화가 난 황제를 처음 본 듯, 카일리의 눈동자가 흔들렸다.

"직접 자르지 못한다면 아르테스가 대신 자르거라."

"흐윽……. 어떻게 나한테, 아빠가 어떻게 나한테……."

카일리가 서럽게 울며 칼을 쥐었다.

스륵.

머리칼 몇 가닥이 잘려 나갔고, 나는 비로소 자유롭게 움직일 수 있었다.

"남작에게 사과하거라."

"싫……. 싫어요."

"이것이야말로 황명이다."

황제가 힘주어 말하자 카일리는 몸을 흠칫 떨더니 다시 더듬더듬 입을 열었다.

"미, 미아……."

그녀는 빨리 마주 사과하라는 듯 나를 힐끗 올려다보았지만 나는 그대로 버티고 서서 그녀를 똑바로 바라보았다.

한 수, 두 수 물러 줄수록 더 사나워지는 것이 그녀의 습성인 듯했으니까.

"미안해."

"……이만 물러가겠습니다."

기어이 사과를 끝까지 받고 방을 나서는 나를, 카일리는 눈을 부릅뜬 채 한참 동안 바라보았다.

* * *

"망할 계집애."

카일리가 욕설을 지껄이며 황제궁 후원으로 뛰쳐나왔다.

"황녀가 되면 뭐든 마음대로 할 수 있다더니……. 그 늙은이도 날 속인 거야."

그녀는 조금 전 상황을 떠올리며 입술을 잘근잘근 씹었다.

노기등등한 황제의 얼굴.

조금도 제 편을 들어 주지 않던 아르테스.

그리고 자신은 아무 잘못도 하지 않았다는 듯 당당하던 리아넬라 셀레스.

"확 때려치우고 나갈 수도 없고……."

그녀는 주먹을 꽉 쥐었다.

황궁에 발을 디딘 이상 물러설 곳은 없었다.

사실 물러서고 싶지도 않았다.

짜증 나는 계집애만 빼면, 이 공주님 놀이는 꽤 재미있었으니까.

화려한 옷과 장신구, 잘난 아버지와 오라비, 그리고 자신만 보면 머리를 조아리는 사람들까지.

그래, 괜히 흥분할 필요가 없었다.

어차피 그 계집은 언젠가 처리될 터였으니까.

카일리가 후원의 장미를 감상하며 열을 식히려던 순간이었다.

"어……?"

그녀의 눈에, 장미보다 화려한 무언가가 불쑥 들어왔다.

붉은 꽃과 대조되는 푸른 계열의 제복, 제복과 어울리는 큰 키, 단 한 번 보고도 기억할 수밖에 없었던 아름다운 얼굴.

"오페르니아 소공작……?"

그녀로부터 열 걸음 정도 떨어진 곳에서, 루시안 오페르니아가 이쪽을 보며 빙그레 웃음 짓고 있었다.

"황녀 전하를 뵙습니다."

루시안이 정중하게 고개를 숙여 예를 갖추었다.

부드러운 매너와 온화한 말투가 조금 전의 황제와 대조되어서인지, 카일리는 저도 모르게 미소를 띠었다.

"저는 루시안……."

"오페르니아 소공작이죠? 알고 있어요."

그녀가 몇 걸음 다가서며 말했다.

"여긴 무슨 일이신가요?"

"오페르니아 가문은 황실과 진행하는 사업이 많습니다, 전하. 전갈이 있으면 보통 사람을 보내지만……."

그가 잠시 말을 끊었다가 다시 이었다.

"간혹 마음이 끌리면 직접 오기도 하지요."

화려하면서도 반듯한 얼굴이며 은은한 미소.

친절하면서도 어딘가 절제된 듯한 태도에, 그녀를 바라보며 예쁘게 휘어진 눈매.

'……대박.'

카일리는 속으로 감탄했다.

그녀가 처음 그를 눈에 담은 것은 데뷔탕트 연회에서였다.

짜증 나는 계집애 때문에 가까이서 말을 섞지는 못했지만, 처음 봤을 때부터 인상에 깊게 남은 남자였다.

아름다운 외모와 완벽한 신분, 드래곤을 잡았다는 화려한 경력까지도.

인기로는 옆에 있던 키르시안 세이든도 지지 않았지만, 카일리의 머릿속에 더 크게 자리 잡은 것은 루시안이었다.

'어울리잖아.'

황제가 사랑하고 황태자가 아끼는, 황금으로 빚어 만든 듯한 제국의 황녀.

그에 지지 않는 후광을 뿜어내는, 제국 최고 가문의 후계자.

그 이상 어울리는 그림이 있을까.

그야말로 그녀가 상상할 수 있는 가장 완벽한 삶이었다.

게다가 조금 전에 황제가 뭐라고 했던가.

'소공작을 만난 것이냐?'

오만하기 짝이 없는 리아넬라가 그 말에 당황했었다.

카일리는 바보가 아니었다.

리아넬라가 눈앞의 이 남자를 감히 마음에 담았다는 사실 정도는 알 수 있었다.

그 사실이 루시안을 더욱 매력적으로 보이게 했다.

"전하? 어디 불편하십니까?"

"아니에요, 소공작."

상상 속에 빠졌던 카일리가 방긋 웃으며 대답했다.

"저와 산책하시겠어요? 아빠한테 꾸중을 들었더니 기분이 좋지 않아요."

걱정된다는 듯, 루시안의 눈썹이 찌푸려졌다.

그는 이내 다시 예의 바른 미소를 띠며 그녀에게 고개를 끄덕였다.

"원하신다면 에스코트하겠습니다."

카일리는 최근 배운 대로 우아하게 손을 내밀어 루시안의 팔을 잡았다.

두 사람은 한동안 말없이 장미로 가득 찬 정원을 걸었다.

"황궁에는 수십 가지 색의 장미가 있지요. 전하께서는 어느 것이 가장 마음에 드십니까?"

색색의 꽃이 가득 핀 아치형 장식 앞에서 그가 물었다.

"으음……. 아무래도 짙은 자색의 장미가 신기해요."

"타실리에는 없었습니까? 그곳에서 자랐다고 들었는데요."

"있었지만……. 타실리 중앙 고아원에서는 보기 어려웠는걸요."

카일리가 쓸쓸한 표정으로 고개를 떨어뜨리며 대답했다.

그녀의 마음에 공감하는 듯, 루시안이 다시 미간을 찌푸렸다.

"그곳에서의 생활은 어땠습니까?"

"관심을 가져 주시는 건가요?"

"예, 전하."

루시안이 나직하게 대답했다.

"저는 황녀 전하께 관심이 무척 많습니다."

카일리가 순간 얼굴을 붉혔다.

"……힘들었어요. 원장이 가혹했거든요. 밥을 안 주기도 하고, 힘든 일도 많이 시켰죠."

"가엾군요."

그가 카일리를 향해 고개를 돌리며 물었다.

"지금은…… 그곳을 떠올려도 괜찮습니까? 몇 년 전, 타실리의 영주가 원장과 다른 관리자들을 처벌하고 고아원을 닫았다고 하더군요."

"이제는 괜찮아요."

그녀가 활짝 웃으며 루시안을 바라보았다.

"말씀처럼 정의로운 영주님이 나쁜 사람들을 처벌했으니까요."

"……."

"다 잘 끝난 데다, 이제는 아빠와 오라버니도 찾았는걸요."

햇살처럼 맑게 웃는 그녀를 보며, 루시안이 천천히 따라 웃었다.

"고아원이 사라진 날, 기쁘셨겠군요."

"물론이에요."

"……."

루시안이 걸음을 우뚝 멈추었다.

그는 잠시 생각에 잠긴 듯 고개를 대각선으로 기울였다.

"보기보다 냉정한 구석이 있으십니다."

그가 툭 내뱉었다.

"……네?"

"타실리령의 영주는 3년 전 중앙 고아원을 완전히 없애고 원장과 책임자들을 처단했습니다."

그가 자색 장미 한 송이를 꺾으며 말했다.

"순식간에 모든 것을 잃을 위기에 처한 원장은 이성을 잃고 고아원 안에서 버텼다죠. 자신을 보내 주지 않으면……."

"……."

"고아원에 남아 있는 아이들을 전부 죽이겠노라고."

루시안의 입가에 있던 미소가 옅어졌다.

푸른 안광이 카일리를 꿰뚫을 것처럼 들여다보았다.

카일리의 안색이 창백하게 변했다.

"그 후 어떻게 됐는지 들으셨습니까?"

"그건……. 그건 제가 고아원을 떠난 후의 일이라……."

"영주는 원장과의 타협을 거부했고, 결국 수많은 아이들이 죽었습니다. 원장과 관리자들은 악인에 맞는 처벌을 받았고요."

"……."

"황녀 전하께서는 그것이 잘 풀렸다고 생각하시는 모양이군요."

그녀는 입술을 깨물며 대답을 망설였다.

심장이 쿵쿵거렸다.

"그날 고아원의 기록은 대부분 불타 버렸습니다. 그것에 누가 있었는지, 누가 죽었는지도 알기 어렵게 되었죠. 기록에서도 거의 지워진 사실입니다."

그는 여전히 건조하게 그녀를 응시하고 있었다.

조금 전까지 선명했던 루시안의 웃음이, 어쩌면 그녀를 향한 호의가 아니었을지도 모른다는 생각이 들었다.

"황제 폐하께서는 이런 말씀을 하지 않으시나 보군요."

"아빠는……. 아빠는 그날의 일에 대해 묻지 않았어요."

"아마 전하의 트라우마를 자극하기 싫은 것일 테지요. 실제로는 아무런 공포도, 충격도 느끼지 않으셨는데 말입니다."

그가 신기하다는 듯 말을 이었다.

"고아원에 있던 다른 아이들과 친하지 않으셨던 모양이고요."

"……하고 싶은 말이 뭐죠?"

카일리는 반사적으로 한 걸음 물러서며 물었다.

따스하던 그녀의 눈빛이 날카로워졌다.

달콤하던 분위기는 순식간에 가라앉았고, 두 사람은 경계 어린 표정으로 서로를 바라보았다.

"설마 나를 의심하는 건가요? 황족의 이능을 가진 나를? 피의 실험도 통과한 나를?"

"핏줄을 의심한다는 의미가 아니었습니다, 전하."

루시안이 대답했다.

"어쩌면 폐하의 환심을 사고자 성장 배경을 조금 더 어둡게 포장했을지 모른다는 생각은 있었지만요. 사실이든 아니든, 전하의 지위를 흔들 정도의 일은 아니지요."

"그럼……."

"하지만 조금 전 생각이 바뀌었습니다."

순간, 그의 눈동자가 싸늘하게 식었다.

보는 이를 얼어붙게 만드는 살기가 흘러나오는 것 같았다.

카일리는 본능적으로 몸을 떨었다.

"전하의 지위를 의심한다고 한 적도 없는데, 갑자기 피의 실험을 언급하시는 것이 이상하지 않습니까."

"……."

"만에 하나……."

"무, 무엄하다!"

카일리가 이성을 잃고 고함쳤다.

"감히 폐하의 피로서 진행한 실험을 의심해? 모두가 보는 앞에서 보였던 황족의 이능을? 그 말만으로도 역모가 될 수 있다는 걸 알아?"

"하지만 이곳에는 저와 황녀 전하 외에 아무도 없지 않습니까."

루시안은 태연하게 대꾸했다.

"폐하께서는 전하를 더 아끼시나, 저를 더 신뢰하십니다."

"……."

"전하께서 보여 주신 언행이 그다지 믿음직스럽지 않다는 소문은 모두가 알고 있습니다."

"이, 이 건방진……."

그녀가 얼굴을 있는 대로 일그러뜨리며 말했다.

식은땀이 흘렀다.

이 대화에 말려들지 말았어야 했다.

온몸이 긴장되어 더 이상 말도 제대로 하기 어려웠다.

"이능 이야기가 나와서 말인데, 저는 이해가 가지 않습니다."

그는 카일리를 향해 저벅저벅 다가서며 거침없이 말을 이었다.

"아무것도 없는 화분에서 장미를 피워 내신 전하께서, 자색 장미를 신기해하시다니요."

"그건 이능이 늦게 발현돼서……!"

"막 태어났을 때는 뺨에 점이 있었다는 말도 있더군요."

"크면서 외모가 바뀐 것뿐……."

"아, 다시 생각해 보니 그런 소문은 없었습니다. 하나 전하께서는 변명하시는군요."

"너……."

"어떻습니까? 거리낄 것이 없다면 황제 폐하께 제가 한 얘기를 전달하고 제 처벌을 청하시겠습니까? 아니면 혹시 제 의심이 폐하께 알려지는 것이 두려우십니까?"

그녀는 붉어진 얼굴로 루시안을 보며 씩씩거렸다.

"당장······."

한참을 그대로 있던 카일리가 다시 입을 열었다.

"당장 저리 꺼져."

그녀가 일갈했다.

"내 눈앞에서 사라져! 다시 나타나면 가만두지 않을 거야! 황족을 모욕한 일은 절대로 잊지 않을 거야!"

"······명 받들겠습니다."

루시안은 아무 일 없었던 것처럼 화사하게 웃으며 대답했다.

카일리는 폭발할 것 같은 얼굴로 부들부들 떨다가 휙 하고 몸을 돌려 뛰어가 버렸다.

"······의외의 수확인데."

혼자 남은 루시안이 조용히 중얼거렸다.

카일리에게 한 말은 사실이었다.

그는 오늘의 만남 전까지, 그녀의 혈통을 의심한 적이 없었다.

하나 지금은 달랐다.

예민한 본능이, 카일리의 묘한 태도가, 무언가 이상하다고 말해 주고 있었으니까.

피의 실험이든 뭐든, 그가 믿는 것은 자신의 감각이었다.

마물을 길들일 수 있었던 것도, 그간 마주했던 사냥감들의 움직임을 읽었던 것도, 리아넬라의 약점을 파고들 수 있었던 것도.

모두 상대의 심리를 읽어 내는 그의 감각 덕분이 아니었던가.

"기다려, 리아넬라."

그가 들고 있던 장미를 휙 던져 버렸다.

조금만 기다리면, 진실은 스스로 밝혀질 터였다.

＊ ＊ ＊

"황녀에게 뭘 어쨌다고요?"

나는 벌떡 일어나며 소리쳤다.

"들은 그대로야."

건너편에 앉은 루시안이 아무렇지 않게 대답했다.

갑자기 폭탄 같은 소식을 전한 것치고, 그는 꽤 평온해 보였다.

미친 건가.

온 제국에서 불면 날아갈까, 쥐면 꺼질까 하고 고이고이 대우하는 그녀에게 대놓고 시비를 걸고 왔다니.

그 와중에 혈통을 의심하는 발언까지 했으니, 그녀의 말처럼 역모에도 해당할 수 있는 죄였다.

"걱정 마. 사전에 사람을 물렸으니까. 황녀 외에 내 말을 들은 사람은 없어. 무슨 일이 생기면 부인할 거야."

"황녀를 적으로 돌리는 건 괜찮고요?"

"황녀가 오페르니아를 적으로 돌린 거야."

그는 조금도 물러설 생각이 없는 듯, 당당한 태도로 내게 대답했다.

"너를 울게 했으니까."

"……그렇게 말한 적은 없는데."

"보면 모를 것 같아?"

나는 작게 한숨을 쉬었다.

상황을 읽는 루시안의 능력은 뛰어났다.

연회장에서 잠깐 본 것에 몇 가지 소문만 가지고 나와 카일리의 관계가 어떤지 추측해 냈다.

"다 혼냈으면 어떻게 생각하는지도 얘기해 줄래?"

그가 부드럽게 물었다.

"황녀가 가짜일 가능성이요?"

내가 소리를 낮추어 묻자 루시안이 고개를 끄덕였다.

"……어려워요."

내가 말했다.

"무에서 생명을 피워 내는 능력은 과거 다른 황녀도 가졌던 이능이에요. 발현이 늦어 힘이 약하다고는 해도 르벨리안의 증거로 보기에 부족함이 없고, 게다가 피의 실험은……."

피의 실험에 사용되는 잔은 복제가 불가능했다.

다른 물건으로 바꿨다면 황제가 몰랐을 리 없었다.

"어렵다라……. 불가능하다고는 안 하네."

루시안이 내 손 위로 제 손을 포개며 말했다.

"너도 조금은 의심을 하는 거지?"

"……."

나는 대답을 망설였다.

어떤 물증도 없이 의심을 하기에는 너무나 큰 문제였다.

하지만 루시안의 말대로라면…….

"……황녀와 다툰 지 몇 시간이 지났다고 했죠?"

"이제 두 시간."

루시안이 빙긋 웃었다.

그가 황궁 안에서 황녀를 모욕한 지 두 시간.

황제도, 황태자도 가까이 있는 상황이었다.

그럼에도 아무런 일이 일어나지 않는다는 것은 한 가지를 뜻했다.

"황녀는 소공작님의 말을 아무에게도 전하지 않았군요."

"작은 문제에도 쉽게 흥분한다고 하니 우아하게 덮으려는 건 아닐 테고, 내가 한 의심을 황제도 똑같이 하는 것을 두려워하는 거겠지."

나는 크게 숨을 들이마셨다.

그의 분석은 틀리지 않았다.

황녀는 무언가를 숨기고 있었다.

"……그래서 여기 찾아와서 기다리신 거예요?"

잠시 정적이 흐르고, 내가 물었다.

"소공작님을 잡아 죽이라는 황명이 떨어지는지 보기 위해서?"

"그것도 있고, 더 중요한 이유는 따로 있지."

루시안이 잡고 있던 내 손을 끌어당겨 손등에 입을 맞췄다.

"네가 괜찮은가 싶어서."

"……제가 안 괜찮을 이유는 뭐예요?"

"글쎄, 그런 이유는 없을지도 모르지."

그가 눈을 들어 나와 시선을 맞추었다.

"하지만 곁에 없잖아."

"……."

"그래서 생각해. 네게 무슨 일이 생겼는지. 황제가, 황태자가 너를 조금이라도 힘들게 했는지, 황녀가 너를 모욕했는지, 아니면 그냥 외로운지."

그가 내 손을 잡은 채 천천히 내가 앉은 의자 옆으로 다가왔다.

"네 안색이 조금만 변해도, 난 심장이 내려앉을 것 같아."

"……."

"그러니까 말해 줘. 왜 슬퍼 보이는 거야?"

순간, 아침에 황제궁에서 있었던 카일리와의 마찰이 떠올랐다.

"이번에도 황녀 때문이구나."

내 얼굴에서 무언가를 읽은 루시안이 가라앉은 목소리로 말했다.

"이번에는 폐하와 전하도 제 편을 들어 주셨어요."

나는 변명하듯 말했다.

"……그 때문에 더 속상한 거고."

루시안이 말했다.

"너는 너 때문에 황제와 황녀가 얼굴을 붉히는 것도 싫을 테니까."

"……."

"황제와 황태자가 네게는 소중하니까. 넌 원래 주변 사람들이 다치는 걸 못 보니까."

나는 부정하지 못하고 침묵했다.

"하지만 지금은 네가 속상하잖아."

그는 틀리지 않았으니까.

"내가 달래 줄게."

루시안은 과거 내가 그랬던 것처럼 내 머리칼을 쓸어 주었다.

그러고는 그대로 몸을 숙여 내 입술에 키스했다.

나는 본능처럼 그의 어깨를 붙잡고 눈을 감았다.

그의 입술이 살짝 웃는 것이 느껴졌고, 내 머리를 감싼 손에 힘이 들어갔다.

이게 아닌데.

……라고 생각하면서도, 팔은 그의 목을 감은 채 떨어지지 않았다.

툭-

누군가 창문을 두드리는 소리가 우리 둘을 깨우기 전까지.

"블리?"

정신을 차리고 고개를 돌린 내 눈에 보인 것은 예의 바르게 눈을 감은 분홍빛 새였다.

"언제 온 거야?"

"쳇, 타이밍 맞추는 훈련을 더 해야겠군."

루시안이 아쉬운 얼굴로 창문을 열자 녀석이 날아 들어와 그의 손가락 위에 앉았다.

"하아……. 그래, 소식이나 전해."

그가 말했다.

"황녀는 어디로 갔어? 황제궁으로 돌아간 게 맞아?"

"삐—"

잠시 블리와 눈을 맞춘 루시안의 입꼬리가 천천히 올라갔다.

"뭐라고 해요?"

"황녀는…… 궁에 없다고."

그가 낮게 중얼거렸다.

"그럼……."

"자신이 그나마 신뢰하는 사람에게 간 모양이지."

그가 블리의 귀 뒤를 긁어 주고는 고개를 들었다.

"가족은 다 놔두고, 파벨 공작가로 향했다는군."

* * *

챙—

화병 하나가 파벨 공작의 귀를 스치고 날아가 깨졌다.

"이건 사기잖아요! 그저 편안하게 먹고 살 수 있을 거라며!"

카일리가 버럭 소리쳤다.

"진정하십시오, 황녀 전하."

"진정하게 생겼어요? 모욕을 당해도 털어놓을 데가 없는데! 이렇게라도 풀어야지!"

그녀는 옆에 놓인 유리 장식을 집어 들었다.

"함부로 물건을 던지는 버릇은 고치라고 말씀드렸습니다."

"황녀가 화가 났는데 물건이 대수야?"

챙—

유리 장식은 순식간에 벽을 때리고 수십 조각의 파편이 되어 흩어졌다.

"실험만 통과하면 끝이라며! 데려온 사람이 책임을 져야 할 거 아니……."

"그 입 닥쳐!"

파벨 공작이 책상을 탕 하고 내려쳤다.

귀가 찢어질 것 같은 호통 소리에 카일리의 얼굴이 창백해졌다.

"나, 나한테……."

"아무것도 없던 계집을 황궁에 들여보내 줬더니, 이젠 나를 물려 들어?"

살기 가득한 눈빛이 그녀를 쏘아보았다.

카일리는 마른침을 꿀꺽 삼켰다.

한동안 무거운 정적이 흘렀다.

"의심을 산 것은 다른 누구의 탓도 아닌 전하의 탓입니다."

조용한 방 안에 파벨 공작의 음성이 울렸다.

"그 의심이 황제에게 번지면, 목숨이 위험한 건 저보다 전하시고요."

"……."

"주제를 파악하십시오, 존귀하신 황녀 전하. 그렇지 않으면 제가 도울 수 없으니까요."

카일리는 기가 완전히 눌린 채 입술을 달싹거렸다.

"……난 약속을 지켰어요."

그녀가 기어들어 가는 듯한 목소리로 말했다.

"로잘린 오페르니아에게 붙은 호위를 제게 달라고 했고, 그 남작이라는 계집이 황제를 거의 보지 못하게 했다고요."

"잘하셨습니다."

파벨 공작이 처음으로 보일 듯 말 듯 한 미소를 지었다.

"그렇게만 하면 평생 황녀로 걱정 없이 살 거라고 한 건 당신이잖아요."

잠잠해진 분위기에, 그녀가 다시 고개를 쳐들며 말했다.

"그러니 문제를 해결하란 말이……에요."

파벨 공작은 말없이 카일리를 바라보았다.

화려한 외관과 달리 이 여자는 거칠고 투박했다.

심지어 조심성도 없었다.

언제 터질지 모르는 시한폭탄처럼.

'계획을 앞당긴다.'

그가 마음속으로 중얼거렸다.

귀찮은 일을 처리하고, 그다음에…….

그녀를 본 파벨 공작의 얼굴이 싸늘해졌다.

'그다음에, 후환을 없앤다.'

* * *

"……셋 다를요?"

파벨 공작의 설명을 들은 카일리가 되물었다.

"일이 끝나면 전하의 자리는 제가 평생 보장하겠습니다. 무슨 문제가 있습니까?"

"그게 아니라……."

카일리의 머릿속이 바쁘게 움직였다.

어렴풋이 알고 있었던 계획이지만, 조금 충격을 받은 것은 어쩔 수 없었다.

"로잘린 오페르니아는…… 딸이라는 소문이……."

"사실입니다."

"친딸인데도……."

너무나 평온한 파벨 공작의 대답에 그녀가 흠칫 놀랐다.

"제 핏줄을 이어받음으로써, 파벨 가문의 보물을 훔쳐 간 계집이라고나 할까요."

파벨 공작이 천천히 눈을 들어 카일리를 바라보았다.

그 눈에는 어떤 연민도, 애정도, 미안함도 보이지 않았다.

그저 불필요한 물건을 치우고자 하는 태도였다.

"어떻게 처리할 건가요?"

"전하께서는 걱정하지 않으셔도 됩니다. 이제 황궁에, 그리고 황궁 밖에도 제 손발이 되어 줄 사람은 많으니까요."

그가 빙긋 웃으며 대답했다.

"마침 궁에는 행사가 끊이지 않고, 전하를 보기 위해 귀한 손님이 또 오신다더군요. 그 모든 것이 제게는 기회입니다."

"그럼……."

카일리는 마른침을 삼켰다.

"그럼 나도 요청이 있어요."

파벨 공작이 눈썹을 치켜올렸다.

"……는 내가 처리하게 해 주세요."

그녀의 입에서 나온 이름을 들은 파벨 공작이 큭, 하고 웃음을 토했다.

"뜻대로 하시지요."

"정말인가요?"

"예, 전하."

파벨 공작이 천천히 자리에서 일어서며 말했다.

"이제 다 정리가 됐군요."

번뜩이는 안광이 그녀를 향했다.

"이것으로, 파벨 공작가와 황녀 전하의 연맹은 영원한 겁니다."

마치 거대한 독사를 연상시키는 듯한 눈빛이었다.

* * *

"저기."

로잘린이 부루퉁한 목소리로 말했다.

"……."

"……."

"이봐."

나와 아스트리드가 묵묵히 서류만 보고 있자 그녀가 조금 더 큰 소리로 불렀다.

"일 그만들 하면 안 돼? 이럴 거면 황궁에 왜 오는데! 누군 일 안 해본 줄 알아?"

버럭 신경질을 내며 찻잔을 내려놓는 그녀를 보고 나서야, 우리 두 사람은 서류에서 눈을 뗐다.

"저희와 많이 놀고 싶으셨군요, 아가씨."

내 말에 그녀가 흥 하고 고개를 저었다.

"내가 애야? 스무 살이거든?"

"그럼요, 다 큰 스무 살이죠. 핫초코 더 드려요?"

"줘!"

그녀는 내가 따라 준 핫초코를 벌컥벌컥 마시더니 다시 팔짱을 끼고 소파에 몸을 기댔다.

"아가씨야말로 바쁘지 않으세요? 변방에 있던 부상병들이 치료받으러 왔다던데……."

"한나절이면 끝나거든?"

그녀가 말했다.

성녀라는 호칭이 생긴 후, 그녀는 공작가와 황궁을 오가며 살고 있었다.

황제는 아무런 대가 없이 그녀를 보호해 주는 것이 아니었다.

부상병이며 궁인들의 치료를 로잘린이 도맡아 하고 있었으니까.

그녀는 이미 제국민들에게 사랑받고 있었고, 수많은 귀족들이 그녀와의 교류를 위해 초대장을 보내왔다.

그럼에도 불구하고…….

"다른 친구는 안 만드시고요?"

"사람은 귀찮아."

그녀가 틱 내뱉었다.

로잘린은 시간이 나면 항상 나를 찾아왔다.

공작가에서도, 황궁에서도 비슷했다.

우연히 마주치다 그나마 친해진 게 아스트리드였고.

"그 귀찮음을 감수하고 내가 여기 왔으니 얘기나 하잔 말이야."

"얘기라면……."

"황녀 데뷔탕트 다음 날 루시안이 왜 넋이 빠져 있었는지라든가."

"콜록!"

나는 마시던 차를 뿜으며 기침을 토했다.

아스트리드가 대충 알겠다는 듯 손수건을 건넸다.

"아니면 네가 하는 일이라도 얘기해 달라고."

"케인 대공의 방문 준비예요."

나는 화제 전환에 반가운 마음으로 대답했다.

"황녀는 보러 온다는데…… 실질적인 이유는 딸과 부인 때문이겠죠."

"아, 그 폐렴이 심하다는 대공비."

로잘린이 이미 들었다는 듯 어깨를 으쓱했다.

"맞아요. 반은 아가씨를 보러 오는 거죠."

"나머지 반은……."

"나머지 반은 대공녀의 혼처 때문일 거고요."

아스트리드가 빙긋 웃으며 대답해 주었다.

"벨라 케인 대공녀?"

"맞아요. 대공의 욕심이 많다 보니 어려서부터 여기저기 혼담이 많았죠. 주로 나이 많은 귀족이나 왕실과요. 그중에는 파벨 공작가의 차남도 있었고……."

아스트리드는 쓴웃음을 지으며 말했다.

"파벨 가문과 교류가 깊었다면서요?"

"맞아요. 한동안 거리를 두는 것 같았지만…… 이제 황녀를 통해 세가 강해졌으니 다시 결혼을 추진할 거예요. 애초에 대공에게 방문을 권한 것이 파벨 공작이라는 말도 있어요."

"대공녀는 어떤 사람이에요? 만나 봤다면서요."

"불쌍하지만 가까이하기 어려운 어린아이요."

내 질문에 그녀가 작게 한숨을 쉬었다.

"이용당하기 쉬운 성격인데 하필 대공의 외동딸이라…… 세력을 넓히고 싶은 케인 대공의 입장에서는 아마 파벨 공작가를 쉽게 놓지는 않을걸요."

'이용당하기 쉽다'는 말을 하며 아마도 과거의 자신을 떠올린 것 같았다.

"어찌 보면 위험한 사람이기도 해요. 아무나 협박하면 그냥 넘어가 버리니까. 위험한 세력과 손을 잡을 수도 있다는 의미죠."

"본인은 파벨 가문과의 결혼을 원하지 않나요?"

"마지막으로 봤을 때는 이상형이 여리여리한 꽃미남이라고 했었어요."

아.

그럼 싫겠지.

파벨의 세 공자들이 못난이는 아니었지만, 여리여리한 꽃미남과는 거리가 멀었다.

성격이 쓰레기인 건 말할 것도 없고.

"파벨 가문……."

로잘린이 혼잣말처럼 중얼거렸다.

"괜찮으세요?"

생부의 이야기가 불편한 건가 싶어 내가 묻자 그녀는 고개를 절레절레 흔들었다.

"그냥, 잊어버렸던 게 생각나서."

"뭐가요?"

"지난번에 루시안이 잡아 왔던 드래곤. 정확하지는 않지만……."

그녀가 휙 하고 나를 향해 고개를 들었다.

"나 치유 말고도 추적 능력이 강해졌다고 했잖아. 근데 몇 번을 봐도 드래곤은 파벨 영지에서 온 것만 같았거든."

"네?"

처음 듣는 이야기에 나와 아스트리드가 눈을 크게 떴다.

"틀릴 수도 있어. 우연일 수도 있고. 애초에 내 능력은 강해진 거지 완벽해진 게 아니라서."

"능력이 강해졌다면……."

"치유도 빠르고, 지난번에는 죽은 나무뿌리를 되살렸어."

그녀가 손을 뻗어 옆에 있던 화분의 약초를 건드렸다.

반쯤 시들었던 약초가 생생하게 피어올랐다.

"파벨 공작의 힘은 약해졌다는 의미겠네요."

내가 말했다.

"그럼 그 가문의 축복은……."

"듣기로는 공작이 능력을 마력석을 통해 다른 이에게 이전하는 실험을 하는 중이라더군요."

아스트리드가 말했다.

"가능한지는 모르겠지만, 그렇게라도 능력을 보존해 보고 싶은 마음이 겠죠. 급해진 건 확실해요."

그녀가 단호하게 말했다.

나는 한 손으로 턱을 괴고 그녀의 말을 곱씹었다.

파벨 공작가의 움직임에 대한 아스트리드의 정보는 틀린 적이 없었다.

"여기도 끼어 있고, 저기도 끼어 있고, 되게 바쁜 아저씨네."

내가 반쯤 혼잣말로 중얼거렸다.

황녀가 돌아오기 전까지는 파벨 가문에 대해 더 큰 대응이 필요 없다고 여겼었다.

빼앗긴 축복에 아들들의 사치가 더해져 가만히 둬도 조금씩 멸망하는 중이었으니까.

하지만 지금은…….

"아리, 뭐 좀 부탁해도 돼요?"

내가 아스트리드를 바라보며 물었다.

"뭐든."

그녀가 작은 미소를 띠고 대답했다.

"리라가 하는 부탁이라면, 목숨도 걸 수 있어요."

"알고 있어요."

나는 마주 웃으며 말했다.

모를 수가 없었다.

전생에서 이미 봤으니까.

* * *

"두 분 같이 오셨어. 황족의 방문이라 그런가 봐."

"얼마 만의 눈호강이야……."

"방금 나 쳐다본 것 같지 않아?"

"행사가 많으니까 좋은 점도 있네. 두 분 같이 있는 모습도 보고……."

기다란 만찬장의 테이블을 오가며 시중을 들던 궁인들의 눈빛이 반짝거렸다.

그들의 시선 끝에는 제국에 널리 알려진 미남자 두 명이 나란히 앉아 있었다.

"오랜만에 와서 그런가."

키르시안이 루시안에게 속삭였다.

"나 왜 인기가 더 많아진 것 같지?"

"쓸데없는 소리 할 거면 그냥 입을 다물지."

루시안이 미간을 찌푸리며 대답했다.

"오, 역시 '눈보라 속의 사파이어', 차가운 오페르니아의 소공작답군."

"무슨 개소리야."

"뭐긴 뭐야, 네 별명이지."

키르시안이 그를 보는 몇몇 시녀들에게 눈웃음을 쳤다.

"그러는 넌……."

"난 '자수정 왕자님'이라고……."

"더 뻔뻔해졌군."

아무렇지 않게 제 별명을 늘어놓는 그를 보며 루시안이 한숨을 쉬었다.

"리아넬라와 로잘린은 역시 참석 못 했군."

"대공비와 함께 있을 거다. 조용한 별궁에서 치료받기를 원했다더군."

"부인과 어머니가 치료를 받는데 만찬이라. 마음이 놓이지 않겠는걸."

키르시안이 고개를 들어 테이블 건너편을 바라보며 덧붙였다.

"그렇지 않습니까?"

"예?"

금발에 옅은 갈색의 눈동자를 가진 소녀가 놀란 듯 키르시안을 바라보았다.

케인 대공의 외동딸, 벨라 케인 대공녀였다.

"대공비 전하가 걱정되실 것 같다고 했습니다."

"아, 어머니가……."

벨라는 긴장한 듯 마른침을 꿀꺽 삼키고 대답했다.

"성녀의 이름은 익히 들었습니다. 황제 폐하께서 치유가 가능할 거라고 하셨으니까 저희는……."

무언가 신경 쓰이는 듯. 그녀는 연신 말을 더듬었다.

"저런, 긴장하셨군요."

키르시안이 손을 뻗어 그녀의 손등 위로 포갰다.

벨라의 얼굴이 순식간에 붉어졌다.

"황궁이 오랜만이라 그럴 겁니다."

그가 눈웃음치자, 자색 눈동자가 사람을 홀릴 듯 반짝 빛났다.

벨라는 귀 끝까지 빨개진 채로 시선을 피했다.

'침착하자.'

그녀가 속으로 중얼거렸다.

이마에는 식은땀이 흐르고, 온몸이 조금씩 떨리고 있었다.

그녀의 눈이 테이블 한쪽 끝에 앉은 파벨 공작을 향했다.

눈이 마주치는 순간, 벨라는 흠칫 몸을 떨었다.

제 아들과 꼭 닮은, 볼 때마다 오금을 저리게 하는 시선이었다.

그렇기에 실수는 없어야 했다.

"말씀처럼 긴장해서 그런가 봅니다."

벨라가 목소리를 가다듬고 키르시안과 루시안에게 말했다.

그녀는 떨리는 손으로 앞에 놓인 작은 술병을 집어 들었다.

"오페르니아의 소공작께, 케인 영지의 특산품인 황금 사과주를 맛보여 드리고 싶어요."

"갑자기요? 제게만 말입니까?"

"특별한 술이니까요."

루시안이 뭐라고 더 말하기 전, 그녀는 병에 담긴 술을 남김없이 그의 잔에 따라 버렸다.

"섭섭한데요. 제게는 안 주십니까?"

키르시안이 다시 한번 눈웃음을 치며 말했다.

그녀의 얼굴이 한층 더 붉어졌다.

"공자께는 다른 것을……."

"농담입니다. 그보다 제가 대공녀께 어울리는 와인을 추천드리지요."

그는 자리에서 일어나 벨라를 향해 몸을 숙이더니, 그녀 뒤편에 서 있던 시종의 트레이에서 분홍빛 와인이 담긴 잔 하나를 집어서 그녀 앞에 내려놓았다.

우아한 손짓과 동작에, 벨라의 시선이 자연스레 그를 따라 움직였다.

"대륙에서 가장 달콤하고 아름다운 벌꿀 술입니다."

"아……."

"제가 가장 좋아하는 술이기도 하지요."

그가 부드럽게 말했고, 벨라가 뜨거워진 제 뺨에 손을 가져다 댔다.

"나 참……."

루시안은 눈을 한 번 굴리더니 앞에 놓인 술을 한 모금 마셨다.

"이상한 맛인데."

"……!"

잠시 키르시안에게 시선을 빼앗겼던 벨라가 주먹을 꽉 쥐었다.

됐다.

그녀는 깊이 호흡을 들이마셨다.

이제 된 거야.

그녀가 휙 고개를 돌려 테이블 끝을 바라보았다.

독사를 닮은 눈동자가 흐뭇한 표정으로 그녀와 루시안을 바라보고 있었다.

* * *

그 시각 별궁.

"후우······."

대공비가 한결 편안하게 숨을 내쉬었다.

"조금만 참으세요."

로잘린이 무뚝뚝하게 말하며 대공비의 손에 제 손을 겹쳤다.

"거의 끝났으니까요."

그녀의 이마에 땀이 한 방울 맺혔고, 손끝에는 은은한 빛이 반짝였다.

나는 조용히 대공비의 이마에 얹어져 있는 물수건을 갈아 주었다.

'능력이 강해졌다더니.'

로잘린은 거짓말을 하고 있는 것이 아니었다.

호흡으로 보나, 안색으로 보나, 그녀의 건강은 빠른 속도로 돌아오고 있었다.

이 정도면 파벨 공작의 젊은 시절보다도 뛰어나다고 볼 수 있었다.

"제가 하겠습니다, 남작님."

내 손이 야무지지 못하다고 여겼는지 뒤에 서 있던 대공비의 시녀가 말했다.

"달리아라고 했나요?"

"그렇습니다, 남작님."

마흔을 조금 넘은 듯한 시녀는 능숙하게 간호를 도왔다.

"얼마나 오래 모셨나요? 다른 시녀들은 다 물리고 당신만 곁에 두신 걸 보면 오래된 시녀 같은데."

"어린 시절부터 함께 자랐답니다."

"······그럼 대공비 전하를 배신할 일은 절대로 없겠네요."

"네?"

"아무것도 아니에요."

달리아는 잠시 나를 바라보더니 별거 아니라고 생각한 듯, 다시 대공비의 땀을 닦기 시작했다.

"케인 영지 바깥에도 가족들이 있나요?"

"있는 건 사실인데……."

"황궁에는 와 본 적이 있고요?"

"아닙니다, 남작님."

그녀는 거슬린다는 듯 나를 향해 고개를 휙 돌리며 물었다.

"……남작님께서는 왜 그런 것을 물으시나요?"

"아무것도요."

나는 다시 한번 웃으며 고개를 저었다.

"아까부터 시끄럽게 할래?"

치유에 힘을 쓰느라 얼굴까지 창백해진 로잘린이 우리 둘을 향해 투덜거렸다.

그녀의 손끝에서 나오는 빛이 강하게 빛났다가 이내 꺼졌다.

"다 끝났어."

로잘린이 이마의 땀을 닦으며 말했다.

"다 정상으로 돌아왔으니 깨어나면 예전처럼 활동할 수 있을 거야."

"아아, 감사합니다! 감사합니다!"

달리아가 기도하듯 양손을 모으고 머리를 숙였다.

로잘린의 말처럼, 대공비의 얼굴은 처음 봤을 때와 비교도 되지 않게 밝아져 있었다.

호흡은 규칙적이었고, 입가에는 은은한 미소마저 띠고 있었다.

"어쩌면 신께서는 이런 분을……."

"됐어. 나랑 리아넬라는 배고프니까 만찬장으로 돌아갈 거야."

로잘린이 틱틱거리며 말하자 달리아가 고개를 끄덕였다.

"제가 직접 모시겠습니다."

그녀는 벌떡 일어나 다른 시녀들을 불러 대공비를 지키게 하더니, 나와 로잘린을 데리고 침실 바깥으로 향했다.

"이쪽으로."

그녀는 별궁 옆으로 난 작은 문으로 나와 로잘린을 내보내고 뒤따라왔다.

"들어올 때는 정문이었는데."

"이쪽이 빠르니까요. 아니면 정문으로 가실까요?"

"됐어. 별궁은 우리 둘도 처음이니 안내나 잘해."

로잘린이 건조하게 대답하고 별궁 옆의 길을 따라 걸었다.

"이쪽입니다, 성녀님, 남작님."

나는 눈을 가늘게 뜨고 주변을 둘러보았다.

본 적 없는 나무, 익숙하지 않은 궁 벽이었다.

어느새 해가 저물어서인지 방향을 가늠하기도 쉽지 않았다.

저벅, 저벅.

달리아는 생소한 샛길을 따라 점점 더 빠르게 앞서 걸어갔다.

길이 성벽에 가로막힐 때까지.

"……뭐 하자는 거야?"

로잘린이 얼굴을 찌푸리며 물었다.

"길을 안내하는 거지요."

이윽고 멈추어 선 달리아의 얼굴에 짙은 미소가 번졌다.

따스해 보였던 그녀의 눈은 묘하게 날카로워져 있었다.

순간 온몸에 한기가 들었다.

"아무리 황궁이라도, 외부에서 손님이 올 때는 혼란스러워지는 법이죠."

그녀가 평온하게 말했다.

온화했던 음성이 왠지 으스스하게 들렸다.

"모든 순간 황궁의 구석구석을 살피고 손볼 수는 없을 테고요."

그녀가 한 걸음 비켜서자 성벽의 구석에 벽돌이 부서진 자리가 보였다.

아니, 부서진 게 아니라 누군가가 일부러 부순 것이었다.

"그렇기에, 누군가는 새로이 길을 만들 수 있었답니다."

말을 마침과 동시에, 달리아는 나와 로잘린의 팔을 동시에 움켜잡았다.

"으윽……."

어깨를 파고드는 악력이 지나치게 강해서, 나와 로잘린은 몇 번을 몸부림쳐도 빠져나가지 못했다.

달리아는 땀 한 방울 흘리지 않고 우리 두 사람을 부서진 벽돌 사이로 밀었다.

웅-

온통 검은 공간, 어지럽게 진동하는 소리.

"포털?"

나와 로잘린의 안색이 어두워졌다.

황궁 벽 틈에 설치된 포털, 어두운 주변, 음습한 달리아의 표정.

이건 납치였다.

"맞아요. 설치하는 데 오래 걸렸답니다. 이제 얌전히 들어가 주시면……."

"싫은데."

로잘린이 인상을 쓰며 내뱉었다.

"답답하게 그러지 말고……."

달리아가 한숨을 내쉬는 순간, 나와 로잘린의 눈이 마주쳤다.

나는 고개를 끄덕이고 있는 힘껏 발을 뻗어 달리아의 정강이를 걷어찼다.

뻐억-

"으윽!"

달리아의 몸에 힘이 풀리면서 로잘린의 어깨가 자유로워졌다.

쭉 뻗은 그녀의 손가락에서 흰빛이 새어 나왔고, 포털이 윙윙거리더니 닫히기 시작했다.

"하……. 이것도 되돌리는 힘인가……."

하지만 달리아는 오래 주춤거리지 않았다.

"대단하지만 지금은 귀찮기만 하군요."

꽈악-

그녀는 불쾌하다는 듯 로잘린의 팔을 돌려 꺾더니, 나와 그녀를 함께 포털 속으로 밀어 넣었다.

"얌전히 있지 않으면 팔 하나씩 자른 채 보낼 거……. 아악!"

얌전은 무슨.

나는 손을 뻗어 그녀의 머리카락을 확 움켜잡고 당겼다.

납치를 당하든 어떻든, 순순히 당할 수는 없었으니까.

"이거 놔! 안 놔?"

나는 손가락에 더욱 힘을 주었다.

그 바람에 우리 둘만 밀어 넣고 몸을 빼려던 달리아가 포털 속으로 함께 끌려들어 왔다.

웅-

주변의 공기가 크게 진동했고 머리가 어지러웠다.

나와 로잘린은 동시에 정신을 잃고 기절해 버렸다.

좌악-

눈을 떴을 때는 보인 것은 높은 천장, 그리고 머리 위로 쏟아지는 물벼락이었다.

"풰!"

물을 뱉어 내고 몸을 반쯤 일으키자 머리가 잔뜩 헝클어진 채 우리 둘을 노려보는 달리아가 눈에 들어왔다.

그녀 또한 포털에 들어가 기절했다가 방금 깨어난 모양이었다.

반대편에는 마찬가지로 얼떨떨한 표정을 짓고 있는 로잘린이 있었고.

나와 로잘린은 양손이 뒤로 묶인 채였다.

"이 계집애들이⋯⋯."

달리아가 으르렁거렸다.

"너 때문에 일이⋯⋯!"

"그만."

그녀가 내 멱살을 잡고 흔들려던 순간, 조금 떨어진 곳에서 익숙한 목소리가 들려왔다.

"⋯⋯공작 각하."

달리아의 시선이 향한 곳에 잔잔한 미소를 띠고 앉아 있는 것은 파벨 공작이었다.

나는 그제야 이곳이 파벨 공작저의 어느 밀실임을 알 수 있었다.

"일은 끝났다, 달리아. 네 약속과 달리 지저분한 마무리지만."

"쳇."

달리아는 내 멱살을 놓고 몇 걸은 물러섰다.

파벨 공작이 힐끗 눈을 들어 나와 로잘린을 바라보았다.

"마지막까지 꽤 똑똑하구나. 뒤에 남아 벽과 포털을 수습해야 하는 달리아를 끌고 들어오다니."

"⋯⋯."

"하지만 알고 있겠지. 황궁에 내 일 처리를 해 주는 이는 달리아뿐이 아니라는 걸 말이다."

그가 오만하게 말했다.

"포털도, 부서진 성벽도 이미 완벽하게 복구됐다. 너희 둘이 여기 있다는 사실을 아는 이는 없다는 뜻이지."

"⋯⋯."

"네가 왜 여기 있는지 아느냐?"

"공작 각하의 사고가 생각보다 무식하기 때문이겠지요."

내가 쏘아붙였다.

"납치라니, 기대 이하입니다, 각하. 머리를 조금 더 쓰실 줄 알았는데."

"단순하기에 빈틈이 생길 여지가 없는 것이다."

그가 말했다.

"진작 이렇게 했어야 했다. 단순하고 무식하게. 눈에 거슬리면 그저 치워 버렸어야 하는데 지나치게 오래 두고 봤어."

"……"

"너희는 죽게 될 거다."

그가 건조하게 내뱉었다.

"어느 정도의 고통을 줄지는 너한테 달렸지."

예상한 말이었지만, 죽는다는 말에 동요하지 않기는 어려웠다.

나는 몸의 떨림을 들키지 않기 위해 주먹에 힘을 꽉 주었다.

"……창조신의 성배가 어디 있는지 알고 있느냐?"

잠시 침묵한 그가 물었다.

나는 눈을 가늘게 뜨고 그를 노려보았다.

창조신의 성배.

조금은 다른 이름이었지만 무엇을 가리키는지는 알 수 있었다.

"인간에 대한 신의 약속이 담긴 성배."

내가 중얼거렸다.

"축복을 받지 못한 오페르니아에서 보관하는 신의 증표. 신과 인간을 연결하는 매개체."

"바로 그것이다."

그가 히죽 웃으며 대답했다.

"어디 있……."

"궁금하면 1억 골드."

뚱한 표정으로 대답하자 그가 탕 하고 의자의 팔걸이를 내려쳤다.

"아직 농담이 나오나 보구나."

"한때 화술로 먹고살았던 적이 있었죠."

나는 빙긋 웃으며 대답했다.

"8년 동안 키워 온 가문인데, 아무한테나 비밀을 팔아넘길 수 있겠어요?"

"……너는 나에 대해 아무것도 모른다."

그의 눈빛이 위험하게 번뜩였다.

"저기 있는 달리아는……."

"각하가 부리는 암살자 집단 '사자의 검'의 주요 인물."

"……!"

"돈을 주면 세계 어떤 이의 멱도 따다 준다는 집단이나, 괴팍하고 까다로운 데다 위험해서 아무나 부리지 못한다죠. 하지만 각하는 예외이고요."

나는 그가 묻지도 않은 정보를 줄줄 늘어놓았다.

이번에는 정말로 놀란 듯, 파벨 공작의 눈이 커졌다.

"……너는 똑똑한 아이다. 지나칠 정도로."

"그저 사전 정보가 많았을 뿐이에요."

전생에 파벨 기사단과 섞여 오페르니아를 무너뜨린 자들 중에 그들도 있었으니까.

"다른 정보도 많답니다. 제가 죽으면 세상에 공개될, 각하에 대한 수많은 더러운 비밀들이요."

"……."

"10년 전 황실과 함께 진행한 마력석 사업에서 백만 골드를 횡령했다든가, 파벨 공작가 산하의 상단에서 인신매매에 손댔다든가."

나는 전생의 지식과 이번 생에서 조사한 사실들을 섞어서 파벨 공작

앞에 늘어놓았다.

"공작가에는 오래전 4남이 태어났었고, 그자는 각하의 핏줄이 아니었기에 일찍이 버려졌다든가, 각하의 조부께서는 그 형제를 죽이고 능력을 얻어 작위를 가졌다는 사실이라든가……."

"닥쳐라!"

듣다 못한 그가 자리에서 벌떡 일어나며 소리쳤다.

그는 성큼성큼 다가와 한 손으로 내 턱을 꽉 틀어쥐었다.

"사사건건 내 앞에 걸리적거리는구나. 아주 옛날부터 말이다."

그가 으르렁거렸다.

"하나 이것도 이제 끝이다. 너도, 저 사생아 계집도, 오페르니아도, 심지어는……."

그는 무언가 더 말하려다가 다시 입을 다물고 나를 내려다보았다.

"네가 아니었다면 오페르니아는 이미 저물었을 것이다. 그것이 세상의 흐름이었어."

"……."

"이유가 무엇이냐?"

나는 잠시 침묵했다.

어린 시절 보았던 작은 소년의 눈물 때문이라고 해 봤자 그가 이해할 것 같진 않았다.

"……각하가 먼저 제 것을 많이 빼앗았거든요."

나는 피식 웃으며 대답했다.

"뭐?"

눈을 잠깐 감았다 뜨자 더 옛날의 기억이 떠올랐다.

불에 타던 오페르니아의 저택, 수많은 시체들, 눈앞에서 쓰러진 루시안, 모든 걸 던져 나를 구하려 했던 아스트리드.

"그런 게 있어요. 말해 봤자……."

"알고 있었느냐?"

못 알아들을 거라 생각하고 한 얘기였는데, 예상외로 파벨 공작은 한쪽 입꼬리를 씩 올렸다.

"무슨 소리……."

"너를 죽이려 드래곤을 키운 게 나라는 걸 말이다."

예상치 못했던 말에 내 눈이 커졌다.

로잘린으로부터 얘기를 들었을 때는 우연이거나, 아니면 파벨 공작령 소속 마물 사냥꾼의 농간인가 했었다.

그런데 공작이 직접 드래곤을 키웠다니.

나를 죽이기 위해?

"……왜요?"

"너의 출생부터가 잘못이었으니까."

그가 내 턱을 잡은 손아귀에 힘을 주더니 거칠게 나를 바닥으로 밀쳤다.

"윽……!"

"아파하는 모습이 마음에 드는구나."

그가 음산하게 중얼거렸다.

"내 목을 졸랐던 그놈이 이 모습을 봤어야 했는데."

나를 보며 다른 누군가를 떠올리는 듯, 파벨 공작의 입가에 묘한 미소가 어려 있었다.

"그리고 너."

파벨 공작의 시선이 로잘린에게 옮겨 갔다.

그녀가 움찔 몸을 떠는 것이 눈에 들어왔다.

"가까이서 얼굴을 마주하는 건 처음이구나."

"……."

"너는 내 인생에서 저지른 가장 큰 실수다. 네 어미가 나를 속이지만 않았더라도……."

로잘린의 얼굴이 창백해졌다.

"영원히 능력을 숨기고 숨어 지냈어야 했다. 죽은 듯이 지내다가 얌전히 나를 찾아왔다면 파벨 가문의 일원으로 받아들였을지도 모를 일이지. 하지만 너는 황제의 손을 잡고 내게 도전했다."

"……."

"그러니 벌을 주마. 너에게도, 네 어미에게도. 참혹한 네 시체를 네 어미에게 보여 주면 적절하겠구나."

그는 아무런 감정도 없는 듯 냉정하게 내뱉었다.

로잘린의 뺨을 타고 눈물 두 방울이 흘렀다.

한동안 침묵이 이어졌다.

이윽고 그녀의 입술이 작게 달싹거렸다.

"……고마워."

"뭐?"

파벨 공작이 눈을 가늘게 뜨자 그녀는 목소리에 힘을 주었다.

"고맙다고."

바닥을 향했던 로잘린의 붉은 눈동자가 순간 파벨 공작을 똑바로 응시했다.

"쓰레기 같아도 어쩌면 나름의 사정이 있지 않았을까 했던 생각을 완전히 없애 줘서."

그녀의 목소리는 또렷했고, 몸의 떨림도 더 이상 없었다.

파벨 공작이 눈썹을 찌푸렸다.

"난 오래 고민했거든. 당신 말처럼 태어나지 않는 게 나았을 텐데, 하고. 리아넬라를 만나고 나서야 처음으로 그게 아닐지도 모른다는 생각을 했어. 어쩌면 내 존재 자체로 가치가 있을지도 모른다는."

"……."

"그런데 방금 당신 말을 들으니 확신이 생겼지 뭐야."

그녀의 입가에 작은 미소가 떠올랐다.

"당신이 만든 내 존재로 인해 당신의 가문이 흔들린다니. 그것만 해도 태어나길 잘했다 싶어."

"……."

"뿌듯해. 당신과 어머니의 과거는, 어머니와 나에게는 기쁨으로, 당신에게는 후회로 남은 셈이라서."

파벨 공작의 눈썹이 다시 한번 꿈틀거렸다.

붉어진 얼굴이며 사나워진 눈매, 꽉 쥔 주먹.

로잘린이 제대로 그를 열받게 했다는 사실을 알 수 있었다.

"……다 끝났느냐?"

잠시 조용하던 파벨 공작의 입에서 실소가 새어 나왔다.

"다 떠들었다면 이제 시작하자꾸나. 더 이상 너희 장단에 맞추고 싶지 않으니 말이다."

그가 천장에 달린 설렁줄을 당겼다.

우르릉, 하는 소리와 함께 한쪽 벽이 움직이고 반대편 벽면이 드러났다.

그곳에는 채찍이며 각종 칼, 무기, 그 외에도 무시무시한 모습을 한 마 도구들이 잔뜩 걸려 있었다.

"고문 도구들이다."

그가 씩 웃으며 말했다.

"성배의 행방을 알려 주기 전까지는 둘 다 곱게 죽지 못할 것이다."

그의 눈이 위험하게 번뜩였다.

나는 슥 고개를 들어 벽에 걸린 시계를 바라보았다.

자정이 조금 안 된 시간.

납치된 지 이미 3시간이 지났다.

'이제 슬슬······.'

"얼굴부터 못 쓰게 만들어 주마. 둘 다 마음에 들지 않은 사람을 연상시키니 말이다."

파벨 공작이 작고 날카로운 칼을 집어 들고 우리 두 사람을 바라본 순간이었다.

웅-

방 한가운데서 익숙한 진동이 느껴졌고, 허공에 검푸른 동그라미 같은 모양이 나타났다.

"여기 맞아요?"

"수식에 따르면 이것밖에 없다고······."

"먼저 나가시죠, 키르시안 님."

낑낑거리는 소리가 나는가 싶더니 좁은 구멍이 확 열렸고, 그 사이로 세 개의 인영이 차례차례 모습을 드러냈다.

"여기 맞······네?"

자색 눈동자로 여유롭게 웃고 있는 키르시안.

"두리번거릴 때가 아닙니다, 키르시안 님."

제국의 두 천재에게 검술을 가르친 스승, 알리사.

"어? 리아넬라 님!"

그녀의 동생, 에밀리아까지도.

"이게 뭐······."

"빨리! 두 사람 다 제압해야 해!"

파벨 공작이 멍해진 사이 내가 소리쳤다.

세 사람은 포털을 완전히 빠져나와 각각의 방향으로 찢어졌다.

쉭-

알리사는 옆에서 대기 중이던 달리아의 목에 검을 겨누었고.

퍽-

키르시안은 그대로 달려가 파벨 공작의 얼굴에 주먹을 꽂았고.

알리사는 나와 로잘린에게 달려와 손을 묶은 줄을 풀어 주었다.

"커헉!"

파벨 공작이 터져 버린 얼굴을 감싸고 쓰러졌다.

"뭐, 뭐냐! 당장 사람을⋯⋯!"

"방음 잘된 밀실에 사람이 빨리 오긴 어렵겠지."

"⋯⋯."

"이 안에 호위를 잔뜩 세우기에는, 믿을 사람이 많지 않았을 테고."

키르시안이 빙긋 웃으며 그가 들고 있던 작은 칼을 빼앗아 그대로 파벨 공작의 다리에 박아 넣었다.

"크으으윽!"

"하지만 혹시 모르니까, 이건 도망 못 치게 하기 위한 보험. 이렇게 해 두면 천장에 달린 줄을 당길 수도 없을 테니까."

말을 마친 그는 표정 하나 흐트러뜨리지 않고 파벨 공작의 뺨을 후려 쳤다.

몇 번이나, 계속해서, 공작의 얼굴이 퉁퉁 부어오를 때까지.

"크으으읍⋯⋯."

"난 오페르니아와 리아넬라에게 빚진 게 많거든."

그가 축 늘어진 파벨 공작을 내던지며 말했다.

"기회가 보이니 갚아 주는 거야. 한 짓이 있으니 억울하진 않겠지."

순식간에 상황은 역전되었다.

나와 로잘린은 손발이 자유로워진 채 몸을 일으켜 세웠고, 파벨 공작과 달리아는 손발이 묶인 채 바닥에 머리를 처박은 상태가 되었다.

"오래 걸렸네요. 못 찾는 줄 알았잖아요."

"포털 복구가 쉽지 않았다고. 몇 번 이상한 장소로 갔었단 말이야. 그나마 알리사가 길을 잘 찾아서 다행이었지."

멋대로 파벨 공작의 의자에 걸터앉은 키르시안이 설명했다.

"멀쩡한 걸 보니 별일 없었나 보네? 사전에 그렇게 할 말을 준비하더니 결국 말발로 시간을 끈 건가."

"크으윽……."

파벨 공작은 믿을 수 없다는 표정으로 끅끅거리며 신음하고 있었다.

"궁금해요? 어떻게 된 건지?"

내가 묻자 그가 겨우 고개를 들었다.

분노와 충격이 적당히 섞인 표정이었다.

"간단해요. 그쪽 사람들이 포털의 흔적을 완전히 못 지운 거죠."

"……."

"포털은 마력의 흐름을 억지로 구부리고 통제하는 공간. 만들었다가 없애는 데는 정교한 계산이 필요하죠. 이미 알고 있겠지만요."

나는 파벨 공작을 바라보며 친절하게 설명해 주었다.

"중간에 다른 힘이 끼어들면 마력이 틀어지고, 그럼 포털의 계산식도 달라지죠. 그럼에도 불구하고 원래의 식에 따라 포털을 지우려고 하면 흔적이 남겠죠?"

"그, 그럼 포털을 지우려고 한 건……."

달리아가 꽉 깨문 이 사이로 중얼거렸다.

"맞아요. 포털 일부를 지워서 마력의 흐름을 꼬아 놓은 거죠. 흔적이 남으면 마력석으로 복구가 가능하니까. 특히 뒷수습 담당이 이쪽으로 끌려와 있다면요."

내 말에 맞장구라도 치듯, 키르시안은 제 목에 걸려 있는 투명한 마력석을 건드려 보였다.

"미리…… 알고 있었다고?"

"말했잖아요. 너무 무식했다고."

파벨 공작이 으르렁대는 소리에 내가 대답했다.

"어떻게……."

"기록의 중요성이랄까요."

"뭐?"

"일기 말이에요. 아스트리드 엘로딘의 일기."

거기 모든 답이 있었다.

십수 년 전부터 그녀가 꼼꼼하게 남겨 왔던 모든 기록 속에.

파벨 공작가를 드나들며 보았던 얼굴들, 그 이름들, 공작가의 구조며 비밀리에 위치한 실험실까지도.

"……달리아 린은 대공비의 시녀로 있으면서도 실제로는 가족들을 인질로 잡은 당신에게 충성했었다."

제 이름이 나오자 달리아가 흠칫 떨었다.

파벨 공작은 여전히 이를 갈았다.

"그런 것을 그 계집이 기억할 리가……!"

"말했잖아요. 기록이라고. 당신은 어린아이라 대수롭지 않게 생각했을 테지만, 십수 년 후 그 아이는 성장해서 제게 일기장을 보여 주었답니다. 과거의 파벨 공작가, 당신의 머릿속이 세세하게 담겨 있는 그것을요."

나는 조곤조곤 설명을 끝내고 파벨 공작 앞에 착 멈춰 섰다.

"뭐, 포털 위치를 미리 파악하는 데는 블리의 도움도 있었고요."

그러고는 조금 전 그가 그랬듯, 파벨 공작의 턱을 꽉 움켜쥐고 덧붙였다.

"그럼, 이제 그쪽이 얘기해 보시죠?"

"……."

"남은 계획이 뭔지."

"……."

"케인 대공과 뭘 꾸몄는지."

그의 눈이 천천히 떨려 왔다.

내 손에는 어느새 파벨 공작의 고문 도구가 들려 있었으니까.

"커헉!"

키르시안의 발이 그의 목을 꾹 누르자, 파벨 공작이 다시 한번 신음을 토했다.

"아직이야, 알리사?"

"아, 이제 사용법을 알겠어요."

알리사가 짧은 채찍처럼 생긴 마도구를 건드려 보더니 대답했다.

"손가락, 발가락부터 시작해서 뼈를 하나씩 부러뜨리는 도구인 모양인데……."

"좋아, 그걸로 해 보지. 아까 넘어질 때 손가락 두 개는 부러진 것 같지만."

"내가 처리할게."

로잘린이 대답했다.

그녀는 창백하게 굳은 파벨 공작에게 다가가, 그의 손을 잡고 억지로 손가락을 치유했다.

"이제 다시 부러뜨려도 되겠다, 그렇지?"

"……내 저택에서 이런 짓을 하고도 멀쩡할 것 같으냐?"

파벨 공작이 거친 숨을 뱉으며 중얼거렸다.

"원래대로라면 안 멀쩡하겠죠. 그러니까 우리도 지금까지 납치나 암살을 못 했던 거고."

내가 어깨를 으쓱하며 대답했다.

"하지만 이곳은 대부분의 사용인들도 접근하지 못하는 밀실인걸요. 심지어 황궁과 연결하는 포털이 설치돼 있는."

"……."

"이런 걸 만들어 준 덕분에, 각하의 말처럼 무식한 방법을 쓸 수 있게 됐어요. 눈에 거슬리면 치우고, 멀쩡한 건 부러뜨리고."

"그, 그런 말은 안 했······."

"협박이 거기서 거기죠, 뭐."

알리사의 손에 들린 마도구가 그에게 가까워진 순간, 파벨 공작이 세차게 고개를 흔들었다.

"말······. 말하겠다. 전부 다."

"진작 그랬어야죠."

내가 싱긋 웃자 키르시안이 파벨 공작의 상반신을 일으켜서 나를 보게 만들었다.

"나, 로잘린, 그리고 오페르니아는 다 끝났다고 했죠."

"······."

"그다음에 하려던 말이 뭐예요? 또 뭐가 끝났어요?"

나는 조금 전 그가 한 말을 떠올리며 물었다.

"황실?"

"······."

그는 입술을 잘근잘근 짓씹으며 대답을 망설였으나, 에밀리아가 벽에 걸린 도끼 같은 것을 집어 들자 흠칫 떨며 고개를 끄덕였다.

"대공을 끌어들여서?"

"······."

"빨리빨리 말 안 할래요?"

몇 번의 협박을 더 거치고서야, 그는 몇 가지 몰랐던 계획을 털어놓았다.

황제와 대립한 지 오래된 그는 케인 대공과 합심해 대공령을 독립시키고, 세력이 다 갈라지면 대공을 황제로 추대할 계획이 있었다는 것.

이를 위해 자식들의 결혼까지 계획했다는 것.

다만 케인 대공이 쉽게 마음을 정하지 않았기에 또 다른 방안이 하나 필요했다는 것.

"······그게 대공녀였군."

키르시안이 말했다.

"대공녀를 이용해 루시안의 잔에 독을 타게 하면, 명확한 증거가 안 나오더라도 케인 대공은 오페르니아와 황실과 연을 끊을 수밖에 없을 거고, 그럼 파벨 공작가의 손을 잡을 수밖에 없다는 계산?"

"······."

"대공녀한테는 뭘 주기로 했어요?"

"······파혼이다."

그가 들릴 듯 말 듯 한 목소리로 그르렁거렸다.

나는 고개를 끄덕였다.

어느 정도 예상했던 일이었다.

벨라 대공녀가 혼자의 힘으로 절대 얻을 수 없었던 것.

파벨 공작가와의 파혼, 그리고 원하는 사람과의 결혼.

파벨 공작은 그러니까, 대공에게는 혼맥이라는 카드를 내밀어 관계를 다지고, 뒤에서는 대공녀에게 파혼 카드를 내밀어 그녀를 조종했다는 것이다.

어차피 그녀 손에 루시안이 죽으면, 대공은 파벨 공작의 손을 잡고 독립하는 것 외에 다른 선택지가 없을 테니까.

그때 가서 약속을 뒤집어도, 대공녀가 할 수 있는 것은 없을 터였다.

키르시안이 킥, 하고 웃었다.

"확실히 말을 안 들을 수 없었겠군. 정혼자라는 놈의 면상을 보면 나라도 도망치고 싶었을 거야."

"그럼 이제 하나만 더."

들을 만큼 들은 나는 다시 물었다.

조금 전 내가 그랬던 것처럼, 파벨 공작의 눈이 벽시계를 향해 움직이는 것을 포착한 터였다.

"대공녀를 통해 소공작님을 독살할 계획이었다면, 각하를 대신해 소공작님의 죽음을 확인할 사람은 아마도 황궁에 잠복하고 있을 심복, 게일 하베스."

파벨 공작의 눈이 잘게 떨렸다.

그의 이름까지는 내 입에서 나올 거라고 생각하지 못한 것 같았다.

"즉사는 피해야 했겠죠. 대공녀가 준 술 때문이라는 심증은 형성하되, 확증은 없어야 하니까. 그래야 황실과 대공 사이에 균열을 만들고도 대공 일가의 세력에 큰 타격이 없을 테니까요."

내가 팔짱을 낀 채 천천히 말했다.

"천천히 죽는 약이라면, 결국 게일 하베스는 소공작님을 어디론가 데려가서 죽음을 확인하려 했을 거예요. 포털을 또 설치할 수는 없으니 황실 내부 어딘가로. 우연히 각하가 알고 있는 어느 밀실이라든가."

파벨 공적의 얼굴이 파르르 떨렸고, 나는 내 추측이 맞았음을 확신했다.

황궁에는 황실의 일원조차 정확히 모르는 비밀 공간이 많았다.

선대 황제가 만들었지만 잊히는 경우도 많았고.

선대의 신임을 받던 파벨 가문이 그중 일부에 대한 정보를 가지고 있는 것은 당연했다.

"그럼 이제 말씀해 주셔야죠."

나는 한쪽 무릎을 굽히고 앉아 파벨 공작과 눈을 맞추며 말했다.

"어디에 있어요? 소공작님은?"

"그, 그건……."

"파벨 가문만 알고 있던 황실의 비밀 장소가 어디에 있어요? 그 안에 뭘 더 숨겨 놨어요?"

그가 고개를 돌려 시선을 피하려 했지만, 나는 그의 눈동자가 0.5초 정도 벽 한쪽 구석을 향해 움직이는 모습을 놓치지 않았다.

"알리사."

"네, 남작님."

알리사는 검을 뽑아 파벨 공작이 보았던 벽을 쭉 그어 내렸다.

덜컥, 하는 소리와 함께 서류 더미가 와르르 쏟아져 나왔다.

비밀 장부, 일부 반황제파 귀족과 주고받은 서신들, 그 외 여러 가지 위험한 기록들.

"보물창고였네."

나는 씩 웃으며 가장 위에 놓여 있는 물건을 집어 들었다.

사각형의 납작한 유리였다.

"나 그거 알아. 루시안과 사냥할 때 가끔 썼던 연락용 마도구와 같은 거야."

키르시안이 유리를 힐끗 보더니 말했다.

그 말에 파벨 공작의 수염 끝이 파르르 떨렸다.

"황궁 내부에서는 소지할 수 없는 건데 위험한 일을 많이 하시네요. 다른 한쪽은 게일 하베스가 가지고 있는 거죠?"

나는 아무것도 보이지 않는 유리판을 공작의 이마에 댔다가 뗐다.

"연락용 마도구는 다 비슷하죠. 주인과의 접촉으로 작동하고, 접촉이 끊기면 그냥 돌이나 마찬가지고."

"으윽……"

파벨 공작이 꿈틀거리며 뭐라고 중얼거렸지만 나와 키르시안은 아랑곳하지 않고 유리판을 높게 들었다.

그러자 천천히, 그 위에 몇 개의 글자가 나타나기 시작했다.

글씨를 보던 나의 표정이 조금 흐려졌다.

급보- 서랍 아래 밀실은 비어 있음. 루시안 오페르니아의 위치를 파

악할 수 없음.

"……뭐?"

나와 키르시안이 동시에 눈을 찌푸렸고, 파벨 공작도 의아한 얼굴로 눈을 가늘게 떴다.

루시안의 위치를 알 수 없다니.

순간적으로 내 표정이 흐려졌다.

나는 고개를 돌려 키르시안을 바라보았다.

"……무슨 생각 하는지 알지만, 아니야."

그가 침착하게 중얼거렸다.

"술잔은 내가 바꿨어. 루시안은 독을 마시지 않았다고."

유리판의 글자는 다시 모양을 바꾸었다.

황녀와 함께 있는 것으로 보임. 두 사람의 위치를 파악할 수 없음. 황녀는 약속을 지키지 않았음.

황제가 수색을 명했음. 두 사람의 위치는 여전히 파악할 수 없음.

유리판은 계속해서 같은 내용의 메시지를 보여 주며 깜빡거렸다.

키르시안이 몇 차례 두드려 보고, 파벨 공작과 접촉시켜 보기도 했지만, 더 이상의 보고는 없었다.

"……."

나는 마른침을 삼켰다.

침착하려고 애써도 심장은 점점 빨리 뛰고 있었다.

완벽했던 계획이, 가장 중요한 곳에서 틀어졌다.

루시안이 실종됐다.

만찬장에서 키르시안과 헤어진 후라면, 아마 두어 시간은 지났을 것이다.

가장 신경 쓰이는 건, 그와 카일리가 같이 있다는 것.

루시안이 갑작스럽게 그녀를 납치했을 가능성은 없었다.

그렇다면 카일리가…….

"크큭……. 크하하핫!"

조용하던 파벨 공작이 갑자기 웃음을 터뜨렸다.

"그 계집이 결국 일을 냈구나! 크하하핫!"

"미친놈이……. 똑바로 말 안 해? 루시안은 어딨어?"

키르시안이 눈을 부릅떴으나 그의 웃음은 끊이지 않았다.

"모른다."

이윽고 웃음을 멈춘 파벨 공작이 말했다.

"오페르니아의 소공작이 어디 있는지, 누구도 몰라. 그러니 너희들도 찾을 수 없을 게다. 나를 죽여도 달라질 건 없겠지."

그의 눈이 오랜만에 흡족한 듯 빛났다.

"소공작은 죽을 거다. 그 미쳐 날뛰는 계집을 건드렸으니."

그가 단언했다.

파벨 공작은 키르시안의 발길질에 맞아 가면서도 말을 멈추지 않았다.

퍽-

"황궁에……. 큭, 밀실은 많아. 절대로 찾지 못할 거다."

퍽-

"절대로 못 찾을……."

미친 사람처럼 한참을 지껄이던 그가 순간 말을 멈추었다.

그를 두들겨 패던 키르시안의 움직임이 문득 멈추었기 때문에.

아무런 이유도 없이, 방 안의 공기가 무겁게 가라앉았다.

몇 초 동안 정적이 감돌았다.

팟-

갑자기 무언가 터지는 듯한 소리가 들렸다.

파벨 공작, 나, 키르시안, 알리사와 에밀리아까지도 소리의 근원을 향해 고개를 돌렸다.

"로잘린 아가씨……?"

그녀는 말없이 자신의 손가락 끝을 바라보고 있었다.

로잘린의 오른손 전체가, 전에 없던 밝은 빛으로 빛나고 있었다.

'제국의 가호'라 불린 파벨 공작가.

그 가문의 직계 중 단 한 명이 계승하는 능력, '되돌리는 힘'.

엄청난 능력이었으나 그 원리는 그리 복잡하지 않았다.

모든 존재, 그중에서도 특히 생명을 가진 존재는 마력을 가지고 있으며, 그 마력은 특유의 흔적을 남긴다.

'되돌리는 힘'을 가진 자는 마력의 흔적을 되짚을 수 있는 자였다.

병으로 흐트러졌다면 바로잡고, 시든 것은 다시 피어오르게 한다.

마력의 흔적을 되짚는다는 것은, 이론적으로는 잃어버린 것을 추적할 수 있다는 의미이기도 했다.

이론적으로는 그랬다.

다수의 가주들은 '치유'는 해도 '추적'은 완벽하게 해내지 못했다.

도망친 포로며 납치당한 황족, 귀족을 찾아낼 수 있는 능력이기에 그 각성은 중요했으나, 가문 대대로 전해지는 갖은 비법을 써도 마음대로 되지는 않았다.

파벨 공작 또한 마찬가지였다.

미약한 '추적' 능력이 있었으나 다른 도구 없이 자유자재로 사용하지 못하는 정도.

그 정도가 파벨 공작의 한계였다.

"……."

파벨 공작은 휘둥그레진 눈으로 로잘린의 손을 바라보았다.

"말도 안 돼……."

느낄 수 있었다.

그녀가 각성하고 있다는 사실을.

파벨 공작 자신은 근접하지도 못했던 능력의 단계에, 로잘린은 다가가고 있었다.

빠르고 정확하게, 별다른 마도구 없이 잃어버린 자들을 찾을 수 있는, 완벽한 '추적' 능력에.

"……되겠는데?"

로잘린이 눈썹을 치켜올리며 말했다.

"뭐가요?"

"추적. 지금 당장 할 수 있어."

리아넬라가 고개를 갸웃하며 묻자 그녀는 무심하게 대답했다.

"그렇다면……."

무언가 생각하는 듯하던 리아넬라가 휙 하고 고개를 돌려 파벨 공작을 바라보았다.

그는 뭐라고 제대로 말도 하지 못한 채 입만 뻐끔거리며 로잘린을 바라보았다.

"어, 어떻게……."

"갑작스러운 각성이라면, 이유는 뻔하지 않아요?"

리아넬라가 대답했다.

그걸 모를 수가 있냐는 듯한 얼굴로.

로잘린의 눈이 조금 커졌다.

그녀와 파벨 공작의 시선이 몇 초간 마주쳤고, 무언가를 깨달은 파벨 공작의 표정이 어두워졌다.

팟-

그가 묶여 있는 몸을 꿈틀거리며 손가락 끝에 힘을 주어 보았다.

하얀빛이 스치듯 반짝, 하더니 다시 꺼져 버렸다.

"······!"

식은땀이 흘렀다.

그는 다시 한번 힘을 주었다.

팟-

겨우 잔기침이나 완화할 수 있을 것 같은, 미약한 힘이 손가락을 스치고는 다시 사라졌다.

"내, 내 능력이······!"

그의 능력은 거의 사라졌다.

겨우 치유력의 흔적 정도나 남은 정도였다.

환자 입장에서는 파벨 공작보다 평범한 의사를 만나는 것이 더 낫다고 해도 과언이 아니었다.

파벨 공작은 사색이 되어 중얼거렸다.

"말도 안 돼, 말도······."

"그런가요?"

리아넬라가 빙긋 웃으며 그를 보았다.

"과거에 종종 있었던 일이라면서요. 파벨의 새 가주가 빠른 승계를 위해 아비를 해치는 거."

그녀는 크게 놀란 표정을 짓고 있지 않았다.

마치 예상이 적중한 듯, 녹색 눈동자는 평소보다 더 밝게 반짝이고 있었다.

"하지만 그건······!"

"선대가 쇠약해질수록 그 자식의 능력은 짙어진다······. 승계의 속도는 선대를 죽음으로써 인위적으로 앞당길 수 있다. 그 정보를 듣고 생각했어요."

"……."

"죽음에 이르지 않아도, 정신과 신체가 약해지기만 해도 능력의 승계는 빨라지는 게 아닐까."

"……."

"그래서 키르시안 공자나 소공작님에게 미리 얘기했었죠. 누구에게든 기회가 오면, 파벨 공작을 무식하게 패 버리라고. 어떻게 되나 보자고."

파벨 공작이 몸을 부르르 떨었다.

신록을 품은 듯 맑은 눈은 소름이 끼칠 정도로 냉정해 보였다.

"기회는 잘 오지 않았죠. 기대도 안 했고요. 그런데 오늘, 황궁에 있던 저희를 친절하게 고문실로 데려와 주셨네요?"

"……!"

"협박에 굴하는 속도가 빨라 생각만큼 고통을 가하지는 못했지만…… 정신적으로 무너지는 쪽이 효과가 더 컸을지요."

리아넬라 뒤에 있던 키르시안이 싱긋 웃으며 제 손을 흔들어 보였다.

"키르시안 공자에게 뺨을 맞고 무릎 꿇려져서 고문당하는 것도, 제 입에서 가문의 비밀을 듣는 것도, 각하에게 익숙한 일은 아니었을 테죠."

"너, 그럼 일부러…… 이걸 노리고……."

파벨 공작이 이를 악물고 으르렁거렸다.

"귀한 능력이 더 이상 더러운 가문에 있어서는 안 된다는 생각이었달까요."

리아넬라는 어깨를 으쓱하며 대답했다.

"이제 끝났어요, 각하."

"……."

"'제국의 가호'는 더 이상 파벨이 아니에요."

마지막 한마디에 파벨 공작이 흠칫 떨었다.

그가 터진 입술을 잘근잘근 씹었다.

얻어맞고 밟힌 온몸이 부서질 듯 아파 왔다.

그 상처를 스스로 치료할 수 없다는 사실이 뼈저리게 고통스러웠다.

가문의 상징을 빼앗겼다.

어떤 위기에도, 제국을 치유한다는 명목으로 일어섰던 가문이, 그의 손에 무너졌다.

모욕과 수치, 억울함이 한순간에 몰려왔다.

"……못 해."

"네?"

"인정 못 한다!"

축 늘어져 있던 그가 갑자기 고개를 들고 버럭 소리쳤다.

"신이 내 가문에 내린 능력이다! 사생아 따위에게 빼앗겼다고? 네까짓 게 나의 힘을 저 계집에게 옮겼다고? 오페르니아 성을 가진 저 계집에게?"

"신은 인간에게 한 약속을 지킬 뿐, 귀족 가문의 영광 따위에 관심이 없으니까요."

리아넬라가 딱 잘라 말했다.

"사생아든, 파벨 가문의 세 공자든, 신의 눈에는 같은 피를 가진 인간인걸요."

"닥쳐!"

파벨 공작이 고함쳤지만 누구도 동요하지 않았다.

함께 꿇어앉은 달리아마저도 귀찮다는 표정으로 눈을 흘길 뿐이었다.

"아니……. 어쩌면 각하보다 로잘린 아가씨를 조금 더 예뻐했는지도요."

그녀가 속삭이듯 마지막 말을 뱉더니 로잘린을 힐끗 보았다.

로잘린은 여전히 무심한 얼굴로, 새하얀 빛의 줄기를 감은 제 손을 내려다보고 있었다.

리아넬라는 새삼 긴장한 듯 마른침을 꿀꺽 삼켰다.

"아가씨, 가능할까요?"

그녀가 말했다.

파벨 공작과 대화할 때는 당당하던 목소리가 불안하게 떨리고 있었다.

"소공작님을…… 찾을 수 있어요?"

"해 볼게."

로잘린이 대답했다.

"루시안의 마력을 보여 줄 물건만 있다면."

"마력을 보여 줄 물건……."

"루시안이 가지고 다녔던 물건, 특히 여러 사람의 손을 타지 않은 것. 내가 그 애의 흔적이 어떻게 생겼는지 알 수 있도록."

키르시안과 알리사, 에밀리아가 동시에 주머니를 더듬더니 고개를 저었다.

"……."

리아넬라는 긴장한 얼굴로 머리를 쓸어 넘겼다.

문득 그녀의 손에 가볍고 차가운 물체가 닿았다.

언제 어디서나 걸고 다니는, 장미 모양의 목걸이였다.

그녀의 눈이 커졌다.

다른 이들의 손을 많이 타지 않은, 루시안이 가지고 다녔던 물건.

그가 직접 발견해 선물한, 모양을 바꾸는 성질이 있기에 장인의 세공조차 거치지 않은 변신형 마력석.

달칵.

리아넬라는 말없이 목걸이를 풀어 로잘린에게 건넸다.

"마력석이라면 제일 좋지."

그녀가 싱긋 미소 지으며 대답했다.

화악-

로잘린이 목걸이를 손에 쥔 순간, 그 안에서 푸른색과 황금색의 빛이 뿜어졌다가 다시 사라졌다.

로잘린은 다른 이에게 보이지 않는 무언가가 보이는 듯, 빛이 사라진 자리를 뚫어져라 바라보았다.

"아하."

이윽고 그녀가 입을 열었다.

"이렇게 쉬운 거였구나."

"찾은 거예요?"

리아넬라가 다급하게 물었다.

파벨 공작이 경악한 얼굴로 고개를 들었고, 로잘린의 입꼬리가 작게 올라갔다.

"황궁으로 돌아가자."

그녀가 완전한 확신이 담긴 목소리로 말했다.

"황제 폐하도 모르는 곳에 잘도 숨었지 뭐야."

"윽……."

루시안이 신음을 토하며 몸을 일으켰다.

머리가 지끈거렸고 몸은 무거웠다.

손을 움직여 보았으나 무언가에 묶여 있는 듯 잘되지 않았다.

눈을 몇 번 깜빡여 흐릿했던 시야를 회복한 그는 빠르게 주변을 둘러보았다.

처음 보는 방이었다.

바닥, 벽, 천장이 모두 돌로 막혀 있어 창문 하나 없고, 벽 한쪽 끝엔 철문이, 그 옆에는 커다란 천으로 덮인 무언가가 있을 뿐이었다.

벽에는 몇 개의 등불이 걸려 있었지만 외부의 빛은 조금도 들어오지 않았다.

'……르벨리안의 문장.'

벽에 새겨진 그림으로 보아, 황궁 안에 만들어 놓은 밀실인 듯했다.

그는 눈을 가늘게 뜨고 만찬장에서의 기억을 더듬었다.

아스트리드와 리아넬라의 경고가 있었기에 술은 마시지 않았다.

키르시안이 벨라의 시선을 가리고 루시안의 잔을 다른 것으로 바꿔 놓았고.

그는 혼자서 만찬장에서 나와 사람이 없는 후원으로 나갔고, 시종 하나가 나타나 그를 부축했다.

'잠시 쉴 수 있는 곳으로 안내하겠습니다.'

루시안은 그가 시종으로 위장한 게일 하베스임을 짐작했다.

그리고 계획대로 따라나섰다.

파벨 공작과 케인 대공이 무엇을 어디까지 준비했는지 알아보기 위하여.

서탑 아래 밀실에 도착했을 때는 모든 것이 끝났다고 생각했다.

그러나 밀실 문을 여는 순간.

쉭-

방을 가득 채운 연기가 두 사람을 향해 퍼져 나왔다.

'뭣……!'

게일의 눈이 커졌고, 이를 지켜보는 루시안도 마찬가지였다.

파벨 공작의 안배가 아니다.

예상하지 못했던 누군가의 공격이었다.

쿵-

두 사람은 거의 동시에 쓰러졌고, 그 후의 기억은 없었다.

"어머, 일어났나 봐?"

등 뒤에서 쾌활한 목소리가 들려왔다.

묘하게 거슬리는 음성에 루시안은 본능적으로 미간을 찌푸렸다.

"기분이 어때?"

화려한 금발이 그를 스치는가 싶더니, 한 여자의 인영이 그의 앞으로 다가와 섰다.

"해독제는 먹였어. 내가 네 목숨을 살린 거라고. 대신 다른 약을 먹였지만."

한 손에 단검을 든 채 의기양양하게 미소 짓는 그녀는 카일리 황녀였다.

루시안이 헛웃음을 뱉었다.

"……직접 손을 댈 줄은 몰랐는데."

"그럼, 내가 하인에게 기회를 빼앗길 줄 알았어?"

카일리가 루시안의 등 뒤를 가리켰다.

힐끗 고개를 돌리자, 게일로 추정되는 남자가 바닥에 쓰러져 있었다.

"파벨 공작이 그랬어. 너는 내가 처리해도 된다고."

"……하나하나 허락을 구하는 걸 보니 하인은 그쪽인 것 같은데."

루시안이 빈정거리자 카일리가 얼굴을 와락 찌푸렸다.

"약을 마시고 손도 묶여서 빌빌거리는 주제에 아직도 입이 살았네?"

"약을 마신 몸에 손까지 묶어야 하는 걸 보면, 그쪽은 딱히 할 줄 아는 것이 없는 모양이군."

쉭-

"조심해."

카일리가 들고 있던 단검을 빼 루시안의 목에 들이댔다.

"따박따박 대꾸하는 그 말투 때문에 그 짜증 나는 하인 계집애가 연상되니까."

루시안은 대답 대신 한쪽 입꼬리를 올렸다.

이런 상황에서조차도, 그는 리아넬라를 닮았다는 말이 듣기 좋았다.

잠시 대치하던 두 사람 중 먼저 입을 연 것은 루시안이었다.

"가짜 맞네."

"……."

그의 질문에 카일리의 얼굴이 더욱 일그러졌다.

"진짜라면 내가 정원에서 했던 말에 동요할 이유도 없고, 위험한 일에 굳이 참여할 이유도 없지."

"……."

"이런 지저분한 일은 그냥 하인에게 맡겼을 테고 말이야."

"하."

카일리가 헛웃음을 지었다.

"그렇다면 어쩔 건데?"

그녀가 칼을 루시안의 목 가까이에 들이밀며 말했다.

"내가 손 한번 움직이면 날아갈 목숨이잖아. 네가 뭘 할 수 있는데?"

루시안은 단검을 쥔 카일리의 손을 내려다보았다.

'처음이 아니다.'

무인은 아니었다.

그러나 검을 쥔 손 모양이며 자세, 날의 각도를 보았을 때 날붙이를 다루어 보지 않은 자도 아니었다.

"틀린 말은 아니지."

루시안이 대답했다.

"하지만 안 죽이고 있지."

그가 고개를 들어 카일리의 눈을 응시했다.

"내가 살아 나가면 피곤해질 걸 알면서도, 사람을 죽이는 법을 알면서도, 굳이 여기까지 끌고 왔지. 이유가 뭘까?"

"……."

"내가 빠르게 죽는 게 싫어서? 더 잔인하게 죽이기 위해?"

그녀는 아무 대답도 하지 않았다.

"아니지. 그럴 거였다면 겨우 검을 목에 들이대는 정도의 협박을 하진 않았겠지."

루시안은 시선을 그대로 카일리에게 고정시킨 채 고개를 갸웃했다.

푸른 눈동자는 그녀의 동기, 목적, 계획, 판단을 모두 읽어 내려는 듯 강렬하게 빛났다.

"파벨 공작이 따로 지시해서?"

이번에는 카일리의 입꼬리가 살짝 올라갔다.

비웃음이었다.

감히 누가 누구에게 명령을 하냐는 듯한.

"알겠다."

루시안이 작게 미소 지었다.

머릿속에 수천 가지 계획을 품고 조금의 티도 내지 않던 리아넬라.

누구에게나 유유한 웃음을 짓지만 검을 맞대는 순간 폭풍처럼 상대를 덮치는 키르시안.

그런 이들과 함께 자란 루시안에게 카일리를 읽는 것은 쉬웠다.

"파벨 공작을 완전히 믿지 못하는구나."

"……!"

툭 내뱉은 말에 카일리의 얼굴이 창백해졌다.

"그가 협박을 했나 보군. 서로 약점을 쥐었지만, 그쪽의 약점이 훨씬 치명적이라고?"

그녀는 입을 꾹 다물었다.

당연히 긍정이었다.

카일리는 속으로 욕설을 지껄였다.

이 남자가 하는 말은, 뭐 하나 틀린 것이 없었다.

아무 말도 안 했는데 뭘 보고 맞췄는지 모를 일이었다.

그녀는 더 이상 파벨 공작을 믿지 않았다.

그녀를 쏘아보던 형형한 안광.

친자식을 죽일 계획을 세우며 즐거워하던 모습.

무슨 생각을 하는지 알 수 없는 표정.

그 모든 것이 카일리를 불안하게 했다.

상황이 위태로워지면, 그는 제 목숨을 보전하기 위해 카일리를 팔아 버릴 것 같았다.

그렇다고 황제를 완전히 의지할 수 있는 것도 아니었다.

루시안이 이미 그녀를 의심하고 있었고, 그러한 의심이 언제 황제에게 전염될지 모를 일이었으니까.

"설마 그래서 잡기로 한 끈이 나야?"

루시안이 냉소하며 물었다.

"혹시 그런 거라면 검을 치우고 애원이라도 해야 하는 거 아닌가?"

"닥쳐. 나도 다 생각이 있으니까."

카일리의 얼굴이 수치심으로 붉어졌다.

그녀는 잠시 루시안을 쏘아보다 다시 입을 열었다.

"그래, 네 말이 맞아. 내가 붙잡은 새로운 끈은 너야."

그녀가 뒤틀린 미소를 지으며 말했다.

"이런 짓을 하고 무슨 수로……."

"그래서 약을 먹였다고 했잖아. 지금은 정신이 들겠지만, 곧 최면에 걸린 것처럼 내 말을 듣게 될 거야."

"그게 다라면, 그쪽은 내가 생각했던 것 이상으로 사고가 단순하군."

루시안이 차갑게 말했다.

"오페르니아의 성녀가 최면 하나 못 풀 거라고 생각하는 건가?"

"아니, 여기서 볼일이 끝나면 풀어도 상관없다고 생각하는 거지."

그녀는 빙긋 웃으며 루시안으로부터 한 걸음 물러나더니, 바닥에 놓여 있던 투명한 구슬을 집어 들었다.

"……영상구?"

"맞아. 최면에 걸린 순간부터 여기 담을 거야."

카일리가 뿌듯한 얼굴로 말하며 루시안과 마주 보는 철문 옆으로 다가갔다.

그녀는 철문 옆으로 손을 뻗어, 무언가를 감추고 있던 흰 천을 휙 하고 들추었다.

루시안이 눈을 가늘게 떴다.

천이 덮고 있던 것은 청동으로 만든 커다란 신상이었다.

"알아보겠어? 창조신 디오네스야. 우연히 신상이 있는 밀실을 찾다니, 나도 참 운이 좋았지."

"……."

"이것만 있으면 가능하대."

카일리가 명령하게 중얼거리더니, 갑자기 고개를 돌려 루시안을 빤히 바라보았다.

"우리 둘의 언약식이 말이야."

그녀의 입술이 호선을 그렸다.

"여기서 나가는 순간, 너와 나는 반려가 되는 거야. 모든 증거는 영상구에 담길 거고."

"……미친."

루시안이 나직하게 욕설을 내뱉었으나, 카일리는 조금도 동요하지 않았다.

"그렇게 너와 나는 완벽하게 묶이는 거지. 아내가 가짜 황녀라는 것이 드러나면 너 또한 책임을 피하지 못할 테니까."

밀실 안에 긴 정적이 흘렀다. 카일리와 루시안은 미동도 없이 서로를 쏘아보았다.

몇 분이나 지났을까.

"풋."

루시안이 짧은 웃음을 터뜨렸다.

카일리는 미간을 잔뜩 찌푸리고 그를 노려보았다.

"왜……. 왜 그러는 거야?"

"무슨 대단한 계획이 있나 했더니, 겨우 납치혼이라."

그가 고개를 절레절레 흔들었다.

"되게 멍청하네."

"뭐?"

"혼인 서약을 시켜서 차기 공작 부인의 신분으로 여기서 나가면, 설마 내가 평생 너를 보호해 줄 거라 생각한 거야?"

카일리의 얼굴이 흐려졌다.

"영상구로 기록하면 결혼을 무르지 못할 거고, 일단 공작 부인이 되기만 하면 언젠가 황제가 네 정체를 눈치채더라도 오페르니아의 눈치를 보느라 너를 해치지 못할 것이다? 그 정도 계산인가?"

"……."

"내 손에 죽는 건 무섭지 않고?"

루시안이 싸늘한 얼굴로 그녀를 바라보며 물었다.

온몸을 얼려 버릴 것 같은 시선이었다.

카일리는 본능적으로 한 걸음 물러섰다.

"……태연한 척하지 마."

그녀가 힘주어 말했다.

"결혼하자마자 내가 죽으면, 아빠가 너를 가만두지 않을 거야."

"서로 눈치를 보게 만들겠다, 이거군."

그가 입꼬리를 올리며 말했다.

카일리는 불안한 기분이 들었다.

루시안이 조금도 당황한 것 같지 않았기 때문이었다.

"혼인을 무를 수 있다는 생각은 안 해 봤고?"

"혼인 서약은 신성한 거라고 했어! 내가 아무것도 모르는 것 같아?"

그녀가 버럭 소리쳤다.

"서약까지 해 놓고 결혼을 무르면 오페르니아의 지위까지 위험해질걸."

"신성하지. 황족의 혼인은 더욱 신성하고."

루시안이 은은한 미소를 지으며 말했다.

"그렇기에 무르기는 더 쉬워."

"……뭐?"

"제국의 역사가 몇 년인데, 그동안 황자와 황녀를 납치해 강제로 결혼한 이들이 없었을 것 같아?"

"……."

"너 '르벨리안의 서약'이 뭔지 모르지?"

루시안이 고개를 비스듬히 기울이며 물었다.

"……."

"황자나 황녀가 결혼할 때, 일반적인 혼인 서약과 별도로 하는 고대어로 된 서약이야. 직계 황족의 결혼에 그 서약이 없다면 무효라는 게 르벨리안의 법이고."

카일리의 얼굴이 파르르 떨렸다.

"모르지? 파스케온 1세가 고대어로 만든, 결혼을 앞둔 황족에게 황제가 직접 가르쳐 주는 서약이니까."

"……."

루시안의 눈동자에 승자의 미소가 스쳤다.

카일리는 아무 대답도 하지 못한 채 입술을 짓씹었다.

르벨리안의 서약이라니, 들어 본 적도 없었다.

황족의 결혼식을 본 적도 없고, 그 절차에 대해 제대로 배우지도 않았으니까.

'무효라니.'

단검을 붙잡은 손이 덜덜 떨렸다.

일을 이렇게까지 벌였는데 아무런 수확도 없이 돌아갈 수는 없었다.

그녀의 시선이 다시 루시안에게 향했다.

이렇게 된 거, 처음 파벨 공작의 계획처럼 그를 죽여야겠다는 생각이 그녀의 머리를 스쳤다.

'오페르니아가 날 죽이려 들 텐데.'

그녀는 마른침을 꿀꺽 삼켰다.

루시안의 조모는 현재 제국에서 가장 큰 재력과 권력을 쥔 여자였다.

그녀가 후계자의 죽음을 파헤치지 않을 리 없었다.

'하지만 안 죽일 수도 없잖아!'

수많은 시나리오로 머릿속이 혼란스러웠다.

혼자 돌아가고 루시안의 일은 모른다고 잡아뗀다?

루시안이 자신을 밀실로 끌고 와 겁탈하려 했기에 검을 썼노라고 거짓말을 한다?

어떤 시나리오든 빈틈이 있었다.

그럼에도 다른 방법이 없는 것은 사실이었다.

"……다른 방법을 알려 줄까?"

진퇴양난에 빠진 채 단검 손잡이를 꽉 쥐는 순간 루시안이 조용히 입을 열었다.

"뭐?"

"네 목적대로 네가 나와 여기서 결혼할 방법."

카일리는 눈을 가늘게 뜨고 루시안을 바라보았다.

조금 전 냉소 짓던 표정이 아니었다.

싸늘했던 눈빛이 미묘하게 부드러워진 듯한 느낌마저 들었다.

"내겐 나쁘지 않은 제안이야. 황녀와의 결혼이라."

"내, 내가 믿을 것 같아?"

그녀가 발을 탕, 구르며 소리쳤다.

"결혼을 빌미로 목숨을 살려 주면 나가자마자 나를 고발할 생각이겠지."

"아니, 지금 말이야. 거기 있는 디오네스의 신상 앞에서. 네 말처럼 나가는 순간 우린 부부로 묶이겠지."

카일리의 눈동자가 어지럽게 떨렸다.

"르, 르벨리안의 서약은 아무도 모르는 거라며! 그럼 여기서는……."

"아니, 난 내용을 알아. 오래된 귀족 가문들은 알고 있어. 완전한 비밀은 없는 거니까."

그가 평온한 얼굴로 말을 이었다.

"원한다면 가르쳐 줄 수 있어. 지금 당장이라도."

그녀를 바라보는 푸른 눈동자는 조금도 흔들리지 않았다.

거짓이라고 생각하기 어려울 정도로.

"설마……."

"다만 내게도 약간의 안전장치는 필요하겠지."

그는 눈만 동그랗게 뜨고 있는 카일리를 빤히 바라보며 말했다.

"……그게 뭔데?"

카일리가 물었다.

그녀의 목소리가 떨리고 있었다.

"어떻게 한 건지 말해 봐."

"……."

"이능, 그리고 피의 실험."

루시안이 말했다.

"내가 어떤 사람과 결혼하는 건지는 알아야겠거든."

"……."

"파벨이 잡고 있는 네 약점이 어떤 건지도. 그래야 증거를 인멸할 수 있으니까."

날카롭던 눈매가 미세하게 휘어졌다.

마치 진심으로 웃고 있는 것처럼.

예민하게 대치하는 이 순간에도, 루시안은 신기할 만큼 아름다웠다.

"최면에 걸리기까지 얼마나 남았지?"

"……3분."

"그럼 서둘러야 할 거야."

루시안이 속삭이듯 말했다.

"고대어를 배운 적도 없는 이에게 서약을 가르쳐 주는 건, 맑은 정신으로도 쉽지 않아서 말이지."

"……."

카일리는 눈을 질끈 감고 머리를 굴렸다.

시간도, 다른 방법도 없었다.

어차피 루시안은 최면 약을 먹고 포박된 상태.

일단 제안을 받아들이고, 수틀리면 죽일 수도 있었다.

만약 그가 진심이라면, 그런 거라면…….

'그야말로 파벨과 연을 끊고 더 강한 오페르니아의 손을 단단히 잡는 거 아닌가?'

"……좋아."

그녀가 대답했다.

"그 두 가지만 말하면 되는 거지?"

"물론."

카일리가 느리게 고개를 끄덕였다.

"이능은 파벨 공작이 시키는 대로 했어. 이걸로."

그녀는 끼고 있던 반지를 루시안 앞에 내려놓았다.

"마력석이군."

"여기에 자기 능력 일부를 옮겨 났다고 했어. 파벨 공작가에서는 꽤 예전부터 그런 연구를 했었다고."

"……그게 가능한 거였다니."

루시안이 중얼거렸다.

"하지만 아무것도 없던 화분에서 장미를 만들어 내는 건……. 아."

그는 무언가 깨달은 듯 말을 멈추었다.

"아무것도 없는 게 아니었군."

"맞아. 시든 뿌리가 흙 속에 묻혀 있었던 거야. 난 파벨 공작의 능력으로 꽃이 다시 피도록 되돌린 거지."

카일리는 자신이 대단하지 않냐는 듯 빙긋 웃었다.

"한 번 검증된 후에는, 누구도 감히 황녀에게 이능을 보여 달라고 요구하지 못할 테고."

"바로 그거야. 아빠가 내 말을 믿는데 누가 의심을 해?"

"그럼 피의 실험은?"

루시안이 다시 물었다.

"'피의 잔'은 복제가 불가능할 텐데."

"……."

"실험을 지켜본 이들이 한둘이 아닌데, 어떻게 거짓으로 할 수가 있었나?"

"……."

이능에 대한 설명은 아무렇지 않게 했던 그녀가 순간 머뭇거렸다.

"시간이 없다는 건 알고 있겠지?"

"알아."

그녀가 침을 꿀꺽 삼키고 말했다.

얼굴의 핏기가 조금 사라진 상태였다.

"엄밀히 말하면, 그 실험은 거짓이 아니었어."

"……뭐?"

"잔은 거짓말을 하지 않았다고. 그 잔에는……. 황제 말고 다른 사람의 피가 먼저 묻었었다고."

이리저리 시선을 피하던 그녀가 결심한 듯 고개를 들었다.

그녀를 보는 루시안의 눈이 조금 커졌다.

"……네 친족의 피였군."

"……."

"그래서 잔이 너를 거부하지 않았던 거야."

잠시 침묵하던 그가 말했다.

"황궁에 들어오고자, 친족을 살해한 거였어. 넌……."

"이제 됐지?"

카일리가 그의 말을 툭 자르고 물었다.

"난 약속을 지켰어. 그러니까 이제 말해. 시간이 없다고."

그녀의 말이 빨라지기 시작했다.

"르벨리안의 서약. 어떻게 하는 거야?"

"……글쎄."

루시안이 천천히 대답했다.

"모르겠는걸."

"뭐?"

그의 입꼬리가 쭉 올라갔다.

"그런 건, 애초에 없거든."

"……뭐?"

카일리의 동공이 커졌다.

루시안의 미소가 얼굴 전체로 번졌다.

"끝이야."

그가 속삭이듯 말했다.

"세상에서 제일 무서운 사람이 날 구하러 오고 있거든."

쾅앙-

그의 말이 떨어진 순간, 엄청난 굉음이 방을 울렸다.

카일리는 당황한 얼굴로 뒤를 돌아보았다.

"이게 뭐……."

단단하게 닫혀 있던 강철 문은 수십 개의 조각으로 부서졌고, 돌벽이 있던 자리에는 자욱한 먼지구름이 피어오르고 있었다.

카일리의 얼굴이 새파랗게 질렸다.

저벅.

먼지구름 속에서, 얼핏 카일리와 비슷해 보이는 여자의 실루엣이 천천히 드러났다.

내려 묶은 황금색 머리칼.

눈에 띄게 아름다운 이목구비.

사물을 꿰뚫어 볼 것 같은 깊은 녹안.

리아넬라 셀레스였다.

그녀는 세상의 모든 분노를 담은 시선으로 카일리를 쏘아보고 있었다.

저벅, 저벅.

그 뒤에 늘어선 기사 수십 명의 모습 또한 천천히 모습을 드러냈다.

"무, 무엄하다."

얼어붙었던 카일리가 간신히 입을 열었다.

"여기가 어디라고 함부로 들어와서……."

"닥쳐."

리아넬라가 그녀의 말을 싹뚝 자르며 밀실 안으로 발을 내디뎠다.

"뭐?"

카일리의 얼굴이 찌푸려졌다.

"지, 지금 내게 명령한 거야?"

그녀가 두 주먹을 꽉 쥐고 물었다.

"설마 소공작 때문이야? 뭘 봤는지는 모르겠지만 난, 난 정당방위를 한 거야!"

"정당방위가 뭔지 모르면서 함부로 지껄이지 마."

리아넬라는 카일리와 눈조차 마주치지 않은 채 성큼성큼 걸어왔다.

그녀의 시선은 처음부터 한 곳에만 고정되어 있었다.

밀실 한가운데에 앉아 그녀를 응시하는 루시안에게.

"멈춰."

저벅, 저벅.

"멈추라고 했……. 읍!"

카일리가 리아넬라의 어깨를 붙잡으려던 순간, 리아넬라는 한쪽 손을 뻗어 손바닥으로 그녀의 얼굴을 꽉 잡아 밀쳐 버렸다.

"나 말이야, 예전에 성격이 되게 더러웠거든?"

"미쳤, 미쳤어! 내 코……."

"그러니까 걸리적거리지 마."

카일리는 창백해진 얼굴로 입을 꾹 다물었다.

리아넬라는 천천히 루시안에게 다가가, 한쪽 무릎을 꿇고 그와 시선을 맞추었다.

"와 줬네?"

루시안이 빙긋 웃으며 물었다.

"……웃음이 나와요?"

"응."

"……."

"네가 여기 있잖아."

휘어진 눈매가 그렇게 예쁠 수가 없었다.

분노로 가득했던 리아넬라의 얼굴이 작게 떨리기 시작했다.

"웃는 거……. 그렇게 웃는 거 금지라고요."

"……리아넬라."

이윽고 그녀의 눈에 투명한 액체가 그렁거렸다.

"사람 걱정시키는 게…… 그렇게 좋아요?"

"……."

"걱정돼서……. 어떻게 될까 봐 미치는 줄 알았는데."

이번에는 루시안의 동공이 거칠게 떨리기 시작했다.

* * *

나와 로잘린이 포털을 통해 황궁에 도착했을 때는 자정이 한참 지난 시간이었다.

시간이 지나 거의 닫혀서 흔적이 희미해진 포털을 발견한 황실기사단은 그 앞에 도착한 우리 두 사람을 보자마자 다급하게 황후궁으로 데려갔다.

그곳은 그야말로 아수라장이었다.

나, 로잘린, 루시안, 카일리.

총 네 명이 순식간에 실종되었으니 당연한 일이었다.

"대공비를 감금하라."

황후궁에 들어서자마자 들린 것은 황제의 목소리였다.

"대공도, 대공녀도 전부 따로따로 감금하라. 나타날 때까지 그 누구도 황궁을 벗어나지 못하게 하라."

나에게서 등을 돌린 채 급하게 지시를 내리는 그의 목소리는 완전히 가라앉아 있었다.

"폐하, 황녀 전하의 행방이 중요합니다. 일단 황실 1, 2기사단은 황녀 전하와 소공작을 찾는 것이……."

"1, 2 기사단은 셀레스 남작을 찾으라고 하지 않았느냐!"

그가 반쯤 고개를 돌리며 소리쳤다.

"대공비의 방에서, 그 시녀와 함께 실종되었다. 이미 몇 시간이나 지났단 말이다!"

그의 옆얼굴은 말도 안 되게 초췌해 보였다.

차분하고 위엄 있던 눈동자는 혼란스럽게 흔들렸고, 머리칼은 헝클어져 있었다.

카일리를 처음 봤던 그날보다도 더 약해 보이는 모습이었다.

"부황의 말씀을 듣지 못했느냐?"

고개를 숙인 채 커다란 지도를 샅샅이 훑고 있던 아르테스가 나직하게 으르렁거렸다.

"수도의 모든 포털을 뒤져서 실마리라도 찾아. 만찬 시작과 자정 사이에 황궁에서 사라진 이들의 명단은 어디 있지?"

그 역시 황제와 마찬가지로 흐트러진 모습이었다.

"리아넬라를 찾을 때까지 누구도 쉴 수 없다."

누구에게나 보여 주던 따뜻한 미소며 예의 바른 태도는 그림자도 보이지 않았다.

온화하던 황금색 눈동자, 거슬리는 자는 당장이라도 벨 것처럼 섬뜩하게 빛났다.

나는 문득 자리에 멈춰 섰다.

대체 왜?

그들이 가장 열심히 찾는 이가 왜 카일리가 아니라 나인 건지 알 수 없었다.

"……폐하."

내가 입을 열자 황제와 아르테스의 움직임이 동시에 멈추었다.

두 사람은 천천히 고개를 움직여 나를 바라보았다.

똑 닮은 두 쌍의 눈동자가 나를 발견했다.

"……리아넬라."

아르테스는 들고 있던 지도를 떨어뜨리며 거칠게 숨을 뱉었다.

"신이여, 감사합니다."

그가 입술을 꽉 깨물며 중얼거렸다.

"돌아왔구나. 멀쩡하게 돌아왔어."

그는 뒤에 있던 의자에 털썩, 주저앉으며 눈을 감았다.

"당연한 거 아니에요?"

나는 애써 웃어 보이며 황제를 마주 보았다.

황제는 한동안 그 자리에 굳은 채 눈조차 깜빡이지 않았다.

마치 아름다운 조각상이 되어 버린 것처럼.

"저 찾으셨어요?"

"리아……넬라."

일부러 쾌활하게 말하며 그에게 다가서자, 황제는 그제야 손을 뻗어 내 어깨를 짚었다.

"다쳤느냐?"

"다치지 않았어요."

"누가 너를 괴롭혔느냐?"

"맞지만……. 나중에 제가 몇 배로 더 괴롭혀 줬어요."

"하아……."

그가 무너지듯 양손에 얼굴을 묻었다.

"고맙구나."

그는 신에게 감사하는 대신 내게 그렇게 말했다.

"순간의 방심으로 너를 잃었다고 생각했다. 누군가가 너를 해쳤다고 생각했어."

황제는 바싹 마른 입술로 들릴 듯 말 듯 하게 중얼거렸다.

"그게…… 그렇게 중요한 일이었어요?"

내가 물었다.

"카일……. 황녀 전하도 실종됐다고 들었는데 왜……."

"그 애를 더 걱정해야 하는 것을 알고 있다."

그의 음성이 미세하게 떨리고 있었다.

"황후와 나를 똑같이 닮은 그 아이가 머릿속에 먼저 떠올라야 하는 걸 알아. 매 순간 그러지 않으면 나는 최악의 아비라는 것도."

"……."

"그럼에도 마음은 어떻게 할 수가 없구나. 일부러 너를 자주 보지 않으려 해도 소용이 없었다."

그가 괴롭게 말을 이었다.

갈라지는 목소리가, 여전히 불안한 듯 힘이 들어간 두 손이, 그의 마음이 진심임을 알려 주고 있었다.

"처음이 아니다. 과거 사냥제에서 네가 드래곤 앞을 막아섰을 때도 같은 기분이었어. 네가 위험하다는 생각만 하면 나는 두렵……."

폭.

나는 황제의 말을 끝까지 듣는 대신 팔을 뻗어 그를 감싸 안았다.

더 이상의 말이 필요하지 않았다.

그는, 그리고 아르테스는 나를 사랑한다.

가족처럼 나를 아낀다.

그리고 나 또한 마찬가지였다.

제국에서 가장 존귀한 두 사람을, 나는 가족으로서 사랑했다.

변하지 않을 사실이었다.

"……이제 됐어요?"

몇 초의 시간이 지나고 내가 굳어 버린 황제에게 말했다.

"……이제 두렵지 않구나."

"그럼 급한 일부터 해요. 나머지 두 사람을 빨리 찾아야 해요."

"방법이 있느냐?"

"어쩌면요."

황제가 고개를 끄덕였다.

"어떤 방법이든 제안해도 좋다. 황제의 권한으로 너를 지지하겠다."

"정말이죠? 그럼……."

나는 휙 돌아서서, 아까부터 새하얘진 얼굴로 나와 황제를 바라보고 있는 한 중년의 남자를 향해 입을 열었다.

"케인 대공 전하."

"……."

"어찌할까요? 순순히 협조하시겠어요?"

얼핏 차가워 보였던 그의 눈이 나를 피해 땅을 바라보았다.

"아니면 대공녀를 끌고 나와야 할까요?"

대공녀를 언급한 순간, 케인 대공의 얼굴에 남아 있던 핏기가 싹 사라졌다.

아무 말도 하지 않으려 애쓰는 듯, 그는 이를 악물고 고개를 돌렸다.

"관련이 있다는 사실을 부인하지는 않는군, 로아나스."

황제가 대공을 향해 내뱉었다.

"너도, 나도 설명이 더 필요한 듯하구나."

그가 다시 나를 향해 고개를 돌렸다.

"말해다오. 너와 성녀가 사라진 몇 시간 사이에 무슨 일이 있었는지."

황제, 아르테스, 늘어서 있던 궁인들이며 기사들까지도 나와 로잘린을 바라보며 숨을 죽였다.

우리는 그간 있었던 일을 전부 설명했다.

파벨 공작을 의심했던 경위.

아스트리드를 통해 파악한, 그가 황궁에 심어 놓았다고 추정되던 사람들, 특히 달리아에 대한 이야기며 그들이 만들어 둔 포털에 대한 이야기.

납치를 예견하고 키르시안과 알리사가 우리를 구하러 올 수 있도록 사전에 계획했던 일.

파벨 공작가에서 겪었던 일이며 파벨 공작에게 직접 들은 사건의 일부 전말까지도.

우리의 이야기가 끝나자 긴 침묵이 흘렀다.

먼저 입을 연 것은 황제였다.

"납치를 당한 것은 소공작이고, 그 주범은 파벨 공작이며, 지금 그를 데리고 있는 것은 앞선 말다툼으로 그에게 앙심을 품은 황녀라."

"믿기 어려우세요?"

내가 조심스럽게 묻자, 그는 놀랍게도 단호하게 고개를 저었다.

"두 사람을 본 증인이 있었다."

그가 말했다.

"소공작이 황후궁을 먼저 나섰고, 그 뒤를 카일리가 몰래 쫓아갔다고 하더구나."

"카일리의 시녀도 자백했어. 그 애의 지시에 따라 최면약을 구해 줬다고 말이야."

아르테스가 덧붙였다.

"우리가 추측한 것도 네 얘기에서 멀지는 않다는 거지. 동기는 짐작하지 못했지만."

"소공작님과 황녀의 말다툼은……."

"탓하지 않는다."

내가 뭔가 변명하려 하자 황제가 다시 고개를 저었다.

"황녀가 그동안 너를 어떻게 대해 왔는지 아니까. 그 애를 향한 소공작의 감정은 좋을 수가 없었을 것이다."

"……."

"지금은 두 사람을 찾는 것이 우선이다. 책임을 묻고 파벨과 카일리의 관계를 밝히는 건 모두 그다음의 일이고."

그는 얼어붙은 듯 제자리에 서서 움직이지 않는 대공을 향해 다시 시선을 돌렸다.

"벨라가 소공작의 잔에 독을 탔다는 말을 들었느냐, 로아나스?"

"……."

그는 대답 대신 거친 호흡을 들이마시고 뱉었다.

"파벨 공작과 독립을 준비하려 했다는 사실은 부인하지 않느냐?"

"……예, 폐하."

그가 포기한 듯 눈을 질끈 감고 입을 열었다.

"한때 제국의 가호라 불렸던 이의 설득에 잠시 불손한 마음을 먹었던 것은 사실입니다. 그러나……."

창백했던 그의 얼굴은 분노로 다시 붉어져 있었다.

황족답게 형형한 황금색으로 빛나는 두 눈에는 조금 전까지 없던 노기가 서려 있었다.

"제 딸을 교사하여 그런 위험한 일을 꾸몄을 것이라고는……."

꽉 말아 쥔 양손이 떨리고 있었다.

"대공을 포박하고, 감금한 대공비와 대공녀를 엄히 감시하라."

황제는 싸늘한 목소리로 기사단에게 말했다.

두 손이 뒤로 묶이는 동안 대공은 저항하지 않았다.

"'추적'이 가능하다고 했느냐?"

황제는 다시 로잘린을 향해 물었다.

"예, 폐하."

"하면 황녀와 소공작이 어디 있는지 아느냐?"

"위치는 이곳 황후궁 서쪽 지하에 숨겨진 방입니다."

"……."

"다만 황궁 내부에는 셀 수 없이 많은 종류의 마력이 복잡하게 얽혀 있어, 그곳으로 가는 통로는 찾지 못하겠습니다."

"그렇게 설계된 곳이다."

황제가 작은 한숨을 쉬며 대답했다.

"황후궁과 이어진 밀실들은 어느 선대 황후가 폭군으로부터 숨기 위해 만든 공간이기에, 그 이후의 황제들도 그 공간을 찾으려 들지 않았지. 카일리는 우연히 발견했을 것이다."

"그럼 들어갈 방법은……."

"내가 궁을 파괴할 것이다."

황제가 말했다.

"전부 파괴해서라도 두 사람을 밖으로 꺼낼 것이다."

"외람되오나 폐하, 지하의 밀실은 지상의 설계와도 밀접하게 연관되어 있습니다."

시종장 테스마가 다급히 나서며 아뢰었다.

"한순간에 궁을 파괴하신다면 안에 있는 이들이 크게 다칠 것이옵니다."

"하면 다른 방법이 있느냐?"

황제가 건조하게 물었다.

"황녀가 소공작에게 더 큰 잘못을 저지르기 전에 두 사람을 분리할 방법이 있느냔 말이다."

"……."

무거운 분위기에 누구도 쉽게 나서지 못했다.

나를 제외하고.

"폐하, 여기 실종된 두 분을 도울 수 있는 사람이 한 분 계신 것으로 압니다."

머릿속을 빠르게 정리한 내가 말했다.

황제의 눈이 반짝 빛났다.

"누구냐?"

"케인 대공 전하십니다. 그 또한 한때는 르벨리안의 직계, 신께 받은 이능을 가지고 계시지요."

"……."

"전쟁터에서 그 이능을 발휘하여 갇힌 병사를 구했던 영웅이시라고 들었습니다. 지금의 상황도 그와 다르지 않은 것으로 생각됩니다."

황제의 눈이 순간 매섭게 반짝였다.

"이능이라……. 그렇구나."

잠시 생각하는 듯하던 그는 포박당한 채 멍하게 서 있는 대공을 향해 몸을 돌렸다.

"로아나스."

그가 말했다.

사촌을 바라보는 황제의 눈에는 한 줄기의 온정도 찾아볼 수 없었다.

"묻겠다. 너는 대공녀가 어떤 벌을 받을 것이라 여기느냐?"

그가 묻자 대공의 눈이 불안하게 흔들렸다.

"버, 벌이라면……."

"오페르니아는 제국의 세 기둥 중 하나다. 미수라고는 하나, 그 후계자를 독살하려던 이의 최후가 어떨 것이라 생각하지?"

"그, 그 애는 아직 어립니다!"

대공이 덜덜 떨리는 목소리로 대답했다.

"아비인 제가 잘못 가르친 탓입니다. 부디 모든 잘못은 제게……."

"나 또한 그렇게 생각한다."

황제가 대답했다.

"모든 것은 너의 불찰이다. 황실을 향해 불손한 마음을 품은 것도, 파벨 공작가와 결탁한 것도, 딸을 제대로 가르치지 못한 것도, 대공비의 수석 시녀를 잘못 뽑아 리아넬라와 성녀를 위험에 빠뜨린 것도."

"……."

"그러니 만회할 기회를 주는 것이다."

"폐하……."

"지금 당장 내게 다시 충성을 맹세하라. 사촌 아우가 아닌 나의 신하로서."

"……."

"그리고 소공작과 황녀가 둘 다 무사히 귀환하도록 협조하라."

황제의 목소리가 위에서 대공을 짓누르는 듯, 대공은 본능적으로 어깨를 움츠렸다.

"그리하면 살려 주마."

"……."

"싫다면 딸의 유해조차……."

"폐하와 르벨리안 제국을 위해 모든 것을 바치겠습니다!"

꼿꼿하게 서 있던 대공이 바닥에 꿇어앉아 머리를 숙였다.

"신, 폐하의 개돼지가 되어 온몸을 불사르겠습니다! 그러니 부인과 딸의 목숨만은……."

그는 계속해서 이마를 바닥에 붙이며 읍소했다.

"조금의 현명함이 남아 있어서 다행이라고 해야 할까."

황제가 냉소하며 말했다.

그리고는 나를 다시 돌아보았다.

"너는 언제나처럼 계획이 있겠지."

"네, 폐하."

"전권을 줄 테니 대공의 이능을 멋대로 써 보아라."

"명 받들겠습니다."

나는 불안한 가운데서도 작게 미소 지었다.

황후궁 지하 밀실에 당장 쳐들어가지 못하는 지금, 나와 루시안을 연결해 줄 수 있는 유일한 인간은 케인 대공이었으니까.

* * *

'소리를 지배하는 자.'

그것이 로아나스 케인의 별명이었다.

그는 세상의 모든 소리를 줄이고 또 키울 수 있었다.

멀리 떨어져 있는 곳의 소리가 특정 장소에 들리도록 할 수 있었고, 자신이 하는 말을 특정인의 귀에만 들리도록 조절할 수도 있었다.

이러한 능력으로 그는 수많은 전쟁에서 승리했다.

그가 이끄는 군대가 코앞에 올 때까지 적들은 아무런 소리도 듣지 못했으니까.

그의 이능은 또한 격리되어 있는 자와의 소통을 가능하게 했다.

적진에 구속되어 있는 병사와도 소통이 가능하다는 의미였고, 그러한 능력을 이용해 그가 적의 손에서 구출한 황군이 여럿이었다.

"그럼 시작해 주세요."

어느덧 황후궁 지하 통로 중간에 선 나는 짧게 명령했다.

전쟁 영웅이자 황실 방계 중 가장 큰 권력을 가진 자, 케인 대공에게.

"소공작님과 황녀 전하의 대화를 들려주세요."

케인 대공은 눈을 지그시 감고 입 속으로 무언가 중얼거렸다.

처음에는 아무 일도 없는 듯하더니, 곧 우리를 둘러싼 공기가 가볍게 진동하기 시작했다.

대공이 번쩍, 다시 눈을 뜨는 순간, 내 귀에 두 사람이 다투는 듯한 소리가 들려오기 시작했다.

웅웅거리는 잡음이 섞였던 목소리들은 시간이 지날수록 선명해졌다.

'내가 손 한번 움직이면 날아갈 목숨이잖아.'

잡음이 거의 사라지고 처음으로 또렷하게 들린 것은 카일리의 목소리였다.

'네가 뭘 할 수 있는데?'

노골적인 비웃음이 섞인 차가운 목소리.

사람을 해치는 것이 두렵지 않은 듯 자신만만하고 차가운 말투.

순간, 온몸에 소름이 돋았다.

그녀는 루시안을 죽이겠다고 협박하고 있었다.

지금으로서는 아무런 대응도 할 수 없을 그를.

툭.

내 얼굴이 창백해진 건지, 황제와 아르테스가 동시에 곁으로 다가와 내 어깨에 손을 얹었다.

"……걱정하지 말거라."

황제가 말했다.

"아무 일도 없도록 할 테니까."

"……두 분은요?"

멍하니 침묵하던 내가 묻자 두 사람의 눈이 조금 커졌다.

"두 분은…… 괜찮으세요?"

"무엇 때문에 묻지?"

"황녀 전하가, 방금 사람을 죽이겠다고 협박했으니까요."

딸이, 여동생이 그런 말을 하는데 멀쩡할 아비가, 오라비가 어디 있겠는가.

"……리아넬라."

황제는 작게 한숨을 내쉬었다.

"이 상황에서도 나와 아르테스를 걱정하느냐."

"……."

"앞으로는 그러지 말거라."

그가 단호하게 말했다.

"너 자신, 그리고 네게 소중한 이만 생각하거라."

어깨를 짚은 손이 따뜻했다.

불안감을 아주 조금은 덜어 줄 정도로.

나는 작게 고개를 끄덕였다.

'……우연히 신상이 있는 밀실을 찾다니, 나도 참 운이 좋지.'

루시안과 카일리의 대화는 그사이에도 계속되었다.

나와 황제, 아르테스, 로잘린, 케인 대공, 그리고 여러 시종과 기사들까지. 그들의 대화에 다시 귀를 기울였다.

'이것만 있으면 가능하대.'

카일리가 당당하게 말했다.

'너와 나의 언약식이.'

"……!"

심장이 쿵 하고 떨어질 것만 같았다.

내가 들은 말이 맞는지 케인 대공에게 다시 묻고 싶었다.

카일리는, 루시안에게 최면을 걸어 강제 혼인을 하겠다는 선언을 하고 있었다.

"……미친."

내가 입 속으로 중얼거렸다.

다른 잡념이 머리를 빠져나가고, 뱃속에서부터 뜨거운 분노가 치밀어 올랐다.

이거였구나.

루시안을 노렸던 이유가.

죽이려던 게 아니라, 평생 족쇄를 채우려던 것이었다.

나의 루시안에게.

'여기서 나가는 순간, 너와 나는 반려가 되는 거야. 모든 증거는 영상구에 담길 거고.'

헛웃음이 나왔다.

저 말을 듣고 있는 루시안은 대체 어떤 상태인 걸까?

다쳤을까?

고통으로 신음하고 있나?

복잡한 생각으로 머리가 아플 지경이었다.

"저 안쪽에 있는 것이냐?"

황제가 로잘린에게 물었다.

"네. 돌로 된 몇 겹의 벽 너머에 있습니다."

"안에서 잠금장치를 가동한 모양이다만."

그의 손끝에서 황금색의 빛이 흘러나오기 시작했다.

"지금 벽을 부수고 들어가겠다."

"하지만 폐하! 지하에서 벽을 무너뜨리면 궁 전체가……."

"무너지겠지. 하나 아르테스가 있으니 파편에 깔리는 이는 없을 것이다."

시종장이 다시 말리자 황제가 아르테스를 돌아보았다.

그도 조용히 고개를 끄덕였다.

"폐하, 이곳 황후궁은 돌아가신 황후 폐하와 어린 황녀 전하께서 생활하시던 공간입니다. 황후 폐하의 물건이 모두 이곳에……."

"더 이상 중요하지 않다."

황제가 쓰게 웃으며 고개를 저었다.

"그간 너무 과거에 사로잡혀 있었던 것 같구나. 무엇이 정말 소중한지 모른 채로."

그의 시선이 몇 초간 나를, 그리고 다시 몇 초간 아르테스로 향했다.

"물론 저 안에 있는 아이도 내 자식이다."

그가 다시 말했다.

감출 수 없는 안타까움, 실망감, 걱정, 두려움 같은 것들이 뒤섞인 듯한 표정이었다.

"그 아이가 돌이킬 수 없는 일을 벌이기 전에 들어갈 것이다. 황후는……."

그의 눈이 잠시 허공을 향했다.

황금색 눈동자가 거칠게 흔들렸으나 그의 목소리는 단호했다.

"황후는 이해할 것이다."

황제의 손에서 흘러나온 빛이 조금씩 강해졌다.

벽을 꽉 메운 돌이 천천히 흔들리기 시작했다.

아르테스 또한 무언가 추억하는 듯한 표정으로 허공을 한번 보더니 손을 위로 뻗어 마력을 집중시켰다.

"……잠깐만요."

내가 말했다.

황제와 아르테스의 움직임이 순간적으로 멈추었다.

"리아넬라, 시간이 없지 않느냐. 무엇 때문에……."

"……여기서 밀실 안까지 몇 겹의 돌이 있죠?"

"서른 겹이 넘는다."

"조금씩 서른 번을 부수면, 궁을 부수지 않고 저 안까지 들어갈 수 있나요?"

"그건 그렇지만 그사이에……."

"그사이에, 다른 것을 할 수 있을지도 모르죠."

나는 양손을 꽉 말아 쥔 채 마른침을 삼켰다.

심장은 여전히 불규칙하게 쿵쾅거렸다.

루시안이 여전히 걱정되었다.

감정은 당장 저 안으로 쳐들어가라고 말하고 있었다.

하지만 이성은 아니었다.

이성은, 지금이 기회라고 말하고 있었다.

루시안이 제기했던, 카일리에 대한 의혹을 확인할 기회.

파벨 공작이 말하지 않은 음모의 한 부분을 파헤칠 기회.

다만 그렇게 되면 루시안은…….

"소공작님께 말을 전할 수 있죠?"

내가 문득 대공에게 말했다.

"그렇다."

"그럼 전해 주세요. 구하러 갈 테니 조금만 시간을 끌어 달라고."

"리아넬라, 최면에 걸렸더라도 혼인 서약은 한번 내뱉으면……."

"실수로 결혼하게 되면 책임지고 이혼시켜 줄 테니 믿어 달라고요."

걱정하는 아르테스의 말을 자르며 내가 대답했다.

예상치 못한 말에 대공의 눈이 조금 커졌다.

"그럼에도 당장 구출을 원한다면, '무섭다'고 말하라고 해 주세요."

내가 덧붙였다.

이 상황이 되어서도 미간을 살짝 찌푸린 채 눈물이 그렁그렁한 루시안
의 얼굴이 머릿속에 떠올라 버린 탓이었다.

"……그리하겠다."

대공은 눈을 감고 무언가 중얼거리기 시작했다.

다른 누구에게도 들리지 않으나 루시안의 귀에는 또렷하게 박힐 목소
리로.

몇 초의 시간이 흘렀을까.

카일리의 청혼 아닌 청혼 후로 조용했던 밀실에서 다시 대화 소리가
들리기 시작했다.

'……풋.'

루시안이었다.

'무슨 대단한 계획이 있나 했더니, 겨우 납치혼이라.'

나는 거의 들어 본 적 없는, 냉소적이고 차가운 목소리가 흘러나왔다.

"이것이 대답이다."

대공이 말했다.

"알겠으니 버티겠다는 의미다."

나는 가슴 한구석을 쓸어내렸다.

많이 고통스러운 건 아니라는 뜻인가.

아니면 나 때문에 위험을 감수하는 걸까.

"그럼 다시 전해 주세요."

내가 억지로 불안한 마음을 다잡으며 말했다.

"결혼을 빌미로, 두 가지 질문을 해 달라고."

"……."

"이능, 그리고 피의 실험. 어떻게 한 거냐고요."

그곳에 서 있던 모든 이들의 눈이 나를 향했다.

몇몇 사용인들은 헉, 하며 서로를 마주 보았다.

내 말의 의미를 모르는 이는 없었다.

황녀의 혈통을 의심한다는 것.

"나, 남작님, 아무리 죄를 저질렀어도 폐하의 핏줄입니다. 어찌……."

"폐하께서는 제게 전권을 위임하셨어요, 그렇죠?"

끼어드는 시종장에게 내가 말했다.

황제와 아르테스는 멍한 얼굴로 나를 바라보고 있었다.

"제가 틀렸다면 죄는 달게 받겠습니다."

나는 한쪽 무릎을 꿇으며 황제에게 말했다.

"지금은 부디 제 뜻을 따라……."

"허락한다."

황제는 내 말이 끝나기도 전에 말했다.

"네?"

"네 말대로 나는 전권을 맡겼으니까."

그는 건조하게 말했다.

표정에 별다른 변화는 없었다.

나는 그 의미를 알 수 있었다.

황제는 카일리의 혈통을 의심하는 것이 아니었다.

제 딸이 자라서 형편없는 인간이 되었다는 사실은 이미 받아들이고 있었으니까.

그저 무조건적으로 내 말을 따라 주는 것이었다.

"무슨 이야기를 하든 상관없다. 그사이 벽을 한 겹씩 걷어내도록 하지."

황제가 대공에게 눈짓했고, 대공이 무언가 중얼거렸다.

황제의 이능으로 파괴되는 돌의 소리를 사라지게 한 것 같았다.

주변은 쥐 죽은 듯 고요해졌다.

덕분에 루시안과 카일리의 대화는 조금 전보다 더 크게 들렸다.

'어떻게 한 건지 말해 봐.'

루시안이 말했다.

'이능, 그리고 피의 실험.'

그의 말에 모여 있던 이들이 본능적으로 숨을 죽였다.

'좋아.'

카일리가 입을 열었다.

'……그것만 말해 주면 되는 거지?'

그리고 그녀는 제 비밀을 모두 털어놓았다.

황제, 황태자, 여러 궁인들과 기사들, 성녀.

그리고 내가 듣고 있는 가운데서.

'이능은 파벨 공작이 시키는 대로 했어.'

'난 파벨 공작의 능력으로 시든 꽃을 다시 피운 거지.'

'……엄밀히 말하면, 그 실험은 거짓이 아니었어.'

'잔은 거짓말을 하지 않았다고. 그 잔에는…… 황제 말고 다른 사람의 피가 먼저 묻었었다고.'

숨겨졌던 진실은 너무나도 쉽게 그녀의 입에서 흘러나왔다.

놓치려야 놓칠 수 없을 만큼 또렷한 목소리로.

"……."

한마디 한마디가 들릴 때마다 황제의 얼굴이 식어 갔다.

그의 손은 기계적으로 돌벽을 깨뜨리고 있었지만, 몸이 딱딱하게 굳어 가고 있다는 사실이 너무나도 선명하게 보였다.

그리고 모든 진실이 드러났을 때, 그는 선 자리에서 얼어붙은 채 움직이지 않았다.

"하……."

아르테스가 입술을 깨물며 손에 얼굴을 묻었다.

모여 있는 모든 이들이 조용했다.

케인 대공조차 황제와 아르테스의 눈치를 보고 있었다.

"……그랬구나."

황제가 작게 읊조렸다.

핏기가 가신 얼굴은 한동안 아무런 표정도 없었다.

"내가 사랑하기 어려웠던 저 아이는 나와 황후의 아이가 아니었구나."

그가 말했다.

"나와 황후의 딸, 황녀는……."

황제는 차마 말을 끝맺지 못하고 눈을 지그시 감았다.

반듯했던 얼굴이 천천히 고통으로 일그러지기 시작했다.

누구도 쉽게 그에게 말을 붙이지 못했다.

뭐 같은 인성을 가졌더라도 몸 건강히 살아 있다고 생각한 딸이었다.

수십 년을 찾아 헤맸다가 드디어 만났다고 생각했는데, 다시 생사가 불분명한 상태로 돌아가 버린 것이었다.

그 심정을 이해한다고 말할 수 있는 이는 아무도 없었다.

"……."

아르테스도 하얘진 얼굴로 아무 말도 하지 못했다.

마음이 편치 않은 건 나도 마찬가지였다.

아니, 편치 않은 정도가 아니었다.

마음속의 분노가 머리끝까지 치솟았으니까.

황녀가 황제에게 어떤 의미였는데.

아르테스에게, 제국민에게, 궁인들에게 어떤 의미였는데.

'이제 됐지?'

벽 너머에서 카일리의 목소리가 다시 들려왔다.

나는 이를 악물었다.

루시안, 황제, 아르테스.

내가 사랑하는 이들을 다치게 한 그녀가 멀쩡하게 지껄이고 있다는 사실이 견디기 어려웠다.

"이게…… 마지막 벽인 거죠?"

내가 묻자 황제가 고개를 끄덕였다.

'세상에서 제일 무서운 사람이 날 구하러 오고 있거든.'

일부러 타이밍을 맞추기라도 한 듯, 벽 너머에서 루시안이 말했다.

"신호다."

대공이 말했다.

"제가 먼저 들어갈래요."

나는 마지막 한 겹의 돌 앞에 황제와 나란히 섰다.

그가 작게 고개를 끄덕이더니, 황금빛으로 반짝이는 손을 다시 한번 우아하게 저었다.

쾅!

대공이 뒤로 물러났고, 지금껏 조용했던 지하 통로에는 엄청난 굉음이 울려 퍼졌다.

벽이 있던 자리에 먼지구름이 피어올랐다.

그 너머로 두 사람의 실루엣이 드러났다.

"……어?"

루시안에게 따지던 카일리의 얼굴이 나를 보고 굳었다.

나는 성큼성큼 두 사람을 향해 걸어갔다.

"무, 무엄하다. 여기가 어디라고 함부로 들어와서……."

"닥쳐."

카일리가 당황한 얼굴로 뭐라고 지껄였지만 나는 그녀의 얼굴을 잡아서 밀쳐 버렸다.

그동안 그녀를 봐줬단 건 황녀의 권력이 두려워서도, 그녀라는 사람이 두려워서도 아니었다.

황제와 아르테스에게 문제를 더해 주고 싶지 않았던 거지.

그렇기에 지금은 거칠 것이 없었다.

더 이상 그녀는 두 사람을 상처 입힐 수도 없으니까.

"와 줬네?"

나를 보는 루시안의 눈이 반달 모양으로 휘어졌다.

최면약을 먹었다더니 얼굴색은 파리했고, 손은 아직 묶인 채였다.

그 지경이면서.

바로 구하러 들어오지 않은 나를 보고 뭐가 좋다고 웃는 건지.

"……웃음이 나와요?"

"응. 네가 여기 있잖아."

너무나도 예쁘게 웃는 모습에 가슴이 꽉 조여드는 것 같았다.

볼 때마다 반한다는 건 이런 거구나.

나는 비로소 인정했다.

내 마음이 그로 가득 차 있다는 것을.

나의 루시안.

두 번의 생에 걸쳐 내 것이 되어 주었던 사람.

녹을 것 같은 미소를 짓는데, 아프거나 우는 모습을 보면 가슴이 저미는 것 같다.

그래, 그런 것이었다.

난 이미 루시안을 사랑하고 있는 것 같았다.

"웃는 거……. 그렇게 웃는 거 금지라고요."

"……리아넬라."

말도 안 되는 소리를 지껄인 걸로 부족해서, 나는 울먹이기까지 했다.

"사람 걱정시키는 게…… 그렇게 좋아요?"

"…….."

"걱정돼서……. 어떻게 될까 봐 얼마나……."

미소 짓던 루시안의 입꼬리가 진지해졌다.

"울지 마, 리라. 내가 잘못했어."

그가 내 어깨에 머리를 기대며 속삭였다.

조금 거칠어진 숨결이 목덜미에 닿았다.

"네가 우는 게 제일 무서워."

"…….."

나는 가만히 그의 머리칼을 쓰다듬었다.

몇 초 동안은 시간이 멎은 듯한 기분이었다.

주변에 누가 있는지 보이지도 않았다.

오직 루시안이 내 품 안에 있다는 사실이 중요했다.

"……적당히 하지?"

어느새 다가온 로잘린이 틱 내뱉었다.

"최면약 정화할 거야. 진짜로 저 멍청이랑 결혼할 건 아니지?"

"죽어도 싫지."

내가 줄을 풀어 주자 루시안이 순순히 손을 내밀었다.

로잘린이 그의 몸을 정화하는 데는 3초도 채 걸리지 않았다.

치유가 끝나자마자 그는 제 팔로 내 어깨를 감쌌다.

절대로 놓아주지 않을 것처럼.

나는 한동안 그가 그렇게 하도록 내버려 두었다.

"이게 어떻게……. 너희들 다 뭐야?"

잠시 충격으로 굳었던 카일리가 더듬더듬 입을 열었다.

"여기가 어딘 줄 알고……."

"그건 내가 할 소리인 것 같은데."

"오라버니……?"

카일리는 눈을 크게 뜨고 부서진 벽 건너편을 바라보았다.

기사들 틈으로 아르테스가 성큼성큼 걸어 나왔다.

"죄인의 입으로 그런 호칭을 듣고 싶지 않아."

카일리가 어떤 실수를 해도 따스하게 봐주었던 눈동자는 차갑게 식어 있었다.

"죄, 죄인이라니? 난 오라버니의 동생……."

"누이를 입에 담지 마. 네가 한 자백은 여기 있는 모두가 들었다."

카일리의 얼굴이 새파랗게 질렸다.

둘러선 기사들의 표정을 천천히 바라보던 그녀는 온몸을 덜덜 떨기 시작했다.

아르테스의 말이 사실임을 깨달은 듯했다.

"오라버니, 뭔가 오해가……."

“닥쳐.”

아르테스가 딱 잘랐다.

“아, 아빠는? 아빠는 내 말을 들어 줄 거…….”

“부황이 밖에서 기다려 주시는 것이 너에 대한 은혜라는 걸 모르나 보군.”

그의 눈빛에는 살기마저 느껴졌다.

“직접 나서셨다면 네 몸은 이미 한 조각이 아닐 텐데.”

“하지만…….”

카일리는 힘이 풀린 듯 휘청거렸다.

“너는 파벨 공작과 결탁해 황족을 사칭하고, 부황과 내게 거짓을 고하고, 황실의 물건인 피의 잔을 더럽혔다.”

아르테스가 냉정하게 그녀의 죄를 읊어 주었다.

“조사는 더 해 봐야 하겠지만, 아마 혈육의 살해에도 가담한 듯하고.”

“…….”

카일리는 아무런 대답도 하지 않았다.

그저 핏기 없는 얼굴로 제자리에 선 채 입술만 잘근잘근 씹을 뿐이었다.

아르테스가 한숨을 내쉬었다.

“설령 네게 정이 남아 있다 한들 목숨을 보전해 줄 방법이 없을 정도야.”

그의 눈이 다시 매서운 안광을 뿜었다.

“그러니 다행이지. 일말의 애정도 남지 않았다는 게 말이야.”

아르테스의 말을 끝까지 들은 카일리의 얼굴이 경련했다.

몇 번인가 입술을 달싹거리던 그녀가 겨우 입을 열었다.

“……다 끝났단 말이지.”

호흡이 거칠어지고, 예뻤던 얼굴은 와락 일그러졌다.

겨우 쓰고 있었던 가면이 완전히 벗겨진 것 같은 모습이었다.

쉭-

다음 순간 그녀의 손이 꿈틀했고, 그때까지 들고 있던 단검이 검집에서 빠져나갔다.

"혼자서는 못 죽어!"

미처 피할 틈도 없이, 그녀는 가까이 있던 내 목에 단검을 겨누었다.

그러나 검날은 내 목에 닿지 못했다.

그 직전에 카일리의 몸이 허공으로 떠올랐기 때문에.

"꺅! 뭐, 뭐야!"

"르벨리안의 이능이다."

아르테스가 건조하게 말했다.

"네가 흉내 내고자 했던 힘은 이런 것이지."

그가 손을 한번 내젓자 그녀의 몸이 다시 휙 하고 몇 미터 위로 움직였다.

"이, 이거 놔! 내려놓으라고!"

카일리가 있는 힘껏 팔다리를 버둥거렸으나 허공에서 그런 움직임은 아무런 의미가 없었다.

아르테스는 차가운 얼굴로 그녀를 바라보더니 다시 손을 한 번 저어 그녀를 딱딱한 돌바닥으로 툭 떨어뜨렸다.

"악!"

"체포하라."

그녀가 빽 소리쳤지만 아르테스는 들리지 않는다는 듯 차갑게 말을 이었다.

"두 사람에게는 미안하군."

그가 나와 루시안을 보며 말했다.

"얕은수에 속아 저 아이에게 황녀의 지위를 내린 르벨리안의 이름으로 사과하지. 추후 분명한 보상을 하겠어."

"······지금 그게 급한 건 아닌 것 같군요."

그제야 내 손을 잡고 천천히 몸을 일으킨 루시안이 턱 끝으로 방 한구석을 가리키며 대답했다.

"내 몸에 손대지 마! 다들 죽여 버릴 거야! 내가 못 할 것 같아?"

그와 아르테스가 말하는 사이에도 카일리는 자신을 붙잡는 기사들의 손을 피하려 허둥거리고 있었다.

"검을 뽑아라."

황실기사단장이 냉정하게 명령했다.

죽여도 상관없다는 의미였다.

"이게······."

카일리의 얼굴이 절망으로, 그리고 다시 분노로 물들었다.

다음 순간, 그녀가 휙 고개를 돌려 나를 바라보았다.

"너, 너 때문에······."

나와 마주친 그녀의 눈이 매섭게 번뜩였다.

"처음부터 네가 거슬렸어! 노예 출신 주제에 황족과 어울리며 거들먹 거리던 네가!"

기사 한 명이 그녀의 왼쪽 팔을 붙잡았으나 그녀는 반항을 멈추지 않았다.

또 다른 기사 한 명이 오른팔을 잡으려던 찰나.

"죽어 버려!"

카일리는 들고 있던 단검을 내가 있는 방향으로 휙 던졌다.

"리아넬라!"

아르테스가 외쳤으나 루시안이 한발 빨랐다.

그는 내 팔을 잡아 제 뒤로 끌어당기며 단검과 내 사이를 막아섰다.

쿵─

단검은 루시안의 어깨를 스치며 벽으로 날아갔고, 휘청거리던 내 몸이 뒤에 있는 딱딱한 무언가에 부딪혔다.

"리라!"

루시안은 제 어깨를 살피는 대신 나를 향해 손을 뻗었다.

"괜찮……."

내가 괜찮다고 말하려던 순간, 등 뒤에서 웅웅거리는 진동이 느껴지기 시작했다.

"리라!"

"리아넬라!"

머릿속이 멍해지고, 주변의 소리가 먼 곳에서 들리는 것처럼 길게 울렸다.

어디선가 느껴 봤던 익숙한 기분.

문득 고개를 돌린 나는 그제야 내가 부딪힌 물체의 정체를 알게 되었다.

디오네스 신상.

커다란 청동색의 신상이 분명히 진동하고 있었다.

"아……!"

머리가 지끈거리고, 귀가 멍멍했다.

눈을 부릅떠 보았으나 시야도 조금씩 흐려지고 있었다.

거칠게 저항하다가 무릎이 꿇려져 얼굴을 바닥에 처박은 카일리.

카일리를 둘러싼 기사들과 긴장한 채 대기 중인 궁인들.

내 이름을 부르는 루시안과 아르테스.

그리고 내 목소리를 듣고 밀실 안으로 뛰어 들어오는 황제의 모습.

눈을 몇 번 깜빡이자 그들은 사라져 있었고, 내 앞에는 오직 어둠만 있었다.

그렇게 나는 정신을 잃었다.

＊ ＊ ＊

"……왔느냐?"

익숙한 목소리가 또 잠을 깨웠다.

"……왔느냔 말이다."

뭐라는 거지.

"이 녀석! 정신 든 거 다 알아! 눈 좀 뜨란 말이다!"

참을성 없는 목소리의 주인은 내 귀에 대고 빽 소리쳤다.

나는 그제야 무거운 눈꺼풀을 들어 올려 그를 바라보았다.

미역 줄기 같은 녹색 곱슬머리.

아름답지만 어딘가 인간 같지 않은 창백한 얼굴.

아무렇지 않은 척하면서도 나를 걱정하는 듯한 눈빛.

창조신 디오네스였다.

"저…… 왜 또 여기 있어요?"

"내 말이 그 말이다."

그가 픽 웃으며 대답했다.

"뭐 한다고 여길 자꾸 오는 게야?"

"제가 원해서 온 게 아닌데요. 그 고물 신상이 마음대로……."

"이놈이? 그 신상은 소량이지만 내 마력을 품고 있거든? 닿기만 해도 영광으로 생각해야 할 판에……."

그가 눈썹을 치켜올리며 뭐라고 반박했다.

"그런 신상이 황제의 방도 아니고 지하 밀실에 있어요?"

"필요한 이가 거기 둔 거다. 두려운 힘으로부터 자신을 지키기 위해서."

내가 의심스러운 표정으로 묻자 그가 대답했다.

"그리고 네가 여기 있는 건 신상 탓이 아니야. 그걸 매개로 했더라도 원인은 너 자신에게 있단 말이지."

"또 쓸데없이 수수께끼 같은 말을……."

"네 무의식이 너 자신을 이리 보냈다, 이 말이라고! 어디까지 떠먹여 줘야 해?"

'쓸데없다'는 말에 퍽 예민한 듯, 그는 다다다 쏘아붙였다.

"문제가 다 해결된 와중에, 나를 찾고 싶을 정도로 궁금한 게 있다는 얘기다."

그가 퉁명스럽게 덧붙였다.

"네 마음속 깊은 곳에 말이야."

"궁금한 것이라……."

나는 팔짱을 낀 채 잠시 생각에 잠겼다.

내 기억이 맞다면, 루시안은 멀쩡했다.

카일리의 비밀도 풀렸고, 파벨 가문을 싹 밀어 버릴 구실도 생겼다.

다만 한 가지 걸리는 건…….

"아."

머릿속에 순간적으로 황제와 아르테스의 얼굴이 스쳤다.

카일리가 가짜라는 말을 들었을 때 어쩔 수 없이 무너지던 두 사람의 표정이.

"……진짜 황녀는 살아 있나요?"

"그게 질문이냐?"

"그거 말고는 궁금한 게 없어요."

디오네스는 어이가 없다는 듯 헛웃음을 지었다.

"너 자신은?"

그가 말했다.

"고아로 자란 네 뿌리가 궁금한 적은 없었고?"

"……."

예상치 못한 질문에 나는 순간적으로 조용해졌다.

내 뿌리라니.

첫 번째 삶에서도, 두 번째 삶에서도 계속 고아였던 난 부모가 없다는 사실이 너무나도 익숙했다.

어린 시절에는 혹시라도 나를 찾는 가족들이 어딘가에 살고 있지 않을까 하는 마음이 있었지만, 기억이 돌아온 후로는 그런 생각조차 들지 않았다.

"……."

내가 대답 대신 고개를 젓자 디오네스는 다시 한번 허! 하고 탄식했다.

"가끔 보면 똑똑한데, 이럴 때는 내 피조물 중 가장 바보 같구나."

"그럴 리가……!"

세상에 나보다 멍청한 인간들이 얼마나 많은지 아냐고 받아치려 했으나 디오네스는 듣고 있지 않았다.

"뭐, 결국 다 같은 얘기다. 넌 자각하지 못할 뿐 네 뿌리를 묻고 있는 거야."

"그게 무슨 소리……."

"특별한 아이야. 네가 내 일을 편하게 해 주었으니 나도 한 가지 힌트를 주마."

그가 성큼 다가오더니 내 어깨에 손을 얹고 나와 눈을 맞추었다.

"궁금하지 않으냐? 오직 너만이 나를 찾아올 수 있는 이유가."

"네?"

나는 멍해진 얼굴로 그를 바라보았다.

조금 전까지는 한심한 듯 나를 바라보던 두 눈에 새삼 진지한 빛이 서려 있었다.

"신은 신의 세계에, 인간은 인간의 세계에 존재한다. 신은 인간을 찾아갈 수 있어도 반대는 불가능해. 그것이 내가 창조한 세상의 이치다."

나는 고개를 갸웃했다.

틀린 말은 아니었다.

다만…….

"그럼 왜 저는……."

"그래. 이유가 있지. 모든 일엔 이유가 있거든."

그가 나를 빤히 바라보았다.

"……어?"

몇 초 후 내가 중얼거렸다.

오묘하게 빛나는 두 눈을 바라보던 내 머릿속에, 지금껏 생각해 본 적
없는 가능성이 스쳤다.

나는 지금껏 있었던 모든 일을 돌이켜 생각했다.

첫 번째 생부터 지금까지.

그제야 한 번도 생각해 본 적 없는, 근본적인 의문 하나가 떠올랐다.

나는 어떻게 신을 만났을까.

오페르니아에 여러 대를 걸쳐 전해져 내려왔던 신의 성배.

수백 년의 세월이 흐르는 동안, 그것을 통해 정말로 신과 대면한 가주
는 없었다.

왜 나는 가능했을까.

"뭐라도 생각나는 게 있느냐?"

디오네스가 나를 빤히 바라보며 물었다.

침착하게 나를 기다려 주는 듯, 그의 눈빛은 따뜻했다.

나는 다시 머릿속을 정리해 보았다.

첫 번째 생에서 신을 만나고, 나는 어떻게 대한민국에서 환생한 걸까?

디오네스를 협박해서?

디오네스가 나를 안타깝게 여겨서?

'너만큼은 가능해.'

오랫동안 잊고 있었던, 첫 번째 생에서 디오네스가 내게 한 말이 떠올랐다.

나의 환생을 결정하면서 했던 말.

'너는…… 규칙을 벗어난 아이니까.'

"드래곤."

나는 멍하게 중얼거렸다.

"파벨 공작은 저를 노리고 드래곤을 보냈다고 했어요."

"그랬느냐? 집요한 구석이 있는 인간이로군."

그 이유는 말해 주지 않았었다.

단순히 내가 미워서 그런 일을 벌였다고 생각하기는 어려웠다.

그렇다면 파벨 공작은…….

"추적……?"

"거의 다 왔구나."

디오네스가 팔짱을 낀 채 나를 들여다보았다.

"그리고 또 무엇이 생각나지?"

"그리고 또…….."

머리를 스치는 수십, 수백 가지 장면들 중 유독 한 장면이 뇌리를 맴돌았다.

'글쎄.'

긴장한 듯 가만히 앉아, 조심스럽게 내게 말하던 황제의 얼굴이었다.

'네가 황후를 닮았나.'

부담을 지우지 않으려 애써 노력했지만, 그의 목소리에는 어쩔 수 없는 기대감이 실려 있었다.

그리고 나는.

'폐하, 제게는 세상을 거스르는 이능이 없습니다.'

-라고 대답했었지.

나는 중력을 거스르는 힘도, 완력 없이 무언가를 파괴하는 힘도, 소리를 지배하는 힘도 가지지 못했으니까.

그렇게 생각했으니까.

"설마……."

나는 천천히 고개를 들어 디오네스를 마주 보았다.

"설마 제가 차원을 넘을 수 있었던 게……."

목이 꽉 막히는 듯한 기분에 말이 제대로 나오지 않았다.

"신의 공간을 오가고, 다른 세계에서 태어나고, 또다시 이곳으로 돌아올 수 있었던 것이……."

"내가 뭐라고 했느냐."

디오네스가 빙긋 웃으며 물었다.

"너는 '규칙을 벗어난 아이'라니까."

울컥, 눈물이 볼을 타고 흘렀다.

그랬구나.

눈앞에 있는 진실을 지금까지 보지 못했다.

모든 일에는 이유가 있고, 내가 이 소설 속에 빙의된 것은.

"르벨리안의 축복……."

"고생이 많았다, 내가 가장 아끼는 나의 피조물아."

내 말이 미처 끝나기 전, 디오네스가 내 머리에 손을 얹으며 속삭였다.

"나와의 약속을 지키고, 또 이렇게 잘 버텨 주었구나."

"……."

"네게는 미안한 게 아주 많단다."

그의 미소가 조금씩 짙어졌다.

"하지만 후회하지는 않을 거다."

"……."

"앞으로 충분히 보상받을 테니까."

그의 목소리는 먼 곳에서 들리는 것처럼 깊게 울렸다.

"신은, 뱉은 말을 어기지 않거든."

10. 이야기의 끝

"……어?"

내가 눈을 뜬 것은 한밤중이었다.

화려한 천장, 엄청나게 큰 침대, 최고급의 침구.

누가 말해 주지 않아도 이곳이 황제의 침실임을 알 수 있었다.

또 기절했구나.

"에고."

급하게 몸을 일으키자 현기증에 머리가 아팠다.

"……조심하거라."

누군가의 손이 내 등을 조심스레 감쌌다.

"넌 이틀 동안 의식이 없었다."

"……폐하?"

천천히 고개를 돌리자 침대에 걸터앉은 황제가 눈에 들어왔다.

전보다 더 초췌해져 이목구비밖에 남지 않은 듯한 얼굴.

바짝 마른 입술.

핏기 없는 뺨.

한눈에 보아도 잠을 제대로 자지 못한 것처럼 보였다.

울컥, 마음 한편이 또 아파 왔다.

대체 이 사람은 언제 쉬려고.

그 많은 의사들에 성녀까지 두고 왜 직접 나를 간호하고 있는 건데.

"폐하, 저 이제 일어났으니까……."

"그렇게 부르지 말거라."

내가 뭐라고 제대로 말하기도 전에 그가 중얼거렸다.

"네?"

"호칭을 바꾸라고 하였다."

그가 다시 말했다.

단호한 어조였으나 목소리는 왠지 모르게 떨리고 있었다.

"뭐라고……. 불러 드릴까요?"

"글쎄."

그가 고개를 돌려 내 얼굴을 빤히 바라보았다.

"서로 뭐라고 불러야 할까."

황제는 들릴 듯 말 듯 하게 속삭였다.

"그 오랜 시간 동안 너를 알아보지 못한 못난 아비를 너는 뭐라고 불러야 할까."

심장이 쿵, 울렸다.

"지금 뭐라고……."

귀를 의심하지 않을 수 없었다.

아비라니.

"몇 년 동안 눈앞에 두고도 찾지 못했던 딸을, 나는 뭐라고 불러야 할까."

그는 한쪽 손을 내 어깨에 얹은 채 다시 말을 이었다.

"로잘린이 말해 주었다."

"……."

"아기 황녀를 감쌌던 천을 가지고, '추적'을 통해 알려 주더구나."

"……."

"한참 동안 말을 하지 못하기에, 아마도 죽었을 것이라 생각했다. 이제는 받아들일 준비가 되었다고 생각했지. 그런데……."

믿기지 않는다는 듯, 그는 말을 제대로 잇지 못했다.

"그 애가 그러더구나. 황녀는 이곳 황궁에 있다고."

황제가 천천히 고개를 들어 나와 눈을 맞추었다.

"나의 궁에, 나의 방에 안전하게 누워 있다고."

"……."

아무 생각도 나지 않았다.

심장이 빠르게 뛰고, 머릿속이 멍하고, 호흡이 빨라졌다.

나와 황제는 서로를 마주 본 채 한참 동안 아무 말도 하지 못했다.

"……너도 알고 있었구나."

마침내 그가 다시 입을 열었다.

태양을 닮은 두 눈이 위태롭게 흔들리고 있었다.

"……믿기지 않아요."

내가 겨우 말했다.

"태어난 지 20년도 더 지나서 부모를 찾는 기적은 저한테는 없는 줄 알았어요."

"……."

"많은 걸 가졌고, 운도 좋다고 생각했어요. 노예로 태어나서 남작까지 됐으니까……. 돈도 많이 벌었으니까……. 그래서 부모는 없어도 된다고 생각했는데……."

뜨거운 무언가가 목을 타고 올라와, 더 이상 말을 잇기 어려웠다.

내 어깨를 붙잡은 황제의 손에 힘이 들어갔다.

"그냥, 세상에 던져졌으니 살아 나가는 거라고 생각했는데……."

"던져진 게 아니야."

황제가 이를 악물고 대답했다.

그러고는 천천히 몸을 숙여 나와 이마를 맞대었다.

"누구보다 큰 사랑을 받으며 태어난 아이다."

그가 나직하게 중얼거렸다.

"그게 너였어. 이렇게 잘 컸는데, 이렇게 곁에 와 있었는데……."

"……."

"다시는 놓치지 않으마. 다시는……."

그의 목소리가, 눈동자가, 그리고 온몸이 다시 떨리기 시작했다.

그리고 그건 나도 마찬가지였다.

목을 타고 올라왔던 뜨거운 그것이 눈물이 되어 흐르기 시작했으니까.

"약속해라. 앞으로는 곁에 있겠다고."

"……알겠어요."

"다시는 나를 그렇게 가슴 아프게 하지 않겠다고."

"약속할게요."

"……미안하다."

그는 마지막 말을 몇 번이나 반복했다.

알아보지 못해서 미안하다고.

빨리 찾지 못해서 미안하다고.

몇 번이나 위험해지게 만들어서 미안하다고.

밤이 다 지나가고 날이 밝도록, 나와 나의 아버지는 서로를 놓지 않았다.

"초콜릿 파이야. 딸기와 비교해 봐."

"볼 것도 없어요. 난 초콜릿."

"사실 나도 그래."

아르테스는 고개를 끄덕이며 초콜릿 파이가 가득 담긴 접시를 내 앞으로 밀어 주었다.

나는 자연스럽게 이미 앞에 쌓여 있던 빈 접시들을 밀고 파이를 쭉 끌어당겼다.

"다음 생일에는 초콜릿으로 5단 케이크를 만들어 줄게."

디오네스 상과 부딪혀 기절했던 내가 깨어난 날부터, 아르테스는 나를 살찌우는 것이 인생의 목표인 사람처럼 굴었다.

케이크, 파이, 푸딩에 각종 쿠키까지.

내 앞에는 항상 달고 예쁜 무언가가 쌓여 있었다.

그날, 황제가 침실에서 나간 후 아르테스는 조용히 나를 찾아왔다.

오랫동안 나를 바라보기만 하던 그는, 한참이 지난 후에야 겨우 나를 '누이'라고 부르고는 꽉 포옹했다.

그 후로 우리 사이는 크게 변한 것이 없었다.

둘 중 누구도 자각하지 못했지만, 우린 그 전부터 서로를 오누이처럼 보고 있었던 모양이었다.

"황태자 전하, 테스마입니다."

"들어와."

아르테스의 말에 방문이 열리고 시종장이 들어섰다.

"아, 황녀 전하께서도 계셨군요."

"안녕하세요, 테스마 님."

"어이쿠! 그렇게 부르시면 큰일 납니다!"

시종장은 냅다 상체를 90도로 꺾으며 머리를 조아렸다.

"사용인들에게는 존대하지 말라고 몇 번을 말씀드렸지 않습니까, 황녀 전하."

"하지만 이게 익숙한데요."

나는 어깨를 으쓱하며 대답했다.

22년 동안 어지간한 사람에게는 존댓말을 하며 살았다.

쉽게 바뀔 리가 없지 않은가.

"하, 그래도 저⋯⋯."

"천천히 바꾸라고 할게. 무슨 일이야?"

아르테스가 들고 있던 찻잔을 내려놓으며 시종장에게 물었다.

"그게⋯⋯. 나중에 따로 와서 보고 하겠습니다."

그는 내 눈치를 슬쩍 보며 말했다.

나는 눈썹을 치켜올렸다.

말만 안 했다 뿐이지, 그냥 나 없을 때 말해 주겠다 이거 아닌가.

"뭐⋯⋯. 그럼 그렇게 해요."

나는 뭐라고 따질까 잠시 고민하다가 대답했다.

굳이 불편하게 만들 거 뭐 있나.

어차피 아르테스가 다 말해 줄 텐데.

"⋯⋯궁금해?"

시종장이 나간 후 아르테스가 내게 물었다.

"당연한 거 아니에요? 기절했다가 깨어나고 며칠이 지나도록 아무도 얘기를 안 해 주는데."

내가 대답했다.

"카일리랑 파벨 공작, 대공은 다 어떻게 됐는지 아무도 말을 안 해 줬잖아요."

"그건 네가 더 푹 쉬라는 의미로⋯⋯."

"먹고 쉬는 건 이제 질려서 못 한다고요."

내가 부루퉁한 얼굴로 말했다.

"얼마나 불편한 얘긴지 모르겠지만, 지금 얘기해 주지 않으면⋯⋯."

"않으면?"

"집에 갈래요."

"집?"

아르테스가 눈을 동그랗게 뜨며 물었다.

"네 집은 여기잖아!"

"자란 곳은 오페르니아 공작가거든요? 그리고 전 무려 수도에 자가가 있는 사람이라고요."

집에 간다는 협박에 아르테스의 얼굴이 흐려졌다.

"어디부터 말을 해야 할지……."

그는 작게 한숨을 쉬고는 천천히 입을 열었다.

"우선, 카일리의 출신이 밝혀졌어."

"출신?"

"그래. 부황도 나도 의심했던 부분이었는데……. 알고 보니 모후와는 먼 친척이 되는 아이였더군."

나는 눈을 동그랗게 떴다.

"먼 친척이라면……."

"역모 때문에 평민으로 강등됐던 루벤 백작의 후손이었던 모양이야. 많은 친척 중 유독 모후와 닮은 외모를 가졌던 거고."

그가 픽 웃으며 말했다.

"물론, 금발에 금안은 우연이었지만 말이야. 파벨 공작이 그 얼굴을 찾겠다고 대륙을 다 뒤진 모양이고."

"그래서요?"

"부모는 없이 친척 집에서 가난하게 살았고, 파벨 공작이 손을 내밀자 덥석 잡았다던가. 아마 귀족 핏줄임에도 빈곤한 제 상황에 불만이 많았던 모양이고."

"……."

"공작이 적극적으로 설득할 필요도 없이 자신을 돌봐 준 친척을 거리낌 없이 살해했고, 그 후 바로 황궁에 왔다더군."

"지금은…… 어딨어요?"

아르테스는 잠시 침묵하다가 대답했다.

"암살당했어. 네가 기절한 사이에."

"암살?"

나는 들고 있던 포크를 떨어뜨렸다.

"그래. 범인은 게일 하베스. 현장에서 잡혔어."

"……."

"파벨 공작과의 소통 창구는 다 끊겨 있었으니 아마 사전에 얘기가 있었던 모양이야. 카일리가 이상한 짓을 하면 바로 죽이는 걸로."

나는 천천히 고개를 끄덕였다.

파벨 공작다운 짓이었다.

한때 같은 편이었더라도 위험 요소가 되면 처리한다는 것.

"그럼…… 혹시 파벨 공작에 대한 증거는……."

"넘치도록 많지."

아르테스가 씩 웃으며 대답했다.

"네가 찾아낸 밀실은 얼마 후 자동으로 파괴됐지만, 키르시안이 남아서 파벨 공작의 자백을 전부 영상구에 담았으니까."

그가 품속에서 작고 투명한 구슬을 꺼냈다.

사건 발생 전 나와 키르시안이 미리 준비해 뒀던 것이었다.

"그 외에도 루시안이 잡은 드래곤의 출처가 파벨 공작이라는 것, 그가 제 능력의 일부를 드래곤에게 이전해 뒀다는 점, 대공녀의 자백…… 증거는 많아. 공작은 그저 죄를 하나 더했을 뿐이야."

그가 아무렇지 않게 말을 이었다.

"물론, 나와 부황 입장에서는 불편한 일을 피할 수 있어서 다행이었고."

아르테스는 카일리의 처벌을 말하고 있었다.

하긴, 한때 누이라 불렀던 사람을 직접 처형하는 건 이미지에 좋지 않겠지.

"대공은요?"

"지위는 유지. 영토의 절반을 회수. 그 대가로 대공녀의 죄는 묻지 않기로 했고."

"많이 봐주셨네요."

"파벨 공작의 수사에 협조했으니까. 많은 일이 쉬워졌거든."

나는 그제야 편안하게 소파에 몸을 기댔다.

"지금은 어디 있어요?"

내가 물었다.

궁금증이 어느 정도 해소됐으니, 이제는 몸을 움직이고 싶어졌다.

"파벨 공작이요."

"정식 재판은 거쳐야 하니 황궁 지하 감옥에 가뒀지만……. 그건 왜?"

아르테스가 고개를 갸웃했다.

"전할 말이 좀 남았거든요."

나는 빙긋 웃었다.

"오래된 인연이라서."

"보기 좋은 꼴은 아닐 텐데……. 괜찮겠어?"

"저 지하 감옥에서 살던 사람인데요."

"그건 그렇지만……."

그는 뭐라고 더 말하려다가 다시 고개를 저었다.

"내가 몇 번을 더 쉬라고 해도 듣지 않을 모양이니 그만 얘기하도록 하지."

"현명하시네요, 오라버니."

"몇 달 동안 내리 야근을 시킨 내가 할 말도 아니고."

"수당은 아직 기다리는 중이에요."

"……."

그는 더 말하지 않고 내게 쿠키 접시를 밀어 주었다.

갈 때 가더라도 배를 더 채우라는 의미였다.

* * *

저벅.

지하 감옥이 있는 황궁 북쪽 탑에 들어선 건 해가 거의 저문 후였다.

"모시겠습니다."

북쪽 탑 앞에서 한 남자가 로브를 깊이 눌러쓰고 내게 팔을 내밀었다.

"……장난해요?"

"보였어?"

내가 어이없어하며 묻자 남자는 픽 웃으며 로브를 벗었다.

큰 키에 반듯한 자세.

별빛을 받아 반짝이는 새까만 머리칼.

도자기처럼 매끈하고 맑은 피부.

평소보다 더 짙어 보이는, 날 보며 웃는 푸른 눈.

100미터 밖에서도 알아볼 수 있었다.

나의 루시안.

"형님께서 그러시더군. 여기서 기다리면 널 만날 거라고."

"그렇게 싫어하더니, 이제 형님이에요?"

"며칠 전부터 갑자기 존경스럽지 뭐야."

그가 입꼬리를 올리며 능청스럽게 대답했다.

"너랑 닮았다고 생각하니 잘생겨 보이기도 하고."

"어디 가서 그런 말씀 하지 마세요, 소공작님."

"……그게 중요한 건 아니고."

루시안은 슥 하고 나를 향해 몸을 돌렸다.

가지런한 치아며 부드러운 미소가 묘하게 유혹적이었다.

"호칭을 바꿔 줬으면 하는 사람은 따로 있는데."

붉은 입술이 호선을 그렸다.

아, 또 시종장이랑 같은 얘기.

-라고 생각한 순간, 루시안은 다시 입을 열었다.

"남자 친구, 라고 말이야."

그러니까, 사안은 단순했다.

카일리에게 납치당한 루시안을 구하러 들어갔을 때, 내가 앞뒤 없이 울어 버린 게 시작이었다.

한 명은 울고, 한 명은 달래고.

그렇게 모두가 보는 앞에서 우리 둘은 서로 오랫동안 부둥켜안고 있었다.

거기서 끝났으면 됐는데, 문제는 기절한 후에도 루시안의 손을 꽉 잡은 채 놓지 않은 게 나였다는 사실이었다.

덕분에 루시안은 황제궁의 침실까지 따라 들어와야 했고, 정작 급했던 그의 치료가 늦어졌다고 했다.

할 수 없이 그는 내 손을 꽉 잡은 채 곁에서 밤을 새웠다.

물론 그 모습을 처음부터 끝까지 지켜본 궁인들의 수는 수십에 달했고.

"……의식도 없이 한 행동이에요. 책임이 없다고요."

시치미를 떼 보았지만 루시안은 쉽게 나를 놔주지 않았다.

"수도에 소문이 퍼졌는걸."

"소문?"

"너와 내가 연인이라고."

"대체 누가……!"

"돌아온 진짜 황녀가 오페르니아 소공작을 눈에 담았으니, 다른 여인들은 그를 건드릴 수조차 없을 거라고."

"……."

"황녀가 되기 전부터 너는 르벨리안의 사랑을 받는 소녀였으니, 신분까지 회복한 리아넬라 르벨리안을 건드릴 수 있는 사람은 없을 거라고. 너는 마음만 먹으면 삼대 공작가 중 하나를 몰락시킬 수 있는 사람이라고."

"……."

"평생 너 아니면 결혼할 수 없게 만들어 놓고, 책임은 안 질 거야?"

해맑은 표정으로 빙긋빙긋 웃었지만 나는 마른침을 삼켰다.

"그게……."

"아니, 이게 아니다."

루시안이 갑자기 작게 고개를 저었다.

"넌 너무 총명해서, 조금이라도 빠져나갈 구석이 있으면 즉답을 피해 버리잖아."

그는 내 정면에 서서 상체를 살짝 숙였다.

"그러니 정식으로 다시 여쭙습니다."

그가 내 눈을 마주 보며 말했다.

"황녀 전하께서는 저를 좋아하십니까?"

또렷하면서도 녹을 듯 달콤한 목소리에, 별을 담은 듯 맑은 눈동자에, 나는 순간적으로 얼굴을 붉혔다.

말투는 왜 갑자기 어른스러워진 건데.

"갑자기 왜 존대를……."

"관계가 달라졌다는 걸 기억했으면 하니까."

그가 천천히 눈을 한번 깜빡이더니 대답했다.

"더 이상 저는 전하께서 지켜 줘야 하는 어린아이가 아니고."

“…….”

“전하께서 모셔야 하는 소가주도 아니고.”

“…….”

“황녀인 전하께서 원하면 받아들이고, 싫으면 밀어 낼 수 있는 여러 남자들 중 하나일 뿐입니다.”

나는 입술을 꽉 깨물었다.

말투는 부드러워도, 그는 나를 꼼짝 못 하게 하는 법을 알고 있었다.

“그러니 답을 피할 필요도, 거짓으로 좋다고 할 이유도 없습니다. 다시 묻습니다. 저를 좋아하십니까?”

“…….”

자신이 싫으냐고 물었다면 아니라고 쉽게 대답했을 것이다.

당장 결혼하자고 했다면 무슨 소리냐고 했을 것이고.

그러니 그는 오직 나의 감정만을 물었다.

내가 출신의 제약으로부터 자유로워진 이 순간을 기다리기라도 한 것처럼.

“당장 대답하기 어렵다면, 설득해 볼 수 있도록 허락해 주십시오.”

그는 천천히 손을 올려 내 뺨을 쓸고, 엄지손가락을 내 아랫입술에 살짝 가져다 댔다.

뜨거운 무언가가 온몸으로 퍼지는 기분이었다.

대체 어디서 이런 걸 배워 온 건지.

루시안은 고개를 비스듬히 기울인 채 천천히 상체를 숙였다.

그와 내 입술이 닿을 듯 말 듯 가까워진 순간이었다.

“엇, 두 분 거기 계셨습니까!”

요란한 발소리와 함께 병사 하나가 북쪽 탑 꼭대기에서 계단을 타고 뛰어 내려왔다.

“오셨으면 저를 부르시지 않고요! 파벨 공작을 보러 오신다는 전갈은 받았습니다. 당장 모시겠습니다."

씩씩하게 소리친 그는 열쇠를 짤랑거리며 나와 루시안 사이를 슥 통과해 앞장섰다.

루시안의 얼굴이 험악하게 일그러졌다.

"리아넬라, 저 녀석 이름 알아?"

그가 평소와 같은 말투로 돌아와 투덜거렸다.

다만 원망으로 가득 찬 눈빛만큼은 병사를 죽일 듯 쏘아보고 있었다.

"……들어가죠."

나는 작게 한숨을 내쉬고 병사의 뒤를 따랐다.

솔직히 위험했다.

방해하는 이가 없었다면 난 아마 루시안의 '설득'에 넘어갔겠지.

온갖 곳에 아빠와 아르테스의 눈이 있는 황궁 안에서 말이다.

안 그래도 난잡한 소문에 뭘 더하고 싶은 생각은 추호도 없었다.

"……할 수 없지."

그가 아쉬운 듯 말하며 내 손을 살짝 잡았다가 놓았다.

"다음에는 방해꾼이 없는 곳을 노릴 수밖에."

겨우 다시 정면을 보는 얼굴에서, 결연한 의지 같은 것이 보였다.

뚜벅.

북쪽 탑의 지하는 어둡고 습했다.

양옆으로 몇 개의 철문이 있었으나 안에서는 아무런 기척도 느껴지지 않았고, 우리 셋은 한동안 말없이 앞만 보고 걸었다.

그렇게 몇 분이 지난 다음.

"이곳입니다."

병사는 복도 깊숙한 곳에 있는 육중한 문 앞에 서서 말했다.

"죄인은 구속돼 있으니 들어가셔도 됩니다. 혹여 무슨 일이 생기면 저를 부르십시오."

끼익-

문을 열어 우리 둘을 들여보낸 후, 그는 호출을 위한 작은 호루라기 같은 마도구를 쥐여 주더니 인사를 하고 사라졌다.

쿵-

문이 다시 닫히자, 나는 그제야 감옥 한구석에 우두커니 앉은 형체를 발견했다.

"며칠 사이에 많이 달라지셨네요, 각하."

내 말에 그가 숙였던 고개를 들어 올렸다.

바짝 마른 얼굴, 푸석한 머리칼, 퀭해진 눈.

며칠 사이에 그는 마치 다른 사람이 된 것만 같았다.

다만 두 눈에서 뿜어져 나오는 새파란 안광에는 나를 향한 분노가 짙게 서려 있었다.

"표정을 보니 정신은 멀쩡한가 보네요."

나는 그를 향해 한 걸음 다가섰다.

루시안은 공작의 팔과 다리에 걸쳐진 사슬을 확인하더니 내가 그에게 다가가도록 내버려 두었다.

"그럼 대체 무슨 생각이셨던 건가요?"

"……뭐?"

"납치와 살해라니, 마지막 수가 너무 단순했잖아요."

"이…… 천한 계집."

한참을 입 속으로 웅얼거리던 그가 내뱉었다.

"에이, 귀한 계집인 걸 제일 먼저 아셨으면서."

내가 빙긋 웃으며 대꾸하자 그의 얼굴은 한층 더 구겨졌다.

"그래서 미워하시는 것 같은데요."

"……."

"곱게 자란 사람치고, 각하는 미운 사람이 참 많나 봐요. 아빠도, 저도, 오페르니아 가문 사람들도……."

그는 대답 대신 이를 득득 갈았다.

"대답을 안 해 주시니, 제가 말해 볼까요? 각하께서 무슨 생각으로 바보 같은 계획을 짜셨는지."

나는 고개를 살짝 숙여 그를 바라보았다.

"몰려서 그래요."

내가 툭 내뱉었다.

"사람이 천천히 구석에 몰리면, 자연히 시야가 좁아지거든요. 그럼 저도 모르게 멍청한 선택들을 계속 하게 돼요."

"……."

"그러다 보면 뒤로 물러설 공간도 없어지죠."

"네까짓 게 뭘 안다고."

그가 낮게 으르렁거렸다.

"잘 알죠. 다 봤는데."

나는 오래전의 기억들을 떠올렸다.

천천히 몰려서 제가 처한 상황조차 제대로 파악하지 못했던 오페르니아.

레너드와 클로에가 했던 수많은 바보 같은 결정들과 그로 인해 사라진 재산.

사기당하고 빼앗기면서도 뭐가 뭔지 파악하지 못했던 집사들.

호송하는 병사에게 줄 뇌물조차 없는 채로 단두대로 내몰렸던 공작부인.

다른 누군가에게 속아 역모에 가담한 노르만.

냉철하게 주변을 둘러봤을 때, 선택지는 거의 없었다.

루시안이 아무리 애써도 되살릴 수 없었던 오페르니아는 그렇게 멸문당했다.

빠져나간 부귀는 대부분 파벨 공작의 손으로 흘러 들어갔고.

"끝까지 몰리면 과격한 수단을 쓰게 되죠. 증거도 흘리고, 상대방에 대한 경계심도 흐트러지고."

천천히 감옥을 가로지르던 나는 파벨 공작 앞에 멈춰 섰다.

"……"

"그렇게 망한 거예요, 파벨 가문은."

말하는 내 입가에는 나도 모르게 미소가 번졌다.

드디어 했다.

첫 번째 생부터 생각했던, 언젠가 그에게 해 주고 싶었던 말.

길고 긴 이야기의 완성이었다.

"감히 누구더러 망했다는 거냐!"

파벨 공작이 눈을 부릅뜨며 소리 질렀다.

"파벨 가문은 신의 축복을 받은 가문이야! 내가 감옥에 갇힌들 이까짓 걸로 가문이 망할 것 같으냐?"

"신의 축복을 받았지만, 신의 선택을 받은 건 아니었죠."

"……뭐?"

순간, 파벨 공작의 얼굴에 당혹스러운 빛이 스쳤다.

그는 무언가 말하려는 듯 입술을 달싹거렸지만 아무 소리도 나오지 않았다.

물론 듣지 않아도 그가 무슨 말을 하고 싶은지는 알 수 있었다.

대체 어떻게 알았냐, 이거겠지.

"역시, 알고 계셨네요."

내가 말했다.

"신의 성배를 찾은 건 그 때문인 거죠? 신이 오페르니아에 뭔가 빚졌다는 사실을 알아서."

"……."

"신의 성배는, 언젠가 그 모든 것을 되돌려 놓을 매개체라는 걸 알고 있어서."

"……."

"늦었어요."

나는 빙긋 웃으며 그에게 알려 주었다.

"이미 그렇게 됐거든요."

파벨 공작의 눈이 한층 더 커졌다.

"그게 무슨……."

"디오네스 신은 이미 자신의 과오를 되돌렸다고요. 각하는 그래서 여기 계신 거랍니다."

나는 그가 앉아 있는 차가운 돌바닥을 신발 앞코로 톡톡 두드리며 말했다.

"한 번 성공했다가, 다시 되돌아왔으니까요."

파벨 공작과 나의 시선이 허공에서 부딪혔다.

나는 천천히, 그가 이해하지 못하는 퍼즐의 마지막 조각을 직접 맞추어 주었다.

"저는 회귀자거든요."

"……!"

파벨 공작의 모든 움직임이 멈췄다.

그는 제자리에서 굳어 버린 듯, 눈조차 깜빡이지 못한 채 나를 바라보았다.

"각하는 모든 것을 가졌었고, 오페르니아는 모든 것을 잃었었죠. 각하가 그렇게 공들여서 해낸 일이었어요."

"……."

"이젠 반대가 됐죠. 제가 잠시 있었던 다른 세상에서는 이런 걸 사필귀정이라고 해요."

"너……. 네가 정말……."

파벨 공작이 더듬거렸다.

느려진 숨소리, 충격으로 커진 동공.

그는 내 말이 모두 진실임을 깨달은 듯했다.

"아쉬우시겠어요. 그 모든 것이 허사가 돼서. 그때 이뤘던 행복을 이제
는 기억조차 못 하게 되었으니."

"……."

한참의 정적이 흘렀고, 파벨 공작의 얼굴에 크고 작은 경련이 일었다.

그가 으드득 이를 갈았다.

나를 노려보는 두 눈에서는 새파란 불꽃이 나올 것만 같았다.

"감히……. 감히 네가!"

파벨 공작이 으르렁거리며 나를 향해 양팔을 뻗었다.

덜컹, 하는 소리와 함께 사슬이 그의 사지를 조였고, 그는 켁켁거리며
다시 바닥에 무릎을 꿇었다.

"평생 그 사실을 떠올리셨으면 해요. 손안에 들어왔다가 다시 흘러가
버린 꿈. 각하가 그걸 모르고 살면 제가 아쉬울 것 같아서 온 거예요."

나는 헉헉거리는 그를 내려다보며 평온하게 말을 이었다.

"각하 때문에 제가 안 해도 될 고생을 좀 많이 했었거든요."

"닥쳐!"

"참고로, 각하가 그리도 자랑스러워하셨던 파벨 가문의 이름은 더 이
상 이어지지 않을 거예요."

"그만!"

"가문의 세 공자님들은 모두 각하의 공범으로 판명되어, 약식 재판을
거친 후 탄광에서 평생을 보낼 예정이라서요."

"닥치란 말이다!"

"원래 음모를 꾸밀 때, 소중한 사람들은 빼놔야 하는 법이에요. 쓸데없이 많은 사람들과 정보를 공유하면 다 같이 공범이 되잖아요."

덜컹- 덜컹-

사슬과 싸우며 버둥거리는 그에게서 멀어지며 내가 덧붙였다.

"각하의 삶이 불행하길 바라요."

나는 묵묵히 옆에서 지켜보던 루시안의 손을 잡아끌었다.

"언제까지 그 삶이 이어질지는 모르겠지만, 생이 끝나는 그 순간까지 후회하고 고통스럽기를 바라요."

"……."

"그것이 각하의 결말이랍니다."

그것이, 파벨 공작과 나의 마지막 만남이었다.

* * *

저벅, 저벅.

북쪽 탑을 벗어나 한참을 걷는 동안 나와 루시안은 아무 말도 하지 않았다.

결국 먼저 침묵을 깬 것은 나였다.

"안 놀라셨어요?"

"……."

내 말에 루시안이 걸음을 멈추고 나를 향해 몸을 돌렸다.

복잡할 줄 알았던 그의 얼굴이 너무 맑아서, 내 눈이 조금 커졌다.

"뭐가?"

"아까 제가 한 말 때문에요."

"회귀자라는 거?"

"……그게 아무렇지도 않아요?"

"음."

그는 뭐라고 할까 고민하듯 잠시 허공을 보더니 다시 나를 향해 시선을 내렸다.

"뭐랄까, 약간은 짐작하고 있었어."

"짐작?"

나는 입을 떡 벌렸다.

"어떻게요?"

"그냥, 너는 다른 누구보다도 많은 것을 보고 깊은 생각을 해서."

"……."

"처음에는 예언을 하는 건가 했었다가, 나중에는 내가 모르는 어떤 경험을 했을 거라고 생각했어."

그가 작게 웃으며 대답했다.

"황녀라는 사실이 밝혀지고 나서는 조금 더 확신이 생겼지. 성배와 공명하던 모습이며 가끔 이상한 꿈을 꾸는 것도……."

"……."

"남들은 모르는 이능으로, 미래나 과거, 아니면 다른 차원에서의 기억을 가지고 있는 것 같았거든."

"……."

"혹시라도 떠올리면 아픈 기억일까 봐 물어보지는 못했는데."

그는 내 뺨에 붙은 머리카락 한 올을 떼 주며 말을 맺었다.

"언젠가 말해 주면 좋겠다고 생각했지."

순간 아무 말도 나오지 않았다.

아무리 사람 마음을 잘 읽는다고 해도, 이게 정황만으로 유추할 수 있는 문제였나.

아니, 유추는 그렇다 치고, 이렇게 아무렇지 않을 수가 있나?

"그게 다예요?"

"아니."

"그럼요?"

"전에 한 말에 더 확신이 생겼어."

"전에 한 말……."

"오페르니아는, 너 외에 다른 안주인을 두지 않겠다는 거."

부드러운 말투였지만 나는 그의 말 한마디 한마디가 진심이라는 사실을 알았다.

"내가 살아 있는 것도, 오페르니아가 살아 있는 것도, 모두 너 때문이니까."

"……."

"거절해도 상관없지만, 멈추지는 않을 거야."

"……무엇을?"

"구애."

그가 지그시 눈을 감았다가 뜨며 말했다.

기다란 속눈썹이 달빛을 받아 그의 뺨에 그림자를 만들었다.

구애는 무슨.

이건 유혹이다.

그가 숨 쉬듯 하는, 습관적인 유혹.

"……제가 다른 사람 같아 보이지는 않아요?"

내가 묻자 그는 예쁘게 눈꼬리를 접었다.

"네 세상이 내가 생각했던 것보다 넓다는 건 알겠어."

그가 말했다.

"난 그저 그 모든 걸 다 사랑할 뿐이야."

어느새 그의 얼굴은 가까워져 있었고, 낮게 속삭이는 그의 숨결이 귓가에 닿았다.

순간 온몸이 따뜻해지는 기분이 들었다.

내 모든 것을 받아들이는 사람.

내가 어떻게 되더라도 변하지 않을 것 같은 단 하나의 관계.

나를 있는 그대로 바라보고 사랑하는 남자.

루시안은 내게 그런 의미였다.

서늘하면서도 잔잔한 바람, 후원에 핀 꽃에서 풍기는 향기, 세상에 우리 둘밖에 없는 듯한 고요함 같은 것들이 새삼 짙게 느껴졌다.

나는 천천히 손을 뻗어 그를 껴안았다.

루시안의 팔이 단단하게 내 머리와 허리를 감싸는 것이 느껴졌다.

고개를 들자 조금 벌어진 그의 입술이 눈에 들어왔다.

루시안과 나는 누가 먼저랄 것도 없이 서로를 끌어당겼다.

그래, 이제는 정말 아무것도 신경 쓰이지 않았다.

드디어 나의 모든 과제가 끝났으니까.

해야 하는 일도 없이, 신경 써야 할 출신의 문제도 없이, 골치 아픈 평판도 잊어버리고.

이제 비로소, 나는 자유롭게 내가 하고 싶은 일을 할 수 있게 된 것이었다.

그리고 내 첫 선택은.

루시안을 사랑하는 것이었다.

"아직도 믿기지가 않아……요."

미엘라가 황후의 초상과 나를 번갈아 보며 말했다.

"여기 이분이, 그러니까 네, 아니, 황녀 전하의 친어머니……."

"그렇게 불편하면 그냥 반말을 하지 그러세요? 전 괜찮다니까."

"아니옵니다! 미천한 소녀가 어찌 감히!"

그녀는 손까지 모아 쥐고 고개를 푹 수그렸다.

말로 다 하지 않아도 머릿속에 무슨 생각이 오가는지 뻔했다.

지금까지 자기가 내게 했던 언행을 되짚어 보고 있겠지.

처음 만났을 때 틱틱거렸던 것, 나중에 필요할 때 약간의 도움을 준 것, 그래 놓고 카일리가 나타났다고 그녀 옆으로 가서 착 달라붙은 것.

그 행동들이 플러스냐, 마이너스냐, 치밀하게 계산하고 있을 터였다.

"해코지 안 하니까 고개 좀 들어 줄래요?"

"아하하, 그럴까요?"

미엘라는 안도의 한숨을 쉬며 겨우 머리를 들었다.

"이제 황녀까지 됐는데, 제가 싫은 사람을 군이 티타임에 초대할 리가 없잖아요."

"그, 그 말은……."

그녀는 감격한 표정으로 나를 바라보았다.

"그러니까 저를 아끼신다는……."

"막 거슬리지 않는다는 뜻이랍니다."

"소녀 감동했어요, 전하."

세상에, 처음에는 그렇게 자존심이 세 보였던 사람이.

지금 보니 이렇게 갈대 같을 수가 없었다.

하긴, 이런 처세술이 있으니 전생에서 그 난리가 난 와중에 멀쩡히 살아남았던 거겠지.

"이사는 다 끝난 거지?"

그런가 하면, 로잘린 같은 사람도 있었다.

내 신분과 상관없이 틱틱거리는 사람.

"뭐, 어차피 저는 짐이 별로 없었으니까요."

"안 도와줘도 돼서 다행이네."

"무, 무엄합니다, 성녀님!"

미엘라가 로잘린을 타일렀다.

"어찌 황녀 전하께 경어를 쓰지 않고 반대로……."

"안 고쳐지는 걸 어떡해. 그리고 황제 폐하가 천천히 고쳐도 괜찮다고 했어."

로잘린은 고개를 휙 돌리며 대답했다.

나는 작게 미소 지었다.

말은 이렇게 하지만, 사실 로잘린은 나를 향해 처음으로 황녀 전하라는 호칭을 사용한 사람이었다.

기절했다가 깨어나고, 황제와 아르테스가 다녀간 후, 간호를 위해 찾아온 건 그녀였으니까.

'전하, 몸은 괜찮……'

몸은 긴장했는데, 얼굴은 갑자기 의식을 잃어버린 나를 걱정하느라 잔뜩 찌푸려져 있었다.

세상에서 그렇게 불편해 보이는 사람은 처음이었다.

그래서 일단 1년은 봐주기로 했다.

당장 나도 말투를 바꾸는 게 어려웠으니까.

"와, 부러워."

옆에서 카밀이 한숨을 내쉬었다.

"난 남들 앞에서는 깍듯하게 존대해야 하는데."

"안 하잖아. 넌 좀 하라니까."

"노력 중이옵니다."

카밀이 어깨를 으쓱 하며 내 말을 받았다.

언제나 예민하고 긴장된 상태로 세상에 대항하는 로잘린과 대조되게, 카멜은 세상의 여유란 여유는 다 가진 사람 같았다.

내 신분의 변화에 신경도 쓰지 않았던 몇 안 되는 사람 중 하나이기도 했고.

"궁인들 앞에서는 쓴다니까. 나 벌써 예의 바르고 귀엽다고 소문났거든?"

사실이었다.

그녀의 연기력은 아주 물이 올랐으니까.

사슴같이 큰 눈을 빛내며 궁인들에게 선물을 쥐여 주면, 그들은 주문에라도 걸린 것처럼 황궁의 기밀을 술술 풀어 냈다.

덕분에 정보를 사고파는 카밀의 사업은 두 배로 확장될 뻔했다.

내가 나서서 막기 전까지는.

내가 카밀을 보며 고개를 절레절레 흔들 때, 테이블 한쪽에 조용히 있던 아스트리드가 입을 열었다.

"정말 아무 선물도 필요 없으신 거예요?"

하늘빛 눈동자가 따스하게 나를 보았다.

신분 회복 전에도 내게 존대하던 그녀는, 당연하게도 나의 가장 좋은 친구로 남았다.

"신분을 되찾은 것도, 황후궁……. 아니, 전하의 궁을 받으신 것도 큰일이라고요."

"아직 내 집처럼 느껴지지가 않는걸요."

나는 티룸을 둘러보며 말했다.

황후, 그러니까 내 어머니가 머물렀고 카일리가 잠시 사용했던 이 궁은 이제 내 것이 되었다.

오래전 내가 납치되도록 사주한 것이 파벨 공작이라는 사실이 알려지면서, 조금이라도 의심스러운 부분이 있는 궁인들도 대거 물갈이가 되었다.

즉, 이곳은 완전히 새집 같았다.

"수도에 자가를 가지고 싶다고 노래를 불렀지만 이런 걸 꿈꾼 건 아니었는데……."

"그럼 나 줘."

"넌 팔아 버릴 거잖아."

헛소리를 하는 카밀에게 딱 잘라 대답하자 미엘라가 눈을 크게 떴다.

그녀의 입장에서 황녀와 전직 공작가 하녀가 허물없이 대화하는 것은 상당히 신기한 광경인 듯했다.

"그나저나 오페르니아 공작위 계승 연회에는 정말 안 가?"

카밀이 문득 생각난 듯 물었다.

"곧 시작할 텐데. 황제 폐하도 가신다며?"

"오늘은 복잡할 것 같아서, 나중에 따로 축하한다고 했어."

실은 반쯤 거짓말이었다.

진짜 이유는 그나마 호의적인 아르테스와 달리 루시안을 엄청나게 경계하는 아빠 때문이었다.

'여우 같은 놈이 기어이 너를……!'

'어……. 꼭 일방적인 건 아니었는데.'

'그게 문제다, 이 녀석아!'

아빠가 업무적으로 공작가에 방문하기는 했지만, 모든 이들이 보는 앞에서 루시안 옆에 붙어 있는 나를 보면 격한 반응을 할 것만 같았다.

"소문이 빨리 돌던데요."

미엘라가 말했고, 아스트리드도 고개를 끄덕였다.

카밀은 '소문'이라는 말에 본능적으로 눈을 반짝였고.

"소문요?"

처음 듣는 이야기에 내가 고개를 갸웃했다.

"황녀 전하께서 계승 연회에 불참한다, 어쩌면 두 분이 헤어지신 것 같다, 혹시 다른 사람들에게도 기회가 있는 건 아닌가……."

미엘라는 자신이 아는 이야기를 줄줄 읊었다.

"불참이라는 회신이 공작가에 도착한 순간부터 귀족 가문의 절반은 전하를 위한 청혼서를 쓰기 시작했고, 나머지 절반은 큼직한 선물을 들고 공작가로 향하기 시작했다고 해요."

"……."

"황녀 전하의 부군 자리도, 오페르니아 공작의 옆자리도 다들 탐낼 만하니까요."

신나게 얘기하던 그녀는 어두워진 내 표정을 보고 아차 하는 표정으로 말을 멈추었다.

"……큼직한 선물을 들고 가?"

내가 반쯤 혼잣말로 중얼거렸다.

"그새?"

언제는 내가 무서워서 루시안이 장가도 못 갈 거라더니.

날 꼬시겠다고 뻥을 친 건가.

황당한 기분에 나는 마시던 차를 내려놓았다.

"그, 그러니까 전하께서도 긴장을 놓치면 큰일 난다고요. 그 집 남자들은 믿을 만하지가……."

"사람 나름이겠죠?"

경험에서 우러난 조언을 하려는 미엘라를 아스트리드가 가로막았다.

"다만 미엘라 영애의 말이 틀린 건 아니에요. 결혼을 목표로 하는 귀족가의 자제들은, 종종 두려움보다 욕심이 더 크니까요."

"……."

"물론, 오페르니아의 새 공작 각하 그런 것에 흔들리지 않겠지만……."

"로잘린, 루시안이 무슨 선물을 받았어요?"

갑자기 심통이 난 내가 물었다.

선물 안 좋아하는 사람은 없지 않은가.

루시안이 꼭 바람을 피운다는 건 아니지만, 웬 영애로부터 마음에 쏙 드는 선물을 받고 기뻐하는 상상만 해도 기분이 좋지 않았다.

"타 대륙에서 온 명마 여러 필, 산호로 만든 장신구, 마물의 뿔로 만든 무기, 온갖 마력석……. 할머니도 감탄하셨어. 제일 귀한 선물을 한 가문에는 루시안이 나중에 방문해서 답례한다고 했을……."

"으흠!"

아는 대로 솔직하게 불던 그녀의 입을, 이번에는 미엘라가 틀어막았다.

나는 자리에서 벌떡 일어났다.

"그냥 오붓하게 나중에 보려고 했는데……."

"전하, 어, 어디 가시게요?"

"오페르니아 공작가에!"

"지금요? 아무 준비도 안 하셔 놓고?"

"당연하지!"

여태 어려워하던 반말을 마구 내뱉고 있다는 사실도 잊은 채, 나는 티 룸과 이어져 있는 옷장 문을 열어 겉옷을 꺼냈다.

"황녀 전하, 갑자기 이렇게 가시는 목적이……."

미엘라에 이어 아스트리드가 걱정스럽게 물었다.

나는 두 번 생각하지 않고 옷을 휙 걸치며 대답했다.

"선물 주러 가요."

"……."

"안 가요?"

동그랗게 커진 채 나를 보는 네 쌍의 눈동자를 보며 내가 덧붙였다.

"저, 저희요?"

"당연하죠."

"왜……?"

"그야 나한텐 다른 친구가 없잖아요."

나는 팔짱을 꽉 끼며 말했다.

오랜만에 하는 방문이니, 제대로 존재감을 드러낼 생각이었다.

* * *

공작가에 들어서자마자 눈에 들어온 것은 현관을 열심히 청소하던 세 명의 청년들이었다.

"어라? 너……."

여전히 바보 같은 앨버트.

"헉?"

로이.

"남작님! 아니 화, 황녀 전하!"

조금 눈치가 있는 편인 알렌.

여전히 하인 신분으로 일하는 그들은 청소 실력이 늘었는지, 바닥을 아주 번쩍번쩍하게 닦고 있었다.

"오랜만이네?"

카밀의 목소리에 세 사람이 동시에 움찔하고 어깨를 떨었다.

귀신이라도 본 듯 겁에 질린 표정이었다.

나는 비로소, 카밀이 일을 그만두기 직전까지 세 사람과 자주 부딪혔다는 사실을 기억해 냈다.

그녀가 본색을 드러낸 후로, 자신의 인맥이며 정보, 재력까지 동원해 그들을 꽤 집요하게 괴롭혔다는 사실도.

"뭐, 뭐야……. 넌 왜 여기 있어?"

"너 그만뒀잖아……."

"그 정도 굴렸으면 우리 예전에 잘못한 건 다 갚은 거잖아."

"인사 제대로 안 하지?"

그녀가 눈썹을 까딱하자 세 사람은 1초 만에 착 늘어서서 상체를 90도로 숙였다.

"미천한 저희가 위대하신 황녀 전하와 카밀 님을 뵙습니다!"

"그건 누가 가르쳐 준 해괴한 인사야?"

내 말에 카밀이 까딱 치켜올렸던 눈썹을 다시 내리자, 세 사람은 꼭두각시가 된 듯 천천히 고개를 들었다.

"아직도 승진은 못 했나 봐?"

"그, 그건 지난번 승진 타이밍에 전하께서 안 시켜 주셔서……."

"오, 내 탓이다?"

"아닙니다! 평생 막 굴려 주십시오!"

"됐고, 행사장은 어디야?"

내가 싸늘하게 묻자 앨버트가 다시 머리를 조아리며 중앙 건물을 가리켰다.

나와 아스트리드, 미엘라, 로잘린, 카밀은 대답 없이 그들이 가리킨 곳을 향했다.

중앙 건물로 들어서려는 순간 마주친 것은 나의 옛날 동료, 바인즈 집사와 알폰스 집사였다.

"리아넬…… 전하!"

"황녀 전하를 뵙습니다. 로잘린 아가씨와 다른 영애들도 오셨군요."

더듬거리는 알폰스와 적지 않은 나이에도 완벽한 예의를 갖추는 바인즈 집사는 동시에 나를 보며 고개를 숙였다.

"결국 오셨군요. 기다렸습니다."

"두 분 다 고생이 많으시네요."

"한 번밖에 없는 계승식이라……."

알폰스가 머리를 긁으며 멋쩍게 웃었다.

"돈 좀 쓰셨군요."

"아니, 사치는 아니고! 전하께서 가르쳐 주신 절약의 가치는 잊지 않았는데! 이렇게 점검을 나오실 줄은 모르고……!"

"잔소리하러 온 거 아니니까 긴장 풀어요, 알폰스 집사님. 더 이상 그럴 자격이 있는 것도 아니고……."

"휴."

과거 한동안 내 감시 아닌 감시하에 살았던 알폰스는 식은땀을 닦아

냈다.

"소공작님을 보러 오셨습니까? 어찌 폐하와 함께 오시지 않고……."

"행사장으로 안내해 주세요."

내가 결연하게 말했다.

"뭔가 언짢은 일이 있으십니까?"

"아니요, 그냥."

부드럽게 묻는 바인즈 집사에게 나는 굳은 얼굴로 대답했다.

"어마어마한 선물을 줄 거니까요."

"어……. 이쪽입니다. 곧 끝날 테니 서두르시죠."

걱정스러운 바인즈 집사의 시선 뒤에서 알폰스가 안내를 자처하려던 순간이었다.

뎅-

몇 년에 한 번, 가문의 큰 경사가 있을 때만 울리는 오페르니아의 종소리가 들려왔다.

"……식이 끝났군요."

내가 말했다.

"공작 부인은 정식으로 은퇴하셨고, 루시안 오페르니아가 새로운 가주예요."

"그렇습니다, 전하."

바인즈 집사가 빙긋 웃으며 말했다.

"어떤 사정으로 오신 줄은 모르나, 사실 저는 전하를 보아 기쁩니다."

"……."

할 일은 따로 있었는데, 막상 나를 진심으로 반가워하는 그의 얼굴을 보니 마음이 말랑말랑해졌다.

"리아넬라, 셀레스 남작, 황녀 전하, 어떤 이름이든 좋습니다."

그가 말을 이었다.

"오늘의 행사는, 전하께서 일구어 낸 모든 것을 상징하는 날이 아닙니까. 오래전, 전하께서 이곳에 오지 않으셨다면, 오늘날의 번영은 절대로 없었을 테니 말이죠."

"……잘 아시네요."

"저뿐이겠습니까. 이 가문의 모두가 알고 있습니다."

"……."

"어, 저기."

그가 뭐라고 더 말하려던 순간, 옆에 있던 로잘린이 무언가를 가리켰다.

중앙 건물 정문에, 어느 가문 소속인지 모를 대여섯 명의 사용인들이 거대한 황금색 상자를 옮기고 있었다.

그뿐만이 아니었다.

커다란 상자 뒤로는 또 다른 가문에서 보낸 듯한 작은 보석 상자들이, 그 뒤로는 다른 대륙에만 서식하는 희귀 새들이 들어 있는 새장들이 주렁주렁 늘어서 있었다.

"루시안에게 가는 선물이야? 전부 다?"

"예, 로잘린 아가씨. 아무래도 오페르니아는 마력석 거래의 중심이니까요. 황제 폐하께서도 친히 걸음하시어……."

"가요."

내가 말했다.

감동에 젖어 있을 때가 아니었다.

바인즈 집사의 말이 맞았다.

오늘은 내 그간의 노력이 성과를 맺는 날.

그렇기에 내가 이 자리에 있어야 했다.

저런 금은보화에 가려지지 않은 채, 모두가 볼 수 있는 정중앙에.

나는 알폰스의 안내에 따라 연회장 문 앞에 도착했다.

쿠웅─

내가 기억했던 것보다 한층 더 웅장하고 화려해진 연회장 문이 무겁게 열렸다.

안에 있던 모두의 시선이 나를 향했다.

"화, 황녀 전하?"

누군가가 당황해서 나를 불렀고, 대부분의 하객들은 자연스럽게 고개를 숙였다.

그러자 인사도 잊을 만큼 멍해진 몇몇 얼굴들이 한눈에 들어왔다.

"왔…… 오셨군요."

기품 있는 차림으로 행사 진행을 돕던 클로에.

"어디 갔다가 이제야! ……오셨습니까?"

반가움을 숨기지 못하는 데스먼드.

다만 그들보다 더 빠르게 내 앞으로 달려온 두 사람이 있었다.

"저, 저, 전하를 뵙습니다."

"……."

멍청한 눈빛이 꼭 닮은 한 쌍의 부자.

황망하게 뛰어와 머리를 조아리는 레너드와 시큰둥한 얼굴의 노르만이었다.

마지막으로 봤을 때는 내가 오페르니아를 떠나 입궁하던 날이었다.

후원을 지나다 우연히 만난 두 사람은 험악하게 인상을 쓰며 나 때문에 공작 부인이 자신들을 신뢰하지 않는다고 투덜거렸었다.

"헤헤, 오랜만입니다, 전하."

그때와 지금의 레너드는 완전히 다른 사람 같았다.

"……."

똥 씹은 표정의 노르만은 그나마 비슷했고.

"공작가의 방계 친척들이시군요."

내가 '방계'라는 말에 힘을 주자 두 사람이 움찔했다.

투명한 인간들.

그런 호칭에 눈 하나 깜짝 안 하는 로잘린과는 달랐다.

"방계라니, 루시안이 공작위에 오른 지 얼마나 됐다고……."

"입 다물어라, 이놈!"

씩씩거리는 노르만의 등짝을 레너드가 철썩 때렸다.

"원하는 게 있는 모양이네요. 반갑지도 않을 얼굴을 보고 길을 막아 가면서 굳이 인사하는 걸 보니."

내가 차갑게 말하자 레너드는 어색하게 고개를 돌리며 헛기침을 했다.

"다름이 아니라, 오신 김에 루시안 녀석에게 정신 좀 차리라고 한마디 해 주실 수 있나 하고……."

"왜요?"

"그 자식이 우릴 쫓아내겠다고 선언했단 말이야!"

노르만이 참지 못하고 빽 소리쳤다.

"아무것도 아니었던 게……. 내 말에 꼼짝도 못 하던 게……. 할머니나 다른 사람들이나 대체 뭐에 홀려서……."

붉으락푸르락하는 얼굴에는 나를 향한 노여움도 서려 있었다.

지금의 루시안을 있게 한 것이 나다, 이거겠지.

그랬다.

안타깝게도 노르만의 인성은 몇 년이 지나도록 자라지 못했다.

그 미련한 머리는 아직도 8년 전, 제가 루시안을 괴롭히던 시절에 머무르고 있었던 것이다.

"입 다물라니까, 이놈!"

"아버지는 분하지도 않아요? 독립을 시키려면 영지나 떼 주고……."

"헛소리 그만해라, 노르만."

"그러게, 내가 아들 교육 잘 좀 시키라니까."

꼭 닮은 쌍둥이 남매, 클로에와 데스먼드가 양옆으로 다가와 말했다.

"레너드, 노르만."

그리고 또 한 사람.

"끝내 무례하구나, 너희 두 사람은."

한숨을 쉬면서도 주름진 눈가에 은은한 미소를 띤 그녀.

오페르니아 공작 부인이 우리를 발견하고 다가왔다.

"황녀 전하를……."

그녀가 잠시 말을 흐리더니 이내 다시 목소리에 힘을 주었다.

"은인을 뵙습니다."

"……공작 부인."

"더 이상은 아닙니다."

부인이 우아하게 대답했다.

"선대 공작 부인인 미르타 오페르니아일 뿐입니다. 전하 덕분에 꿈에 그리던 은퇴에 성공했으니까요."

정말 평생소원을 푼 듯, 그녀는 행복하고 건강해 보였다.

"이제 나보다 지혜로운 손자를 보며, 그가 다스리는 오페르니아의 번영을 보며 평온한 일상을 보낼 수 있게 되었습니다."

너무나도 진심 어린 감상에, 순간 부럽다는 생각까지 들었다.

그녀의 시선이 어정쩡한 자세로 서 있던 레너드와 노르만에게 꽂혔다.

"물론 자손들 중 다소 부족한 자들도 있습니다만, 이미 그 부분에서는 마음을 비웠다고나 할까요."

"어, 어머니, 어떻게 그런 말씀을……."

"너무하십니다, 할머니."

동시에 우는소리를 하는 두 사람을 보며 그녀가 고개를 절레절레 저었다.

"짐은 쌌느냐? 루시안의 계승이 끝나면 바로 나가라고 했을 텐데."

"어머니!"

레너드가 참지 못하고 언성을 높였다.

"루시안을 타일러서 성 하나라도 저희에게 떼 주도록 하지는 못할망정 어머니께서 이러시면 어떡합니까!"

"아직 갈 길이 멀구나."

그녀가 작게 중얼거렸다.

"내가 진작 했어야 할 일을 루시안이 대신 해 주는 거란다, 레너드. 난 그저 고맙게 생각할 뿐이야."

"어머니……"

"할머니……"

"썩 사라지지 않으면 그간 네가 빼돌린 재산까지 싹 토해 내게 만들 거다."

"즈, 증거 있습니까?"

레너드가 눈을 부릅뜨며 물었다.

"지금껏 너를 봐 온 어미에게 증거를 논하느냐?"

"없다면 함부로 말씀을……"

"증거 있어요."

두 사람의 대화에 끼어든 건 나였다.

노예상으로부터 날 구해 준 선대 공작 부인.

그녀를 위해 이 정도는 해 줄 수 있다는 생각이었다.

"말아먹은 재산은 물론이고, 언제 어디서 얼마씩을 빼돌렸는지 진작에 장부로 다 정리해 놨답니다."

"뭐, 뭐라고……!"

"두 사람은 워낙 허술하기에 증인도, 증거도 차고 넘쳐서요. 그 장부, 아직 전달을 안 드렸는데……"

"……"

"다 계산하면 세 가족이 평생 덥고 빚도 안 들어오고 마물이 드글드글한 탄광에서 일해 빚을 갚아도 모자랄 텐데……."

"그, 그만."

노르만이 창백하게 질린 얼굴로 말했다.

"그만?"

내가 눈썹을 치켜올리자 그와 레너드의 얼굴이 한층 더 하얗게 질렸다.

"그만하……십시오."

"그만하십시오?"

"자, 잘못 알겠으니 제발 없던 일로 덮어 주십시오."

"없던 일이라……."

"아, 아직 가진 것은 토해 내겠으니 제발 빚을 갚으라고는……."

뻣뻣하던 노르만이 고개를 푹 숙이며 웅얼거렸다.

레너드는 더 깊이 숙이라며 제 아들의 머리를 꾹꾹 눌러 댔다.

등 뒤에 조용히 서 있던 미엘라가 혀를 차는 소리가 들렸다.

아마도 일찌감치 그와의 만남을 정리한 자신을 칭찬하고 있을 터였다.

"계산은 추후 하고 이만 썩 물러가거라. 좋은 날 너희 둘의 읍소는 듣고 싶지 않다. 애원을 하려거든 나중에 루시안에게 하거라."

선대 공작 부인의 말에 두 사람은 빛보다 빠른 속도로 연회장을 떠났다.

아마 그나마 있는 패물을 어디 파묻으러 가는 것인 듯했다.

두 사람의 뒷모습을 보며 한숨을 쉬는 선대 공작 부인의 눈에는 처음 만난 날 없었던 강단이 보였다.

"새 공작님보다는 부인의 선택이신 거죠? 두 사람을 내쫓는 거."

"알고 계셨군요."

내 말에 그녀가 고개를 끄덕였다.

"언젠가 녀석들이 루시안과 대립이라도 하면, 루시안은 그 애들을 봐

주지 않을 테니 어쩔 수가 없었답니다. 친아들이기는 해도······."

"부인께서는 항상 가문과 영지민을 위한 선택을 하셨죠."

내가 말했다.

호구로 산 세월이 길기는 하나, 전생부터 지금까지 그녀는 언제나 가문과 영지민을 위해 스스로를 희생하며 살았다.

전생에는 목숨까지도 그렇게 버렸지.

"훌륭한 결정이었다고 생각해요."

"그리 보십니까?"

그녀는 진심으로 기쁜 듯 작게 웃었다.

"물론, 공작가의 이름을 이용한 사업은······."

"절대 그럴 일은 없을 겁니다."

그녀가 단호하게 말했다.

"가주로서 제가 내린 마지막 명령은, 레너드가 사업을 시작하는 순간 가문 인명록에서 이름을 지우라는 것이었으니까요."

"현명하시네요."

내가 고개를 끄덕였다.

그 가족은 아마 평생 허리를 졸라매고 살아야 할 터였다.

루시안은 그들에게 어떤 것도 베풀어 주지 않을 테니까.

"계속 말씀을 나누고 싶으나······ 지금은 다른 귀하신 분께 자리를 비켜 드려야겠군요."

선대 공작 부인이 내 뒤쪽으로 시선을 주며 말했다.

"다른 귀하신 분?"

내가 고개를 갸웃했다.

이 대륙에 선대 오페르니아 공작 부인보다 귀하신 분이 얼마나 된다고.

이 연회에 참석한 사람 중 그런 수식어가 붙을 만한 사람은 단 한 명이었다.

"황제 폐하를 뵙습니다."

내가 미처 뒤돌기 전, 아스트리드, 미엘라, 로잘린과 카밀이 동시에 허리를 숙였다.

아, 맞다.

아빠가 여기 있었지.

천천히 뒤를 돌자 익숙한 남자의 인영이 내 위로 드리워졌다.

"리아넬라."

"부황을 뵙습니다."

예를 갖추고 고개를 들자 어딘가 불만스러운 얼굴을 한 아빠가 나를 내려다보고 있었다.

"그러고 온 것이냐?"

그가 내뱉듯 물었다.

주변을 둘러본 나는 아차 하는 생각이 들었다.

초대장을 받았다고는 하나 가겠다고 연락은 하지 않은 상황.

황실의 체면도 위엄도 생각하지 않고 갑자기 쳐들어온 것처럼 보이나?

심지어 호위 한 명 대동하지 않았다.

"죄송하……."

"내가 너랑 옷 맞춰 입고 오려고 준비까지 했는데."

"네?"

냅다 용서를 빌려던 순간 그가 한 말은 내 예상을 완전히 벗어난 것이었다.

"흰색에 붉은 자수가 들어간 드레스. 네 시녀에게 맡겨 놓았단 말이다. 혹 네 마음이 바뀌면 입히라고."

그제야 나는 눈을 크게 뜨고 아빠의 차림을 살폈다.

붉고 화려한 자수가 들어간 흰 제복.

루비로 된 소매의 단추.

잘 생각해 보니 오전에 비슷한 디자인의 드레스가 옷장에 걸려 있는 모습을 본 것도 같았다.

"부녀간의 첫 외출이구나 싶어 며칠 동안 고민했는데."

그는 억울하다는 표정으로 토로했다.

"아빠와 비슷한 옷을 입기 부끄러운 것이냐? 아르테스가 그럴 거라고 경고한 것을 내 무시했거늘……."

그 모습을 지켜보던 이들의 입이 쩍 벌어졌다.

전쟁터에서조차도 평정심을 유지하는 걸로 소문난 그는, 옷차림을 이유로 투정을 부리고 있었다.

말끝마다 자신을 '아빠'라고 지칭하면서.

"……까먹었어요."

솔직한 내 대답에 그가 작은 한숨을 내쉬었다.

"그럼 좋다. 대신."

"……."

"춤은 아빠와 출 거지?"

"그야……."

"딸과 춤을 출 수도 있다는 생각에 개인 교습까지 받았는데, 다른 파트너를 찾아가지는 않겠지?"

간절한 그의 얼굴에 자연스레 고개가 끄덕여지려던 때, 내 눈에는 연회장 안쪽의 커다란 테이블, 그리고 그 뒤에 서 있는 사람들이 들어왔다.

그 중간에 서서 나를 응시하는 짙푸른 눈동자와 시선을 마주친 순간, 나는 아빠에게 하려던 이야기를 완전히 잊어버렸다.

"……아빠, 잠깐만."

무심코 대답한 나는 멍해진 아빠를 두고 넓은 연회장을 가로질렀다.

안쪽의 테이블, 그 위에 잔뜩 쌓인 선물들.

그 뒤에 보인 것은 몇 명의 젊은 귀족 남녀였다.

그 중간에 있는, 가장 눈에 띄는 사람은 당연히 루시안이었고.

내가 등장하는 순간 모두의 움직임이 멈추었지만, 손을 보면 그들이 무엇을 하고 있었는지는 명백했다.

선물 전달.

"황녀…… 전하?"

그에게 막 무언가를 건네던 여자, 카트린 발레리가 눈을 크게 뜨며 말했다.

그녀 옆에 서 있던 캐롤 루리엔도 당황하며 한두 걸음 물러섰다.

나는 그들의 인사를 무시하고 루시안을 향해 쭉 걸어갔다.

푸른 눈이 살짝 휘어지며 내게 인사를 건넬 때까지.

"오페르니아의 루시안이 황녀 전하를 뵙습니다. 제국에 영광……."

"됐고."

나는 그의 앞에 멈춰 서며 말했다.

"작위 승계 끝난 거죠?"

"예, 전하."

"손님들에게 인사도 했고, 중요한 일은 다 했죠?"

"……전하께서 오셨으니, 중요한 손님은 이제 다 만난 것 같습니다."

"그럼 가요."

내가 그의 손을 잡았다.

루시안은 순순히 손을 잡혀 주면서도 고개를 갸웃했다.

"어디로 가는 겁니까?"

"……선물 주려요."

내가 웅얼거렸다.

"누구에게 선물을 주신다고요?"

"……에게요."

"예?"

들었는지 못 들었는지, 그는 몇 번이나 내게 되물었다.

나는 한숨을 푹 쉬고는 큰 소리로 대답해 주었다.

"내 남자 친구에게 줄 선물이 있다고요."

연회장에 있던 모든 이가 휘둥그레진 눈으로 우리 둘을 바라보았다.

그 중심에는, 억장이 무너진 듯한 얼굴을 한 아빠가 있었다.

루시안의 입술이 더없이 예쁜 호선을 그렸다.

오랫동안 원했던 것을 비로소 얻은 듯한 얼굴로, 그는 나와 맞잡은 손을 들어 올려 내 손등에 입을 맞추었다.

"모시겠습니다."

그가 몸을 돌리려던 순간이었다.

툭, 하는 소리와 함께 커다란 무언가가 바닥으로 떨어졌다.

"지, 지금 가신다고요?"

떨어진 것은 카트린 발레리가 건네려던 선물이었고, 입을 연 것은 옆에 서 있던 캐롤 루리엔이었다.

"제, 제 선물은 아직 못 보셨는데."

"나중에 주시죠."

"저희 가문과 발레리 자작께서 함께 준비하는 마력석 유통 사업 이야기도 아직 하지 못했는데……!"

"집사에게 계획서를 전해 주시면 나중에 보겠습니다."

꽤나 간절한 호소였으니 루시안은 고개를 돌리며 가볍게 웃어 보였다.

"지금은 제 연인과 둘이 있고 싶어서요."

'연인'이라는 말에 연회장이 다시 한번 술렁거렸다.

"그, 그럼 두 분이 정말로……."

카트린이 입술을 덜덜 떨며 말하자 루시안은 다시 고개를 끄덕였다.

그녀를 비롯한 몇몇 여인들의 시선이 나를 향했고, 나는 눈을 피하지 않고 그들을 빤히 마주 보았다.

그녀들의 얼굴에서 핏기가 조금 가시는 것이 보였다.

"죄, 죄송합니다!"

카트린이 고개를 푹 숙였고, 옆에 서 있던 여러 영애들이 엉거주춤 그녀를 따라 했다.

"저희는 두 분이 헤어졌다고 들어서……."

"아버지께 구혼장을 절대 보내지 말라고 말씀을 드렸는데! 황녀 전하, 저 말고 제 아버지에게 죄를 물어 주십시오."

"공작 각하, 저희 가문에서 보낸 선물과 함께 놓인 편지는 그냥 태워 버리시면 됩니다."

"아하하, 제가 드린 선물은 두 분을 향한 축하의 의미였답니다."

그제야, 나는 루시안이 전에 한 말이 완전히 거짓이 아님을 확인했다.

그에게 구혼하던 영애들은, 서로를 '연인'이라고 부르는 우리의 선언에 호들갑스럽게 물러나기 시작했으니까.

동시에 몇몇 젊은 남자 귀족들도 들릴 듯 말 듯 한숨을 내뱉었다.

"그럼 이만."

루시안이 내 손을 잡아끌었고, 아스트리드가 센스 있게 먼저 길을 비켜 주었다.

근처에 있던 다른 이들이 무심코 그녀를 따라 한 걸음씩 비켜섰다.

우리 둘을 보고 닭살이 돋아 못 견디겠다는 듯 미간을 찌푸린 로잘린, 오늘의 스캔들을 어디에 팔아먹을까 고민하는 카밀 등을 지나 연회장 문에 다다랐을 때.

"리아넬라."

절대로 무시할 수 없는 목소리가 나의 이름을 불렀다.

"아빠."

상처 입은 금안이 나를 보며 흔들렸다.

미안한 마음이 드는 건 어쩔 수 없었다.

황제이자 아버지인 그의 허락도 없이, 나와 루시안은 공식 석상에서 멋대로 우리 관계를 정립해 버린 셈이니까.

하지만 지금은 사과할 타이밍이 아니었다.

이미 방해물을 너무나도 많이 만났다고나 할까.

"폐하……."

"안녕, 아빠! 자정 전에는 돌아올게요!"

루시안이 미안한 듯 뭐라고 말을 시작하려는 찰나, 나는 그의 팔을 끌고 문손잡이를 돌렸다.

"내, 내 딸……!"

뒷목을 잡은 아빠를 뒤로하고, 우리는 드디어 연회장을 빠져나와 정문으로 향했다.

* * *

"여기예요."

박력 있게 루시안을 리드해 목적지에 도착한 나는 먼저 말에서 내렸다.

"……여기?"

"아쉬워요?"

"응."

루시안도 말에서 내리며 말했다.

"어느 신전으로 도피해서 결혼식 올리자는 건가 했거든."

그가 장난스럽게 웃었다.

"뭐, 링클산에서 데이트하는 것도 나쁘지 않지만."

그는 다시 내 손을 잡은 채 주변을 슥 둘러보았다.

우리가 도착한 곳은 오페르니아 저택의 북쪽, 몇 년 전 루시안이 처음

나를 데려왔던 링클산의 호숫가였다.

언제나처럼 평온하고, 맑고, 루시안의 눈동자 색을 닮아 아름다운 호수가 빛을 받아 반짝였다.

"신전 같은 건 필요 없어요. 여긴 앞으로 오페르니아 영지 중 가장 가치 있는 장소가 될 거니까."

내 말에 루시안의 얼굴이 조금 진지해졌다.

"어쩌면 제국의 전설이 될 곳이죠."

"전생에 일어났던 일이야?"

"아니요."

나는 루시안과 함께 호수를 빙 둘러 걸었다.

"전생에는 이루지 못했어요."

"……."

"이거예요."

호수 끝에 도착한 내가 무언가를 가리키며 말했다.

전에는 없었던 물체를 발견한 루시안이 눈을 가늘게 떴다.

"디오네스 신상……?"

그가 천천히 물었다.

"황후궁 지하에서 봤던 것 같은데."

"맞아요. 이게 제 선물이에요. 아니……."

나는 잠시 고민하다가 말을 고쳤다.

"약속했던 신의 축복이에요."

"신의 축복……?"

루시안의 눈이 커졌다.

나는 작게 입꼬리를 올렸다.

드디어, 드디어 여기까지 왔다.

디오네스가 약속했던 오페르니아의 축복.

그것이 루시안의 눈앞에 있었다.

구름 한 점 없이 맑은 하늘을 올려다보며, 나는 마지막으로 디오네스를 만났을 때 나누었던 대화를 기억해 냈다.

'……저한테 미안한 게 많다고 했죠.'

출생의 비밀을 겨우 받아들인 내가 그에게 물었었다.

'그럼 갚으면 되죠.'

'아……. 그러니까 내 말은, 네 신분을 되찾으면 자연히 꽃길이 열린다는 얘기지. 딱 그것까지는 내가 보장해 주마.'

그가 마른침을 삼키며 대답했다.

긴장한 기색이 얼굴에 역력했다.

그가 긴장할수록, 내 사고는 더 냉정해졌다.

'신은 뱉은 말을 어기지 않는다라…….'

'너, 너 그거 멋대로 해석하지 마. 어?'

'방금 제가 보상받을 거라고 했으니 앞으로 제 일은 당연히 다 잘 풀릴 거고…….'

'뭐야. 더 바라는 게 있어?'

'오페르니아에도 아주 그럴싸한 축복을 내려 준다는 뜻으로 받아들여도 될까요?'

내가 거침없이 물었다.

'옛날에 약속해 놓고 못 지켰잖아요.'

신을 상대하는데, 그가 약정한 내역을 다 기억하는 건 당연한 일이었다.

'아니, 그건…….'

예상치 못한 이야기가 나온 듯, 그가 당황한 얼굴로 대답했다.

'기, 기가 막히게 지켜진 거 아니냐? 파벨에게 줬던 추억이 로잘린 오페르니아에게 갔으니 말이다. 딱 사필귀정 식으로 마무리가…….'

'로잘린이 가주예요? 그리고 걔는 파벨 공작의 직계라서 우연히 능력을 받은 거잖아요. 심지어 남자한테 관심도 없어서 결혼해서 애를 낳을지 안 낳을지도 알 수 없다고요.'

'그래도 이름이 오페르니아…….'

'퉁 칠 생각 말고 제대로 줘요.'

'……대한민국에서 변호사가 되게 놔두지 말 것을.'

그는 들릴 듯 말 듯 한 소리로 한참을 꿍얼거리다 한숨을 내쉬었다.

한동안 나와 대치하던 그는 결국 두 손을 들며 말했다.

'그래, 그래, 알았다고.'

'정말이죠?'

'그래, 이 고얀 놈아.'

'늦게 줬으니 이자까지 쳐요. 다른 능력보다 약하면…….'

'알았다고!'

소리를 빽 질렀던 디오네스는, 결국 내 조건을 들어주었다.

그래서 여기 온 것이다.

"……소원을 빌라고?"

"이 신상을 매개로, 오페르니아의 가주는 소원 하나를 빌 수 있어요."

"대대로 계속?"

"맞아요."

신에게 쓰는 소원권.

그보다 더한 축복이 있겠는가.

'이거 악용하면 축복 거둘 거다. 어? 제국의 균형을 무너뜨리거나 하는 건 안 돼. 죽은 사람 살려 달라, 이런 것도 안 된다.'

'적당히 빌 거라니까요.'

물론 디오네스가 뭐라고 으름장을 놓기는 했지만, 어지간한 소원은 문제없을 터였다.

나는 루시안의 손을 잡아서 신상에 닿게 했다.

"마르지 않는 재물. 어때요?"

"……."

"아니다. 100살까지 젊음 유지하기. 와, 이 미모로 80년 더 살면……."

"……."

"황제 되기는 안 돼요. 르벨리안, 오페르니아, 세이든의 균형은 유지돼야 한댔어요. 어쩌면 세이든의 새 가주가 자꾸 키르시안 공자를 입양하려고 하는 것도 그 영향……."

나는 한참을 재잘거렸지만 루시안은 피식 웃으며 아무 대답도 하지 않았다.

한참을 그렇게 서 있던 그는 이윽고 신상에 얹었던 손을 내려놓았다.

"뭐야, 소원은요?"

"빌었는데 아무 변화가 없네."

"뭐?"

사기꾼인가?

나는 억울한 심정으로 신상을 두드려 보았지만 아무 일도 일어나지 않았다.

"무슨 신이 이래?"

"……."

"상위 신한테 항의해야 하나? 고등 법원, 대법원처럼 그런 제도가……."

"글쎄, 난 괜찮은데."

무슨 소린가 싶어서 루시안을 올려다보자, 그는 눈부시게 환한 미소를 지으며 나를 보고 있었다.

"원했던 건 오늘로 다 이루어진 것 같아서."

나는 신상을 흔들던 손을 옆으로 떨어뜨렸다.

아니야, 아닐 거야.

"설마 소원이라는 게……"

"네가 날 깊이 사랑하게 해 달라고 했어."

말도 안 돼.

나는 벙찐 얼굴로 한참을 굳어 있었다.

"……호구."

몇 초가 흐르고 내가 말했다.

"응?"

"소원 하나 날린 호구라고요!"

끝까지 이렇게 바보 같을 수가 있나.

허망한 심정으로 그의 어깨를 때려 보았지만 손만 아팠다.

루시안은 쿡쿡 웃으며 내 허리를 살짝 끌어당겼다.

"이건 무효야……. 다른 거 빌어요, 빨리. 아까 그건 이미 내가 이뤄 줬는데."

"정말?"

그가 눈을 한 번 지그시 감았다가 떴다.

특유의 홀릴 듯한 푸른색이 나를 깊이 응시했고, 나는 순간, 하려던 말을 잊어버렸다.

또 시작이다.

불리하면 쓰는 미남계.

"증명해 줘."

그가 속삭였다.

"어떻게요?"

"내 이름을 불러 줘."

그렇게 말하는 목소리가 너무 좋아서, 심장이 두근거리기 시작했다.

"······루시안."

처음으로 직접 소리 내어 불러 보는 그의 이름.

기분 좋은 울림이 입술 끝을 간지럽혔다.

"내가 소중하다고 말해 줘."

"······소중한 루시안."

"사랑한다고 말해 줘."

그의 이마가 내 이마에 바짝 붙었고, 그의 숨결이 내 얼굴에 닿았다.

"사랑······."

"나도 사랑해."

말을 마친 루시안은 부드럽게 고개를 기울여 나와 입을 맞추었다.

여느 때보다 길고, 짜릿하고, 중독될 것처럼 황홀한 키스.

머리부터 발끝까지 행복한 기분이었다.

신에게든 누구에게든, 더 바랄 것이 없다는 생각이 머리를 스칠 정도로.

세상에.

호구 같은 사고도 전염되는 거였나.

"무슨 생각해?"

"······아무것도."

루시안의 물음에 웃으며 답한 나는 이번에는 먼저 그를 끌어당겼다.

그래.

지금 중요한 건 이미 날려 버린 소원 따위가 아니었다.

나와 그의 입술이 다시 한번 부딪혔다.

더 진하게.

더 애틋하게.

우리 둘은 아주 오랫동안 그 자리에 있었다.

신이 약속한 남은 평생 동안의 행복.

그 시작은 이처럼 달콤했다.

〈FIN〉